명창정궤를 위하여

明窓淨几

조윤수 수필집

명창정궤를 위하여

明窓淨几

조윤수 수필집

수필과비평사

취미로 길들이는 '명창정궤'

세 번째 수필집 제목을 《명창정궤明窓淨几를 위하여》라고 정하고 보니 어쩐지 좀 낯설게 보입니다. 한문에 조예가 없어 자신이 없습니다만, 우연히 신문에 발표된 이 글을 읽은 지인이 좋다고 격려해주었기에 제목으로 잡았습니다.

살아오면서 체험했던 다양한 문화체험을 정리해야겠다는 생각으로 글을 쓰기로 했습니다. 지구촌의 낙원을 꿈꾸며 실험했던 내용을 모았던 첫 수필집 〈바람의 커튼〉 출간 뒤, 변辨에서도 밝힌 바처럼 글을 쓰다 보니 우리 한글이 이렇게 어려운 줄 몰랐습니다. 처음 생각과 달리 내게 글을 쓴다는 것은 한글 공부 같았고, 우리나라의 역사와 문화에 대한 재발견이었습니다. 언어 그 자체는 그 나라의 정신이요 문화의 집결이라는 것을 새롭게 인식하였습니다. 한자 또한 삼천여 년 이상 조상이 사용했단 글자이니 우리 말글과 떼려야 뗄 수 없는데도 한자를 도외시한 한글세대로 위안했습니다. 우리 문화를 인식하기도 전에 6·25 때부터 밀려든 서양의 구호품에 길들었습니다. 국어를 제대로 알기도 전에 미국 문화에 익숙해져 정신마저도 색이 덧칠해졌다는 것을 새삼 깨달았습니다. 우리 고전의 대부분이 한문이었으니 동양화의 화제 한 줄 읽을 수도 없으면서 어찌 전통을 말할 수 있었는지 부끄럽습니다. 우리의 전통을 말할 때면 남의 옷을 입는 것처럼 늘 어색했습니다. 어색한 대로 전의 수필집들과 달리 이번의 책 제목은 고전풍이 되었습니다.

가끔 한문학 강의를 들을 때, 평생 남의 나라 말에 고문당하면서 살아온 것 같다고 중얼거렸습니다. 우리의 고전을 이해하기 위하여 한문은 필수였는데 그간 공부할 여력이 없었습니다. 명창정궤도 차茶의 고전을 살피다가 찾은 말입니다. 명창정궤와 비슷한 명창비궤明窓案几라는 말도 있고 비슷한 낱말이 많습니다. 창이 밝고 책상이 깨끗하다는 뜻으로, 검소하고 깨끗한 책상이면 충분하다는 것을 비유적으로 이르는 말인 것 같습니다. 마음의 표상을 나타내기도 하는 명창정궤明窓淨几. 학문과 예술을 연마하며, 문인들의 교류 장소였던 조선시대 선비의 사랑방 연상이 그려지는 말입니다. 이것을 나의 취미로 길들이고 있습니다.

밝고 따뜻한 창가에서 향기로운 차 한 잔을 즐깁니다. 모든 선방禪房과 선비의 방에서 그랬습니다. 서애 류성룡도 이런 생활을 즐겼고, 다산 정약용과 추사 김정희가 유배 생활을 극복할 수 있었던 것은 명창정궤의 정신이었습니다. 사랑방의 선비 풍류를 흠모하지는 않지만, 쓸쓸한 세한도歲寒圖에서 따뜻한 온기를 느끼게 되었으니 이제는 나에게도 명창정궤가 어울릴 때가 된 것이 아닐까 싶습니다. 나를 연마하면서 현실을 바로 보고 자신의 사상과 실천으로 세상에 기여하는 것이 인간의 가치라고 생각합니다. 독자들과 함께 인간이 누려야 할 행복과 가치를 공유하고 싶습니다. 어슬프지만, 어지러운 세상에서 삶의 지표를 다시 생각하는 계기로 삼고, 독자들과 함께 명창정궤의 정신을 나누고 가르침도 받고자 합니다.

이 책이 엮어지기까지 도움을 주신 많은 분께 마음으로 헌다獻茶를 올립니다. 도와주신 수필과비평사관계자 여러분에게도 감사드립니다.

2013 봄, 밝은 창가에서

|차례|

서문

1부

춘란화 피기를 기다리며

2009년도 최고가로 선정된 '진풍명품'은 추사 김정희의 난액蘭額이었다. 난초 그림의 대명사라 불릴 수 있는 추사 김정희의 난화론은 독특하다. 그는 글씨의 정신과 그림의 정신을 구별하지 않는다. "비록 그림을 잘 그리는 사람이라도 반드시 난초를 모두 잘 치지는 못한다. 화도畵道에 있어서 난초는 따로 한 격식을 갖추는 것이니, 가슴속에 서권기書卷氣가 있어야만 가히 붓을 댈 수 있느니라."라고 김정희는 말했다. 이는 심의心意를 존중하고 품격을 높이 보는 문인화의 묘미를 설파한 것이라 할 수 있다. 오랜 세월 동안 연마하지 않으면 어찌 고매한 선비의 학문과 사상과 정신이 깃든 난의 경지를 화폭에라도 옮길 수 있었으랴! 멀리서 바라볼 수만 있어도 청복이라 하지 않을 수 없다. 억대의 가격으로 매김된 김정희의 난초는 제주도 유배지에서 아들에게 그려준 그림이며, 그 화제畵題에서 그와 같은 정신을 아들에게 남겨준 것이다.

몇 년 전에 만났던 방우芳友를 떠올린다. 전주에서 처음으로 란蘭산업박람회가 전주대학교에서 열린 날이었다. 그렇게 많은 난을 가까이 보기는 몇십 년 만이던가. 서울의 큰언니 집에서 학교에 다니고 직장에 다닐 때는 자주 난 향을 취할 수가 있었다. 지금은 고인이 되셨지만 내 큰형부는 선비다운 분이셨다. 그분의 서가에서 많은 책을 엿볼 수 있었고 난을 잘 가꾸셔서 귀한 난을 볼 수 있었다. 소심素心 류의 일경구화를 자주 보았던 것이다. 꽃을 피워낸 난 분을 지나칠 때면 그윽한 향기가 신비했었다. 형부를 따라 난 전시회에 가기도 했다. 그래서 난 치는 것에 관심을 기울이게도 되었다. 내가 시집오기 전에 내가 친 난 족자를 시아버님께 보내드렸는데 아버님은 그것을 소중히 사랑방에 걸어두셨다. 뒤에 내가 전주에 내려오니 강암 송성룡 선생님을 집으로 모셔서 나를 부탁하시고는 잘 배우라고 하셨다.

벌써 삼십 수년이 지났으니 옛 벗을 잃어버리고 한 세월을 보낸 것 같다. 가까이하기에는 너무 먼 그대였다. 사군자를 벗에 비유하여 봄에 피는 매화를 고우故友(오랜 벗), 섣달에 피는 매화를 기우寄友(진기한 벗)라 하였으며, 난은 방우芳友(꽃다운 벗), 국화를 일우一友(뛰어난 벗) 또는 가우佳友(아름다운 벗), 대나무를 청우晴友(맑은 벗)라 하고, 맑음과 고아함을 위하여 매, 죽을 쌍청, 추위를 견디는 인내를 취하여 梅, 竹, 松을 세한삼우歲寒三友라 하였다. 매죽, 난죽, 매국, 국죽, 세한삼우 등이 배합을 이루어 그림, 문양, 시 등에서 즐겨 나타나고 있다. 이들은 연년세세 영구불변하는 우정을 나타내기도 한다. 지조 높은 선비나 정절을 지키는 여인의 정신과 향기는 지닌 맛이 한결같다. 날씨가 차가워진 다음에야 쓸쓸하게 보이는 김정희의 〈세한도歲寒圖〉에서 오히려 따뜻한 온정을 느낄 수 있는 것은 애틋한 세한지정 때문일 것이다.

여러 종류의 난 분이 서로 자태를 뽐내며 수많은 인파들의 시선에 몸살을 앓는 것 같았다. 고아하게 홀로 고귀한 향기를 지니고 있어야 할 지체들이 산업화의 물결 속에서 사람들의 시선을 끌어야 하는 운명이 되었다. 사람들의 체취 때문에 난 향은 묘한 기운에 파묻히고 있었지만, 하나하나 꽃의 맵시는 보는 사람의 마음을 사로잡기에 충분했다. 차茶 이름이 계절에 따라, 잎을 따는 시기에 따라 혹은 만든 사람에 따라 수없이 다른 이름으로 지어질 수 있듯이 난 분의 이름도 그와 같은 것 같았다. 주로 기억에 남는 것은 한국 난의 홍화, 주금화, 복륜 등 소심 류의 꽃이 단아하고 은은한 빛이 더 매혹적이었다. 그 자태라니 가녀린 꽃대의 마디마디를 감싸고 있는 껍질은 우아한 조선의 여인이 모시 치마를 여민 듯했다. 긴 꽃대 끝에서 꽃송이의 매무새는 볼그레한 볼을 약간 수그린 새침스런 얼굴이었다. 어찌 가슴이 절로 두근거리지 않으랴.

난은 군자의 성품에 비유되니 오랜 역사를 통하여 이름을 남긴 선비와 가인들에 의하여 칭송되어 왔다. 난의 향과 고귀함에 관한 찬미는 기원전 공자 시대부터 기록이 나타나고 있지만, 충성심과 절개의 상징으로 여겨지기 시작한 것은 전국 시대 초나라의 시인 굴원으로부터 비롯되었다. 자서전적인 장편 서사시 〈이소〉에서 그가 난을 즐겨 넓은 지역에 가득 심었다고 함으로써 그의 인품과 연관시킨 난초의 상징성이 확립되었다고 한다.

우리나라에서 난이 재배되기 시작한 것은 고려 말로 추정되며, 현존하는 가장 오래된 묵란화로는 조선 초 강세황의 〈필란도〉가 있고, 김정희를 비롯하여 이하응, 김응원, 민영익 등은 묵란화의 대가들이다. 난에 관한 시를 남긴 이로는 김부식, 김극기, 이규보, 정몽주, 정도전, 권근 등이다. 현대에도 많은 문인의 칭송이 이어지고 있다.

사군자를 계절 순서로 말하면, 매, 난, 국, 죽이지만 사군자 화를 배울 때는 난, 국, 매, 죽의 순으로 한다. 난의 생김새가 한자와 닮은 점이 많아 서화동원書畵同原의 사상과 걸맞기 때문인 듯하다. 묵죽이 직선미를, 묵매화가 굴곡미를 보여준다면 묵란은 곡선미를 보여주는 수묵화이다. 문인화에 매료되어 서예를 좀 해봤지만 할수록 어렵고 무엇보다 한문에 막혔다. 한가지 일에만 매진하지 못한 까닭이기도 했다. 마찬가지로 문인화도 어려웠다. 사군자를 포함하여 소나무와 연화까지 그려보았지만 누더기 옷에 머무르고 말았다. 6군자까지 흉내를 내 보았지만 결국에는 난을 치기가 가장 어려웠다. 어느 경지까지 해보지도 못했지만 다시 해보려 해도 옛날 습작 수준도 할 수 없을 것 같다. 이제는 미련도 없어져서 해강 선생님의 난죽보 蘭竹譜에 먼지만 쌓였다.

수백 종류의 난이 전시되고 최고의 작품은 전시장 한가운데 따로 전시되어 그 값은 억대였다. 한편에서는 작품을 놓고 경매가 한창이었다. 흔한 것은 한 뿌리당 만 원부터 여러 질이 있었다. 그것이 귀하다 보니 매양 우러러지고, 값지다 보니 한결 부러워져 난이라면 사족을 못 쓰는 단골이 불어나는 지경이란다. 김정희의 난 정신은 어디에서도 찾아볼 수 없는 집착증까지 보이는 현대산업의 장이었다.

"난초가 깊은 산속에 나서 알아주는 사람이 없다고 하여 향기롭지 않은 것이 아니다. 사람이 도를 닦는 데도 이와 같아서, 궁하다고 하여도 지절志節을 고치지 아니하는 것이다."라고 공자는 말했다는데, 오늘날 유곡가인, 미인 향, 군자 향 같은 난의 독특한 향기를 지닌 선비나 여인을 어디에서 만날 것인가. 난초를 치는 데 손을 대는 것은 스스로 속이지 않는 것부터 시작하는 것이란 김정희의 깊은 충언을 새겨본다. 곧 우리 집 봄 소식을 가장 먼저 알려줄 야생춘란에서라도 나는 유곡가인幽谷佳人의 향을 그려본다.

(2010. 2.)

모든 시작에는 마술이

'정이월 다 가고 삼월이라네.' 강남 갔던 제비도 돌아오겠지요. 햇살이 하 좋아 나갔다가 친구 집에서 잠깐 茶談을 나누고 돌아왔습니다.

"누구 기다리는 사람도 없을 텐데 저녁이나 먹고 가지……."
"봄기운 들어오라고 창문을 활짝 열어놓고 잠깐 나왔지……."
"뭐, 가지고 갈 것이 많은가 봐!"
"그런 건 아니지만, 기다리는 것은 많아……."

천리향이 창 바깥 햇살 따라 멀리 퍼져 가라 했거든요. 천리향 잎이 뾰족 이 열리기 시작하면 아무 데도 가고 싶지 않습니다. 정이월 동안 내내 좁쌀 만 한 꽃잎이 모여 꽃송어리를 매달고 있다가 이제 막 열리고 있습니다. 오므리고 있을 때는 절대 향기 한 줄기 새나오지 않지요. 붙잡는 친구의 손을 마다하고 돌아서는 마음이 좀은 쓸쓸한 것 같았지만 돌아와 현관문을 열자, 꽃향기가 안겨오니 온몸이 환해집니다. 그 어떤 대상이 이렇게 날 아늑하게 맞아줄까 싶습니다. 아침에 벌여 놓은 찻상에서 꽃나무와 마주앉아 남은 차관에 물을 넣어 세 번째 차를 우렸습니다. 그 무엇과도 대신할 수 없는 넉넉한 마음입니다. 고요로운 청복입니다.

야생 화단의 천리향은 나뭇잎이 누렇게 뜨고 이지러진 잎도 많기도 하고, 아직 꽃잎이 벌어질 기미가 없습니다. 온실 것은 잎 색깔이 초록색이고 곱기는 합니다만 나무 둥치는 크게 자라지 않습니다. 드넓은 대지에 뿌리박고 가없는 하늘의 태양과 바람을 받고 온갖 시련을 견뎌내어야 굳건한 큰 나무로 자랍니다. 서둘러 꽃피우려고 조바심내지도 않습니다. 우리 도시인들은 저처럼 온실의 꽃나무와 같지 않을까 싶습니다. 아무리 화려하고 향기 내는 꽃을 피우고 고운 자태를 지니고 있을지라도 생명이 지닌 역량을 한껏 펼치지도 못하겠지요.

오늘은 2008년 3월 4일, 내일이 경칩입니다. 어제는 초등학교 아이들 입학식이 있었지요. 아침의 상큼한 싸늘함이 맑은 하늘과 함께 새봄을 느끼기에 충분하였습니다. 천리향이 꽃잎을 매일 많이 열어 향기도 짙어집니다. 베란다의 햇살로 나왔지만, 햇빛이 일어났다 사라지기를 반복합니다. 하늘을 올려다보니 해가 검은 구름층에 들어갔다 나왔다 하더니 잠깐 사이 구름이 하늘을 덮고 얼마 동안 굵은 눈발이 세차게 날리는 겁니다. 동해안 쪽 폭설의 영향입니다. 춘삼월에 내리는 때늦은 눈발입니다. 그리고 또 잠깐 사이 나타나던 태양은 구름 속에 갇혀버립니다. 정말 봄은 언제나 올 듯 말 듯하면서 주춤거리는 겨울과 숨바꼭질 놀음을 하면서 와야 자랑스러운가 봅니다. 창안은 꽃향기 가득하고 춘란 분에서 새 꽃 촉이 조심조심 일어나고 있습니다. 오늘 하루는 참 변덕이 심한 날이었어요.

2008년 3월 8일입니다. 꽃들을 지켜보면 야생이든 온실이든 '열흘 이상 가는 꽃이 없다.'라는 말이 실감납니다. 봉오리들이 한 열흘 만에 다 피어나는 것 같습니다. 이제 꽃은 만발했고 천리향의 영화가 절정을 넘습니다.

식탁에 앉아 햇살이 내려앉은 베란다 숲을 바라보는 즐거움이 있습니다. 오늘은 춥지 않아 창문을 활짝 열어 직접 나뭇잎들에 싱싱한 햇빛을 안겨줍니다. 겨우내 농축된 영혼의 향이 창밖 만 리까지 퍼지도록 말입니다.

새 학기가 시작되었습니다. 유년의 아이들이 어린이집이나 초등학교에 입학하였지요. 아이들이 새로운 환경에 적응하지 못하여 '아이와의 전쟁'을 호소하는 젊은 부모가 늘고 있다고 합니다. 현대인의 약 95퍼센트가 실내에서 생활한다고 하지요. 따라서 요즈음 아이들의 부모 역시 대부분 온실의 화초처럼 살면서 온실에서 아이들을 보호해왔기 때문에 당황하게 될 것입니다. 도시생활 자체가 모든 일이 자연과는 분리된 생활이어서 적극적으로 단계적인 훈련이 필요합니다. 사람을 온실의 화초처럼 자라게 하여서는 진정한 사람으로 자라기 어려울 것입니다. 덕德, 체體, 지혜智慧를 갖춘 사람의 향기는 만 리萬里를 간다고 하지요. 위대한 선각자들의 향기는 세대를 초월합니다. 온실의 천리향처럼 자란 사람들이 어찌 사람의 진정한 향기를 지닐 수 있을지요. "새로운 세계로의 출발과 여행의 준비가 되어 있는 자만이 마비시키는 습관을 헤어날 수 있다." 모든 시작에는 마술이 깃들어 있다고 했습니다. 한 단계 한 단계 씩씩하게 훈련해 가면 좋겠지요. 명랑하게 한 공간 한 공간을 통해 잘 갈 수 있도록 말입니다.

* 2009년 3월 8일

다시 새봄의 마술을 맛봅니다. 1월부터 천리향 꽃눈이 맺기 시작하여 2월 중순부터 눈을 뜨더니 고유한 향을 풍겼습니다. 동시에 그 향의 울림을 듣고 솟아오른 춘란의 새 촉이 함께 봄의 교향곡을 합주하는군요. 올해는 꽃 시기가 좀 빠른 것 같아요. 천리향은 2월 21일부터 나를 따라다녔습니다. 제주도 비바리들이 제주 시내 천리향 가까이 가서 '아이 향기 좋아라.' 하며 천리향 아래서 코를 발름거리면 다음 날 전라도 완도까지 향기가 건너간다고, 시인 고은이 노래했습니다. 나도 우리 집 천리향 아래서 향기 가득 담고 제주도로 건너가니 거기 천리향이 이미 퍼지고 있었지요. 지난주 남녘의 순천, 진주, 통영의 미륵산 정상까지 퍼져 나가 매향과 조우했습니다.

　부산에서 전주까지 올라오는 동안 가로의 산수유가 활짝 피기 시작하는 것을 보았습니다. 그러나 봄에는 물가에서 놀아야 멋있다고 했는데요, 근래는 가물어서 마른 개천이나 저수지가 보기 안타까웠습니다. 고향 마을 큰들의 진주 남강 물도 줄어서 강의 밑바닥이 보이는 곳이 있습니다. 섬진강 댐 옥정호의 붕어섬도 갈증에 시달리고 있더군요. 들 물이 붇고 줄어 넘친 흔적이 붉은 맨바닥으로 층층이 드러나고 있습니다. 강바닥만 본다면 어찌 새봄의 못이라 할 수 있을지요. 성긴 수풀이 뿌리까지 서리맞아 황량하고 밋밋한 늦가을 풍경에 봄물이 차올라 힘찬 새 출발을 준비할 때인데……. '春水滿四澤'이란 절구가 무색했습니다. 냇가에는 바야흐로 '柳枝絲絲綠'이나, 단원 김홍도나 이인문의 그림 〈少年行樂〉의 화제처럼 '春日路傍情을 생의 가을 녘에 더욱 깊은 즐거움을 음미하건만, 춘경을 만끽할 수도 없는 것은 옛 산천과 옛사람이 아니어서일까요. 베란다의 천리향이나 춘란도 언제까지 내 옆에서 새봄을 구가할 수 있을지도 알 수 없는 일입니다.

꽃이 지는 날

꽃잎들이 휘날린다. 길가에 쌓였던 벚꽃잎들이 앞차가 일으킨 바람에 뒹굴며 날고 있다. 바람 없이는 어디 멀리도 못 가는 것을. 그러나 꽃잎이 떨어지는 것은 바람 탓이 아니다. 나뭇가지에서 피어나는 이파리들 등쌀에 꽃잎은 밀려날 수밖에.

꽃잎이 나비처럼 날다가 떨어진다. 바람은 어떤 현이든 닿기만 하면 무슨 소리를 내기 마련이다. 바람에 실려 나가는 꽃잎의 아련한 소리가 마음 깊은 곳에서 울린다. 어차피 떠나야 하는 길, 바람과 함께라면 어딘들 못 가랴!

'꽃이 지는 아침에는 울고 싶어라.' 했던가, 아니 꽃이 지는 날은 울고 싶지 않으리. 마음속 어딘들, 몸속 깊은 곳 세포의 어느 켜에서 틈이 벌어지는 감感을 받아들이며 깊은 침묵에 잠겨야 한다, 먼 하늘가를 그리며.

아이들이 한 단계 성장할 때마다 성장통이 있듯 생명이 자라는데 어찌 아픔이 없을까. 흔들리지 않고 꽃잎이 피지 못하듯. 꽃망울의 꿈이 자라서 빛나는 환희를 누리는 것으로 낙화할 때의 충격은 다 거두어들일 수 있을 게다. 늙어서도 나는 성장통을 앓는다. 사실 늙는다는 것은 슬픈 일이 아니다. 늙는다는 것은 성장하는 것이니까.

꽃이 질 때는 나무도 성장하리라. 아이들이 잠을 자면서도 크는 것과 같겠지. 나무가 크는 소리가 나지 않는가. 꽃잎이 피고 지면서 나무도 꽃 몸살을 할 것이다. 자란 잎이 다 커서 낙엽 지는 동안 나무는 기꺼이 앓으며 잎을 떨어트릴 것이다. 꽃이 지지 않으면 어찌 꽃이라 하겠는가!

복사 골에 살 때다. 산의 싸리꽃 등을 병에 꽂아 장식하곤 했다. 어느 봄날 아침 현관을 나간 그가 다시 돌아와서 개나리 한 가지를 쑥 내밀고는 아무 말도 없이 웃으며 다시 나갔던 적이 있었다. 그이에게 받아본 처음의 꽃다발이자 마지막이었다. 복사꽃이 필 무렵이면 동네 집집의 개나리 가지가 담 밖으로 넘어와서 동네가 화사했다. 누군들 눈길을 보내지 않을 수 있겠는가. 고샅을 걷다가 한 가지 꺾어 주고 싶었던 마음이었다. 이젠 누가 꽃가지를 꺾어다 줄 것인가. 그 사람은 절대 돌아오지 않을 것이므로.

올봄 개나리 색은 유난히 찬란하다. 이렇게 눈부신 봄날 벚꽃이 피었고 꽃비가 내리는 이런 봄날에 또 한 문우가 떠났다. 임과 나는 같은 세대 같은 학번쯤이었던 것 같다. 한국전쟁 때, 임이 부산에서 피난살이 할 때의 추억을 보면 그랬다. 임도 부산의 재첩국을 그리워했다. 그 시절 어린 나도 부산에 살았다. 그때는 재첩국 양동이를 머리에 이고 동네 고샅을 누비며 '재첩국 사이소.'를 외치며 다니는 아주머니들이 있었다. 아침 해장국으로 그만인 재첩국을 내 아버지께서는 자주 드셨다. 벚꽃 사태 일어나는 섬진강 변에는 재첩국이 유명하여 몇 년 전에는 맛좋은 국을 맛볼 수 있었다.

어느 날 문학회 모임이 파한 후 K님이 자리를 마련하여 우리는 셋이서 추어탕을 들면서 담소를 나누었다. 그 뒤 다시 그렇게 만나자고 했었다. 이럴 줄 알았다면 진즉 한 번이라도 더 볼 걸. 그렇게 떠날 줄 어찌 알았단 말인가. 이렇게 섬진강에 벚꽃이 흐드러질 때 화사한 봄날을 즐기며 재첩국이라도 같이 먹을 수 있으면 얼마나 좋을까. 옛날 피난 시절의 '제첩국 사이소.'에 대한 추억을 나누면서 말이다. 누구라도 이 세상에서 다시는 볼 수 없다는 것은 아쉽고 또 아쉽다. 사실 자주 만나지도 못할 형편이었지만 이 세상에 없다는 것은 다시는 볼 기회가 없다는 것 아닌가. 그 단절감이 이리도 마음을 아프게 한다. 그렇게 우리는 아프면서 앞서거니 뒤서거니 하며 나그넷길을 가야 하는가 보다.

요가 사부였던 J선생과 나는 크리슈나를 좋아했다. 한 번도 만나지는 않았지만 세계적인 명성으로 그의 글을 통해서, 그의 행보를 통해서 그 높은 의식을 사랑했었다. 그런 그가 어느 날 세상을 떠났던 것이다. 그날 도장에 들어서는 순간 J선생이 말했었지. "크리슈나뮤르티가 떠났습니다. 세상이 텅 빈 것 같습니다." 라고.

후에 J선생은 인도에서 7년간 명상하면서 크리슈나뮤르티 센터와 그의 흔적을 답사하였다. 나에게 J선생은 크리슈나를 닮은 사람으로 비쳤다. J선생이 인도에 머무는 동안 나는 겨울만 되면 인도에 가서 살다 와야지 했었다. 그가 한국에 돌아오면서 인도의 향을 선물했다. 이제는 인도에 갈 의미가 없어졌다. 지금은 인도에 더는 성자가 없더라고 그가 말했기에……

벚꽃잎들이 날리는 날, 책을 정리하면서 떠난 문우의 글이 유달리 새롭게 눈에 밟혔다.

섬진강 따라 80리 벚꽃길, 분당 탄천의 벚꽃길, 에버랜드 벚꽃길과 금산사 가는 길에서도 꽃비는 하염없이 내렸을 것이다. 하루 새 산벚꽃도 사라지고 온 산이 녹색 양탄자를 뒤집어쓴 듯하다.

(2008. 4.)

고향이 간다

늦은 오후 터덕터덕 전주역으로 간다. 2008년 맑은 8월의 마지막 주다. 덜거덕거리는 열차의 울림에 온몸을 내맡기자 정점을 막 넘어가는 늦여름 풍경이 한 장 한 장 유리창을 스친다. 서울이 가까워지자 큰언니에게 전화했다. "언니! 나야, 전주……. 내일 뭘 하실려우? 나랑 '페르시아'나 가게." "응? 아휴, 내가 요즘……. 갈 수 있으려나?" 활발한 것 같으나 안정되어 있지 않은 목소리다. "혼자 갔다 오렴. 나, 너 오면 밥도 못해주겠다. 다음 날 제사도 있고 준비도 해야 해!" "알았어. 내가 내일 오전 중에 구경하고 오후에 가서 도와줄게." 말은 씩씩하게 했다.

지난 주말에 문학행사에 갔다 오던 길. 차 안에서 들은 한 문우의 이야기가 떠올랐다. 진안의 사인동 마을이 고향인 임씨가 설날에 이웃집에 세배를 갔다. 그 집 벽에는 이런 쪽지가 붙어 있었다. '최종성 할아버님 올해부터는 제사를 인천 최종성(할아버님의 장손자)이네 집에서 지내게 됐으니 이제는 그쪽으로 가세요.' 무슨 얘기 끝인지 생각나지는 않으나 명절과 제사에 대한 이야기가 나온 셈이었다. 우리는 소리내어 웃으면서 각자 생각나는 이야기들을 했다. 그렇게 써 붙이지 않아도 귀신은 다 알고 있다. 혹은 귀신이니까 벌써 마음먹은 순간부터, 형편을 다 알았을 것이란 둥 등. 예부터 제사는 옮기지 않는다는 말이 있지만, 그것도 이제 시대에 따라 각자 형편 따라 달라지고, 사람의 생각도 많이 달라지고 있다. 제사를 맡아 하던 며느님이 나이 들어 힘들어지고 자신이 제사 받을 지경이니 어찌할 것인가. 그것도 세대 교체를 해야 할 것이다. 부모가 생의 전선에서 은퇴하면 자식이 가장이 되고 부모의 보호자가 되지 않는가. 큰언니를 만나면 그 벽보의 이야기를 꼭 해줘야겠다고 생각했다.

다음 날, 옛 제국인 페르시아까지 가는 데에 오전 시간이 걸렸다. 국립중앙박물관에 도착하니 정오가 다 되었다. 중앙박물관 본관과 기획전시실 사이의 20여 개쯤 되는 계단을 오르면 넓은 전망대가 운동장 같다. 뒤편으로는 남산타워가 훤히 보이고 왼편으로 멀리 북악산도 보인다. 아래는 보기 좋게 꾸며진 박물관 뒤뜰이 보인다. 바람이 시원한 전망대의 돌 의자에 앉아 도시락부터 먹었다. '황금의 제국 페르시아'로 가는 타임머신을 타면 멀미가 날 것이니 단단한 여행 준비가 필요하다. '이란의 옛 제국 페르시아'를 국립중앙박물관에 옮겨다 놓았다고 4월부터 광고를 했다. 폐막을 며칠 앞두고 바삐 나선 길이다. 이렇게 과거 몇 세기로의 여행선에 오를 때마다, 인류 조상의 위대한 흔적을 대하는 일은 바로 그들을 추모하는 제사 행위에 참여하는 것이 아닌가 싶다.

'다리우스 왕이 말한다 : 이것이 내가 다스리는 왕국이다 : 소그디아나를 건너 스키타이부터 에티오피아까지. 신드에서 사르디스까지.' 다리우스 대왕의 명문에 이렇게 쓰여 있단다. 인류 최초의 문명에서 뻗어나와 아랍을 넘어 중국과 인도, 파키스탄, 심지어 그리스에까지, 아니 우리 신라에까지 분명한 흔적을 남긴 사람들의 문화. 인류 최초의 문자인 '쐐기문자'와 7일을 한 주로 묶어 요일마다 다른 이름을 붙였던 메소포타미아 문명의 흔적이 페르시아를 통해 펴져 나갔다. 7,000여 년 페르시아 제국의 문명의 길에 흔적을 남기고 사라진 수많은 사람은 어디에 있는가. 그 위대했던 인물들의 인적은 사라지고 남아있는 유물에 새겨진 그들의 정신과 문화가 오늘날의 사람들에게 무언가 말을 건네고 있다. 선사 때부터 채색 토기에 문양을 새기고, 사람으로 태어나서 동물들을 왜 그리도 숭배했던지, 많은 동물 모양의 토기들이며 동물무늬를 새긴 빛나는 황금 그릇들. 그토록 훌륭한 의식용 그릇을 사용하여 빌고 빌었지만, 다리우스는 다시 살아오지 않는다. 그리고 오늘의 이란은?

오전 중에 페르시아 여행을 끝내고 큰언니 집에 가기로 했던 것을 까먹고 있었다. 거대했던 제국, 페르시아 속으로 들어갔으니 쉽게 나올 수가 없었다. 조공을 바치러 '만국의 문'으로 드나들었던 수많은 고대의 여러 국가 사절들처럼 유물 참배의 줄에서 간단히 이탈할 수가 없었다.

우리 형제에게 엄마 역할이었던 큰언니께서 건강이 매우 안 좋아졌다. 동생 내외와 함께 외식하며 나는 전에 들었던 임씨의 말을 그대로 옮기며 웃기도 하고 다음 세대의 일을 도모해보기도 했다. 제사는 다음부터는 아들에게로 옮긴다고 고해야 하지 않겠느냐. 식당에서 나오는 깔끔하고 맛좋은 부침개를 제사용으로 쓰려고 한 접시 샀다. 모두가 살아있는 사람들이 잘살기 위함이 아닌가. 살아있을 때 잘하라는 말이 명언이겠다. 살아서 예수 제를 행하듯 참삶의 길을 간다면 죽은 뒤의 일이 무슨 걱정이 되랴!

사찰에서는 예불 때 축원문을 낭독하는 시간이 있다. 신도가 몇십 명만 되어도 줄줄이 주소부터 손자까지 읽어대는 데 상당한 시간이 걸린다. 그런데 성법 스님은 '어디 사는 아무개 잘되게 해주십시오.'라고 부처님 전에 축원을 안 하신다. 말이 축원이지 중생들 귀 즐겁게 해주는 것이란다. 몇십 분 동안 염불이나 부처님의 가르침을 전하는 것이 더 불교적이라고 생각하기 때문이다. "어디 사는 아무개라고 꼭 밝혀야 '말귀'를 알아듣는 부처라면,

그깟 부처를 무슨 대수라고 믿을 가치가 있다는 말입니까? 그 대신 저는 큰 법회 때는 '오늘 이 자리에 함께한 모든 불자와 가족 등……' 이런 식으로 우리말로 다 알아듣게 축원합니다." 과연 그렇다. 귀신들이 구천을 헤매다가도, 살아있는 사람들이 잘살면 제대로 하늘나라에서의 삶이 편안하리라. 벽에다 써 붙여야 안다면 귀신도 아니지. 살아있는 사람 마음 문제다.

"애들 아버지, 올추석은 연휴가 짧아서 서울에서 보내기로 했습니다. 그리고 성묘는 김포의 한재 사당으로 가기로 했습니다. 아버님 모시고 그리로 오세요. 중조이신 그분의 사당에서 조상 대대께 차례를 올리면 그도 뜻이 있으리라 믿습니다." 나도 벽에다 이렇게 써 붙여놓고 갈까. 조상이 고향이니 무덤이 고향인가. 페르시아 유물들의 나들이처럼 살아있는 유물이 움직여야지. 고향이 움직이는 시대다.

(2008. 9.)

꽃양귀비

따르릉.

"언니, 꽃이 활짝 피었어!" 싱그럽고 명랑한 목소리가 비명처럼 울린다.

"응, 오후에 갈게." 언제나 기분 좋은 목소리에 반갑게 화답하고 반사적으로 일어났다. 운동을 겸해 명상을 마치고 다시 침대에 누웠었다. 전날 온종일 유적답사를 다녀왔기에, 오늘 하루 외출하지 않으려 했는데, 볼일을 마치고 오후 3시에 만나기로 했다.

몇 년 전 이맘때였다. 너무나 아름다운 꽃이 피었다고, 어느 지인이 자랑했다. 우리는 그미의 별장 같은 집으로 갔다. 전주에서 남원 가는 중간에 있는 마을이었다. 사람이 없는 집의 마당에는 아름다운 꽃들이 만발하고 있었다. 처음 보는 야생 양귀비꽃의 개량종인 개양귀비였다. 그해 가을 꽃씨를 받아두었다고 해서 얻어 온 것을 다른 곳에 나누어 주고, 나도 베란다 화분에 씨를 묻어두었다. 꽃은 작았지만 신비롭게 감상한 적이 있다.

올해는 더 크고 많이 번져서 잘 자란 꽃들이 환상적인 자태를 연출하고 있다. 봉오리는 기다란 모가지를 짐스럽게 수그리고 있다. 꽃이 필 때가 되면 내가 꽃소식을 듣고 무거웠던 몸을 반사적으로 일으켜 세운 것처럼 거뜬히 고개를 쳐든다. 담장으로는 제법 모양 좋은 정원수들도 있다. 뒤뜰의 비탈진 언덕에는 차나무들도 여러 그루가 있어서 앞마당을 구경한 뒤에는 찻잎을 뜯기도 했다. 꽃씨를 주면서 꽃이 필 때는 연락하기로 약속했었다. 그렇게 꽃이 피었다고 알려서 차를 나누며 같이 즐길 수 있는 것도 세상 사는 사람 사이의 즐거움이다. 각각의 꽃의 모습을 배경으로 여러 각도의 꽃 사진을 담았다.

따르릉.

"언니, 사진이 아주 좋아, 눈물이 날 것 같아!" 감성이 보드라운 후배는 영락없는 시인이다. "꽃이 더 많이 피었을 때 오전에 다시 연락할게." 사진을 컴퓨터에 올려달라고 부탁을 받고 밤늦도록 사진 작업을 해서 메일로 보낸 다음 날 아침의 전화였다. 아침 햇살에 반짝이는 꽃 사진을 다시 찍기로 했다. 자기 마당에 피어 있는 꽃 사진을 메일로 받아보고는 무척 좋아했다. 그미는 그 사진을 자기가 좋아하는 다른 문학 사이트에 보내고 많이 찬양을 받았다고 즐거워해서 나도 보람이 있었다.

바라본 사실을 재구성하여 새롭게 형상화한 뒤 되돌아보는 맛이 예술 하는 맛일까? 사진예술도 주제를 잘 살리기 위하여서는 필요한 배경만 넣어야지 많은 것을 넣어서는 주제에 손상을 준다. 처음 사진을 찍을 때 그렇게 되기 쉬웠다. 아직도 잘하지는 못해서 한 장면에 욕심껏 많은 것을 넣으려고 한다. 글을 쓸 때도 그랬다. 나중에 보면 삭제하고 줄여야 할 것들이 수두룩하다. 글은 나중에 수정할 수 있으니까 처음에는 정보를 다 써도 좋다. 몇 년 묵힌 글을 지금 보면 정말 잘 보인다. 하지만 사진은 신중하게 찍어야 한다. 여러 컷을 담아서 쓸 만한 것을 쓰면 되는 점이 현대의 디카이기에 편리한 점이 있긴 하지만. 그래도 그 순간을 다시 돌릴 수는 없다.

포인트를 잘 살리기 위하여 초점이 흐려서는 안 되는 일이 기본임은 두말할 여지가 없다. 내 글이나 사진이 예술적인 감동을 주는 데에 미치기는 쉽지 않다. 그런데도 주제를 살리기 위하여 어느 각도가 좋은가를 수없이 생각하고 습작할 뿐이다. 많이 담아서 좋은 것을 골라 쓰기도 하지만 좋은 사진 한 장 얻기도 좋은 글 한 편 쓰는 일과 어렵기는 마찬가지다.

과정을 즐길 일이다. 모든 일에서. 인생에는 사실을 있는 그대로 직시하고 사실에 맞추어 행하는 일이 무엇보다도 중요하다. 그것이 삶의 포인트가 아닐까. 자칫 이미지를 찾다가 본질을 잃기가 쉬울 것이다. 예술로 형상화하는 일 자체가 인생의 목적은 아닐 터. 그 모든 작업은 인생을 아름답게 엮어가는 여즙의 생기가 될 뿐이다. 진정한 예술가는 예술을 넘어서야 하지 않을까 싶다. 자칫 함정에 빠질 우려가 있다. 기술보다는 생각과 마음이 담겨 저절로 실현되어야 할 것 같다. 글도 사진도, 예술의 모든 장르가 다 그러하리라. 무엇을 어떤 재료로 어떤 방식으로 형상화할 것인가. 인생에 완성이란 있는 것인가.

하동에서 햇차를 만나서 안고 돌아오는 길에 다시 환상적인 양귀비 밭을 만났다. 산자락에 누가 저렇게 많은 횃불을 들고 있는가. 앞사람이 서니까 나도 그렇게 발길이 멈추고 뒷사람도 멈춘다. 저 불꽃을 태우는 심사를 밝히고 나그네들의 가슴에도 불 밝히는 심정을 같이하고 싶었다.

양귀비꽃밭에서는 붉은 홍차를 마시거나 갓 볶은 커피를 마시면 어울릴 것 같다. 차茶로 말할 것 같으면 봄눈 속에 매화꽃이 필 때나 살구꽃이 필 때의 운치가 더 정겹지만……. 휴대용 찻병의 황차가 붉은빛을 내니 꽃불 타는 심정을 달래주는 듯했다.

(2011. 6.)

노아의 방주

　빗물이 방울져 맺힌 창가. 아기 손바닥 같은 빨간 안드륨 꽃이 안개 젖은 산을 내다보고 있다. 연 4일 집중호우가 계속되고 있다. 계곡과 바다에 몰려 있는 피서객들은 하늘의 게릴라 작전에 포위되고 말았다. 도시에서 땀 뻘뻘 흘리다가 잠시 휴식을 찾아든 피서객들을 혼란의 도가니에 몰아버리는 뜻은 무얼까. 올해는 호우의 손해를 입지 않고 조용히 지나가려나 했다. 애써 가꾸어 오던 농작물이 떠내려가는 것을 보며 넋 놓아야 하는 농심은 어디서 위로받아야 할까. 곳곳에서 비 피해의 수치가 올라가고 있다. 편리한 문명의 이기利器들은 자연의 호령에는 속수무책이다.

　비 오는 날이면 비안개 속의 덕수궁이 한눈에 내려다보이는 창가로 가곤 했다. 근무 시간이 지나는 줄도 모르고 상상의 나래를 폈다. 창공을 자유로이 나는 꿈을 꾸는 새장 속의 새처럼. 비 오는 날 오후 세 시, umbrella(우산) 란 별명을 가진 청년이 생각난다. 그의 umbrella는 늘 비를 몰고 다니는 것 같았다. 우리 사이에 그는 umbrella라 불리었다. 그는 지금 어느 바닷가 마을에서 정신과병원의 의사가 되었는지도 모르고, 혹은 지금까지도 마음의 행로, 어떤 길목에서 그의 우산이 있어야 하는 사람을 찾아 해매고 있을지도 모르겠다. 그럴 리야 없겠지만. 기다란 우산을 꼭 들고 있어야 하는 그는 영락없이 umbrella였다.

빗물이 흘러내리는 유리창 너머를 하염없이 바라보고 추억의 감상에 젖어 있기에는 뭇 생명의 안타까운 사연들이 너무나 치열할 것 같다. 해마다 되풀이되고 있는 홍수의 피해다. 지구의 여러 곳이 홍수에 잠기는 동안 적도 부근의 나라는 가뭄에 타고 있다 한다. 어떻게 저 홍수를 저장하였다가 필요할 때마다 쓸 수 있단 말인가. 떠내려 보낼 것은 인간의 오만인지도 모른다. 흙탕물이 노도와 같이 농경지를 삼킨다. 도시의 거리가 물에 잠긴다. 자연이 어찌 전쟁의 대상이 될 수 있단 말인가. 하늘은 인간에게 해마다, 있는 힘과 마음과 지혜를 다하여 자연을 지켜달라고 으르릉대고 있지 않은가. 그 옛날, 흠이 없고 완전한 사람으로 하느님이 어여삐 여겼던 노아는 하느님의 예언을 믿고 튼튼한 방주를 만들어서 대홍수에 대비했었다. 문명과 정보의 홍수 시대를 사는 현대인들이 어찌 미리 대비하는 정보에는 그렇게 어두울 수가 있을까. 정보의 바다를 헤엄치기 바빠서 하늘을 볼 수 없어서인지도 모르겠다. 오늘날에는 수많은 지식인과 기능인들이 넘쳐나건만, 노아처럼 하느님의 마음에 드는 사람이 없어서일까? 현대의 문명인들은 어떤 방주를 만들어야 할지 생각해 볼 일이다.

새들도 세찬 빗줄기에 놀라 꼼짝 못하나 보다. 숲 속의 나뭇가지에서 떨어지려는 둥지를 붙들고 있을지도 모른다. 갑작스러운 호우로 어린 새끼가 둥지에서 떨어져 죽는 슬픈 일은 생기지 않았으면 좋겠다. 산속의 산초나무에 공존공생한다는 곤충들도 비 벼락을 맞아 서로 부둥켜안고 있으려나? 이렇게 비가 쏟아져 내릴 때는 차라리 바닷속 고기들을 부러워해야 할까? 치어들의 은신처가 되는 해조들과 해파리들은 떠내려갈 염려를 하지 않아도 될 것인지.

빗물 소리가 저 멀리 떠내려간다. 먹구름 속을 뚫고 나오는 높은 곳의 밝은 빛 한 줄기가 안도의 숨을 고르게 한다. 그래도 우리는 늘 은혜에 대해 감사를 해야 할 뿐이다.

땅 위의 뜨거운 기류가 올라가 찬 공기와 충돌해서 만들어지는 갑작스러운 호우란다. 얼마나 탁한 신음을 토하고 또 토해야 했을까. 인간의 혼탁한 앓는 소리, 취하지 않으면 하루도 그냥 넘길 수 없는 수많은 마취제의 잔여물들이 하늘 중간에 모였겠지. 그 모든 것들이 마침내 오염된 구름층을 만들었는지도 모른다. 땅 위에 사는 인간들이 지혜를 모으면 뜨거운 열을 내리는 길이 있을는지. 마음을 모은다면, 하늘이 비를 필요할 때마다 내려줄지 누가 아는가. 천둥과 번개는 하늘을 갈라야 하고 파도는 넘쳐나서 바닷물을 뒤집어야 한다. 우리도 가끔은 세상을 뒤집어 바라볼 필요가 있는지도 모른다. 맑은 세상을 위하여.

홍수에 떠내려간 목숨이 슬픔의 빗물이 되어 다시 내린다. 주룩주룩 더욱 세차게 내린다. 유리창이 아픔에 겨워 깨질 듯 금을 긋는다. 밖이 뿌옇다. 쏟아져내리는 빗줄기를 말없이 받아들이고 있는 건너편 산속으로 안드륨도 나도 안개가 되어 스며든다.

태풍이 몰아치다

빗줄기가 조금씩 멈칫거리더니 이내 소낙비가 된다. 찻물 끓는 소리가 마침내 말발굽 소리가 되어 빗소리와 어울리니 전장의 소용돌이처럼 들린다. 물이 다 끓고 조용해져서 찻물을 따르고 차관에 차를 넣자니 이번에는 벼락이 떨어지는 소리다.

우렛소리는 높은 산에서 커다란 돌덩어리들이 굴러떨어지는 것 같다. 산 자체가 무너지는 소리. 포효하는 짐승 소리가 저쪽 산 너머의 전장에서 일어나는 대포 소리처럼 으르렁거린다. 곧 이쪽으로 전선이 이동해 올 것처럼 포성의 메아리가 가까이에서 들린다. 그러다가 저녁이 가까워지자 조용해진다.

비가 그친다. 동네 가게에 다녀온 뒤 TV를 보고 있다. 다시 희미한 신호탄 소리가 들리더니 포성이 터진다. 몇 덩이의 수류탄을 꽝꽝 떨어뜨리고는 조용해진다. 세상의 분노들이 하늘에 모여서 태풍의 눈을 만들었는가. 인간의 전쟁을 흉내내는 자연인지, 인간이 자연 상태를 흉내내어 전쟁을 만드는 것인지⋯⋯. 고대로부터 멸종된 생명은 그때마다 지구의 위기를 견디지 못하고 사라져갔다. 이제 지구가 고혈압에 걸렸다는 신호를 인간에게 보내는 것이 아닌가.

태풍 곤파스가 올라오고 있다. 모레 새벽에 서남해를 지나 동해로 빠질 것이란 예보다. 전국 곳곳에 국지적으로 비가 쏟아지고 있다. 한밤중이 되자 폭풍전야를 치르는지 고요해진다. 자정이 지나서 밖을 내다보니 하늘에 희미한 그믐달이 구름 사이로 보인다. 태풍이 일어나는 이유를 과학적으로 설명하지만, 그렇게 기압이 이동하여 바다를 뒤집고 세상을 뒤엎어야 하는 천지운행의 뜻은 어쩌랴. 자연도 자정 능력에 한계가 있다는 뜻일까.

어제와 달리 오늘은 시침을 뗀 하늘이 말갛다. 날씨는 약간 무덥지만, 햇살이 나뭇잎에 은밀히 내려앉는다. 볼 일 두 가지가 있는 날이다. 그러나 이번에는 내 자동차가 열이 나서 부글거린다. 어딘가에서 염증이 나선지 울화를 터트리고 있다. 사람도 나이 들면 병이 생기듯 기계도 세월이 흐른 만큼 고장도 나고 합병증 같은 것이 소소히 일어난다. 날씨도 무겁고 자동차도 열이 나는데 나마저 덩달아서 조급해할 필요는 없다. 태풍도 예행연습을 하더니 내 자가용도 위험 신호를 보내온다. 우리는 이렇게 예측할 수 없는 시험 속에 살고 있다.

태풍 곤파스는 한밤중에 제주의 서쪽을 지나면서 가속도가 붙어 3배 이상 빨라졌다. 태풍의 크기가 작아서 강수량은 적었지만 순간 최대 풍속으로 42년 만에 최고의 피해를 냈다. 자정이 지나서 새벽까지 단 네다섯 시간 만에 태풍은 강화도에 상륙하여 서울 경기 지방을 강타하고 동해상으로 이동했다. 순식간에 쑥대밭이 된 곳이 많았다. 가로수, 전신주, 베란다 창문이 떨어져서 깨지는 등. 강풍에 날아온 기왓장에 맞아 사망한 사람까지 있었다. 안면도 자연휴양림의 100년도 넘은 소나무까지 넘어졌다. 대규모 정전 사태로 수족관의 물고기들이 대량 죽는 일도 생겼다. 태풍에 지붕이 날아간 연희네 집, 일 년의 농사를 망친 농부들의 참담함은 도저히 말쑥하게 활자

화할 수 없는 노릇이다.

해와 달은 양陽과 음陰을 주관하고 비는 적시고 벼락은 두드린다. 그러나 바람은 소통한다. 바람은 사방팔방, 밝은 곳과 어두운 곳, 높은 곳에서 아래까지 대궐과 여염집까지, 대로에서 좁은 골목까지, 한 곳도 바람이 닿지 않는 곳은 없다. 세상의 어떤 부귀영화도 끝내는 바람일 뿐이다. 나도 바람이고 너도 바람인데 어느 누군들 바람을 피할 수 있을 건가. 바람에 비가 더해지면 태풍과 폭풍이 된다. 재난이 따르는 태풍이 어디로 갈 것인지 누가 결정하는가. 하늘의 신호는 이미 어제 보내졌었다.

인생사에 일어나는 격랑도 그렇게 일어나고 꺼진다. 문명 발달과 비례해서 우리 인간은 수백만 년 동안 별로 변하지 않은 것 같다. 엄청나게 탐욕하고 공격적이고 때로는 선망하고 질투하면서 불안하고 또 절망한다. 애증과 온화함이 이상하게 혼합된 그런 존재가 인간인 것 같다. 일상의 육체적 · 정신적 고통 외에도 싫어하는 사람이나 상황과의 만남, 좋아하는 사람이나 상황과의 이별, 원하는 것을 이루지 못하는 것 등이 우리가 극복해야 할 기본적인 고苦이다. 인간 내면에 잠재워져 있는 감정의 응어리는 잔뜩 찌푸린 하늘 같다. 폭력인 동시에 평화, 그 상대성을 뛰어넘어야만 어떤 태풍이 몰아쳐 와도 내면의 고요는 흔들리지 않을 것이다.

누구나 생의 고통으로 말미암아 쓸데없는 감정을 소모했던 시기가 있다. 애초에 세상은 선악의 씨앗을 동시에 품고 태어났으니 어쩌랴. 참았던 격정이 비가 되고 폭풍이 되어 쏟아지고 나면 언제 그랬나 싶게 맑은 하늘이 되었다. 모든 드라마의 과정은 갈등의 클라이맥스를 넘어야 서서히 정리된다. 모두가 잘되어야 해피엔딩이다. 생로병사 외에도 조건 지워진 것은 언제라도 변화한다는 좀 더 철학적인 고苦를 운명처럼 타고났음에도 그것을 해결해야 하는 일을 잊고 산다. 하늘이 그것을 일깨운다. 하늘의 시험을 잘 치러내면 전보다 더 강인한 의지와 지혜를 복으로 얻을 수도 있다. 분명히 그것은 인간의 영원한 스승의 가르침이 아닐까.

　스승은 제자들이 올바른 수행을 통하여 홀로 설 수 있도록 보살핀다. 제자들의 수행 진보를 확인하고 스스로 의식하지 못하는 잘못을 알아차릴 수 있도록 가르침을 준다. 고대로부터 단련 없이 진정한 자유와 평화에 이른 자는 아무도 없었다. 치열한 삶 가운데서 지극한 수행 끝에 자기중심의 생각을 뛰어넘고 자신의 감옥을 빠져나올 수 있다. 삶은 잘 삶아져야 한다. 비구름 속에 있으면서도 구름층 위의 태양을 떠올릴 수 있는 여유를 지녀야 하는 것을……. 한 생의 항로를 헤치고 무사히 항구에 도착한 배는 또 다른 차원의 항해 준비를 하게 된다. 언젠가 다가오고야 말 그 항해를 위하여 세상의 파도를 아름답게 넘어야 하리라. 태풍이 휩쓸고 간 폐허 위에서도.

(2010. 여름.)

가을꽃에는 가을 소리가

모든 꽃은 아름답다. 이름 없는 작은 풀꽃이라도 사람의 시선을 끈다. 그러나 꽃이 다투어 핀다는 봄꽃에서 느끼는 매력과 가을꽃이 주는 맛은 사뭇 다르다. 봄 여름 가을 겨울 모두 각각의 모양과 빛깔이 있다. 그러나 같은 빛깔이라도 봄빛과 가을빛이 다르다. 가을꽃이 마음에 들어오면 그 빛 무늬에는 미묘한 사연이 깃든다. 코스모스, 구절초, 쑥부쟁이, 벌개미취, 각종 대국에서 작고 귀여운 소국들까지.

같은 하얀색이지만 봄꽃이 주는 맛과 달리 가을 국화나 흰 코스모스와 하얀 구절초에는 소리가 담겨 있는 것 같다. 가을 소리……. 봄부터 소쩍새 소리를 듣고 천둥 번개 소리를 듣고 자라서일까. 가을꽃은 가을 달밤을 울리는 쓸쓸한 풀벌레와 방울벌레 소리도 담고 있다. 여러 모습과 마음 빛을 담고 다양한 매력을 지닌 사람도 봄꽃 같은 사람, 여름꽃 같은 사람, 가을꽃 같은 사람 그리고 겨울꽃 같은 사람이 있다.

봄꽃에서 느끼는 마음의 빛깔은 어쩌면 노랑 결이지 않을까. 같은 노랑이지만 봄의 노랑은 힘찬 희망의 깃발이 나부끼듯 생동감을 불러일으킨다.

가을꽃의 정서는 뭐라 할까. 구절초의 빛깔은 하양, 분홍 보랏빛으로 신비가 있지만, 쑥부쟁이와 벌개미취 빛에는 아릿함이 있다. 구절초는 여인들에게 좋은 약재가 되는 풀이다. 맑은 녹차와도 잘 어울린다. 구절초 밭에는 벌나비와 작은 벌레들이 왕왕거리며 서로 어울려 즐긴다.

지평선을 물들이는 금빛 나락 물결은 가을 과실들과 더불어 풍요로움을 준다. 배고파도 배고픈 줄 모른다. 가을 들판을 채색한 황금빛에서는 봄의 개나리에서 느끼는 찬란함은 없다. 그보다는 말할 수 없는 뿌듯함과 넉넉함 뒤에 오는 허기진 마음, 곧 뒤따라올 비움의 또 다른 넉넉함이 기다리는 맛이다. 깊고 고요한 그리움을 불러일으키는 맛. 뜨거운 물만 있으면 자꾸만 우러나는 찻물처럼, 그윽한 그리움의 맛이다.

우리 동네 상관면 보건지소와 상관초등학교 사이에는 구절초 밭이 있다. 이름난 먼 곳까지 가지 않아도 조촐한 이 꽃밭이 너무 사랑스럽다. 좋은 사진 장면을 찾느라고 나무 사이를 헤치다가 거미줄을 만났다. 거미에 대해서 잘 모르지만, 거미들도 가을에는 예쁜 옷을 갈아입는 걸까. 검은 거미만 보았는데, 참 아름다운 초록빛에 빨간 무늬 옷을 입은 거미다. 왕거미도 가을에는 가을옷을 입는가 보다. 거미는 어디서 나서 이렇게 거미줄을 스스로 치고 일생을 줄에 매달려 살아야 하는 운명일까. 형언해내기 어려운 육체미와 패션을 하고, 비상한 재주를 가지고서 얼마나 살면서 어떤 역할로 우리와 관계하고 있는 것일까. 스스로 창작해낸 설계대로 치밀하게 조형한 거미줄에서 얼마만큼의 세월을 살아내는 걸까. 사람들도 저런 거미줄 같은 인연줄을 만들면서 줄타기를 하는지도 모른다.

문득 비단벌레 생각이 난다. 통일신라시대 때의 지체 높은 사람의 허리띠 장식에는 비단벌레의 날개를 붙여서 만든 것이 있다. 지금까지도 그 찬란한 빛깔을 자랑한다. 만드는 과정을 보고 놀라지 않을 수 없었다. 비단벌레를 얼마나 잡아야 하는지, 수많은 날개를 모아서 촘촘히 붙였다. 그래서 멸종이 되다시피 했던 비단벌레의 운명이었다. 최근에 어떤 남쪽 지방에서 다시 발견됐다는 소식을 들었지만. 이 거미들은 날개가 없는 것이 다행인지도 모른다. 저 아름다운 몸체의 껍질을 모아서 사람의 장신구로 쓸 생각을 하는 사람은 아직 없는 것 같다. 현대인들이 너무나 바쁜 탓으로 저 거미줄까지 손이 미치지 않는 것이 참으로 다행한 일이다.

초등학생들이 하굣길에 이 꽃밭을 지난다. 아름다운 모습이다. 그런데 길에서 어떤 아저씨가 아이 셋을 세워놓고 험한 말씨와 눈초리로 아이 하나를 혼내고 있었다. 서로 싸운 것을 보고는 자기 딸이 피해를 보았다고 같이 싸운 상대 아이를 혼내고 있었다. 아이들 싸움에 아버지가 나서서 역성을 들고 있었다. 가만히 지켜보자니 혼난 아이가 다시 눈물을 흘렸다. 이 좋은 구절초와 코스모스가 어우러진 풍경 옆에서 그 모습은 어울리지 않았다. 그냥 지나칠 수 없었다. "아저씨, 서로 싸우다가 일어난 일인데, 또 다른 아이를 그렇게 울리고 가시면 되겠습니까?" 아저씨는 그 장면을 보았느냐고 나에게 되물었다. "그렇지만 주의를 시키고 서로 사이좋게 놀도록 다독거려 주면 좋지 않겠습니까." 하고 내가 말했다. 그리고 이 좋은 가을날에 아이와 함께 꽃밭이라도 거닐다 가시면 어떻겠습니까? 하고 넌지시 한 마디 건넸다. 잠시 꽃을 바라볼 수 있는 마음의 여유를 지닌다면 어떨까 싶었다. 꽃마음을 나누고 싶었다. 누구하고라도.

아이야 울긴 왜 울어! 꽃밭에서 꽃들과 노래해 봐. 금방 친구들과 사이좋아질 거야. 꽃과 함께 가을의 소리를 들어보렴. 도시에서 나는 가을 소리는 가을 폭탄 할인판매를 외치는 마트나 백화점에서 시작하는지 몰라도 조금 여유를 가지고 주위를 살펴보면 진정 들리는 가을 소리가 있다.

구양수가 밖의 스산한 바람 소리가 이상해서 동자에게 물었다.

"이게 무슨 소리인고, 나가서 알아보아라."

"별빛과 달빛이 환히 비치구요, 하늘에는 은하수가 걸려 있어요. 사방에 사람 소리는 도무지 없구요, 숲에서 무슨 소리가 나는데요."

"슬프다. 이것은 가을의 소리니라."

깊어가는 가을날의 정취를 어찌 단순한 슬픔으로 말할 수 있으리.

(2009.)

기찻길 옆 작은 도서관

'기찻길 옆 작은 도서관'이 생겼다. 내가 사는 아파트는 전라선이 통과하는 전주역 남쪽 첫 작은 간이역 앞에 있다. 주민을 위한 도서관을 아파트 관리실 옆에 마련하고 이름을 그렇게 지었다. 이름만 들어도 참 낭만적이다. '기찻길 옆 오막살이 아기 아기 잘도 잔다.'는 노래가 저절로 떠오른다. 지금은 그 노래를 부르는 아이는 없지만, 옛날 어렸을 때 자주 부르던 노래다. 예전에는 오직 기차를 타야만 멀리 갈 수 있었기 때문에 그런 동요도 생겼다. 그래서인지 기찻길이라면 왠지 향수를 불러일으킨다.

기차가 들녘을 가로지르면 멈추어서 한참 그 열차 꼬리가 사라질 때까지 지켜본다. 마치 뒤따라가려는 듯이. 신리역은 간이역이기 때문에 하루에 많은 기차가 지나가지만, 오전 6시에 여수행 기차가 한 번 서고 저녁 9시에 여수에서 올라오는 기차가 한 번 선다. 여수에 가려면 오전 6시 기차를 타고 가서 온종일 관광을 하고 저녁 9시에 도착하는 기차를 타고 오면 낭만적인 하루 여행이 될 수 있다. 2년 전에는 오전 9시에 통근 열차가 있어 집에서 바로 역까지 걸어가서 그 기차를 타고 익산에서 서울행을 갈아 타면 편리했었는데 지금은 그 기차가 없어졌다. 코레일에서는 관광열차도 운영하고 있어 현대에 탈 것들을 하루에 다 타 볼 수 있는 재미난 여행도 할 수 있다.

기차가 지나가는 모양이다. 덜커덩거리는 열차가 '빠~앙' 기적 소리를 토해낸다. 신리에서 전주로 나갈 때면 슬치에서 내려오는 대흥천을 따라 한벽당 앞으로 지나는 자동찻길로 다닌다. 기찻길이 산 밑으로 나 있기 때문에 자주 기차가 지나는 것을 본다. 가끔은 멈추어서 산기슭을 휘감고 달리는 열차를 물끄러미 바라보며 열차 칸처럼 꼬리를 물고 이어지는 추억의 기차여행을 떠올리기도 한다.

방학 때마다 전주에서 부산까지 가는 동안 대전에서 경부선을 갈아타고 열차 안에서 밤을 새우던 일들. 추억의 수학여행 길, 기차가 멈추었을 때 열차의 문에 서서 사진을 찍었던 일. 경주까지 가는 동안 사과밭을 지날 때 아이들이 모두 열차 밖을 내다보며 '야! 사과다!' 하며 소리쳤던 일들. 그때 사과밭을 처음 본 아이들이 많았다.

내가 다녔던 전주여중과 전주여고는 지금 전주 리베라호텔 자리에 있었다. 근 50년 전 일인데 엊그제 일 같기만 하다. 매일 지나는 지금의 6차선의 자동찻길이 기찻길이었다. 학교 운동장은 아래였고 기찻길은 높은 둑이었다. 기차가 지날 때면 일제히 올려다보면서 아이들이 부르는 우스개 노래가 있었다. 전주 사람을 웃기는 노래였다. 전북대학교 문리대 건물 하나가 생겼을 때, 고등학교 졸업 사진을 찍기 위하여 코스모스 우거진 새로 생긴 대학 캠퍼스에 한 번씩은 다녀오기도 했다. 왜 그때는 철길로 걸어 다닐 수 있었는지 모르겠다. 두 레일 위에서 서로 손을 잡고 걸었던 적도 있었고, 침목을 세며 걷기도 했었다. 지금 한벽루 근처의 작은 터널도 그 당시는 철길이었는데……. 거기에서 모두 한 번씩 사진을 찍었다.

서울 언니 집에서 직장생활을 할 때는 부모님께서 부산에 계셨기 때문에 조카들과 자주 경부선 기차를 탔다. 긴 기차여행 중에 먹을거리를 준비하는 데 빠지지 않는 것이 있다. 구운 오징어와 고추장이었다. 열차 안에서 거의 하루를 보내야 하므로 안방에서처럼 편안하게 지낼 채비를 하였다.

전주에서 살게 된 지 벌써 40년째다. 서울 경기 쪽에 자녀와 친정 자매들이 살기 때문에 나는 자주 서울행 기차를 탄다. 기차요금을 많이 할인해주기 때문에 편하고 저렴한 여행을 할 수 있다. 요즈음은 미리 좌석을 예매하니 안전하고 편하다. 책을 읽기도 하고 때로는 생각나는 글을 메모하기도 한다. 눈이 피로하면 차창 밖의 풍경을 즐기기도 하면서 파노라마처럼 스쳐 지나는 풍경과 함께 지난 일들도 회고한다.

기차는 기찻길로 자동차는 자동찻길로, 길을 따라 가야 한다. 길이 아닌 길을 갈 수는 없다. 우리 인생도 저마다 가야 할 자신의 길이 있다. 묵묵히 자기 길을 가다 보면 여러 갈래에서 올라온 사람들이 정상에서 만난다. 그리고 정상에서는 올라온 모든 길을 내려다볼 수 있다. 그러기에 끝까지 가보아야 한다. 도중에 내리거나 중단해서는 자기의 유일한 길이 좋았다는 것을 모른다. 서울 가는 기차를 탔으면 서울에서 내려 그곳에서 볼일을 보아야 한다. 우리의 인생 열차는 중간에서 갈아타기가 쉬운 게 아니다. 때때로 길을 잃어 새로운 풍광과 풍물을 만나는 재미도 있다. 여가를 이용한 여행이라면 그런 즐거움이 있겠지만 단 한 번의 인생길은 되돌릴 수가 없다.

여행에는 반드시 목적과 목표가 있기 마련이다. 그냥 시간을 흘려보내는 것이 아니다. 우리 인생은 더욱 분명한 목적과 목표가 있어 그것을 이루어내야 한다. 언젠가 기차여행을 더는 할 수 없을 때가 오면 마지막 열차에서 다음 하늘로 오르는 은하철도 999호로 갈아탈 수 있으면 좋겠다.

기찻길 옆 작은 도서관은 기차 소리 때문에 책 읽는 데 불편하지는 않다. 옛날에는 기찻길 옆에 살면 형제자매들이 많았다는 이야기를 들었다. 밤마다 들리는 기차 소리 때문에 부부가 밤중에 자주 잠이 깬 탓이라나. 곧 신리 간이역은 철거되지만, 더 빠른 기차가 지날 것이다. 방음벽도 설치되면 이제 우리 동네 기찻길 옆 작은 도서관은 어떤 추억을 담게 될까.

추성부도秋聲賦圖와 세한도歲寒圖

❖ 날씨가 차가워진 후에야

먹구름이 하늘 가득한 날, 바람 소리만 웅~웅~ 윙!, 쌩 쌔엥, 심란하다. 창틈으로 밖을 내다보니 세찬 바람에 나무가 한쪽으로 사정없이 쏠리고 있다. 침대에 편히 누워 있자니 고요한 가운데 요상한 소리가 귓속을 헤집는다. 바람이 길을 찾지 못하여 빌딩 벽을 치고 높은 건물 사이를 헤치며 아우성대는 소리일까. 세찬 파도가 벼랑 바위에 부딪히는 소리가 저렇던가. 숲속의 바람이 저럴까.

단풍물 뿌리면서 왔다가 낙엽을 굴리면서 떠나는 늦가을 바람의 심술인가. 이럴 때의 마음의 풍경을 그림 한 폭으로 그릴 수 있었던 옛 선비들을 생각한다.

몇 년 전엔가, 호암미술관에서 보았던 한 전시회, '그림 속의 글'이란 테마전이었다. 늦가을 스산한 바람 소리만 난무하는 이런 날은 그때 보았던 〈추성부도秋聲賦圖〉가 떠오르기 마련이다. 마침 전시회 때의 전단이 옆에 있어서 사진 속의 추성부도를 다시 들춰본다. 추성부도는 보물 1393호로 지정된 김홍도가 불우했던 말년에 그린 그림인데, 가을밤의 스산함과 인생무상을 읊은 중국의 송대 문인 구양수의 시 〈추성부〉를 묘사한 것이다. 그림 끝에 단정한 행서체로 쓰인 추성부를 나는 읽을 수는 없으나 그 발문이 그림을 더욱 돋보이게 하는 것만은 느낄 수 있었다.

〈추성부〉는 어느 날 밤, 글을 읽던 구양수가 어디선가 들려오는 이상한 소리를 듣고 동자에게 알아보라고 하니, 동자가 밖에 인적은 없고 나무숲 사이에서 소리가 난다고 하자, 구양수는 이 소리가 가을의 소리임을 깨닫고, 산천이 적막해지는 가을의 자연현상과 인간사를 연관지어 인생의 무상함을 탄식하였다는 내용을 담은 글이라고 한다. 그것으로 보아 단원 자신이 불우했던 말년과 연결하여 구양수의 시의詩意와 같은 심사를 그림에 표현하였으리라. 쓸쓸한 가을 달밤의 분위기에 휩싸여 그림을 그렸던 그의 심정이 깊이 와 닿는 날이다. 우뚝우뚝 솟은 건물들을 나무숲으로 상상해본다면 그 속의 한 초옥에서 추성부를 어찌 생각하지 않으랴! 화면 우측 집에 조용히 앉아 있는 구양수의 모습은 단원 말년의 모습을 투영하고 있는 것처럼 여겨진다.

오늘 나는 아파트촌이 생기기 전의 시절로 돌아가서 산마을의 숲에서 이는 바람 소리를 연상하며 추성부 속을 거닌다. 오늘같이 센 바람이라면 휘어질 듯한 대나무 가지의 댓잎은 서걱거리기도 어려워 어떤 무선 통신을 전할 수도 없을 것이다. 낙엽수에서 떨어지는 이파리들은 사연을 남길 여유도 없이 사방팔방 정신없이 휘날리고 있으리라. 갈잎들은 뿌리째 흔들려서 사치스런 가을의 연정으로 살랑거릴 수도 없으리. 연륜이 깊어짐에 따라서 계절이 주는 느낌도 이렇게 달라지는 것이려니 싶다.

〈추성부〉를 생각하면 바로 이어지는 추사 김정희의 〈세한도歲寒圖〉를 생각하지 않을 수 없다. 〈세한도〉는 진품을 딱 두 번 보았을 뿐이지만 영인본은 널리 알려져 있다. 추사 선생의 제주도 유배 가옥에도 잠시 머물러 보았지만, 그 작품에 대하여 어떤 감상도 말할 수 없었다. 물론 젊었을 때 문인화를 이해하고자 서체와 사군자 그리기를 습작해본 적은 있었다. 이해할 수 없는 그림 속의 글자, 특히 어려운 한문 때문에 항상 난감하였다. 요즈음 와서야 그림 속의 글을 해석한 것으로나마 이해하고 마음에 와 닿는 것이 많아져서 새삼 가슴으로 들어오는 묘미를 느낀다. 〈세한도〉 역시 그랬다. 그 그림은 일반인들이 결코 좋아할 그림은 아니다. 인생의 후기가 되어서야 김정희의 제주도 유배 시절의 심정을 이해하게 되었기에 다시 생각하는 작품이다. 김정희에게 제주도 유배 생활이 없었다면 어찌 추사체를 완성할 수 있었겠는가. 조선의 유배제도가 낳은 인간 승리요 학문과 예술의 성취 중의 하나였다.

지난번 국립중앙박물관에서 전시되었던 일본의 국보가 되어버린 안평대군의 작품 〈몽유도원도〉를 보기 위해서 수많은 사람이 운집하여 몇 겹의 줄을 선 것을 보았다. 그림의 감상보다도 그 유명세에 대한 호기심도 작용했을 것이다. 〈몽유도원도〉가 명품이 된 이유 중의 하나도 그림 속의 글 때문이기도 하다.

〈세한도〉의 경우도 마찬가지였다. 2005년 용산 국립중앙박물관의 개관 때에 〈세한도〉를 전시한 바 있었다. 결코, 일반 관람객이 선호할 성격의 작품이 아니었음에도 그 〈세한도〉를 보기 위하여 많은 사람이 운집한 것이다. 〈세한도〉가 빼어난 작품이라기보다 거의 '신화'가 되다시피 한 것은 그동안 축적된 〈세한도〉에 대한 연구와 보존된 과정의 배경 때문이기도 한 것 같다. 나 역시도 미술적인 감상이 주는 정서보다 그 작품이 지닌 이력이 신화적이기 때문에 관심을 가졌다. 일제강점기에 경성제대 교수 후지스카에게 넘어간 〈세한도〉를 서예가 손재형 씨가 동경의 후지스카 집으로 발이

닳고 무릎이 닳도록 백 날 동안 문안하여 넘겨달라고 간청하였다. 그런 태도에 감복한 후지스카는 〈세한도〉를 무조건으로 넘겨주었다. 후지스카는 김정희의 전문가였다고 한다. 그 석 달 뒤 후지스카 집이 폭격을 맞았고 후지스카가 소장했던 모든 책과 자료가 불타버렸지만, 〈세한도〉만 살아남게 되었다. 명품은 하늘도 지켜준다는 극적인 이야기다. 그 외에 제자 이상적과의 감동적인 관계, 중국 문인들과 한국 근대기 애국지사들의 찬문撰文 등이 〈세한도〉를 신화로 만든 것 같았다.

❖ '장무상망長毋相忘(오랫동안 서로 잊지 말기를!)'

국보 제180호가 된 추사 김정희 작품 〈세한도歲寒圖〉는 제주도 유배 때 그렸다.

歲寒然後知松柏之後凋也(세한연후지송백지후조야) '날씨가 차가워진 후에야 송백만이 홀로 시들지 않음을 안다.'라는 ≪논어≫의 한 구절을 빌어 〈세한도〉라는 말을 쓰게 되었다고 한다.

'천한 모양으로 쇠한 나이 육십에 꽉 찼는데 육 년을 바다에 칩거하여 이제까지 이르니 역시 이상한 일이로세. 연초에 까닭 없이 모진 병이 파고들어 꼭 죽는 줄만 알았는데 무슨 인연인지 되살아나기는 했으나……. 게다가 입과 코의 풍화는 한결같이 덜함이 없어 이미 3년이 되었으니, 이는 또 무슨 병고란 말인가? 온몸과 감각 중 편한 곳이 하나도 없으니, 이러고서야 어떻게 오래갈 수 있겠는가?

아름다운 섬 제주도에서 도저히 지금으로서는 상상할 수 없는 그 시기의 김정희의 삶을 대변하는 한 줄의 글이다. 제주도로 유배되기 전의 추사는 당시 최고의 문화적인 향유를 누리면서 당당한 위치에 있었다. 그런 그에게 인적도 드물고 뱃길도 험난하여 누구도 자주 올 수 없는 섬 생활은 고통의 연속이었을 것이다. 이런 그에게 변함없이 중국의 책들과 차茶를 구해주던 제자 이상적의 정성은 참으로 갸륵했다. 〈세한도〉는 김정희가 그런 이상적에게 자신의 심사를 표현해서 그려준 그림이다. 이상적이 청나라 문인들과 〈세한도〉를 감상하며 발문을 남기는 상황을 그린 감상도가 남았다. 〈세한도〉가 신화적인 국보가 되기까지는 이상적의 학자적인 안목이 큰 역할을 한 것이리라.

김홍도의 〈추성부도〉를 보자면 다음에 올 세한이 자연스레 그려지는데, 나는 세한도의 전형처럼 〈추성부도〉를 보게 된다. 〈추성부도〉에 나타난 집이 〈세한도〉에 비슷한 모양으로 그려지며 〈추성부도〉에서 초옥 한채와 나무 네 그루만 남겨두면 그대로 〈세한도〉 같기 때문이다. 물론 추사의 〈세한도〉가 중국의 예찬이란 사람의 산수 전통에 영향받았다고 하지만, 김정희는 이미 북경에 형성된 예술품 시장과 중국의 문인 지식인과의 접촉이 있었던 만큼 중국의 고서화를 그보다 많이 접한 사람도 드물었을 것이다. 그런 그가 김홍도의 그림을 낱낱이 모를 리가 없었을 것이기에 세한도를 그리면서 김홍도의 〈추성부도〉도 어찌 떠올리지 않았으랴 싶은 것이다.

마음으로 보지 않는 한 알 수 없는 간결한 그림. 〈세한도〉는 추사 김정희의 암울하고 쓸쓸한 자신의 말할 수 없는 처절한 심정을 볼품없는 조그마한 집 한 채와 늙은 소나무로, 제자의 고마운 행동은 지조의 상징인 우뚝 선소나무와 잣나무로 표현하였으며 '너와 나' 둘을 제외한 모든 사람의 무관심은 집 이외의 아무것도 없는 겨울 배경으로 표현하였다고 해석한다. 그림의 제일 오른쪽에 찍은 주문방인朱文方印이 '장무상망長毋相忘'이라니 이제 와서야 〈세한도〉의 소박하면서도 초탈한 듯한 깊이 있는 격조가 내 감수성에 와 닿는다. 제자 이상적에게 '오랫동안 서로 잊지 말자.'라고 했던 뜨거운 마음만이 제주의 풍상을 어루만졌던 것인가.

겨울이 오는 길목에서 유배 시절의 김정희의 나이를 넘고 보니 그 세한의 의미를 이해하게 된다. 밤낮이 없는 시멘트 건물군 사이로 뜨는 현란한 인공 빛들 속에서는 늦가을의 소리와 세한지정 같은 심사가 생길 틈이 없는지도 모른다. 그러기에 옛 선비들이 마음에 품고 있던 정신을 그림으로 말할 수 있었던 그 시대의 예술혼이 아련하게 그리운지도 모른다.

현대인들이라고 빌딩 숲을 헤치고 아우성치는 겨울바람 소리에 인생의 무상함을 어찌 생각하지 않겠는가. 부모가 되어 보아야 부모 마음을 안다는 듯이 인생의 후렴을 살게 될 때가 되어서야 인생의 무상함을 새삼 느끼게 된다. 누군들 세상살이의 풍파를 거치지 않은 사람이 있을까. 자연 바람, 인공 바람, 모든 관계에서 생기는 잡다한 바람들. 세상살이 바람은 누구도 피할 수 없는 바람이거늘, 바람이 삶을 일으키며 바람 따라 흔들리며 산다. 바람의 종류와 강약은 다르겠지만, 강풍이 아닐지라도 사람 마음의 크기에 따라서 바람 맞는 자세도 다르리라.

돌이켜보면 내게는 1970년대 전주 살이 자체가 유배생활같이 생각될 때가 있었다. 처음 서울에서 전주에 오니 허허벌판 같았다. 아마도 문화적 향유를 누리던 김정희가 갑자기 외딴섬에 내려졌을 때와 같았다고나 할까. 시대가 다르니 비교할 정도는 아니지만, 결혼생활 자체를 엮어나가는 동안 가족과의 정서적 갈등과 경제적 문화적 차이에서 오는 불편이 심했다. 현실의 교육이 못마땅하여 아이들의 낙원을 찾아 헤매기도 했다. 한쪽으로 사정없이 쏠리는 나무처럼 뿌리가 흔들리는 충격도 맛보았지만, 그 시기야말로 오히려 밑바닥부터 내 영혼을 치열하게 고양할 수 있었던 호기였다. 생각해 보자면 그것은 스스로 만든 감정의 유배였지 외부의 조건은 아무 문제 될 것이 없었다. 어른이 되는 고갯마루를 넘는 수행이었다. 파도가 쳐야 바닷물이 맑아지고 먹구름이 지난 하늘이 맑지 않은가. 봄날의 외진 언덕에서 가시돋친 찔레 가지는 하얀 꽃을 무더기로 피워냈고 겨울이 오는 동안 새빨간 열매를 익혔다. 친정붙이 하나도 없는 먼 고장에서 서울에서 변함없이 나를 후원해준 자매들은 김정희의 제자 이상적과도 같았다.

언젠가부터 유배지 같았던 전주가 고향처럼 아늑해졌으며 전주가 지닌 전통의 문화 미에도 푹 젖어 지내고 있었다. 단풍잎 오그라드는 인생의 가을이지만 겨울 나목이 되어도 소나무의 푸른 정신과 붉은 심장만은 잃지 않을 것 같아 〈세한도〉는 그리지 않을 것 같다.

귀양살이하는 하와의 자손을 굽어살펴 달라는 천주교의 기도문이 있다. 에덴동산에서 쫓겨난 하와이기에 세상 유배의 고통을 짊어지게 되었다는 뜻이다. 어쩌면 본성을 잃고 헤매는 인간에게는 세상살이 자체가 유배인지도 모른다. 그래서 끊임없이 이상향을 추구하는 것이 아닐까. 손에 잡히지 않는 행복마저 먼저 취하고 독점하려는 듯 인간의 소유에 대한 집착과 진보를 향한 욕망이 만든 문명의 굴레가 에덴으로 가는 길을 오히려 더 멀게 하고 있다. 유배 시절 위대한 업적을 남긴 조선의 선비들만큼이 아니라도 세상살이 동안 후손에게 부끄럽지 않은 삶이었으면. 간절한 마음으로 '장무상망長毋相忘'이란 붉은 마음만은 지니고 싶다.

(2009. 11.)

'명창정궤明窓淨几'를 위하여

   참 다냥한 아침 햇살이다. 봄이 되자 거실로 들어오던 햇살은 베란다에서만 놀다 간다. 작은 유리 차관과 잔 하나와 보온병을 들고 창가에 앉는다. 멀리 동쪽 바다로부터 봄바람을 거느리고 와서 이 작은 창 안으로 들어와 준 해님께 찻잔을 들어 경배한다. 겨울에 피었던 차 꽃이 말라붙어 있는 차수분茶樹盆 가지에 새순이 피고 있다. 햇순을 따서 그대로 씹으면 단 침이 고여 생 햇차 맛이 된다. 너무 고귀해서 쳐다보며 차를 두 차례까지만 마시고 먼 산자락 끝으로 펼쳐지는 봄날의 정경들을 마음에 안아본다.

   차 맛이 입안에 맴돌아 몸속으로 퍼지자 생기가 일어서 얼른 밥상을 준비한다. 어제는 오전 내내 침대에서 신문도 보고 전화도 걸다가 거실로 나와 운동을 하고 다시 침대로 들어갔다. 햇살이 방안을 헤집어서 나도 모르게 벌떡 일어났던 것이다. 가까운 언덕에서 나물을 뜯었다. 언제부터인가 꽃피는 사월은 황사 바람으로 맑은 날도 연둣빛 물오르는 산경山景은 늘 부옇다. 바람이 몹시 세어서 추웠지만, 고덕산을 넘는 노을이 고와서 마음이 훈훈했다. 쑥을 다듬어서 국을 끓이고 나물 전을 부치는 등 두어 시간 걸렸다.

이렇게 봄나물을 초대하여 식사하는 것이 나의 진정한 봄맞이 의식이다. 3월도 되기 전에 성급히 제주도의 봄부터 맞고 왔다. 이렇게 해야 온전한 봄이 내 안으로 들어오는 것 아니랴! 밥 먹고 다시 햇살이 가기 전에 차 한 잔 더 나누련다.

차나무에서 새순이 피어나는 것을 보니 또 차신茶神이 속닥이기 시작한다. 남녘에는 벌써 차를 따는 곳이 있으리라. 분의 차나무에서 새순이 나온 걸 보면 우리보다 위도가 낮은 중국의 차 산지에서는 차 따는 시기를 청명(4월 5일경) 곡우(4월 20일경)라 할 만하다. '청명은 너무 빠르고 입하는 너무 늦다. 곡우 전후가 그 시기에 적중하다.' 하지만 이곳 날씨로 그 시기는 빠르다. 벌써 제주도에서는 차를 딴다는 소식이 들려온다. 우리나라 사람들은 하동에서 나는 우전차(곡우 전에 딴 차)를 아주 귀한 것으로 치지만 많지도 않아서 값만 아주 비싸다. 맛으로 보아서는 참으로 앳된 맛이다. 차의 정신을 알고 보면 우전차가 좋다고 우길 필요도 없다. 차는 모두 다 고귀하다. 절강의 장흥현 사람들은 입하 전이 아니면 차를 따지 않는다. 처음 차를 따기 시작한 것을 밭을 연다 말하고 입하 때부터 딴 것을 봄 차라고 했다. 우전의 세작 차 사기를 마땅해하는 것은 "옛 상식(당송대)에만 익숙하고 오묘한 이치를 이해치 못함이다." 라고 허차서도 말했다. 지방마다 산지마다 다르다.

중국 명나라 때는 잎차 시기였다. 허차서는 그의 다소茶疏에서 차 마시는 때를 24가지 열거했다. 나는 그 중에서 가장 좋은 때를 '심수한적心手閒適'과 '명창정궤明窓淨几'를 들고 싶다. 심지心地와 수족이 한적할 때를 첫 번째로 꼽았다. 여자들은 결코 심지와 수족이 한적하기가 그리 쉽지 않기에, 나는 '심수한적'하고 싶을 때로 한다. '방우초귀訪友初歸'도 적절한 때이다. 벗을 방문하고 막 돌아왔을 때, 특히 밖에서 사람을 만나거나 일이 있었을 때는 그 뒷맛을 갈무리해야 할 필요가 있다.

부녀자들이 아침 일을 마치고 잠시 쉬고 싶을 때가 밝은 창가에서 갖는 커피 타임일 것이다. 그러나 차 맛에 길들게 되면 좀 더 깊은 명상으로 들 수 있는 시간이 된다. 오늘 같은 햇살 좋은 창가에서라면 '명창정궤'가 얼마나 적격인가. 따로 이런 서실은 없지만, 깨끗한 집 밝은 한지 창 아래 맑은 책상도 갖추지 못하지만, 이런 햇살에서는 늘 '명창정궤'가 그립다. 생활 속에 있었지만, '명창정궤'란 말을 음미하게 된 지는 얼마 되지 않는다. 다소茶疏의 차 마시는 때를 열거한 글에서 '명창정궤'란 글귀를 보았지만, 허투루 보았다. 지난해 홍해리 시인의 〈명창정궤明窓淨几의 시詩를 위하여〉란 시詩를 소개받은 후에서야, 다소茶疏의 '명창정궤'가 가슴에 꽂히게 되었다. 그리도 절묘하게 차 마시고 싶은 때이다.

　시인의 〈명창정궤의 시詩를 위하여〉는 차 맛이나 차茶의 정신도 충분히 담고 있다. 너무 긴 시詩여서 여기에 다 인용하지는 못한다. 시인이 일생을 통하여 얻은 지혜의 압축인 것도 같은 장시長詩이다. 한마디로 시인은 혹은 문인은 '오로지 올곧은 선비의 양심과 정신이 필요할 따름이다.' 라고 하는 것 같았다.

　'시인은 감투도 명예도 아니다.
　상을 타기 위해, 시비를 세우기 위해, 동분하고 서주할 일인가.
　그 시간과 수고를 시 쓰는 일에 투자하라.
　그것이 시인에겐 소득이요, 독자에겐 기쁨이다.
　오로지 올곧은 선비의 양심과 정신이 필요할 따름이다.
　변두리 시인이면 어떻고 아웃사이더면 어떤가.
　목숨이 내 것이듯 시도 갈 때는 다 놓고 갈 것이니
　누굴 위해 시를 쓰는 것은 아니다.
　시詩는 시적是的인 것임을 시인詩人으로서 시인是認한다.

생전에 상을 받을 일도, 살아서 시비를 세울 일도 없다.

상賞으로 상傷을 당하고 싶지 않고 시비詩碑로 시비是非에 휘말리고 싶지 않다.

시인은 새벽 한 대접의 냉수로 충분한 대접을 받는다.

시는 시로서, 시인은 시인으로서 존재하면 된다.

그것이 시인이 받을 보상이다.'

장시(長詩)의 대미를 그렇게 쓰고, 맨 끝을 '여시아문如是我聞'으로 마감했다. 시인은 '살기 위해서 시를 쓰는 것이 아니다. 잘 죽기 위해서 시를 쓰는 일이란 다짐을 다시 한 번 다져 본다.'라고 했다. 나도 꼭 그렇게 잘 죽기 위해서 글을 쓴다.

햇살 밝은 창가에서 마시는 차 맛이 깊고 고요하다. 오늘 마신 녹차는 묵은 중국녹차이다. 지난겨울에 큰언니 댁에서 마시던 차이다. 내가 차를 좋아하니까 내놓은 것인데 언니는 잘 마시지 않아서 뜯은 채로 한 통 그대로 있었다. 내가 가지고 와서 다시 햇맛이 나도록 볶았더니 깊고 고소한 맛을 다시 내게 되었다. 묵은 것은 묵은 대로 그 성질을 알고 우려내면 좋은 맛을 찾아낼 수도 있다. 묵은 맛이 좋을 때가 잦다. 늘 새로운 오랜 친구, 늘 새로 맞는 햇살, 매일 먹는 새 밥과 물, 특히 오늘같이 곁에 있어도 그리운 봄 햇살 속의 묵은 차가 그렇다.

차를 잘 마시는 일이 쉽지는 않으나 잘 마신다고 해서 그 정신을 얻었다고 하기도 어려운 것 같다. 진정한 차의 정신을 챙기지 못해서야 어찌 차茶하는 사람이라고 할 수 있을까 싶다. 맛볼수록 묵은 차에서도 새 맛 나는 '명창정궤明窓淨机'의 정신을 음미한다.

(2009. 4.)

2부

빠스카의 신비

퇴원을 축하한다는 말을 자주 듣는다. 고생 많이 했다는 말과 함께다. 살다 보면 언제나 고생 뒤에 더욱 절감하는 낙樂임을 안다. 입원해서 수술을 받을 수 있어서 다행이고 잘 치료가 되어서 퇴원할 수 있으니 축하할 일이다.

입원 중 '빠스카'란 말이 떠올랐다. 예전에 성서공부를 할 때 '빠스카'란 말의 의미가 깊었기 때문에 이번에 다시 그 신비에 대하여 명상했다. 가끔 빠스카를 잘해야 한다고 속으로 되뇌면서.

'빠스카'란 말은 히브리어로 '건너가다' 혹은 '통과하다'라는 뜻이다. 빠스카는 이스라엘 민족이 애급에서 탈출한 사건에서 나온 말이다. 유대인에게 3대 명절 중 하나인 봄의 축제, 빠스카 즉 유월(踰月, 逾越)절을 최대의 명절로 지내는 기독교 파도 있다. 그들의 해방절인 것이다. 이 사건은 신약 시대에 와서 예수의 '죽음과 부활'로 이어졌다. 예수의 최후의 만찬이 빠스카 만찬으로 완성되어 천주교의 미사는 성체성사로 형상화하여 미사 때마다 '빠스카'의 의미를 새기며 새 생명을 받는다는 의미가 있다.

하느님은 그의 백성을 고난의 길을 통해 영광으로 이끌어가신다. 죽음에서 새로운 생명으로 건너가는 축전이 빠스카 잔치이다. 빠스카의 신비는 전례 행사를 통해서 신자들은 예수의 빠스카에 참여한다. 전례적 빠스카는 실천적 빠스카로 이어져서 나날의 생활에서 체험해야 한다. 우리의 일생 그리고 각 민족의 흥망성쇠를 거듭하는 역사 그 자체를 가리킨다.

고난은 언제나 영적으로 성숙하는 기회가 되어 그를 기쁘게 이겨냄으로써 빠스카의 잔치로 전환하는 것이다. 아플 때 영적으로 성숙한다는 뜻이다. 이에는 반드시 과거에서 죽지 않으면 부활의 신비를 맛볼 수 없다는 단서를 준다. 지난 일에 대한 그림자를 만들지 말아야 한다. 한 알의 밀알이 떨어져서 과거의 모습은 없어지고 새 생명으로 탄생한다는 의미다. 모든 씨앗이 이런 생명의 순환으로 이어지고 있다. 삶도 이런 노정에 있음을 인식하고 늘 새로워져야 한다는 것을 상기한다.

가끔 속으로 되뇐다. 과거의 습관이 육체를 끌어당겨 그대로 안주하고 싶을 때 세수하고 단장하는 소소한 일도 귀찮을 때, '그래 건너가기'를 잘해야 해. 오랫동안 새로운 일을 해야 하는 번거로움이 귀찮았다. 집에서 병원으로 잘 건너가기 위해서 입원 시기만큼의 기간 준비했다. 집을 비워야 하기에 여행 준비를 하듯 했다. 병원으로 잘 건너갔다. 엄지발가락이 한쪽으로 쏠려서 뼈가 삼각으로 튀어나온 것을 '무지외반증'이라고 한다. 부종이 있는 왼쪽 발의 복사뼈가 염증이 자주 나서 이번에는 꼭 수술하지 않으면 병을 키운다고 했다. 튀어나온 뼈를 조금 깎아야 한다는 진단이었다. 수술을 위한 세밀한 검사가 이루어졌다. 간단한 검사에서 복잡한 검사까지 여러 곳을 통과했다. 의사로서는 간단한 수술이라고 하여 순서도 제일 나중으로 배정되었다. 수술하고 마취에서 풀려난 뒤 하루 동안 뼈를 깎는 고통을 맛보았다. 그 모든 과정이 '빠스카의 신비' 속에 이루어졌다. 어떠한 입장에서도 그 은혜에 감사하고 그 은혜에 찬양을 드리는 일이 빠스카의 잔치에 동참하는 일이다.

　박지원의 ≪열하일기≫를 읽으면 옛 시대의 여행이란 지금에 견주어 보면 전쟁 속의 피난 길 같은 고난의 연속이었다. 〈도강록渡江錄〉은 참으로 장대한 빠스카가 아닐 수 없었다. 장마 탓에 강물이 불어서 물이 빠지기를 기다리는 동안 박지원은 그냥 있지 않았다. 주변을 자세히 관찰하고 새로운 풍광을 즐겼다. 그런 강 건너기를 수없이 하는 일은 고난의 연속이었다. 내를 건너다 말 등에서 떨어질 뻔한 일도 많았다. 걸어야 하는 심복들은 어떠했을까. 한 심복은 아파서 열하까지 동행하지도 못했다. 하루에 칠팔십 리를 가야 했다. 도중에 늙어 몸이 아픈 사람들은 뒤에 쳐지기도 했다. 일행은 여관에서 묵는 일보다 성이나 밖에서, 심지어는 길에서 노숙해야 하는 일을 수없이 되풀이 하는 도정이었다. 그가 탄 말의 안장에 걸린 양쪽의 걸낭에는 벼루 한 개와 먹 한 개 그리고 붓 두 자루 공책 네 권이 있었다. 그리하여 그는 수많은 견문기를 남겼다. 장쾌한 빠스카의 연속이었다.

　현대에는 여행길도 수월하다. 박지원이 이 시대에 다시 나타난다면 경악할 것이다. 중국의 문명을 보고 그는 부러워했다. 우리나라는 길이 없으니 수레도 다닐 수 없다고 한탄했었는데 그새 이렇게 미끈한 도로들이 많이 생겨서 교통사고도 잦다. 정형외과에는 교통사고 환자들이 많다. 차라리 수레 길이 없던 그 시절에 살았던 것을 다행으로 여기지 않을까.

　오늘날의 여행길에는 다리가 많이 놓여 강이 더욱 아름답게도 보인다. 높은 산에 오르는 탈것도 많다. 목적지까지 빨리 달릴 수 있는 고속도로와 비행기까지. 지구촌 어디든 갈 수 있다. 다리 밑이나 산 아래서 펼쳐지는 세상일은 몰라도 된다. 정비센터와 주유소도 많다. 인생의 여행길도 마찬가지다. 육신을 오래 써서 고치고 정비해야 하는 일이 생긴다. 수리할 수 있는 정비소도 과목별로 많다. 여행 도중에 사고도 자주 일어나기 마련이다.

　21세기는 문명이 최고조의 시대다. 편안하고 동시에 위험한 시대이기도 하다. 입원해 있는 동안 '아이티 지진 사태'가 일어났다. 전 지구적인 관심이 쏟아지고 있다. 나라가 존망의 위기에 놓여 있을 정도라고 한다. 국내에서는 '전일저축은행 파산'이란 폭풍이 서민들의 삶에 지진을 가져왔다. 이래도 삶을 축제라고만 할 것인가. 그렇다. 사람만이 희망을 말할 수 있다. 어떤 일에도 그 일 속에는 빠스카의 신비가 숨어 있다. 잘 넘기고 고난을 통과할 힘은 아직도 지구인에게 남아있는 것이다.

어제는 20여 일 만에 자동차를 운전하여 마트에 갈 수 있었다. 붕대 감은 발이 들어갈 수 있는 신발을 사기 위해서 마트에 갔다가 다른 장보기도 할 수 있었다. 마트에는 휠체어도 있고 카트를 밀고 다니면서 천천히 필요한 물건을 담을 수 있었다. 사원들이 도와주어서 즐거운 쇼핑을 했다. 자유의 안도감을 누렸다. 빠스카의 잔치가 따로 있는 것이 아니었다.

일일시호일, 나날이 좋은 날이요, 모든 것은 변한다는 제행무상의 진리가 현현한다. 고통도 기쁨도 오래 머물지 않는다. 집착할 아무것도 없다. 순간순간이 빛과 그림자로 지난다. 곧 겨울을 건너는 입춘이 빠스카의 축제를 준비하고 있지 않은가.

(2010. 1.)

이웃사촌들

　벌써 4년째 서로 알고 지낸 사이다. 처음 이사 왔던 해의 추석 때 아이들을 앞세우고 선물을 가지고 인사를 왔다. 아이들이 위층에서 쿵쿵거리며 뛰어놀아서 미안하다는 뜻이었다. 아이들이 뛰는 소리가 들리면 나는 내 손주들 같아 귀여워서 어떤 아이들인가 궁금하여 올라가서 보고 온 적이 있었다. 조용하게 지내는 내게는 인기척이 들리는 것이 그리 싫은 것은 아니었는데 명절 때마다 인사를 주고받는 사이가 되었다.

　마침 병원에 가기 전날, 위층 새댁이 떡을 가지고 인사를 왔다. 내가 수술 받을 일이 있어서 다녀오는 동안 우리 집 열쇠를 맡아 달라고 부탁했다. 왼발 엄지발가락의 복사뼈가 튀어나온, 소위 무지외반증 때문에 신발에 닿으면 자주 염증이 났던 것이다. 이번에는 염증을 긁어내고 삼각으로 튀어나온 뼈를 조금 깎아야 하는 수술이었다. 새댁은 주먹 쥔 손을 들어 '파이팅'을 외쳐주었다. 위층은 내 아들 며느리 또래이고 남매를 둔 것까지 비슷했다. 부산 사람들이어서 더 친근감도 든다. 올해는 큰애가 벌써 학교에 들어간다니 처음 봤을 때보다 많이 컸다. 복도에서나 밖에서 만나면 스스럼없이 인사도 잘하는 예쁘고 귀여운 아이들이다.

입원 절차를 다 마치고 2인실에 올라가서 하루 지냈다. 간호사가 보호자를 찾아서 내가 보호자라고 했다. 모두 멀리 있어 지금은 올 수가 없으니 나 혼자 잘할 수 있다고 했다. 마침 6인실 병실이 생겨서 나부터 옮겨달라고 부탁했다. 6인실에 있으면 수시로 환자들의 식구들이 문안을 오니까 도움을 받을 수 있기 때문에 난 걱정하지 않아도 되었다. 낮부터 수술 준비를 하고 기다렸으나 저녁이 되어서야 불렀다. 간단한 수술이라고 제일 늦게 하게 되었단다. 손톱 밑만 아파도 당사자에게는 큰일이어서 긴장 상태인 것을. 여덟 시쯤 무사히 수술이 끝나고 병실로 돌아왔다. 다음 날부터는 화장실 출입을 해야 하는데 그때도 보호자를 찾았지만 난 혼자 할 수 있었다. 휠체어란 믿음직한 보호자 덕분에 수액 주머니도 달고 다닐 수 있었다. 단지 두 손으로 밥상을 들고나는 것은 할 수 없었지만 그런 일은 입원실 선배들과 다른 보호자들이 언제나 대기 상태이니 문제는 없었다.

나를 찾아오는 사람은 나흘 동안 아무도 없었다. 전주 지방에는 시댁 식구 외는 친정의 친척은 아무도 없기 때문이기도 했지만, 따로 보호자가 붙어 있을 필요는 없었다. 모두 부산이나 서울, 경기 지역에 있기 때문에 아무 때나 내려올 수 있는 형편들이 아니었다. 방문객들이 병실에 찾아올 때마다 먹을거리들을 사 들고 오니 그때마다 가족처럼 모두 나누어주었다. 그렇게 나흘 동안 나는 원치 않아도 같이 먹어야 했다. 난 이럴 때 혼자라는 생각은 하지 않는다. 언제나 그 자리에서 같이 있는 사람들이 있지 않은가. 병실에 있는 동안은 한솥밥을 먹는 한식구로 지내야 한다.

처음에는 각자의 벼슬 자랑을 듣는 일이 재미있기도 했다. 병원에서는 고난도의 수술을 받은 자가 가장 벼슬이 높은 것이다. 세상에서도 가장 벼슬이 높은 사람은 아예 말이 필요 없다. 너무 높은 사람은 말할 필요조차 느끼지 않는다. 병실에서도 마찬가지다. 엉덩이뼈가 부서진 할머니는 엎친

데 덮친 격으로 병원에 오는 길에 119차의 실수로 손목까지 다치게 되었기 때문에 그 할머니가 가장 높은 벼슬살이를 하였다. 해서 아무 말도 못하고 도인처럼 묵묵히 누워 있기만 했고 시중만 받고 있었다. 그 밑의 벼슬아치들이 좀 나았다고 서로 그동안의 경과를 자랑삼아 이야기하였다. 나는 환자 같지도 않다고 가짜환자 취급이었다. 민감한 뼈를 건드렸기 때문에 나는 그들에게 뼈를 깎는 고통을 아느냐고 대응할 정도였다. 회진 때에도 바쁜 의사한테 서로 할 말이 많아서 엄살이 심했다. 거기에 나까지 많은 말을 할 수가 없었다. 그러니 그들이 내 시중을 도와주지 않을 수가 없었다. 벼슬 자랑한 값이었다.

나흘째 되는 날 궁금해서 못 견디는 이웃 언니가 전화했다. 일정으로 보아서 수술이 끝났을 것 같아서였다. 기어코 103동 언니가 109동 언니를 모시고 같이 찾아왔다. 이왕 오려면 우리 집에 가서 전기스탠드와 읽던 책을 좀 가져다 달라고 부탁까지 했다. 잠이 오지 않는 밤에 불을 켤 수 없으므로 책을 읽을 수가 없었다. 열쇠를 가지고 있던 위층 새댁이 우리 집에 들어가서 모두 챙겨주었다고 했다.

병실 식구들은 그때야 나에 대해서 알게 되었다. 다음 날 오후에는 뜬금없이 위층 새댁 식구들이 귤 한 상자를 사 들고 총출동했다. 아이들이 참 재미있어 했다. 병문안까지 올 것은 상상하지도 않았는데, 이웃 언니들이 우리 집에 들렀을 때 우리가 서로 통화하는 내용을 듣고 내가 입원한 병원과 병실을 알았다고 했다. 그리고는 필요한 것 있거나 불편한 것이 있으면 부탁하라는 당부까지 하고 조금 놀다가 갔다. 그래서 나는 화분에 물을 주는 일을 부탁했다. 멀리 있는 자식들이나 형제들보다 손발이 되어줄 수 있는 이웃사촌이 낫다고 한 말을 실감하는 날이었다.

그리고 그날 멀리 해남에서도 건강식품을 택배로 보내와서 나도 병실 식구들에게 품앗이할 수 있었다. 그다음 주에는 미국의 진짜 사촌오빠가 다니러 온 김에 부산 언니까지 합세하여 경기도의 큰언니와 동생 식구들이 모두 모여서 유람을 왔다. 날 보러 오는 것은 핑계이고 미국에서 오래 생활한 오빠에게 전주 비빔밥을 맛보여 주고 싶어서였다는 것이다. 그래서 병실 식구들과 파티까지 할 수 있게 되었다. 두 번이나 사복을 입고 나가서 손님들과 식사를 하고 왔으니 가짜환자라고 점 찍힐 뻔한 짓을 했다. 다음번에 아들네가 왔을 때는 정식으로 외출증을 끊어서 나갔다.

입이 가려워서 도저히 말하지 않을 수 없었다고 한 이웃 언니 때문에 수필반 문우들까지 다 알게 되었다. 원래 말하지 말아 달라고 부탁하면 그 말까지 다하는 것이란다. 직접 문안과 전화 문안을 많이 받고 활력을 받았지만, 병문안 받지 않아도 될 증상인데 번거로움을 끼치게 되어 죄송했다. 퇴원하는 날에 가는 비가 촉촉하게 내렸다. 위층 아이들 아빠가 퇴근길에 와서 퇴원을 도와주었다. 아들 노릇을 해준 것이다. 가장 소중한 사람은 지금 옆에 있는 사람이라는 말이 정말 새로웠던 병실 생활이었다. 그가 누구이든 간에.

베트남 며느님

정형외과는 치열한 삶의 전장에 차려진 야전 병원이다. 병동에는 장군들이 많다. 우리 병실에도 갑옷 입은 장군 환자가 한 명, 허리 갑옷만 입은 사람, 목에 투구를 쓴 사람이 있다. 다들 선임이다. 관록에 따라 움직임이 달랐다. 병실 생활에서 알아야 할 사항들을 자주 알려주었다. 장군 갑옷은 척추를 보호하기 위해서 가슴과 등의 보호대를 말한다. 허리디스크 수술 환자는 허리를 감싸는 보호대를 해야 하고, 목디스크는 목 갑옷을 입고 있어야 한다. 나는 발을 움직이지 말아야 하므로 처음 2주 동안 발바닥부터 종아리까지 반깁스를 하고 있었다. 허리 갑옷과 목 갑옷을 입은 사람은 허리를 굽힐 수 없고 또 목을 돌릴 수 없으나 말은 잘도 한다. 그들이 이야기하면 나는 소설을 읽는 것 같다. 허리를 굽힐 수도 없고 목을 돌릴 수 없으나 걸어 다니는 것은 잘하니 나의 밥상을 나르는 일은 그들 몫이었다. 너무나 벼슬 자랑을 많이 해서 이담에 밖에 나가서는 그런 벼슬 자랑은 안 하는 것이 좋을 것이라고 했다.

장군 복을 입은 사람이 자칭 방장 노릇을 하였다. 그 사람은 집에서도 입을 가만히 둘 수가 없어서 군것질을 달고 산다고 했다. 그러니 잠시도 가만있지 않는다. 깨어 있을 때는 말을 제일 많이 하는 편이었다. 그이는 장수 산골에서 몹시도 험하게 몸을 쓴 것 같았다. 몇 년 전에는 무릎 수술까지 받았는데 이번에는 디스크 수술을 받았다. 구부리지 못하니까 며느리가 얼마 동안 병간호를 하느라 병실에서 같이 생활했다. 알고 보니 그 며느님은 베트남에서 사온 며느리였다. 베트남 며느리는 서로 소통할 수 있을 만큼 우리말을 할 수 있다. 스타일은 별로이지만 통통한 몸매에다 복스러운 얼굴에 상냥했다. 무엇보다 마음씨가 고운 것 같았다. 저녁때마다 세숫대야에 물을 떠 와서 구부리지 못하는 시어머님 발을 정성스럽게 씻겨 드리는 것이다. 아마도 베트남에서도 그렇게 어른을 섬기지 않았을까 싶었다. 사람은 본 대로 행하기 때문이다.

베트남 며느리가 있는 동안에 나도 덕을 많이 봤다. 장군 시어머님이 며느리에게 내 시중을 들어주라고 명령하는 것이었다. 나는 아주 고맙고 미안해서 먹을 것도 자주 챙겨주었다. 그리고 퇴원하면 은혜를 꼭 갚아야겠다고 주소를 물었다. 그러자 누워 있던 장군 시어머님이 '하지 마!' 하는 것이 아닌가. 그때 나는 '아차, 실수했구나.' 하고 빨리 알아차렸다. 그리고 후로는 아무 말도 하지 않았다.

우리 사회에서 다문화가정이 새삼스러운 일은 아니다. TV에 〈러브인 아시아 Love in Asia〉란 프로도 생겨서 아시안 며느리의 성공담을 소개하고 다문화가정에 대한 인식을 높이고 있다. 2009년 6월에 전북도청에서 '전라북도 다문화 가족자녀 보육실태 및 지원방향'에 대한 전북여성정책포럼에 참가한 적이 있었다. 우리 사회가 안고 있는 많은 문제 중의 하나가 또한 '다문화가정'에 대한 것이었다. 2008년 7월 현재 우리나라 결혼이민자 수는 144,385명이며 그들의 자녀는 58,007명에 달한다. 국민 총 결혼건수에서 차지하는 비중은 2001년 4.8%에서 2008년 11.1%로 불과 7년 사이 3배 정도

증가했다. 그에 따라서 자녀양육 문제가 다양한 모양으로 일어나고 있다. 아동을 돌볼 사람이 없는 집, 아동 건강관리의 어려움, 부모 중 한쪽이 외국인이어서 의사소통 문제로 말미암은 정체성 혼란, 집단따돌림 등에 대한 적절한 보살핌이 미흡하다는 것이다. 한편으로는 어떻게든 국가적 도움을 받아내기 위한 위장 전술을 쓰는 가족들 때문에 복잡한 민원이 발생하고 있다. 노력하여 성공하는 경우도 있고, 병들고 있는 경우도 많다. 2020년에는 20대 한국인 5명 중 1명이 다문화가정 자녀가 될 것이고, 신생아 중 3분의 1이 다문화가정의 자녀로 추산되고 있다.

우리나라는 과거 6 · 25 전쟁으로 인한 전쟁고아들이 많았다. 외국의 도움을 많이 받았다. 나는 20대 때 외국 원조를 받아오는 천주교 기관에서 일하기도 하였다. 그리고 1980년대에는 펄벅재단의 상담원 일을 파트 타임제로 재택근무를 하였었다. 3개월에 한 번씩 혼혈아 가정을 방문하여 상담하고 그들의 미국 후원자들에게 편지를 써주고 답장을 받아 전하는 일을 했다. 모두 미군부대 주변의 혼혈아(아이노꾸)들이었다. 그때는 우리가 도움을 받아야 하는 시기였다. 아메리칸 드림을 안고 미국에 이민 가는 사람들 이야기가 한창 많았던 때였다. 그로부터 30여 년 우리나라는 눈부신 경제성장으로 '코리안 드림'을 안고 오는 아시안들의 문제를 떠안게 되었다. 이제 우리나라도 다문화민족이 되어가고 있다.

입원 첫날 2인실에서 나는 40대 젊은 여자와 그의 남편과 동침했다. 그녀가 다문화가정 일을 했는데 아시안 친구들이 있다고 했다. 아시안 며느리를 둔 가정에서는 그렇게 전화를 걸어와서 다른 곳으로 빼어 가는 예가 있기 때문에 싫어하는 것이라고 일러주었다. 실제로 많은 돈을 들여서 아시안 며느리를 구했는데, 나중에 도망가서 경제적 손실만 많이 보게 된 예가 가끔 있다고 했다.

짧은 병실 생활에서 이렇게 다문화가정에 대한 일을 했던 사람도 만나고,

베트남 며느리를 만나는 일로 해서 아시안이 나의 구체적인 이웃으로 다가온 것을 실감했다. 우리 사회에 일어나는 많은 문제와 더불어 다문화가정에 대한 인식도 함께 가져야 할 때인 것 같다. 베트남 며느리 남편은 40대가 넘도록 방탕하다가 이제 겨우 마음을 잡았다고 했다. 나는 한국말도 열심히 배우고 베트남 말도 열심히 공부하라고 말해주었을 뿐이다. 가족들은 아시안 며느리가 많이 배우고 정신이 깨어나면 주변의 유혹을 받을까 걱정인 것 같았다. 언제까지 집안에서 갇힌 생활만 할 것인가. 베트남 며느리가 제대로 한국을 배우고 바른 정신을 가지게 되면 좋겠다. 그리하여 사랑과 함께 믿음으로 결속하여 당당한 대한민국의 한 가정을 이루기를 바란다.

(2010. 2.)

여행과 질병

　오랜만에 친구가 그간의 소식을 묻기에 원나라에 여행 갔었다고 했다.
"아주 잘했군, 중국이나 몽골에 갔더냐." 하는 것이다. "원나라는 원나라지,
병원 나라 말이야!"

　부종이 있는 발에 다시 통증이 생겼다. 하루를 꼬박 침대에서 일어나지
못하고 앓았다. 다음 날이 되어서야 배고픔을 느낄 수 있었다. 밥해 먹기가
힘들어서 병원을 찾았더니 염증 치료를 위해서 일주일 정도 입원하여 항생
제 치료를 받으면 좋겠다고 했다. 다른 때 같으면 그대로 집에서 물리치료
를 하면서 버텼다. 이제는 참고 견디기보다 좀 쉬운 방법을 찾게 된다. 그런
일이 일어날 때마다 아픈 것은 불행이 아니고 분명히 내게 주는 어떤 신호
임을 알아차린다. 아픈 것은 살아있다는 역력한 증명이니까. 한쪽으로 너무
가고 있는 것이 아닌가 하는 성찰을 주었기 때문이다. 10년 정도의 주기로
다가오는 내 생활의 구조를 전환해야 할 때임을 알아차리게 되었다.

　사실 그건 또 하나의 여행이었다. 혼자 가방 꾸려서 육체를 위한 순례길
에 오른 셈이었다. 몸 명상수련이기도 했다. 열흘 동안 병원에서 보호받으

면서 잘 지냈더니 피로도 풀리고 살도 찐 것 같았다. 좀 불편한 곳이 있을 뿐 마음은 아프지 않고 내과적인 불편은 없었기 때문이었다. 어쩌다 병원 생활을 해보면 많은 사람의 인생 역정이 여러 모양의 질병을 만든다는 것을 알게 된다.

삶을 질주하다 보면 잠시 멈춤이 필요할 때를 만나게 된다. 자신을 되돌아보는 시간을 갖고 싶을 때 사람들은 어딘가로 떠나고 싶어한다. 신앙을 가진 사람이라면 순례길을 걷기도 한다. 목적지까지 몇 날이 걸릴지도 모르면서 묵묵히 홀로 걷는 동안 자신의 내면을 살피게 된다. 목표를 향하여 선택한 길을 가는 동안 힘들고 주저앉고 싶은 때도 있을 테고, 좋은 풍광을 만나면 한꺼번에 피로가 풀리기도 하다가, 갑작스러운 비바람에 시달리기도 한다. 그래도 목적지까지 가봐야 한다. 여행만큼 지나간 시간을 되새김질하며 마음을 어루만지게 하는 일도 드물 것이다. 그래서 언제나 여행길은 인생의 길에 비유된다.

유럽의 많은 사람이 '산티아고' 순례길을 혼자 걷는 것을 본 적이 있다. 어떤 이는 그 순례길에서 하느님을 보았다고 술회한 사람도 있다. 어떤 형상의 하느님인지는 몰라도 전혀 새로운 자아를 발견한 것이리라. 제대로 만난 하느님이라면 자신이 만난 모든 것들 안에서도 하느님을 발견할 수 있지 싶다. 나그네가 되어 낯선 길에서 만나는 사람들과 풍경들과 역사 유적들 속에서 새로운 나를 발견할 수도 있다. 여로에 지칠 때쯤 돌아온 일상이 다시 낯설어 여행지처럼 시작할 수 있다면 여행의 효과를 얻은 셈이다. 그리하여 삶 자체를 여행하듯 살 수 있으면 주어진 삶의 과제를 완수하는 힘이 쌓인다.

앙드레 지드도 여행과 질병은 자아 찾기의 두 통로라고 말했다고 한다. 우리나라에도 순례길이 열려서 종교인들이 그 길을 걷기도 하고 마을마다 둘레길이 많아져서 걷는 일이 유행처럼 번지고 있다. 요즘은 없는 길도 만들다 보니 자아를 찾는 목적보다 여행 자체가 목적이 되는 경우도 많다.

질병이 자아 찾기의 또 하나의 통로라고 해서 일부러 질병을 자초할 사람은 없을 것이다. 하기야 고대의 수행자들은 깨달음을 구하기 위해서 스스로 고통의 길을 갔던 성인들도 많았다. 고행을 통하여 깨달음을 이룬 티베트의 밀레르빠 성인이 있다. 예수도 십자가 고통의 의미를 남겼다. 석가모니는 고행의 길을 가지 않아도 자아를 찾을 수 있는 중도의 길을 열었다. 그래도 수행의 길은 여전히 힘들다. 그러나 스스로 선택한 고통은 더는 고통이 아니다. 하지만 쉽게 그 길을 선택하는 사람은 아직도 많지 않은 것 같다. 위대한 선지자의 말을 믿거나 의지할 수 없는 사람들의 자기애自己愛이거나 관습의 늪에 빠져 있기 때문인지도 모른다. 되도록 쉽고 편리한 지름길만 찾기에 그런 길의 이면에는 복병이 자리잡기가 쉽다. 그러하니 자신의 집착에 걸맞는 질병이 따라오기 마련이다. 어찌해도 우리는 인생의 고통을 통하여 인내를 배우게 되고 인내를 배운 사람은 고통의 의미를 휴식과 즐거움으로 전환할 수 있게 된다.

〈보왕삼매론〉의 첫 구절도 말한다. '몸에 병 없기를 바라지 마라. 몸에 병이 없으면 탐욕이 생기기 쉽나니. 그래서 성인이 말씀하시되 병고로써 양약을 삼으라 하셨느니라.' 사람은 아파야 성숙한다고 한 말이 바로 그것이다. 세상살이의 곤란으로 업신여기는 마음과 사치한 마음을 물리치고, 근심과 곤란으로써 세상을 살아가라 하신 성인의 말씀이다. 공부하는 일조차도 마음에 생기는 장애를 극복하는 데서 성숙한다고 했다.

정말 그렇다. ≪이제야 나는 삶을 얘기할 수 있겠네≫의 저자도 나이 사십을 앞두고 느닷없이 세 번이나 찾아온 불청객 암과의 처절한 투병생활을 통해 건져올린 삶과 사랑에 대한 진지한 성찰을 담을 수 있었다. 그동안 무엇을 했는지, 도대체 지금까지 이루어놓은 일이 무엇인지 심한 자괴감에 빠져 허우적거렸다. 사람마다 넘어야 하는 산의 모양은 다르지만, 절정의 고비를 넘겨보고야 인생의 의미를 깨닫는다.

　나이 들면서 육체의 힘은 쇠약해지면서도 빛을 잃지 않을 수 있는 것은 순전히 마음이 몸을 지탱하는 힘을 준 덕분이다. 생의 한가운데를 지나는 삶의 수행에서 쌓은 내공의 힘이 도움이 된다. 생의 끝 날까지 걸어야 하는 그 길 끝에서 또 다른 차원으로 열린 길이 기다리고 있지 않을까? 시종始終이 따로 없는 생장과 소멸의 그 길, 영원의 길로.

　옛날 인디언들은 동물을 사냥하고도 그 동물의 머리와 뼈를 수습하여 장례를 치러주었다. 그들은 동물의 영혼이 깃든 곳이 몸의 머리와 뼈였다고 생각했다. 동물의 해코지가 두려워서 생각해낸 의식이었는지도 모른다. 어쩌면 사람에게도 머리와 뼈는 가장 중요한 마지막 힘이 저장된 곳이 아닐까. 늙어가는 몸이지만 머리와 뼈에 남아있는 생명의 힘이 소진될 때까지 삶을 이어갈 수 있으리라. 여행처럼. 이제 나도 '영원히 살 것처럼 배우고 내일 죽을 것처럼 살아라.' 라는 말을 가슴에 새겨야겠다.

가출家出과 출가出家

택배 꾸러미 포장지를 뜯었다. ≪아름다운 마무리≫ 하얀 표지 위에 백합꽃 두 송이가 간결한 선묘로 새겨져 있다. 꽃잎 한 송이가 툭 튀어나올 것 같다. 거실의 서향瑞香이 꽃잎의 그림에서도 풍기는 듯하다. 표지의 인상이 '단순하고 간소하게!' 그대로다. 수행의 향기가 갈피마다 서려 있는 법정 스님의 유지가 아닌가.

춘설이 폭설로 내린 다음 날인 3월 11일, 법정 스님의 입적 소식을 뉴스에서 알게 되었다. 다비식이 끝나는 날까지 뉴스 시간마다 법정 스님의 열반 소식이 그의 행장과 함께 소개되었다. 머리기사로 등장하는 또 다른 한 인물이 있었다. 김길태, 그는 가출하여서 한 소녀를 성폭행한 뒤 살해한 혐의자였다. 삶의 내용에 따라서 사람의 모습이 하늘과 땅 차이를 보인다는 사례 같았다. 출가 수행자는 연꽃 같은 삶을 살지만, 추락한 가출자의 모습은 축생으로 보였다.

불성佛性은 누구에게나 있다. 그래서 중생과 부처는 하나라고 했다. 그러나 성불은 아무나 이룰 수 없다. 본인의 선택에 따른 수행의 노력으로 성불의 길로 나아갈 수도 있고 야차로 추락할 수도 있다. 한마음 돌이키면 부처라고 했는데 그 마음의 길을 잡을 수 있는 인연을 생기生起해야 한다. 출가자들에게는 좋은 습관에 머무는 것도 마魔가 된다. 생의 무상함이 절실할 때마다 초발심을 더욱 굳히게 된다. 그래서 법정 스님은 버리고 떠나기를 거듭하신 끝에 다른 차원으로 떠나는 아름다운 마무리를 할 수 있었다. 하물며 나쁜 습관임에랴! 출가자는 스스로 맑은 가난을 선택하지만, 가출자는 집착의 굴레를 벗어나지 못하여 허덕이다 범죄자가 되기도 한다.

나는 매일 떠난다. 가출인가 출가인가. 생계를 위하여, 행복을 위하여, 좋은 것에 더 좋은 것을 채우기 위하여, 편리한 것에 더 편리한 것을 찾기도 한다. 자기의 성취를 위하여, 좋은 풍경과 좋은 소리를 보고 듣기 위하여 먼 데까지 마다치 않고 가서 사진을 잔뜩 찍어 가지고 오기도 한다. 선한 일도 업이건만, 죽비소리가 들린다. 법정 스님의 산문집 ≪무소유≫로 인하여 법어 같았던 '무소유'란 말이 유행한다. 하지만 말은 좋지만, 무소유를 실천하는 일은 얼마나 좋아할지 의문이다. '무소유'란 말까지 '소유'의 목록에 추가되었다.

모든 꽃은 단순하고 간결한 구조를 지녔다. 향이 있는 꽃은 결코 그 수형이 아름답거나 화려하지 않다. 자연스럽게 제 분수만큼 자신의 존재를 나타낼 뿐이다. 사람도 자연의 이치에 따르는 수행을 하는 사람에게서는 서향을 지닐 수 있는 것을 출가 사문들과 세상 속에서 출가정신으로 사는 사람들에게서 가끔 본다. 스님의 다비식은 거룩했다. 평소의 복장 그대로 화려한 장식이나 근엄한 의례도 없었다. 우리는 얼마나 불필요하면서도 거북스런 형식을 갖추는 데 힘을 낭비하는가. 스님은 단순하고 간소하게 사는 일이야말로 가장 아름답고 향 맑은 생활임을 마지막까지 보여주셨다. 허례허식과 관념에 매인 사람들에게 내리는 죽비였다.

결혼한 지 십 년차쯤에 녹슬어 가는 삶의 타성에 대한 고민이 엄습했다.

인생의 허상을 보았기 때문이었다고나 할까. 남편과의 정신적 유대감을 이루지 못하고 티격태격을 거듭한 적이 있었다. '순간의 선택이 십 년을 좌우한다.'라는 광고 문구가 떠오르기도 했지만 새로 살 수 있는 전자 제품도 아니고 출발지로 되돌아갈 수 있는 여행길도 아닌 일. 혼인의 출가를 뒤집고 싶었다. 우리의 부부싸움은 내가 가출을 하면 일단 휴전이 되었다. 어떤 때는 아이들과 함께 서울에 다녀오기도 했다. 돌아오면 남편은 집 안을 깨끗이 치워놓고 말없이 미소로 반겼다. 떨어져 있는 동안 서로 마음공부가 된 것이다. 오히려 그가 재가 출가자在家 出家者 같았다.

옛 인도인들은 나이 40이 넘으면 출가 수행한다고 들었다. 그 무렵 다도茶道와 요가에 입문하고 있었기 때문에 자연적으로 불교에 접근할 수 있었다. 차茶를 만들기 위해서 절에 갔을 때 연꽃 같은 나의 차 스님에게 말했다.

"스님이 참 부러워요."

"암, 부러워해야지!"

그분의 대답은 그리도 당당했다. 법정 스님의 입적을 보면서도 그때 생각이 떠올랐다. 살면서 그 이상 다른 것을 부러워하지는 않았다.

훈련 없이 영혼의 자유를 얻은 자는 일찍이 없었다. 드디어 나도 출가자가 될 수 있는 기회가 왔다. 1986년 여름이던가. 법정 스님이 송광사 선수련회 원장을 맡고 계실 때였다. 한 해 5백여 명의 수련생들이 종파를 초월하여 운집하였다. 내가 참석했을 때도 목사와 수녀님도 있었다. 이름하여 '출가 4박 5일', 식사 때는 발우공양의 게송을 음송했다. '이 음식이 어디서 왔는가, 내 덕행으로 받기가 부끄럽네. 진리를 수행하는 약으로 알고 이 음식을 받습니다.' 음식의 근원이 나의 근원이었다. 좌선의 맛이 차茶맛과 같다는 의미를 알았다. 선다일여禪茶—如. 수련생들의 어깨에 떨어지는 죽비는 마음의 게으름에 내리는 일침이었다.

잊을 수 없는 법정 스님과의 독대. 그때만 해도 나는 참 선무당 같은 용기가 있었던 것 같다. 스승이자 때로는 친구 같은 성직자께 논리도 없는 질문으로 잘 따졌다. 내가 시집으로 출가한 것을 뒤집고 다시 절집으로 출가하고 싶다고 했을 때 법정 스님은 한 달만 참으라고 타이르셨다. 우리는 나날이 달라지고 생각도 변한다고. 혼인생활은 좋은 수행처라 하셨다. 오히려 출가 수행자들이 더 위험한 방종에 놓이기 쉽다고 했다. 천주교 신부님들도 마찬가지 말씀을 하신 적이 있었다. 재가자在家者들의 생활 장소는 훌륭한 도량이 된다고 했다. 바른 노력이 수행이라는 뜻이다. 법정 스님은 수련생들에게 확고히 말씀하셨다. 재가자들도 치열한 출가정신으로 살아야 한다는 것을 마음에 새겨야 한다고.

스님의 걸음걸이에서는 늘 춘설을 뿌릴 듯한 쌩한 바람이 이는 것 같았다. 스님의 맑고 고운 얼음 같은 표정과 정갈한 가사袈裟 속에는 꽃샘바람 속에서도 피어날 수밖에 없는 매향梅香 같은 수행의 향기가 쌓이고 있었던 것을 한 시절 지난 뒤에야 알게 되었다. 영혼의 자유를 알기까지 오랫동안의 투쟁적인 실험 정진이 나를 성숙시켜주었다.

죽비소리 그립다.

'출가 4박 5일' 이후 출가정신으로 무장한 나는 심 출가자心出家者가 되어 세상으로 새롭게 출가했다. 자신의 성찰을 위하여 땅에서 일하는 것을 수행의 출발로 삼았다. 최소한 내가 먹을 것은 밭에 심고 흙을 통하여 내 본래의 모습을 찾아보기도 했다. 자연에 인위를 더한 인류의 이상향을 꿈꾸는 동료와 실험적인 행복운동에 참가했다. 마음 수련을 통하여 생활 선禪을 익혔다. 그것은 한 번도 교육받아본 적이 없는 생명체와의 공생의 방법을 터득하는 길이었다. 나의 출가정신에 온 가족과 가까운 이웃들도 동참했다. 같은 길을 가는 도반들이 있어 힘이 되었다. 가족의 의미도 확대되고, 종교의 벽도 없어졌다. 그것은 나의 확장이었다. 그래도 삶을 꾸리는 일은 육체적으로 힘들고 걱정거리도 없는 것이 아니다. 나만의 행복은 완전한 행복이 아니기 때문이다. 단지 그것에 마음이 매이지 않을 뿐, 정신과 육체의 조화를 이루는 과정을 즐긴다. '출가 4박 5일' 이후의 선 수련의 체험은 생의 장강을 건너는 작은 뗏목에 불과했다.

법정 스님도 출가할 때 제일 걸렸던 것이 책이었다. 풋중 시절의 분서焚書를 통하여 세속적인 자신을 깡그리 불태울 수 있었다. 깨닫고 학문하라 했으니 나도 정진의 초기에는 책을 버렸다. 대긍정의 열기를 맞으려면 부정의 단계는 반드시 거쳐야 할 과제였다. 학문하기 위해서는 할 일이 많지만, 도를 닦기 위해서는 할 일은 없어지고 단순해진다. 신문을 사흘 동안 보지 않으면 바보가 되는 것 같지만 3년을 안 보면 도인이 된다고 했다. 색안경을 벗고 보는 세상이 날로 새롭고 아름다웠다. 더는 새로울 것이 없어 있는 그대로 보일 때, 무의미의 극치에서의 대전환은 의미 있는 세상이었다. 세상에 있는 동안은 의미를 떠날 수 없노라고 하면서, 수필 쓰는 일로 거듭 출가한 것이다. 버렸던 책들을 다시 집었다. 예전의 것이 아닌 새 책, 책에 구속되지 않는 자유로운 책 읽기. 법정 스님의 ≪내가 사랑한 책들≫ 중에는 내 생각과 일치하는 책들이 많았다. 법정 스님도 세속 일에 참여하는 동안 출가정신에 어긋나는 일임을 알게 되면 여지없이 초발심으로 돌아가셨다. 나의 출가정신은 지금 어디로 가고 있는가. 부끄럽기만 하다. 저 때의 죽비소리가 들린다.

"수행자는 한평생을 자기 자신을 변화시키는 일에 바쳐야 한다. 남녀노소를 막론하고 그 삶에 변화가 없다면 그의 인생은 이미 녹슬어 있는 거나 다름이 없다."

법정 스님은 스스로 "나는 성미가 급하네."
하신 대로 일대사 변화를 위하여 봄꽃 피는 것을 기다리지 않으셨다. 춘설이 덮인 세상을 뒤로하고 꽃샘바람을 가르면서 훨훨 떠나셨다. 수행처였던

불일암 매향도 수류방 새소리 물소리도 다비의 연기를 따라 전송했으리라. 우리 집 천일향도 만 리까지 따라갔겠지. 육안으로 볼 수 없어도 이미 그의 우주 안에서 모든 생명은 하나였으니, 그 모든 생명체 안에서 스님의 우주를 만날 것이다. 그의 우주가 내 안에도 있으니 내 안의 나를 그리워하자. 일상의 타성과 게으름이 독이 된다는 말씀이 죽비가 되어 내리친다.

(2010. 3.)

길상사와 법정 스님과 시인 백석

‘연못에 연꽃이 없더라.’

1993년 7월 불교를 상징하는 꽃이라는 까닭 하나만으로 독립기념관, 경복궁, 창덕궁 연못의 연꽃이 모두 없어지는 기막힌 사실과 마주쳤을 때, 법정 스님은 〈연못에 연꽃이 없더라〉는 글을 발표하신다. 나라 지도자가 신앙하는 종교에 앞서 충성하려는 너무나 얄팍한 몇몇 사람 처사였음을 접한 스님은 아연실색하셨다. 그 어이없는 심정을 글로 발표하신 것이다.

이 일을 계기로 스님은 민주화 운동 이후 다시 한 번 더 세속 일에 관여하시게 된다. 날로 각박해져만 가고 메말라만 가는 우리 심성을 세상과 자연을 두루 맑고 향기롭게 가꾸면서 살아가자는 뜻에서 순수 시민운동을 주창하신 것이다. 주변 친지들의 권유와 시주의 은혜로 살아온 출가 사문으로 작은 역할이나마 하시겠다면서 1993년 8월 스님은 ‘맑고 향기롭게 살아가기 운동 준비 모임’을 발족시키고 1994년 1월에는 연꽃을 수록한 스티커 10만 장을 무료 배포하며 서울과 부산에 이어 대구, 광주, 경남, 대전 등지에서 스님 최초의 대중 강연을 하시며 모임을 만들었다. 이 운동에 뜻을 함께하겠다는 회원들을 오늘까지 17년째 이끌어 주고 계셨다.

한편, 법정 스님의 무소유 사상에 감동한 길상화(고 김영한) 보살이 성북동 대원각 터 7천여 평을 스님께 시주함에 따라 1997년 12월, '맑고 향기롭게' 근본 도량인 길상사가 개산開山되었다. 서울 북악산 줄기가 병풍처럼 둘러싼 성북동 깊이에 자리한 길상사 마당에는 관세음보살 입상이 서 있다. 이 보살상은 가톨릭 신자인 최종태 씨의 조각이라고 한다. 불교의 관세음보살상과 천주교의 성모상이 묘하게 합성된 듯한 상이다. 마치 김영한 보살을 기리기라도 하는 듯한 기념물 같기도 하다.

길상사는 구한말에 요정 정치의 산실이었다는 대원각을 고친 절이다. 이 요정의 주인이었던 김영한 씨의 법명이 길상화였다. 십여 년 동안 법정 스님께 이 절을 기증하겠다고 하였으나 끝내 스님은 거절하였다. 맑고 향기롭게 살아가기 운동이 조용히 정착하면서부터 김영한 보살이 거듭 대원각을 법정 스님께 기증하겠다는 뜻을 밝혔다. 네 차례나 사양하던 법정 스님은 주변 사부대중의 간청을 수락해 김영한 보살의 뜻을 받아들이기로 하였다. 개인이 아닌 조계종단의 이름으로, 자신은 상징적인 관리자(주지가 아닌 호주)로서 대원각을 기증받겠다는 의지를 천명하였다. 후에 순천 송광사의 분원으로 등록되었다.

1996년 9월 26일 김영한 보살의 대원각 기증과 길상사 창건 소식이 ≪동아일보≫를 통해 보도되면서 전국적인 화제를 불러일으켰다. 당시 민심이 흉흉하던 터에 이 따뜻하고 아름다운 소식이 전해지면서 길상사는 창건 법호 이후까지 언론의 중심에 서게 되었던 것이다.

죽도록 시인 백석을 사랑하였다던 김영한 씨.

그녀는 15세에 부모의 강압에 결혼했으나 남편이 일찍 죽고, 후에 기생이 되었다고 한다. 20대 초반에 운명적으로 백석 시인을 만나서 사랑하게 되었으나 백석의 부모 반대로 혼인할 수 없었다. 한때 동거까지 하였지만 백석은 만주로 혼자 떠날 수밖에 없는 처지였다. 삼팔선이 가로막혀 평생 멀리서 사랑할 수밖에 없었다고 한다. 그는 백석이 지어준 '자야子夜'라는 필명을 가졌으며, 기명은 '진향'이었다. 그녀도 시서화에 소질이 많았다고 한다. 시를 쓰는 일이 사랑을 지키는 길이었다. 다시 태어나면 문학을 하겠다고 말했단다. 백석 문학상을 위한 기금을 헌금한 뒤에 그녀도 세상을 떠났다. 길상사 극락전 옆방에 그녀의 초상화가 걸려 있었다. 그가 죽은 후, 뼛가루를 눈 오는 날 절 뒷마당에 뿌려달라고 하였다. 절 마당에 겨울눈이 쌓이면 그가 사랑했던 북쪽에서 태어난 시인 백석과 남쪽 끝에서 태어난 법정 스님의 영혼도 눈꽃으로 내려오실까.

도심의 한가운데 조용한 이 길상사가 있어 시민의 위안처가 된다. 작은 계곡 언덕에 방갈로 같은 집들은 스님들의 거처이다. 누구나 잠시 명상하며 쉴 수 있는 '침묵의 방'도 있다. 방문을 열고 들어갔더니 한 사람이 왼편 벽을 마주하고 명상 중이었다. 나는 오른편 벽을 마주하였다. 그 사람은 이내 자리를 떴고 나는 30여 분 명상하였다. 참 고즈넉하고 편안하고 고요한 시간이었다. 피로가 풀리는 좋은 휴식이 되었다. 이제 이 방에 들어와서 법정 스님이 남기신 무소유 정신을 새기고 실천 의지를 다지는 사람들이 많아질 것이다. 길상화 보살의 큰마음 또한 감사하게 생각하리라.

나와 나타샤와 흰 당나귀

백석(1912~1995)

가난한 내가 / 아름다운 나타샤를 사랑해서 / 오늘 밤은 푹푹 눈이 나린다 // 나타샤를 사랑하고 / 눈은 푹푹 날리고 / 나는 혼자 쓸쓸히 앉아 소주를 마신다 / 소주를 마시며 생각한다 / 나타샤와 나는 / 눈이 푹푹 쌓이는 밤 흰 당나귀를 타고 / 산골로 가자 출출이(뱁새) 우는 깊은 산골로 가리(오막살이집)에 살자 // 눈은 푹푹 나리고 / 나는 나타샤를 생각하고 / 나타샤가 아니 올 리 없다 / 언제 벌써 내 속에 고조곤히 와 이야기한다 / 산골로 가는 것은 세상한테 지는 것이 아니다 / 세상 같은 건 더러워 버리는 것이다 // 눈은 푹푹 나리고 / 아름다운 나타샤는 나를 사랑하고 / 어데서 흰 당나귀도 오늘밤이 좋아서 응앙응앙 울 것이다

(백석 시인의 27세 때 작품)

독신과 결혼생활

　고 김수환 추기경님의 선종을 애도하는 사람 물결을 보면서 다시금 읽게 된 프란시스 베이컨(1561~1626)의 〈결혼과 독신생활〉이다. 서양의 수필 선구자였다는 몽테뉴와 영국 베이컨의 글이 이제야 깊이 음미해볼 만하여졌다. 정작 젊은 시절의 학과목일 때는 허투루 생각했던 책들이었다. 수필 공부를 몇 년 한 덕이다.

　'처자를 가진 사람은 이미 운명에 인질을 바치고 있는 셈이다. 처자는 선善하건 악惡하건 대사업에, 장애물이기 때문이다. 확실히 아주 훌륭한, 가장 공공公共에 이익이 되는 사업은 결혼하지 않은, 또는 자녀 없는 사람에 의하여 이루어졌다. 그들은 애정에 있어서나 재산에 있어서나, 공공과 결혼하고 그것을 부양하는 것이다. 그러나 자녀를 가진 사람들이 장래의 시대에 대해서 당연히 큰 관심을 두리라는 것은 대단히 이유 있는 일이다. 그들은 자기의 가장 사랑하는 자녀를 미래의 시대에 내맡겨야 한다는 것을 알고 있기 때문이다. 그런데 독신생활을 하면서도 자신의 한평생밖에는 생각지 않고 장래의 시대에 대해서는 오불관언吾不關焉인 사람이 있다. 확실히 처자는 인간성을 수양하는 한 가지 방법이다. 독신자는 물자의 소비가 적어서 몇 배나 더 자선적일 수 있지만 반면에 한층 잔인하고 몰인정하여 준엄한 심문관이 되는 것이 적당하다. 그것은 그들의 애정을 불러일으킬 기회가 별로 없기 때문이다.'

200여 년 뒤, 영국의 베이컨을 이어 수필 시대의 중흥을 연 찰스 램(1775~1834)은 젊은 때 첫사랑에 실패한 뒤 독신생활을 했던 모양이다. 그런데 베이컨이 말한 대로 대사업을 이룩한 사람은 독신자들에 의해서라고 본다면, 영국의 수필 시대에 업적을 남긴 것으로 그의 독신생활도 빛을 보았다고 해야 할까. 그의 〈기혼자의 행동에 대한 독신자의 불평〉이란 수필에 이런 대목이 있다. '—전략— 내가 방문하는 기혼자들의 가정에서 가장 나의 비위를 거스르게 하는 것은 전혀 성질이 다른 결정이다. 즉 그들이 지나치게 의誼가 좋다는 것이다. 그런데 그들의 의가 좋다는 것이 어째서 나의 비위를 거스르는 것일까? 세상 사람들에게서 자기들만이 따로 떨어져서 자기들 둘만이 노는 것을 마음껏 즐긴다는 행위 그 자체는 이 세상 전체보다도 둘이서 서로 좋아하고 있다는 사실을 의미하고 있기 때문이다. 결혼이라는 것은 그 최고의 칭호를 붙인다 하더라도 일종의 독점이며, 나의 비위에 거슬리는 그런 유의 독점이다. 월등한 지식이라든가 잘 산다는 것을 암시하는 것도 상대방에게 충분히 굴욕감을 주는 수가 있다.'

마침내는 신혼으로 해서 절친한 교우관계가 유지되기 어렵다는 뜻이었다. 램의 기혼자 중에서 항상 변치 않는 성의를 믿을 수 있는 기혼의 친구는 모두 신혼기를 지내고 나서 교우관계를 맺은 사람뿐이다고 했다. 신혼의 즐거움도 자식으로 말미암은 즐거움도 잠시, 근심·걱정이 끊이지 않는 생활을 이야기하였다.

나에게는 스승과 친구처럼 가까이 지내는 성직자들이 있었다. 김수환 추기경님은 내가 젊었을 때 마산교구의 신부님 시절에 잠깐 가까이 뵌 적이 있었다. 그때도 성직자의 권위보다는 이웃집 아저씨 같은 소박함과 친근감을 주었다. 내 아파트의 창문으로 보면 아파트 동과 동 사이로 상관성당의 첨탑이 보인다. 80년대 초에는 주변이 모두 농토와 과수원만 있었던 것 같다. 그때 이곳에 아파트가 생겨 내가 살게 될 줄을 어찌 알았겠는가. 당시 상관성당 신부님의 사업을 도우러 전주에서 출근한 적이 있었다. 난 그때 젊어서 종교에 대한 비난 섞인 비판의 말을 잘했다. "그러니 제도 속에 있지만, 제도에서 자유롭자는 거야!" 라고 하시면서 그런 나를 어여삐 보시고 당신의 성서 번역 출판 일에 참여하게 했던 것이다. 성서의 히브리어의 단어를 우리말로 적당한 말이 생각나지 않으면 나에게 잘 묻곤 하셨는데, 그는 생활인이 아니므로 내가 쉽게 사용하는 말로 대답해 드리면 멍하니 내 얼굴을 쳐다보시곤 했다. 책상에 앉으시면 일을 끝낼 때까지 목이 뻣뻣해지도록 그대로 계셨다. 목운동을 권유하면 그럴 시간도 아깝다고 하셨다. 내가 글을 쓰게 되면서 그분의 그때 입장을 가끔 생각하기도 한다.

스님들은 기독교 성직자들과는 좀 다른 수행과정을 거친다. 진정한 수행자들은 무위도식하는 것 같지만 큰 사업을 하고 있다는 것. 그건 석가모니가 모든 수행자의 크나큰 전범을 보여주었다. 가족의 연을 끊고 수행한 결과 큰 깨달음의 세계를 열었고, 영원한 행복이 무엇이라는 것을 열어 보였다. 내가 가까이서 함께했던 스님을 생각하면 보통사람으로는 이해가 가지 않을 만큼, 쌀쌀맞을 정도로 냉철하고 맑은 정신을 느끼는 경우가 있다. 그건 베이컨의 말대로 '독신자는 한층 잔인하고 몰인정하여 준엄한 심문관이 되는 것이 적당하다.'는 말과 상통한다고 보아야 할지 모르겠다. 하지만 내가 아는 한 그런 분들의 내면 깊숙이는 천진성과 대정大情이 깔린 것을 알 수 있다. 20여 년 전에 송광사에서 법정 스님과 독대한 적이 있었다. 그분이 지나실 때는 찬바람이 난다고 할 정도였다. 아주 찬 것과 아주 뜨거운 것과는 상통한다. 냉·온탕을 하다 보면 나중에는 같은 온도의 감각을 느낀다. 그때는 인연 법에 꺼당길 때였다. 인연의 고리를 끊는다는 것은 형식의 문제가 아니었다. 그러나 불가에서는 출가하려면 아이가 잡은 저고리 고름을 끊어야 한다고 한다. 반대로 자식이 출가할 때는 어머니가 잡은 옷소매를 잘라야 한다. 결국, 베이컨의 말대로 대사업을 하려면 가족에 얽매여서는 안 된다는 말은 맞는 것 같다. 부처님의 초기경전에도 그랬다. 자식이 기쁨이지만 자식이 곧 근심이다. 법정 스님은 그때 속가의 사람들도 출가정신으로 살아야 한다고 하셨다. 추기경님도 그랬다. 일반사람들의 생활에 대한 아쉬움을 이야기한 적도 있었지만, 현대의 성직자 중 그 누구보다 예수의 삶을 몸소 보여주신 분 같다.

가정을 가진 사람들보다 자신들이 위험에 빠질 경우가 더 많다고 성직자들은 자주 말한다. 가정은 오히려 좋은 수행처가 될 수 있다고 했다. 의식을 제대로 한다면 말이다. 나도 그렇게 생각한다. 나와 다른 성과 함께 산다는 것은 내 생각대로만 될 수 없다는 것을 전제한다. 자식이 생기면 경제와 건강, 교육 등으로 더욱 큰 어려움에 부닥치게 된다. 자식을 키움으로 해서 자신이 인간으로 성장할 기회가 많아진다. 삶의 여정은 무고정無固定 전진前進의 밝은 수행길일 뿐이다. 진정한 부모가 된다는 것은 곧 공인公人됨을 의미하기 때문이다.

고 김수환 추기경님의 관이 닫히는 순간 나도 모르게 가슴이 울컥해진다. 다시는 그분의 행보를 들을 수 없게 된다. 참 어른으로 존경할 분들을 마주할 기회가 점점 없어지는 우리 시대이기 때문에 저 많은 인파가 조용히 작별 인사를 드리려 줄을 서는 것이 아닐까. 오늘날같이 혼자 따로따로 제멋대로 사는 인구가 많이 늘어나는 때도 없을 이런 시기에 큰 교훈을 남기시는 것 같다. 잘 살아야겠다는 마음을 다져보면서 애도의 마음을 보낸다. 그리고 먼저 가신 모든 영령께도 안부를 전하고 싶다.

(2009. 2.)

야만인과 문화인

살아서 꾸물거리는 주꾸미들이 커다란 접시에 담겨 왔다. 난 부산에서 어린 시절을 보냈기 때문에 생선회를 좋아한다. 처음 전주에 왔을 때는 정말 싱싱한 생선을 먹기가 어려웠다. 요새는 교통이 편리해져서 하루 안에 산지로부터 바닷고기들이 공수되어온다. 그러나 살아서 꿈틀대는 생물은 아직 한 번도 먹지 못했다.

누들(국수)로드에 의하면 인류 최초로 발견된 화석의 글자는 '먹는다.'였다고 한다. 먹는다는 것은 생명 그 자체의 행위이기에 당연한 일일 터. 우리나라 말로 '먹는다.'라는 말처럼 여러 의미로 쓰이는 말도 드물 것이다. 모든 행위가 '먹는다.'라는 말과 연결된다. 사랑하는 일도 미워하는 일에도 모두 '먹는다.'라는 말이 쓰인다. 스포츠 게임에서조차 '골'을 '먹는다.' 하지 않는가.

주꾸미는 즉석에서 끓는 물에 데쳐서 먹는, 이른바 '샤브샤브' 요리를 하는 것이다. 산 것을 그대로 냄비에 넣는 것은 처음이다. 우선 내 앞으로 기어오는 주꾸미에게 '그래 오늘 나와 한몸이 되자.'라고 인사를 했다. 요즈음은 쫄깃쫄깃한 것이나 질긴 음식은 먹기가 싫다. 그러나 주꾸미를 충분히 죽여서 먹는 맛이 괜찮았다. 또 싱싱한 냉이를 즉석에서 데쳐서 먹었다. 냉이는 땅에서 채취한 순간 절명하였으나 아직 팔팔 살아있는 향이 있어 시커먼 주꾸미 국물 맛과 잘 어울렸다. 같이 간 문화인 한 여인은 징그러워서 주꾸미를 영 못 먹었다.

먹는 것은 남의 살이 제일 맛있단다. 사실 먹는 것 전부가 남의 살이다. 그러니까 죽은 것보다 산 것을, 제 살 닮은 것, 그대로 먹는 맛이 으뜸일까? 몽테뉴의 《수상록》에서 〈식인종食人種에 대하여〉라는 제목이 떠올랐다. 역사적으로 볼 때, 유럽은 고대 제국들이 무서운 전쟁을 치른 후로 도시국가들의 영토 전쟁이 끊이지 않던 시기가 있었다. 세계는 지금까지 전쟁 놀이판의 연속이었다. 우리가 좋아하는 스포츠, 평화의 잔치인 올림픽도 신을 기쁘게 하기 위한 가짜 전쟁놀음에서 출발하였다.

'각자는 자기가 죽인 적의 머리를 전리품으로 가져와서 자기 집 문에 매달아 둔다. 그들은 포로를 오랫동안 잘 대접해 주고 나서, 자기 친지들의 대회를 소집해 놓고, 포로의 양팔을 밧줄로 동여매어, 덤벼들지 못하도록 몇 걸음 떨어져 있게 하고, 팔 하나를 그의 가장 친한 친구에게 내어준다. 그리고 그들 둘은 회중들 앞에서 그를 칼로 쳐서 죽인다. 그렇게 하고 나서는 그것을 구워서 함께 먹고, 오지 않은 친구들에게 조각을 보낸다.'

옛날에 그런 장면을 영화에서 본 것 같다. 복수전에서 승리한 절정의 쾌감을 맛보기 위하여 원수를 잡아먹는 승전 식이었던가. 그들 동료가 지켜보는 데서 우리가 주꾸미를 끓는 냄비에 넣는 것처럼 전리품인 사람을 산 채로 끓는 가마에 넣었다. 그때는 저들은 문화가 없는 야만인들이라고 생각했다. 그렇다면 우리가 산 주꾸미를 죽여서 먹는 것도 야만행위지 않는가.

몽테뉴는 "나는 이러한 행동이 흉측하고 야만적인 행위인 것을 주목하며 언짢게 생각하고 싶지는 않다. 진실은 오히려 우리가 그들의 잘못은 잘 비판하면서, 우리들 자신의 야만행위는 주목하지 못하는 일이 슬프다. 나는 산 사람을 잡아먹는 일이, 사람을 죽여서 먹는 것보다 더 야만이라고 본다. 아직도 아픔을 온전히 느낄 수 있는 신체를 고문과 고형으로 찢고 조금씩 불에 굽고, 개와 돼지에게 물어뜯어 죽이게 하는 일이 사람을 죽은 뒤에 구워서 먹는 것보다 더 야만스런 행동이라고 생각한다.(우리는 이런 일을 글에서 읽었을 뿐 아니라 생생하게 우리 눈으로 보았고, 그것은 옛날의 적들 사이가 아니라 우리 이웃 사람들, 같은 시민 사이에서 일어났으며, 더 나쁜 일로는 종교의 경건한 신앙심에서 그런 짓을 하고 있었다.)"라고 했다.

강호순이란 연쇄살인범에 대한 뉴스가 들끓었다. 이웃사람들은 그를 친절하고 잘생긴 사람으로 알고 있었다. 범죄 심리학이나 범죄 과학에서는 그를 두고 사이코패스라는 정신병의 일종으로 진단하기도 하지만 어쨌거나 흉악 범죄자였다. 이런 강력 범죄뿐 아니라 패륜적인 사건들이 전에 없이 성해지는 사회는 그럴 만한 요소를 안고 있는 것 같다. 그는 고대인처럼 이웃과 원수 간의 치열한 복수전을 한 것도 아니다. 인류 사회에 전범들이 있었기에 어쩔 수 없는 유전자 탓일까. 고대 사회에서 죽임을 당한 자들의 원혼이 깃들었을까. 어쩌면 사회에 대한 잠재적인 복수심이 범죄 때마다 번개 같은 힘을 분출할 수 있게 했을까. 가장 원기 왕성한 나이에 넘쳐나는 에너지를 그렇게 쓰게 된 배경에는 어렸을 때부터 잘못 길든 무언가 원인이 있을 것이다. 유년기를 어떻게 보냈는가에 따라서 앞날에 가야 할 길은 얼마든지 달라진다. 현대 문화인의 지능적인 심리적 고문, 전략적인 사리사욕 행위 등 사람 잡는 일도 문명과 함께 날로 발전하는 양상을 본다. 그와 같은 뉴스를 보면서 '저런 나쁜 놈이 어디 있나' 하고 쉽게 말할 수 없었다. 오히려 몽테뉴처럼 내 안의 심리는 어떤가 하고 깊은 명상 속에 잠긴다. 같은 생명의 종種이란 슬픔 때문에.

몽테뉴의 명상은 참으로 현대적이었다. 몽테뉴의 수상에 인용된 한 고대인 포로의 노래가 그렇다. "오래된 미래가 이런 것이다. 나는 포로 하나가

지은 노래를 알고 있다. 그들은 모두 용감하게 다가와서 함께 모여 자기를 먹어치운다. 왜냐하면 자기는 그들의 아비와 할아비를 잡아먹고 컸으니, '이 근육, 이 살점, 이 힘줄은 너희의 살이다. 저 꼴의 가련한 미치광이들아, 너희는 너희 조상의 사지의 실체가 아직도 내 살 속에 있는 것을 알지 못한다. 글쎄, 잘들 맛보아라. 너희 자신의 살맛이 여기 있다.'"라고 그는 말한다. 도저히 야만이 느껴지지 않는 시상詩想이다.

이는 얼마나 불교적 사유에서 나온 말인가. 자연自然전인全人 일체一體사상이 아닌가. 사실의 진실이 그렇다. 아프리카의 세린게티 초원의 동물들의 먹이사슬이 자연 모두를 살리고 있다. 먹이사슬의 한 장면만 본다면 모두가 야만 행으로 보인다. 사람들만 유일하게 고상한 척하지만, 우리도 자연의 먹이사슬의 한 고리에 놓여 있다. 천지불인天地不仁, 진실로 사랑한다면 사랑하지 마라는 강력한 사랑의 메시지가 자연 안에 있다.

불교의 불살생계不殺生戒를 지키는 일은 단순히 죽이지 마라가 아니라 죽도록 사랑하여 일체가 되는 일이다. 원한으로 혹은 이기심으로 죽이는 것이 아니라 자비심으로 살리는 죽임이 되는 일이 아닌가. 격포항 나들이에서 주꾸미와 냉이와 한몸이 되었으니, 나도 내 조상의 살을 먹었다. 전주에 도착하니 나는 다시 허기가 졌다. 뭔가 진짜가 빠진 것 같은 느낌이었다.

(2009. 4.)

누가, 무엇이 그를 벼랑으로 몰았는가

컴퓨터를 켜니 다음(Daum) 시작 페이지 대문자가 모두 검정 글씨로 노무현 전 대통령을 추모하고 있다. 추모의 글 남기기에 나도 짧은 추모 글을 올렸다. 오전에 주로 TV를 잘 안 보기 때문에 5월 23일 낮 12시 무렵까지 전 대통령 서거 소식을 몰랐다. 서울에서 아이들이 내려와 시내에서 만나기로 되어 있었던 것이다. 시내 음식점에서 아이들 삼촌들에게서 소식을 전해 들었다. 너무나 놀라서 어안이 벙벙했다. 점심을 잠깐 뒤로 미루고 뉴스를 경청했다. 전후 사실을 알고 정말 비통, 참담, 슬펐다. 통곡하고 싶었다. 많은 국민이 애도하는 마음을 달래기 위하여 봉하 마을까지 내려가는 뜻을 알 수 있을 것 같았다

언제까지 권력의 싸움에 희생되는 사람과 불행한 사람들이 있어야 할까. 정권이 바뀌면 전 정권에 대한 보복 수사가 잇달아 일어나는 일을 언제까지 보아야 할까. 모두 그렇게 아는 듯 모르는 듯, 언론도 현 정권에 맞추어 보도하는 것 같은 것을 느낄 수 있었다. 정치에 대하여 모르는 나 같은 사람도 말이다. 마치 계획된 드라마를 연출하는 것같이 정치권을 둘러싼 게이트

사건들의 뉴스가 그랬다. 자신들의 정당성을 주장하기 위하여 전 시대나 다른 이들을 공격해서 불행한 사태로까지 몰고 가야만 할 것인가. 자유와 평등과 인권은 싸워서 지켜나가야만 그야말로 자유스러운 사회가 되는 것인가. 그 과정이 너무나도 비인간적인 희생 위에 이루어지는 것은 인간으로서 비참하다. 정치에 대하여서는 어떤 의견도 표현할 수 없고, 어떤 주장도 할 수는 없었지만, 어찌 바람이야 없겠는가. 굳이 말한다면 정치는 자신을 잘 다스릴 수 있는 사람들이 해야 한다고 생각한다. 그리고 철인哲人정치를 할 수 있는 시대가 도래하기 바란다. 티베트의 달라이라마나 인도의 간디 같은 철인들이 종교적으로 사회적으로 백성의 존경을 받을 수 있었던 것처럼. 그렇게 국민들이 우러러보고 본받을 수 있는 사람이면 좋겠다.

죽음의 의미는 다르지만, 우리 사회에서 한 역할을 당당히 담당해온 사람들이 연속적으로 세상을 일찍 떠나는 현실을 보면서 애석하기 그지없다. 작년에는 국민 배우 최진실이 상황에 떠밀리어 자신을 추스르지 못하고 끝내 죽음으로 우리들을 슬프게 했다. 올 3월에는 만나면 금방 친구가 될 것 같았던 화가 김점선이 투병하다 죽었다. 현대 전위예술작품 같았던 그의 일생이 무대를 버렸다. 그리고 이어서 5월 9일에는 장영희 교수가 국화꽃 한 떨기 같은 희망의 웃음을 남기고 떠났다. 전 국민을 대표하는 대통령도 어떤 면에서 우리의 스타임이 틀림없다. 우리의 스타 대통령이었던 노무현 전 대통령의 너무나 극단적인 죽음 앞에서는 국민 누구나가 애통해하지 않을 수 없다. 모든 죽음에는 그럴만한 상황과 이유가 있으며 또한 어떤 죽음도 죽음으로만 할 수 있는 무언의 말이 있는 것 같다. 이름 있는 사람과 이름 없이 지금도 죽어 가는 모든 사람도 죽음 앞에서는 모두 자유롭고 평등할 뿐이다.

그동안 노무현 전 대통령 관련 뉴스는 볼 때마다 안쓰러운 답답함과 안타까움을 금치 못했다. 끝내는 고향 마을 부엉이바위까지 떠밀려갔다 뛰어내릴 수밖에 없게 된 것인가. 그의 죽음은 정치인들과 남아있는 우리에게 많은 것을 시사한다. 정치에 대하여 정치인들에 대하여 무엇이 어떻다고 비판할 견식은 없지만, 그리고 참여할 입장도 아니기에 그가 지난 2002년 대선 때부터 재임 동안 보여준 행보와 인상을 추억하며 왕생극락을 기원하고 싶다.

가장 인상적인 것은 대선 때의 광고 캐릭터였다. 내가 좋아하던 영국 팝가수였던 존 레논의 〈IMAGINE〉 노래를 부르면서 눈물 한 방울을 주르륵 흘리는 노무현 후보의 모습이었다. 〈이메진〉 노래는 나의 이상을 그대로 담은 노래였기에 내 첫 수필집 ≪바람의 커튼≫에도 관련된 수필을 세 편 수록한 바 있다. 그만큼 그도 순수한 자유와 평화가 이 땅에 도래하는 것을 강렬하게 희망했다. 서민의 대통령이 당선되기까지 투표 결과를 지켜보면서 아슬아슬하게 반전하여 승리했을 때 지지자들과 환호했던 기억이 떠오른다. 한 번 지지했으면 끝까지 해내야 했다. 재임 동안 열린우리당이 분열되는 과정과 대통령 탄핵소추안을 보면서 정치현실에 눈감았다. 개혁의 깃발을 내걸고 권위의식을 탈피하여 고른 지방발전을 내걸었지만, 역시나 기득권과 권위주의 세력과 싸우는 과정은 눈물겨웠다. 잘못하는 것들에 대하여 보완하며 함께 잘해나갈 수 있는 풍토는 어느 조직이든지 마땅히 해내야 할 일인 것을. 사람들의 조직에는 언제나 진보와 보수, 기득권과 추종자들의 서로 다른 의견이 있기 마련. 예술의 분야에까지 조직의 운영에는 운영자들의 편리에 따라서 행해지기가 십상이지 않는가. 어찌 말단의 일원이나 아무 힘도 없는 서민들의 입장을 고르게 이해할 수 있을까.

재임을 무사히 마치고 고향으로 돌아가는 모습은 경쾌한 발걸음이었다. 제발 좋은 고향의 모델을 만들어주기를 바랐다. 나의 살던 고향의 프로젝트에 대한 꿈을 이웃들에게 말하던 모습이 참으로 아깝다. '나의 살던 고향은 꽃피는 산골, 이쯤은 돼야지 않습니까. 나의 살던 고향이 감나무가 썩는 곳, 하면 되겠습니까?' 퇴임 후 오히려 고향에서 소탈한 밀짚모자 쓴 모습이 그의 인기를 올려놓고 있었다. 그러니 예의 주시 대상이 될 수밖에 없었던가. 성웅 이순신의 마지막 죽음의 장면이 겹쳐지기도 하는 대목이다. 이순신 장군도 그 당시 정치적 보복을 받은 것이 아니었던가. 회생하기가 불가능했던 해전에서의 연승으로 그는 국민의 추앙 대상이 되기에 충분하였다. 백의종군하는 처지에서 전쟁이 끝나고 영웅이 되어 국민의 품으로 안전하게 돌아올 수 없었던 이순신의 마지막 선택. 전장에서 갑옷도 입지 않은 채 선상의 죽음을 맞이하려던 비장한 입장은 어땠을까. 그 당시의 사실을 잘 알지는 못하지만 많은 이들은 상상할 수 있었던 것이 아닐까. 노무현 전 대통령 역시 앞으로 살아갈 일이 너무나 힘들고 비참해질 것을 알았던 것이다. 어차피 죽은 목숨이었다. 어찌 시체로 살아남기를 원할 수 있었겠는가. 너무나 힘들어 책을 읽을 수도 없고 글을 쓸 수도 없었고, 말할 수도 없고, 불면의 날을 보내야 했던 그였다.

아이들이 서울로 올라간 뒤 일요일 하루는 뉴스를 통하여 고인의 일생을 회고하면서 쉬고, 월요일 아침 일찍 금산사 분향소로 향했다. 명부전에 마련된 빈소에 국화 한 송이를 올리고 분향하며 헌차 공양을 올렸다. 아주 좋은 5월은 너무 슬프기도 하다. 이 좋은 철을 택하여 그렇게 귀천하시는가. 사람에 의해 아픈 계절이 되게 한 점 천지간에 몹시 부끄럽다. 신록의 찻잎을 채취하면서 추모의 하루를 보낼 수 있었다. 이른 봄에 꽃핀 나무에는 열매가 익어가고 있었고 5월에 나타나는 뻐꾸기가 다른 새들의 소리에 맞춰 세상을 뜬 사람들에게 애도의 곡을 토하는 듯했다. 소쩍, 쏘쩌억, 뻐어꾹, 뻑꾹. 뻐어꾸욱! 삼가 고인과 유족들에게 추모의 정을 보낸다.

(2009. 5.)

절명가

2,400여 년 전, 중국의 초나라에 굴원이라는 사람이 있었다. 뛰어난 정치가요 비극의 시인이었다. 간신들의 중상모략으로 두 번이나 귀양살이를 했다. "다들 취해 있는데 나만 홀로 깨어 있기가 너무나 힘들구나!" 초나라가 망하는 꼴을 그대로 볼 수 없어 마침내 돌을 끌어안고 멱라수 깊은 강물에 몸을 던져 물고기 밥이 되었다. 중국의 단오절은 굴원에서 비롯되었다. 물고기가 굴원을 먹지 못하게 하려고 애통한 초나라 사람들은 쫑즈(떡의 일종)를 만들어 강물에 던졌다. 오늘날까지 쫑즈는 단오절의 절식이 되었다. 그의 많은 작품이 후대에 길이길이 회자하여 애모를 받고 있다고 한다. 조선의 문인들에게도 많은 영향을 주었다. 그리고 이런 절명가를 남겼다.

> 온 세상 모두가 흐려 있는데
> 나 혼자만이 맑고 깨끗했으며,
> 뭇 사람들 모두가 취해 있는데
> 나 혼자만이 맑은 정신 깨어 있어서

그만 이렇게 추방당한 거라오.

―중략―

그러니 어찌 이 깨끗한 내 몸으로
저 더러움을 받을 수 있으리오?
차라리 상수湘水 물가로 달려가
물고기 뱃속에 장사지낼지언정
어찌 이 희고 깨끗한 내 몸으로
세속의 티끌을 뒤집어쓸 수 있으리오?
어부가 듣고서 빙그레 웃고는
돛대를 올리며 가면서 노래하길
'창랑의 물결이 맑을 때라면
이내 갓끈 씻을 수 있고,
창랑의 물결이 흐릴 때라면
내 발이나 씻어보리라.'
마침내 가 버리곤 말이 없구나.

― 〈어부사漁父辭〉 중에서

굴원의 초사楚辭에는 귤을 칭송한다는 귤송橘頌이 있다. '하느님이 좋은 나무인 귤을 보내와 먹게 하심이여! 명을 받아 옮기지 않고 남녘에서 나네. 깊고 굳세어 옮기기 어려운데 다시 한결같은 뜻, 푸른 잎 흰 꽃 분화紛華로움 기뻐할 만하네.' 옛 중국의 다인茶人들이 차나무를 칭송할 때 굴원의 귤송을 인용하면서 차나무는 귤나무 덕성을 닮았다고 썼다. '하느님 좋은 나무에 귤 덕성 내리시니, 명받아 옮기지 않고 남녘에 살며, 잎 촘촘 싸락눈 겨뤄 삼동 푸르게 뚫고, 흰 꽃 서리 씻겨 가을 영화로 피었네.'

또한, 조선 성종 때, 한재寒齋 이목李穆은 가뭄이 들었는데 정승 윤필상의 작태를 보다 못해 임금께 고한다. "윤필상을 삶아야 비가 내릴 것이옵니다!"

우연히 길에서 윤필상을 만났다. "네가 정녕 내 늙은 고기를 먹기 원하느냐?" 하자 이목은 대꾸도 하지 않고 지나갔더란다. 결국 윤필상의 모함에서 벗어나지 못하고 무오사화 때 절명가 한 수를 남기고 형장의 이슬로 사라졌다.

> 검은 까마귀 모이는 곳에
> 흰 갈매기야 가지 마라.
> 저 까마귀 성내어
> 너의 흰빛을 시샘하나니
> 맑은 강물에 깨끗이 씻은 몸이
> 저 더러운 피로 물들까 두렵도다.

중종 때 와서 윤필상은 진도로 귀양가서 사약을 받았다. 물론 이목은 모든 벼슬을 추증받았으며 숙종 때는 정2품의 관직을 추가 추증받고 '정간貞簡'이라는 시호를 받았다. 한재 이목은 어린 시절 김종직 문하에서 수학했다. 김종직이 함양에서 백성의 차세茶稅의 고통을 덜어주기 위하여 차밭을 조성한 바도 있다. 이목은 김종직의 차茶 생활과 성정을 그대로 이어받았다고 할 수 있다. 이목은 장원급제한 후 연경에 유학하여 중국의 육우의 다경을 읽고 심취하였다. 중국의 차 산업을 둘러보고 조선에서 최초로 차茶에 대한 부賦를 남겼고 후대의 다인들에게 차의 대부로 추앙을 받고 있다. 이목을 중조中祖로 둔 전주이씨 집안으로 시집와서 차茶를 접하게 된 것을 자랑스럽게 생각하며 차를 섬기게 된 것을 감사하게 생각한다.

우마차에 실려 형장으로 끌려가던 성삼문의 절명가를 보자.

> 북소리 둥둥둥 죽음을 재촉하고
> 고개 돌려 바라보니 해도 지려하는구나.

황천길엔 주막 한 곳 없다 하는데
오늘 밤은 어느 집에 묵고 간단 말인가…

이러한 절명가를 남긴 사람은 또 누구인가?

여생도 남에게 짐이 될 일밖에 없다.
삶과 죽음이 모두 자연의 한 조각 아니겠는가?
누구도 원망하지 마라.
운명이다.

모두 굽은 학문을 하고 세상에 아부하며 이리 휘고 저리 휘는 무리 중에 이런 사람도 있어 저리도 애절하게 추모하는가. 그들은 굴원처럼, 이목처럼 자기 몸을 던졌으니……. 차라리 부러질지언정 구차하게 휘지 않는 사람도 있다는 것을 조금만 유념했더라면…….

우리는 절대로 있을 때 잘한다는 것이 무엇인지 모른다. 있을 때 잘해라는 노랫말이 유행하지만 있을 때는 모르기 때문에 노래까지 부르는 것이 아닌가. 없어져 봐야 있을 때의 가치가 드러나고 지난 것은 아쉽고 그립다. 그리워서 안타깝고 애절함과 고뇌를 삼켜야 하는 인생은 그래서 아름답다. 대를 거듭하면서 점진적으로 나아갈 수밖에 없는 것 또한 역사의 운명인가 싶다.

생이란 한 조각 구름이 일어나는 것이요. 죽음이란 한 조각 구름이 흩어지는 것이라. 서산대사의 말이다.

(2009. 6.)

연꽃 만나고 가는 바람 같다

겨울 연 방죽에 갔더니 호수가 하얗게 얼었다. 분홍빛 바람이 향기로웠던 호수는 이별의 슬픔이 얼어붙어서 극적인 아름다움을 자아내고 있다. 빙판에 툭툭 꺾여 넘어진 연잎과 갈색 줄기들이 거칠게 붓질한 화가의 그림 같다. 천 년 간다는 연자蓮子를 품고 있던 동안 달콤했던 천 년의 꿈을 놓아버린 연화는 바람이 되었고, 누런 잎줄기들이 치열했던 여름의 기억을 품은 채 허리 잘린 갈대가 되어버렸다. 꿈꾸는 화석처럼.

우리는 진정으로 과거를 잘 떠나보내는지 궁금하다. 새해에는 좋은 일만 있기를 바라는 덕담을 주고받지만, 사실은 잘 마무리하지 못한 지난 일들의 찌꺼기들이 꼬리를 물고 예상하지 못한 일들을 새로 만든다. 새 달력을 걸면서 나도 과거를 잘 떠나보냈는지를 살펴본다. 올해부터는 오늘의 설거지를 다음 날까지 미루지 않기로 한다. 마음 설거지까지. 습관처럼 미루는 일이 없는지. 공부하고 글 쓰는 일이 마무리되지 않으면 주변이 어수선해진 채로 날을 넘기고 만다.

완주군 복지과에서 비상전화를 설치하고 갔다. 지난해에 서울의 내 주소를 이곳으로 옮겼더니 완주군의 호구 조사에 내가 'DKNY'가 된 것이다. 아직 이런 시설에 의지할 나이는 아니라고 생각하지만 혼자 있을 때 어떤 실수를 할지도 알 수 없는 일이어서 굳이 거절할 이유는 없었다. 나의 거동 반경에서 위급한 일이 생겼을 때 센서가 감지하여 센터로 연결된다. 우주의 진공에서 나온 센서가 나를 에워싸고 있는 느낌이다. 가스가 누출되었다거나 화재 발생의 조짐이 보인다거나. 갑작스러운 도움이 필요할 때 버튼만 누르면 되는 전화다. 4시간 이상 아무것도 감지가 되지 않으면 전화가 걸려 온단다. 외출 시에는 외출 버튼을 누르고 나가야 한다. 이렇게 올해는 또 하나의 금속 친구와의 만남이 이루어졌다.

'삶이 만남'이라고 했지만, 삶은 이별의 연속이기도 하다. 철학자들이 말하는 행복의 비밀은 익숙한 것과의 이별에 있다고 한 말이 깊게 와 닿는다. 지난 일과 앞으로의 일에 대한 걱정을 담고 있지 않을 것. 마음속에 아픈 과거나 부정적인 이미지를 품고 있지 않을 것. 이별을 잘해야 새로운 만남이 이루어진다. 누군가, 뭔가를 만나고 이별하는 일이 삶이다. 만남이 주는 것이 늘 좋은 것만은 아니다. 싫어하는 사람이나 상황과의 만남, 좋아하는 사람이나 상황과의 이별, 원하는 것을 이루지 못하는 것으로 생기는 슬픔·비탄·근심 등의 괴로움이 일차적 고苦이다. 그러나 그것이 다 이루어졌다고 해도 삶에서 행복한 느낌이나 조건은 영원히 지속되지 않는다는 괴고성壞苦性이 있다. 그다음으로는 철학적인 존재 자체의 물음이 남는다. 무엇보다 존재 자체의 물음이 우선해야 모든 일이 순조로울 것이다. 비로소 행복은 세상의 고해苦海를 즐겁게 건너가는 일이 될 것이기에.

오래 사용하던 생활용품도 몸에 붙은 습관으로 이별하기가 주저될 때도 잦다. 익숙한 쓰임새에 대한 인연의 정이 배였기 때문이다. 하물며 사람이랴. 그 사람과 이별한 지도 벌써 4년이나 지났다. 그와 이별하고 혼자, 조용하게 딱 한 번의 통곡으로 모든 결별의 여운을 청산할 수 있었다. 그가 없다는 사실이 확연해져 왔기 때문에, 그와의 만남이 잘 이루어져서 잘 이별할수 있었다는 감격에 겨운 슬픔이었다고나 할까. 그가 다시 살아온다고 해도더 이상의 최선은 있을 수 없기에 아쉬움을 떨어버릴 수 있었다. 살면서각자의 영혼의 자유를 충분히 이해할 수 있었기 때문이었지 싶다.

그는 확실히 나보다 수행의 단수가 높았다. 내가 이렇게 성숙할 수 있게된 것은 그의 발판이 있었기 때문이라고 솔직히 고백할 수 있고, 그는 나에게 성장할 기회를 주었다. 그가 홀연히 떠날 수 있었던 것은 세상보다 다른차원의 수행이 필요한 때문이라고 생각했다. 편한 마음으로 떠났던 그가부러울 때도 있다. 아주 가끔. 대신에 나는 그 4년 동안 수필집 2권을 출간했다. 그가 없는 공간을 잊기 위함이 아니라, 늘 그래 왔던 일들을 더 적극적으로 할 수 있도록 생활 구성이 달라졌을 뿐이다. 이렇게 한생 동안 수많은 만남과 헤어짐이 씨줄과 날줄이 되어 짜진 세월의 천에 연화의 꿈을 새긴다. 어떤 빛깔의 무늬가 될지는 모르지만 아마 세월을 운영하는 사람을닮지 않을까.

살아있을 때 자주 잔소리 같았던 그의 말이 지금 옆에 있는 것 이상으로나를 깨우기 때문에 그렇게 이별 같지가 않다. 나는 아직 덜 닦여져서 세상에 좀 더 남아야 할 것 같다. 깔끔했던 그와는 달리 정리해야 할 일이 많고지켜볼 일도 많다. 그가 허락한 일이기 때문에 더 잘할 수 있으리라 믿는다.아니 그가 못다 한 일도 나는 두 배로 해야 하지 않을까 싶다.

이별을 잘하면 더 좋은 만남이 이루어진다. 더 깊고 넓은 사랑을 할 수있고 세상을 더욱 따뜻하게 바라볼 수 있게 된다. 모든 생명과 물성들이나에게 더 깊게 들어온다. 그렇듯 내가 만나는 모든 사물과 작은 생명은나의 또 다른 분신 같아서 그를 대하듯 나를 대하듯 그리해야 하리라.

만남과 이별이 잘 이루어지는 사이는 만남과 이별이라는 이름도 없어지는 것 같다. 그래서 이별이어도 이별 같지 않은 듯, 만남도 꼭 그랬어야 했을 걸. 아무런 계산 없이 그냥 그대로 볼 수 있는 그런 만남이 진정한 만남이 아닐까 싶다. 만남도 이별도 없는 그런 곳으로 나는 더 진화하고 싶다. 그래서 올해는 그동안 쌓였던 습관이나, 혹여 지난 감정들이 남아있다면 그것들과도 이별하고 싶다. 하던 일 그대로도 처음 하듯 하고 싶다.

"이별이게 그러나 영~이별은 말고……."

내생에 친구같이 반갑게 만날 수 있는, 그런 이별같이 모든 생명과 물성과 만나고 이별하리라. 그와의 만남과 이별이 며칠 전 바람 같다. 연꽃 만나고 가는 바람 같다. 서정주의 시詩 같은…….

(2011. 1.)

3부

꽃봉오리

모든 생명에는 꽃피는 시절이 있다. 결혼식 때 찍은 하얀 드레스 속의 내 모습이 그렇게 멋지고 예쁠 수가 없다. 낯선 사람을 보듯 들여다본다. 이제 그것을 나라고 볼 수는 없다. 꽃들은 봉오리를 터트릴 때가 생명의 절정일 때이니, 그건 나도 천리향도 마찬가지다. 이제 꽃송이들은 새까맣도록 향을 자아내고 힘겹게 낙화한다. 유리문 사이로 들어오던 향기도 사라진다. 막 피어나는 꽃송이 같은 젊은이들이 어찌 어여쁘지 않으랴. 차를 마실 때조차 햇차의 첫 잔을 상큼한 열여섯 처녀의 맛이라고 비유하지 않던가.

시댁 큰백부님께서는 드디어 노인요양시설로 옮기셨다. 지난해에 우연히 동네에서 만나 뵙게 되어서 그간의 사연을 들었다. 그렇지 않아도 살아 계시는 동안 듣고 싶었던 이야기도 있던 참이었다. 백모님이 돌아가신 뒤부터 넷째 아들네 집에서 함께 계셨다.

"자네, 내가 올해 몇 살인지 아는가? 백 살이여, 백 살! 마음놓고 죽으려고 따로 독립했네."

지난 6월에 네 차례 문화인류학을 전공하는 대학원생들을 대동하고 찾아

뵌 적이 있었다. 우리나라 현대사의 민중사에 길이 남을 이야깃거리를 찾았던 것이다. 그 후로 차일피일 못 뵈었다. 나보다 정정하여서 지팡이를 짚고서 시내버스를 타고 다니셨다. 그런데 수전증이 있고 귀가 좀 어두웠다. 내가 통역을 하기에도 몹시 어려웠다. 백부님은 지금도 대통령께 건의서를 작성 중이었고, 붓글씨를 배우러 오라고 하셨다. 그런데 말하고 듣기가 거북하여서 방문이 꺼려진다. 그러던 참에 시설로 옮기셨다는 소식을 접했다. 혼자 계시는 아파트에서 가끔 연기가 나는 일이 있었으니 위아래 층에서 민원이 들어왔다는 것이다.

배우는 것은 젊은 선생한테 배워야 하고, 유치원생들도 바로 위 언니들에게서 배워야 한다. 경험 많은 할머니와 할아버지가 좋은 선생이 될 것 같지만, 절대 그렇지 않다. 아이들도 젊은 언니들을 좋아한다. 나 자신을 생각해 본다. 배우고 가르치기를 좋아했던 나도 이제는 스스로 배우고 가르치는 일은 하지 않는다. 나도 나이가 들어가니 젊은이들이 좋아하지 않을 터. 일주일에 하루는 자원봉사 날이 있긴 하지만 그것은 순전히 내가 배우기 위해서다. 지난해부터는 노인복지관에 봉사하러 다니는 일을 졸업했다. 기관에서는 원했지만 나보다 더 어른들을 대하기에는 내 힘도 달렸다. 나도 생기를 받을 수 있는 젊은 친구들과 잘 놀지 않는가.

오늘 햇살이 좋아 아파트 주위를 산책했더니, 별꽃 풀꽃이 양지바른 곳에서 노닐고 담 밖의 매화 가지가 흐드러졌다. 향기 없는 꽃은 벌나비들도 찾지 않는다. 향기가 없으면 자태라도 고우면 그 화려함에 이끌리기 마련이다. 하지만 어찌 항상 꽃봉오리랴! 모두가 한때인 것을!

천리향은 이른 봄철의 전령이다. 열매를 맺는 나무는 잎보다 꽃이 먼저 피지만, 천리향은 사철 푸른 잎을 지니고 있다가, 한 자리에 쌀알만 한 꽃 대여섯 송이가 모여서 한 숭어리로 핀다. 향기가 다하면 까맣게 타서 떨어지고 열매는 맺지 않지만, 그 자리에서 반드시 꽃잎 수만큼 새잎을 피운다.

그 잎들 사이 가운뎃점이 다음 해의 꽃자리가 된다.

결국, 백부님은 당신 뜻대로 혼자 끝까지 사실 수 없었다. 누군가의 보살핌이 있어야 했다. 손수 쓰신 주자가훈을 내게 주셨고, 붓글씨로 쓴 작품도 주셨다. 특히 집안의 중조되는 이목李穆 어른이 손수 쓴 〈다부茶賦〉를 작품으로도 남기셨다. 〈다부〉는 초의선사 다신전보다 300년 앞선 우리나라 최초의 차의 경전이니 의미가 있는 일이다.

조선의 백수 선비들은 비난받는 일이 가끔 있었다. 하지만 그것은 사이비 선비들이었을 것이다. 올곧은 선비들은 생계는 여자들에게 맡기고 오로지 책을 읽고 글 쓰고 공부를 하였다. 아침부터 밤까지 부지런히 공부해야 했다. 대문장가일수록 정규직에서 밀려나면 자유롭게 공부하는 것으로 자부했던 선비들이 많았다. 줄기차게 공부하면서 문장으로 어떤 역할을 했다. 최소한 자기 인생의 해석을 남에게 맡기지 말아야 했다. 그렇지 않으면 무언가의 노예가 되기 마련이었다. 이제 나도 쓸모없는 나이가 되어가는 것인가. 볼일은 많지만, 남에게 맡길 수 없는 내 일을 할 뿐이다. 아무것도 생산하는 일 없이 세월을 낚는 일이 아니어야 할 터. 습관의 노예가 되지 않으려면 끝까지 정진해야 하리라.

나는 그런 문장가는 되지 못할지언정 내 인생의 해석이라도 내가 책임지도록 해야 할 것 같다. 남은 소원이 있다면 죽는 전날까지 내 수발을 내가 손수 할 수 있으면 좋겠다. 누구라도 간절히 기도하면 이루어진다고 했으니 믿음으로 살 일이다. 죽도록 마음을 닦고 공부하여 내 인생은 내가 해석하고 책임지는 생활이 되기를 바란다.

천리향의 새잎 자리에는 지난 봉오리 시절과 미래에 올 꽃자리가 함께 있지 않은가. 언제라도 지금 이 자리가 좋다. 바야흐로 사방에서 꽃 잔치가 벌어질 테니 우선 꽃피는 4월의 잔치에 귀한 손님이 될 일이다.

(2011. 4.)

아름다운 시절

옥정호에서 모인 섬진강물이 천담 마을을 거쳐 구담 마을에 오면 산기슭을 크게 한 번 휘돌아야 한다. 구담 마을 높은 곳에서 아래로 내려다보이는 강물을 보라. 산 중턱에 정자가 하나 세워져 있고 오랜 세월 마을을 지켜온 정자나무들이 함께 담소를 나누듯이 모여 있는 넓은 전망대가 있다. 주변에 나무 데크를 설치해 놓았다. '영화의 고장' 〈아름다운 시절〉 촬영지의 기념비가 세워져 있다.

우리는 여기서 준비된 도시락을 먹었다. 어떤 이는 추워서 청승맞다고도 하지만, 이런 점심을 먹을 수 있는 것은 참으로 호강이지 않은가. 영화 〈아름다운 시절〉의 주무대였다는 이 마을은 옛날에는 정말 오지였을 것 같다. 육이오 당시에 비참한 현실에 놓인 어른들의 시대적 현실을 그린 내용이었지만 어른들의 불행한 시절을 엿보았던 그 시절의 어린이에게는 아름다운 시절이 되었다. 그 영화 속의 어린이가 지금의 바로 내가 아닌가. 도시에서만 살았던 내가 육이오 때 피난 시절 부모님의 고향에서 한철 보낸 추억이 그리도 아름답게 기억된다. 그래서 〈아름다운 시절〉의 영화의 고장은 모든 이의 고향 같다.

　강물은 돌아서 흐르고 우리는 저 아래 징검다리를 건너서 광목을 풀어놓은 것 같은 하얀 길을 걷는다. 가는 곳마다 반기는 매화 가지 사이가 파랗지 않아도 좋다. 그래서 더욱 애틋하게 매향을 보듬고 걷는다. 징검돌에 부딪히면서 바위를 한 아름 안아보기도 하고 어루만지느라 잠시 멈칫거리는 물살의 거품에는 무슨 뜻이 숨어 있을지 귀도 기울여 보면서. 산기슭 낮은 언덕을 돌아 강물이 스스로 흐르는 동안 우리는 산 가운데를 질러가는 마을 길을 걸어간다. 돌아온 강물을 다시 만나는 곳에서 잠시 물결을 내려다보고 우리도 쉰다. 매화나무들을 심어놓고 폐가에 살았던 옛날 사람들은 어디쯤 흘러가고 있을까.

　발길 닿는 곳마다 매향이 휘날리는 봄날 우리는 지난겨울 이야기를 나눈다. 자연과 조화롭게 지내지 못한 옛날들을 미안해하기도 하면서 우리가 함께하지 못한 풍경은 어땠느냐고 묻기도 한다. 공기 중 산소를 보듬은 강물이 높은 곳에서 흐르다가 떨어지면서 강바닥을 깊이 파놓기도 한다. 그런 곳에서 물결은 쉬면서 자신의 허물을 벗어놓고 때를 벗긴다. 물속에 사는 다슬기들이 강물의 때를 먹어준다. 서로 기대어 산다. 물살은 얼마만큼의 세월 동안 자신을 정화하면서 흘렀을까. 여기까지 흐르는 동안 물결은 바닥의 바위들 위에 자신의 무늬를 새겨 놓았다. 갖가지 무늬에는 강물의 이야기들과 우리들의 삶을 함께 새겨놓았다. 모두 다 시인이 된다.

　섬진강은 순창과 임실의 경계이기도 하다. 순창군 동계면 이곳 장구목은 모든 바위가 강물 속에서 물결의 무늬를 그리도록 허락한 조각 공원이다. 올 때마다 조각공원에서 상류를 바라보면서 자동차에 올라타고 훌쩍 돌아오곤 했던 곳. 임실 덕치면 구담 마을에서 징검다리 강을 건너서 순창 장구목까지 둘레를 걸어볼 수 있어 생애 최고의 날이다.

　김용택 시인은 1970년 5월 1일, 처음 교단에 섰다. 그때는 아이들을 가르친다는 것이 두려웠다. 한 5년쯤 지나서야 교사라는 게 어떤 것인지, 교육이 얼마나 중요한 것인지 알 수 있었다. 2008년 8월 30일 그는 교단을 떠났다. 1학년부터 6학년까지 날짜를 잡아 아이들을 교실로 불러 마지막 수업을 했다.

'사람을 중요하게 생각해라. 자연을 소중하게 생각해라.' 아이들은 아직 잘 모르겠지만, 어른으로서 당부하고 싶은 말들이었다. 교사 생활 38년 중 26년을 2학년만 가르쳤다. 계산이 없는 순수한 나이라고 생각했고, 무엇보다 마음이 통했다. 2학년이야말로 손에 무엇인가를 쥐여주지 않아도 뛰어놀 땅만 있으면 즐겁고 행복해하는 나이였다. 2학년과 놀며 시인은 세상을 새로운 눈으로 바라보는 법을 배울 수 있었다.

정말 그렇다. 정직하고 진실한 것이 통할 때 희망이 있다. 새로운 눈으로 보는 신기한 마음이 중요하다. 나는 초등학교 2학년을 6·25로 말미암아 부산에서 개성까지 아버지 따라갔다가 다시 1·4 후퇴 때 부산으로 되돌아왔다. 학교는 전쟁 중 병원으로 활용되었고 우리는 부산 구덕산 중턱의 천막 교실에서 공부했다. 우중충한 오늘 같은 날씨였던 내 초등학교 시절이었다. 여름방학 때 〈아름다운 시절〉 같은 강 마을인 진주 남강 언저리 큰들, 아버지의 고향에서 보낸 한철만이 기억에 있는 아름다운 시절임을 먼 훗날에 알았다. 복사꽃 만발하여 복숭아 열매를 직접 따먹을 수도 있었고 생가지를 따먹어서 입가가 보랏빛으로 물들었던 여름날이었다.

할머니가 된 어린이는 모든 것이 신기하고 또 날마다 새롭다. 오늘 이 매화 꽃길을 강물 따라, 매향 따라 다리가 아프도록 걸으면서도 새록새록 솟아나는 감동으로 이 봄날이 벅차다. 오래 걷지 못하는 내가 이렇게 많이 걸을 수 있는 것은 오직 이 신기하게 안겨오는 매향과 강물이, 모든 자연물이 주는 순수한 감동 때문이다. 매화나무 가지에 걸린 까만 비닐 조각도 까치처럼 보이는 오늘이다. 오늘이 나의 '아름다운 시절'임을 후에 가서 기억하는 것이 아니라 지금 이 순간 아는 것이 행복이다.

찬란한 슬픔의 봄

유난히 요동치는 봄날을 보내고 있다. 그래도 봄꽃들은 앞다투어 피어난다. 황사 섞인 흐린 바람에 흔들리고 봄비에 젖으면서도. 4월 6일, 남녘의 벚꽃축제로 유명한 진해시鎭海市는 꽃 구름 속에 파묻혀 있었다. 우리나라 해군에 큰 초상이 났으니 군항제는 생략이었다. 남녘의 진달래와 개나리 꽃불이 번져서 올라오더니 온 동네가 꽃불이다.

지난 수요일(14일), 박물관 뒷동산에는 연둣빛이 자욱하고 어린 하얀 자두 꽃이 뭉게구름 같았다. 앞뜰의 매화 진 자리를 대신해서 붉은 동백꽃이 장병의 생목숨처럼 떨어져서 땅을 흥건히 적셨다. 집으로 돌아올 때는 날이 흐려서 곧 비가 내릴 것 같았다. 바로 돌아오려다 금산사 이정표를 보자 그냥 그 길로 들어서고 말았다. 금산사 벚꽃이 한창일 것 같았다. 중인리에서 금산사까지의 산길은 벚꽃 터널이었다. 이내 눈발이 차창을 때리며 시야가 흐려져서 눈꽃인지 벚꽃인지 뒤범벅이었다. 금산사의 종무소에 도착하니 눈발이 함박눈으로 변해서 비처럼 내리기 시작했다.

4월에 눈이 내리다니! 지구 마을이 혼란스럽다. 서해에서 천안함이 침몰

당하여 죽어간 병사들의 주검들이 더욱 비통해지는 날이었다. 폴란드에서는 대통령을 비롯한 정부 각료들을 태운 비행기가 추락하여 많은 생명이 몰살당했으니 이 꽃불 타는 봄날이 어찌 슬프지 않으랴! 역사 속의 잔인한 4월까지 기억해야 하는 우리나라와 마찬가지로 폴란드도 온 국민이 애도의 물결에 휩싸였을 것이다. 지금쯤 중국에서는 햇차 잎을 따는 손길이 봄볕에 사분사분 나비처럼 즐거운 춤사위 같을 텐데, 칭하이 위수현에서는 지진이 일어나 온 마을이 또 산산이 조각났으니 그 나라도 그렇다. 이어서 아이슬랜드에서 화산폭발이 일어나고 유럽의 항공사들이 난리를 겪고 있다는 소식이다. 피기도 전에 떨어지는 꽃봉오리처럼 수많은 사람의 목숨이 떨어졌다. 하얗게 질려버린 이 땅의 봄. 제 목숨대로 한껏 피어난 후에라도 꽃이 지는 날은 서러운데! 채 피어나지도 못한 채 떨어져야만 하는 운명의 봄이라면 어찌 봄의 찬가를 부를 수 있으리. 꽃피는 4월의 찬란함이 잔인스럽게도 눈물겨운 아름다움을 피우고 있다.

눈꽃을 헤치면서 눈부시게 벚나무를 올려다보며 사진을 찍는다. 길지 않을 영화로움을 마음에라도 담아보는 것이다. 눈이 많이 쏟아져서 희뿌연 벚꽃 무리가 구름 꽃이 되어 처연한 회색 하늘에 파묻힌다. 금산사에는 고목이 된 벚나무가 많다. 몸통의 한쪽이 부서지면서도 꽃을 피워 우리 마음속에 희망을 심어준다. 벚나무는 생명이 길어도 백여 년밖에 되지 않는단다. 일시에 그토록 수많은 꽃을 피워내는 벚꽃은 꽃철마다 뿌리에서부터 젖 먹던 힘까지 한꺼번에 소진하는지도 모른다. 늙은 허리춤에서도 꽃잎이 툭 불거지는 것을 볼 수 있으니.

한 시간가량 차를 세워두었는데 눈이 차창을 덮도록 쌓였다. 기슭마다 핀 진달래 개나리에도 눈이 쌓이고. 요사채 담장 옆의 산당화는 설중매처럼 눈송이가 빨간 꽃잎에 나비처럼 사뿐히 앉았다.

오월의 모란을 노래한 민족의 시인이었던 김영랑(1902~1950) 시인의 봄은 얼마나 아팠을까. 일제강점기에 잃어버린 민족혼, 자아의 상실감을 되찾으려 했던 안타까움에 '찬란한 슬픔의 봄'이란 시어詩語를 탄생시켰다. 암울한 민족의 환경 속에서는 계절의 봄은 왔지만, 민족의 봄이 아니었다. 금산사 담벼락 옆의 모란은 오늘은 꿈도 꾸지 못한다. 매화가 겨울과 봄 사이에서 혹한의 추위를 이겨내고 고목의 잔가지에서 피어나는 인고의 상징인 희망이라면, 모란은 꽃샘바람과 황사로 점철되는 짧은 봄의 끝자락과 여름 사이에서 피어나는 시간의 한계성이 절절하다. 생명의 유한성을 보고 더욱 슬퍼지는 찬란함이었을까. 처절한 아름다움이 찬란한 슬픔의 봄을 나약하게 기다릴 수밖에 없었던가.

'모란이 피기까지는
나는 아직 나의 봄을 기둘리고 있을 테요.'

꽃밭의 수선화도 눈꽃에 떨면서 간들간들 무언가 속삭이는 듯했다. 자동차 지붕의 눈더미를 치우고 돌아오는 발걸음이 가볍지는 않았다. 음악도 틀지 못한 채, 〈침묵의 봄〉을 묵상했다. 잠시 내리는 4월의 눈발 속의 꽃구름 터널을 지나오면서 그 순간의 아름다움 속에서 우리는 무엇을 노래해야 하는가.

영랑이 기다린 희망, 오월의 모란은 어떤 것이었을까. 오늘날 우리나라는 해방의 기쁨을 제대로 누리고 있는 것인가. 아직도 북한과는 대치국면인 것이 슬프다. 개인과의 불통은 사회와 사회의 불통이 되고, 국가 간의 경쟁이 전쟁이 될 수 있는 것도 다 개인의 불통에서 온다는 것이 또한 슬프다. 이제는 남북만을 따질 때도 아니다. 지구촌 마을 속의 우리. 뉴스를 보고 있으면 지구촌 사람들은 여기저기 혼란의 도가니에서 이 4월의 아픈 봄을 보내고 있는 것 같다. 그래도 우리는 모란이 피기를 기다리는 희망을 놓치지 말아야겠지. 기다림의 뿌리가 희망이라면 우리는 희망 속에서 놓치고 있는 그 무엇을 찾아야 할까. 소망의 실현을 위해서, 생명의 순환을 위해서, 자기의 자리에서 어제도 내일도 아닌 뉴스 밖의 오늘은 밝고 치열한 봄날이다.

사람도 다 피지 못하고 떨어진 생명은 나무처럼 긴 잠을 자고 다음 해 다시 일어났으면 좋겠다. 같은 꽃이 다음 해도 피어나는 것처럼. 그러나 올봄의 꽃은 영원 속의 유일한 오늘의 꽃이 아닌가.

모란이 피기까지는
나는 아직 기둘리고 있을 테요. 찬란한 슬픔의 봄을.

(2010. 4.)

축구는 작은 담요와 같다

　　지구촌의 희망봉인 아프리카의 남아공에서 열린 월드컵축구대회가 많은 신화를 남기고 드디어 막을 내렸다. 항상 무적함대라는 칭호를 받으면서도 우승하지 못했던 스페인이 마침내 첫 우승을 했다. 축구 강국 독일은 3위에 머물렀고 네덜란드가 2위다. 게임에는 영원한 승자도 패자도 없다. 인간사 모든 영역도 마찬가지다.

　　게임에서 승리한 자나 진 자에게는 반드시 이유가 있다. 그것은 한마디로 실력 차다. 이번 월드컵축구 경기에서 한국은 16강이란 목표를 달성했지만 8강에 오르지는 못했다. 우리나라 축구는 그동안 많이 발전했고 올해는 선수들까지 젊은 층으로 전면 교체된 것 같다. 어떤 일에나 그 일을 하는 목적이 있으며 그에 따른 목표를 세우기 마련이다. 그래서 현대교육을 받으며 자라는 어린이들에게도 뚜렷한 교육목표를 세우도록 종용한다. 더 멀리 더 큰 목표를 세워야 그 반만이라도 달성한다는 것이다. 그러나 너무 크고 먼 목표는 허황하여 흩어지는 꿈이 될 우려도 있다.

　　우리 축구팀의 목표는 처음부터 16강에 진입하는 것이었다. 반면에 나이

지리아는 처음부터 4강이었다고 한다. 우리가 처음부터 8강이 목표였고 나이지리아가 16강이었다면 어땠을까. 우리 팀은 원정 16강이 얼마나 높은 벽인가를 알았다. 이번에 우리 축구팀의 세 경기를 모두 관전하였다. 이기고 지는 경기를 보는 것이 퍽 힘든 나이가 되었지만, 그래도 전 세계가 환호하고 있으니 자연히 관심이 갔다. 그리스전에서 첫 승리를 하여 예후가 좋았다. 경기에서는 선점 골을 얻는 것이 경기 전체를 이끄는 힘이 된다. 두 번째 아르헨티나는 강팀이었다. 1대 4로 졌다. 한 점을 넣어 체면을 유지할 수 있었고 가능성을 가질 수 있게 했다.

그 경기에서 졌다는 것은 그리 애석한 일이 아니었다. 아르헨티나는 실력이 대단한 팀이란 것을 알아볼 수 있었다. 전체적인 실력이 월등했다. 체격과 표정에서 우선 여유가 있었다. 개인기도 탁월했다. 그들은 늠름하게 보였고 경기를 즐기고 있는 듯했다. 반면 우리는 그들에게 계속 끌려가고 있었다. 나이지리아전에서는 해볼 만했다. 같이 그리스를 이긴 팀이기에 실력도 비슷했다. 우리 팀은 비기기만 하여도 16강에 진입할 수 있지만 나이지리아는 이겨야만 진입할 수 있기 때문에 필사적이었다. 결국, 동점으로 비겨서 우리는 16강 목표를 달성할 수 있었다. 12번 선수인 붉은 악마의 응원도 한몫 톡톡히 해냈다. 많은 젊은이가 아프리카까지 날아가서 응원할 수 있었던 것도 우리의 경제력이 뒷받침되었기 때문에 가능했던 것이다.

8강을 향한 목표는 16강 이후에 세운 2차 목표였다. 우루과이도 강팀이었다. 16강에 올라온 팀은 모두 그만큼의 실력이 있기 때문이다. 허정무 감독의 말대로 50대 50의 가능성을 양 팀 모두 갖고 출발한 것이다. 밤 11시에 시작한 게임. 우루과이는 전반전 10분 만에 선제골을 획득했다. 우리 팀은 경기를 푸는 데 느슨한 감이 있었다. 처음부터 정신을 차리지 않는 것 같았다. 선제골을 준 다음부터 정신을 차리면 열을 올리는 데 시간이 걸린다. 공격하다가 수비로 전환하는 것이 재빠르지 못하였다. 전체적으로 실력차이가 났다. 예감이 좋지 않았다. 전반전이 끝날 무렵이 되자 상대 골대 앞에서 머물고 슈팅을 하는 일도 잦아서 전세가 유리해지는 듯했지만 제대로 슈팅을 못하고 약간은 엉성했다. 너무도 피곤하고 졸려서 그만 다 못 보고 난 침대로 가고 말았다. 결과적으로 우루과이전에서 선제골을 빼앗겼던 일이 전체적인 경기의 흐름을 어렵게 한 것 같았다. 그것이 실력이다. 약간의 아쉬움이 있지만 한꺼번에 오를 수 없는 것이 또한 실력이다.

이날 낮 나는 전주 둘레산 걷기에 참가하여 장장 3시간 30분을 남고산성에서 평화동 뒷산인 학산 흑석골까지 완주해서 너무 힘들었다. 4시에 집에 돌아와서 땀으로 범벅이 된 옷을 벗고 6시에 저녁 행사에 다녀온 뒤였다. 나에게는 기적 같은 걷기였다. 힘들고 어려운 일이었지만 내가 즐길 수 있었기 때문에 할 수 있었다.

4강전에서 독일을 이긴 스페인의 골은 멋졌다. 후반 전 28분 스페인이 코너킥을 얻었다. 코너킥으로 골대 앞으로 던진 공을 헤딩한 것이 골망을 흔들었다. 공식 그대로 적중한 슛은 예술이었다. 박주영의 프리킥이 그대로 골인한 것도 예술이었고, 모든 골인은 예술이었다. 그때마다 터지는 환호성은 지구를 들끓게 했다. 기술이 지극하면 예술이 되고 예술의 극이 도가 되듯 지극하면 자연스럽게 좋은 결과가 나타난다.

중학교 때 학교 탁구 대표선수로 우승했던 일을 이런 때 가끔 떠올린다. 전주여중과 전주사범병설중학교의 단체전 중 내 개인전이 이겨야만 학교가 우승할 수 있었다. 학교의 운명이 내게 달려 있었다. 최근에도 그때 내 상대역이었던 친구를 만난 적이 있는데, 그는 그때, 실력은 자기가 월등했었다고 나에게 말했다. 나는 그랬다고 응수해주었다. 그러나 그는 졌고, 우리 학교가 우승했다. 그의 실력은 전체적이지 못했던 것이다. 그는 경기 내내 공격만 했다. 나는 여지없이 하프 게임으로 두 세트를 졌다. 내리 세 세트의 경기에서 모두 이겨야 하는 운명이었다. 포기하고 싶었다. 벤치의 코치 선생님께서 내게 공을 높이 띄우라는 사인을 주었다. 사실 좁은 테이블에 공을 높이 띄우는 것도 어려운 일이었다. 그는 나의 높은 공을 사정없이 내리쳤지만 계속 공은 빗나갔다. 나는 수비만으로도 세 게임을 내리 이겼다. 물론 결정적인 공격 기회를 놓치지 않았다. 작전과 전환을 잘하는 지혜가 필요했다. 우리의 축구도 잘 보면 수비로의 전환이 빠르지 못한 것 같았다. 어쨌든 실력은 단계적으로 쌓이게 된다. 앞으로 우리 축구는 세계와 어깨를 나란히 할 가능성이 있어 보였다.

인생의 여러 마디에서 가끔 만나는 그 친구는 말했다. 언제나 자신이 내게 한 수 뒤지고 있다는 것을 발견한다고. 그는 여전히 공격적인 성정을 지니고 있는 것 같았다. 어떤 면에서는 내가 앞서고 어떤 면에서는 내가 뒤지고 서로 장단점이 있기 마련이다. 좋은 점을 잘 활용하는 것이 살아가는 실력일 것 같다. 감독이 말했듯이 축구는 작은 담요 같다. 인생 또한 마찬가지다. 작은 담요를 가지고 온몸을 따뜻하게 하기는 어렵다. 목까지 덮으려면 발이 나오고 발을 덮으려면 어깨가 나올 것이다. 어느 한 쪽이 좋으면 어느 한 쪽은 모자라기 마련이다. 자신이 만나는 인생의 여러 대목에서 자신의 조건을 잘 알고 좋은 점을 살려서 대처하는 지혜가 필요한 것 같다.

가화佳禾

태풍 뒤의 폭우 탓에 정읍시가 물바다가 된 듯하다. 영상 전면이 물에 잠긴 논이다. 다 자란 벼들이 빗물에 휩쓸린 논바닥 위로 떠오르는 한 사람이 있다. 남원에 사는 통일댁이라고 불리는 여인이다.

'벼꽃 같은 두 분 어머니'

96세이신 친정어머니와 90세 되신 시어머님을 손수 돌봐야 하는 그녀의 입장에 대한 글을 읽었다. '행복을 창조하는 법'을 주제로 한 민용태 교수의 강의를 듣던 날, 나란히 앉아서 두 분 어머니를 어떻게 꽃으로 보아야 할까를 이야기한 적이 있었다. 언젠가 그녀는 친정어머니께 이런 말도 한 적이 있었다고 했다. 스스럼없이 "엄마! 엄마는 왜 안 죽어~어?" 하고 말이다. 어머니의 심정이 어떠하였을지 짐작할 수 있으리라. 그리고 그녀가 어머니를 돌보면서 느끼는 갖가지 상념들도 함께 가늠할 수 있다.

그녀는 자신이 행복해지기 위해서 두 분을 무슨 꽃으로 보아야 할까를 생각한 것 같다. 벼꽃은 꽃 같지도 않고 일반인은 언제 피는지도 모르지만 가장 소중한, 없어서는 안 될 존재다. 벼꽃 같은 두 분 어머니, 그녀다운 창조다.

6, 70년대, 서울 시청 앞 광장 근처의 골목에 가화佳禾다방이 있었다. 가화다방에는 많은 예술인이 드나들었는데 나도 퇴근길에 자주 들렀다. 음악도 좋고 분위기도 아주 좋았다. 그때 아름다운 벼꽃이란 글자를 알게 되었다. 한 번도 본 적이 없는 벼꽃이지만 예쁜 다방 이름이라고만 생각했다. 벼꽃은커녕 벼에 대하여는 피난 때 아버지 고향에 가서 참새를 쫓으러 논에 간 적이 딱 두어 번 있었던 기억만 있을 뿐이다. 그렇게 먹을 것이 없어 힘들었다는 시기에도 우리 자매들은 그 쌀의 소중함을 몰랐으니, 통일댁과 어머니들을 생각하면 참 철없었다. 쌀값이 우리 생계에 지대한 영향을 미친다는 것도 모른 채 나름대로 열심히 살았다. 그건 저마다 궁구해야 하는 삶의 포인트가 다를 뿐이지 어떤 비교도 될 수 없는 일이었다.

그녀는 나보다 몇 년이나 더 젊은데도 내가 몰랐던 내 할머니의 삶을 상상하게 해준다. 통일벼라는 상표의 쌀이 나오던 때에 시집오게 되어서 통일댁이라 불린단다. 그녀가 시집온 70년대 초에 나도 혼인을 해서 전주로 오게 되었다. 드넓은 곳이라곤 바다만 자주 보았던 나에게 그 너른 김제 들녘은 감격에 겨운 놀라움이었다. 여름엔 초록빛 바다 평야, 가을엔 황금빛 물결이었다. 금빛 물결이 출렁대는 김제 만경 들판은 흰 거품을 뿜어내는 부산 앞바다의 파도를 떠올리게 했다. 지금도 지평선까지 퍼지는 평야 바다를 바라볼 때마다 수평선도 함께 그린다.

지금 한창 벼꽃이 필 때이고 벼꽃이 수정되어야 쌀알이 영근다는데 흙탕물에 휩쓸린 벼 이삭들은 수정을 못 해서 낭패라는 농심이다. 사실 나는 벼꽃이 어떻게 수정되는지도 몰랐다. 요즈음은 벌이 많이 없어져서 배 과수원 아저씨는 직접 인공수정을 해야 한다는 이야기를 한 적은 있었지만, 벼꽃이 벌이나 다른 곤충들에 의해서 수정된다면 실낱같은 벼꽃은 문드러지고 말 것이 아닌가. 언제 먹어도 질리지 않아야 할 밥이기에 달콤한 꿀보다도 격이 다른 단맛을 지닌 벼꽃이어야 한다. 제꽃가루받이를 하는 순결한 꽃이다. 아무리 가까이 보아도 암술과 수술이 보이지 않는다. 마치 다른 꽃가루나 쌀가루가 벼이삭에서 묻어나오는 듯 보인다. 그래서 배부른 꽃이 아니었을까. 보고만 있어도 김이 모락모락 피어나는 밥맛이 입안에 도는 듯한.

김제 만경 들판을 알게 된 연후에야 어찌하여 가화佳花라고 했는지를 알게 되었다. 왜 벼꽃을 아름다운 꽃이라고 불리고 다방 이름을 가화라고 했는지를. 그곳엔 가화 같은 아름다움을 추구하는 사람들이 많이 다녔던 것이 아닐까 하는 생각을 뒤에 했다. 가화다방은 내가 전주로 시집온 뒤 서울에 다니러 갔을 때까지는 그곳에 있었지만 이내 높은 빌딩의 거리가 되었다. 아름다움의 척도도 많이 변했던 것이다.

아이들을 키울 때 통일벼가 나왔다가 사라지고 지금은 유기농 기능 쌀이 유행하는 시대. 통일댁은 쌀값이 터무니없게 떨어지고 농부들조차 쌀을 귀히 여기지 않게 되어 걱정이다. 농사지을 사람이 없어 생명을 지탱하는 먹을거리의 첫째인 쌀을 천대하다가 우리는 혹독한 시련을 겪게 될 것이라고 염려한다. 지금은 먹을 것이 너무 많아져서 희귀한 병도 생기는 것을 보면 옛날의 고생이 헛된 것 같아 얼마나 허탈할 것인가. 여자들은 만나면 살이 쪄서 걱정이라는 푸념이나 하고 건강을 위한 다이어트 상품까지 난무한 시대를 살고 있으니 선인들이 어찌 혀끝을 가만둘 수 있겠는가.

벼꽃이 보고 싶다. 두 분 어머니를 벼꽃으로 보게 된 그녀도 벼꽃이다. 농부의 아낙으로, 농부로 살아온 그녀의 눈물어린 정성을 먹고 자란 벼꽃이 아닌가. 벼가 흘리는 땀방울과 눈물이 방울방울 영글어 쌀알이 되는 눈물꽃. 노구를 이끌고 지금도 논바닥의 벼꽃이 되고 싶은 어머니들. 원 없이 어머니를 오래 모시고 볼 수 있고, 여전히 생명의 뿌리인 대지에 탄탄히 서서 땅심과 밥심으로 행복을 창조하는 그녀가 아름답다. 삶의 배경도 다르고 소임은 다르지만 같은 생의 길에서 우리의 밥을 대신하는 것 같다. 참 고맙다 그녀가. 눈물 꽃 같은 가화佳禾를 보러 가야겠다.

이성부님의 시〈벼〉를 떠올리며.

벼는 가을 하늘에도
서러운 눈 씻어 맑게 다스릴 줄 알고
바람 한 점에도
제 몸의 노여움을 덮는다.
저의 가슴도 더운 줄을 안다.

벼가 떠나가며 바치는
이 넓디넓은 사랑,
쓰러지고 쓰러지고 다시 일어서서 드리는
이 피묻은 그리움.

열하熱河를 떠올리며 열하熱夏를 건너다

　일신馹迅이 아닌 '버스車迅를 타고 가면서'라고 해야 할까. 연암 박지원 선생 같은 날카롭고 깊은 눈길도 없으니. 말 타고 빨리 쓴 수필이 〈일신수필〉이라면 주마간산식 수필이라고 해도 같은 말일까. 슬쩍 스치면서 본 사실을 이야기할 때 주마간산식이라고 흔히 말하지 않는가. 결코 주마간산식이 아닌 연암 박지원이 쓴 일신수필처럼 그렇게 이담에 회자되는 글이 될 수만 있다면……

　지난 7월 30일 성하盛夏의 계절에 경남 함양에 갔다. 7월 15일을 '수필의 날'로 정한 것은 연암이 사신단을 따라 연경에 가면서 〈일신수필〉을 썼던 날에서 기인하였다. 이번에는 날짜가 연기된 것이다. 그래서 우리는 행사 전에 함양을 답사하기로 했다.

　함양은 조선시대에는 안동과 함께 선비의 고장으로 서로 이름을 다투었던 고장이다. 풍광이 좋고 아름다운 누정문화로도 유명하다. 저명한 몇 명의 대문장가를 수령으로 모셨던 고을답게 고색창연한 집들이 지금도 몇 군데 존재한다. 최치원, 정여창, 김종직, 박지원. 이름만 대면 알 만한 문장가들이 함양의 백성들을 시대를 넘어 지금까지 돌보고 있다. 이들이 남긴 유적들은 지금은 관광지가 되어 함양군민들을 긍지 있게 만들고 경제적 혜택의 배경도 된다. 함양을 다 둘러볼 수는 없지만 유적이 별로 없는 고운 최치원 선생과 연암의 흔적이 남아있는 상림 숲과 안의면을 둘러볼 수 있다 하여 이번 여행은 나에게는 ≪열하일기≫를 생각게 했다.

지난해 날짜 따라 같이 여행하는 기분으로 ≪열하일기≫를 읽었다. 그래도 아직도 다 읽지 못한 ≪열하일기≫의 부록인 연암의 산문들이 많고 이해하지 못한 것이 많다. 잊고 있다가 이번 수필의 날 덕분에 ≪열하일기≫를 다시 본다. 해마다 여름, 뜨겁고 긴 장마와 태풍이 일 때마다 열하熱河를 떠올리면 쉽게 열하熱夏를 넘길 수가 있다.

연암이 저 230년 전 이날 말을 타고 걸으면서 산을 넘고 강을 건너 연경에 도착하기 하루 전날이었다.

'1780년 7월 30일, 연암은 일행과 함께 별산장, 곡가장, 일류하 등등을 지나고 삼하현을 지나 점심을 먹었다. 그날 83리를 말을 타고 걸었다.'

2010년 7월 30일 우리는 에어컨이 설비된 버스 안에서 여유 있게 희희낙락 두 시간여 만에 함양에 당도했다. 먼저 '학사루' 앞에서 내렸다. 군청 건물 앞에 당당하게 남아있는 학사루는 본래 군청 옆 천 년 느티나무 곁에 있었는데 옮겼다고 한다. 옛날 정취는 사라졌지만 신라 시절 최치원 학사가 누각에 자주 올라 명상하였다 하여 학사루란 이름을 얻었다고 한다. 학사루는 무오사화가 발단한 역사적 유래가 있는 건물이다. 무오사화의 발단이 된 사람이 이 고을 수령이었기 때문이다. 김종직, 김일손, 정여창 등이 그들이다. 김종직을 얘기하자면 조의제문 이야기를 해야 하고 백성을 위하여 차밭을 일군 이야기도 해야 하므로 그 이야기는 별도로 써야겠다. 연암 방식의 기행문 스타일을 빌어본다.

학사루의 사연을 고스란히 담고 있을 천 년 느티나무는 너무도 자랑스럽게 잘생기고 튼튼하여 한 개의 공이도 없어 보였다. 나무 둥치를 두 팔로 얼싸안고 느껴보았다. 흘러가는 역사의 숨결을 어찌 그리 유연하게 지켜보며 컸을까 싶다. 연암 박지원도 우리처럼 학사루에 올라서 애틋하게 그 옛날 최치원을 그렸을까. 연암이 함양군수의 부탁을 받고 〈학사루기〉를 썼다는 말이 전해지기 때문에 너무 전설 같은 최 학사보다 연암이 더 가깝게 다가온다. 틀림없이 그때도 이 늠름한 느티나무를 만져보고 올려다보며 통일신라 때의 최치원을 그리워했을 연암일 테니 말이다. 그 당당하고 느티나무 같은 모습의 연암을 떠올려 본다. 연암의 초상화를 보았더니 장군 같은 기백을 느낄 수 있는 풍모를 지녔다. 아득한 전설 같은 최치원의 문장은 풍문으로만 알고 있을 뿐, 최치원에 대하여 잘 알지 못한다. 쌍계사 경내에 있는 통일신라시대에 세운 진감선사대공탑비가 남아있는데, 탑의 비문과 글씨를 최치원이 짓고 썼기 때문에 그의 숨결을 다소나마 느낄 수가 있다. 그리고 함양의 상림 숲의 유래와 역사인물 공원에서 우리는 최치원의 학자다운 나라 사랑과 애민사상을 숲의 바람 속에서나마 느껴보는 거다.

연암 일행은 한양에서 압록강까지는 생략하고 압록강에서 연경(북경)까지 2천3십 리나 걸어야 했고 날짜로는 한 달 넘게 걸렸다. 그러니 그 편도의 도정만으로도 피난민 행렬이나 다름없었다. 그래도 호기심과 학구열이 강한 연암은 말 행랑에 벼루와 붓과 종이 몇 꾸러미만 달고 〈야출고북구〉, 〈호질〉, 〈양반전〉, 〈허생전〉, 〈피서록〉 등 수많은 작품과 〈도강록〉과 〈일야구도하기〉를 남겼다. 전체 텍스트와 무관하게 독자적 버전으로 섭렵했던 그러한 작품들이 어떤 배경에서 탄생하였는지를 알고 보니 좀 더 이해하기가 쉽고 재미가 있었다. 그리고 놀랍기만 하다. 지금과 비교해서 ≪열하일기≫를 생각한다면 지루할 수도 있지만, 그 당시의 입장이 되어 보면 스릴과 서스펜스 그리고 감동과 포복절도할 정도로 재미있는 그의 엽기적인 행각이 중첩되어 나온다.

≪열하일기≫를 읽은 후부터 나도 일기를 쓸 때 날씨 변화를 자세히 쓰게 되었다.

'7월 30일 병오일, 날이 맑았다. 8월 1일 정미일, 아침에는 개었고 몹시 덥다가 오후에는 비가 오락가락, 밤에는 뇌우가 쏟아졌다.'

영락없이 요즈음 같은 날씨였다. 우리가 함양에 가는 날은 비가 온다는 예보였다. 아침에 잠깐 비가 오락가락했지만, 우리가 함양에 도착하고 기행할 때는 구름도 벗겨져서 맑았다.

우리는 학사루를 떠나 상림숲으로 갔다. 최치원이 고을 현감으로 와서 방풍림으로 조성했던 숲이란 것을 안 뒤 추억이 쌓이게 된 그리운 숲이다. 역사인물공원에서 최치원 선생도 만나고 연암과 사진도 같이 찍었다. 초상화의 풍모와 좀 비슷하게 조각한 것 같았다. 안의면을 떠날 때 불망비도 세우지 말라고 간곡히 부탁한 연암이 이 모습을 하늘에서 내려다본다면 어떻게 생각할까. 청나라의 문물을 보고 그리도 놀랐던 그 시대를 생각한다면 지금의 우리는 수레가 없는가, 강을 건널 일이 있는가. 노숙할 일이 있는가.

'연경이 가까워져 오니 오가는 거마 소리는 쨍쨍한 날에 우렛소리가 나는 것만 같다. 길옆 좌우에는 다들 돈 있는 집이나 귀인들 무덤의 담장이 동리집 담장처럼 죽 잇대었고 담장 밖으로는 물을 끌어 못을 만들어 두르고 무덤 문 앞에는 돌다리로 홍예를 틀어 놓았다……'

지금은 그 시절로서는 상상할 수도 없을 높은 교각 위의 고속도로에 질주하는 자동차 물결과 그로 말미암은 도시의 매연을 걱정하는 시대에 살고 있다. 아름답던 산천을 깎아 세운 아파트 공화국과 마천루를 방불케 하는 건축물들. 이제 저렇던 중국이 한류를 부러워하고 서양 문물을 세차게 받아들이고 있다. 지금 거대한 중국은 다시 옛 중원의 꿈을 되살리려 전진 중이지 않은가.

우리는 이날 함양의 좋은 식당에서 점심을 먹었는데, 잡곡밥이 나왔고 반찬도 맛이 있어 훌륭했다. 연암 일행은 이런 그의 미래, 우리의 오늘을 상상이라도 했을까. 연암 일행은 연경까지 도착하여 다시 열하까지 가야 했다. 황제가 열하에 있기 때문에 그리로 가야 했다. 다시 모험은 계속되었다. 연암에게는 그전에 연경에 다녀온 여러 친구가 체험할 수 없었던 열하를 보게 된 것이다. 일행 중 몸이 상한 사람은 북경에 남아있게 되어 연암은 그때 이별 중에서 생이별처럼 서러운 게 없다는 것을 깨달았다고 할 정도로 힘겨운 모험의 연속이었다. 연경과 열하까지의 왕복 도정은 그들에게는 원시 유목 그 자체였다. 유목 생활 아니고서야, 인간, 자연, 동물, 청나라의 문명과 풍속을 그리도 세심하게 접속하며 날카로운 촉수로 관찰하고 낱낱이 집어낼 수 있었겠는가 싶다.

그러나 우리의 여행기는 아무리 안 가본 곳이라고 해도 이제는 그리 신선할 게 없다. 그런 모험이 없고 새로운 문명도 없기 때문이다. 세계의 모든 풍광과 문명을 영상으로 다 보고 있으니 말이다. 이 지구 위에 나타날 수 있는 문명의 기본은 거의 다 태어났다고 해도 과언이 아닐 것이다. 빈부의 차이와 문명과 오지의 차이는 있지만, 그 혜택을 함께 나눌 수만 있다면 앞으로 애써 이룬 문명이 지구를 더는 오염에 빠뜨릴 일은 없을 텐데. 편리한 문명을 누리면서 인간의 예지로 환경을 회복할 수만 있다면 말이다. 연암의 시대에 갈망했던 산업을 넘어 우리는 지금 역문명을 갈망해야 할지도 모른다.

이 글이 너무 길어질 것 같으니 이쯤에서 나도 연암의 방식대로 연암의 사적비를 견학한 감상은 〈안의면 현감 시절의 연암에 대하여〉 혹은 〈허삼둘 고택에서〉에 다시 적는다고 미뤄야 할 것 같다. 연암도 여행 도중에, 예를 들면, 백이숙제의 묘를 둘러보고 '이제묘기'에 자세히 쓴다면서 기행문을 엮어나가지 않았던가.

(2010. 8월.)

호모 루덴스, 연암에 빠진 사람들

생각만 해도 낭만적이었던 '백척오동관百尺梧桐館'과 '공작관孔雀館'은 없다. 하풍죽로당荷風竹露堂과 연지蓮池는 또 어디에 있었던가. 연암 박지원이 연경에서 배워온 벽돌 만드는 기술로 지었다는 그 건축물들 말이다.

경남 함양군 안의면에 있는 안의초등학교 교정이다. 연암 박지원 선생이 이곳 현감으로 재직했을 때를 기려 그의 사적비가 세워져 있다 하여 찾아온 것이다. 조선시대에는 안의현의 동헌이었던 곳이다. 연암이 5년 동안 현감으로 있으면서 많은 업적을 남겼지만 당시 연암은 송덕비를 세우지 말라고 부탁했기 때문에 지금의 사적비는 현대에 세운 것이다. 연암 선생의 유적이 없는 남한에 유일하게 만든 흔적이지 싶다.

연암 선생의 업적은 내가 쓸 제목이 아니다. 지금은 리라이팅 클래식(다시 쓰는 고전) 시대란다. 세계 최고의 기행문으로 알려진 ≪열하일기≫와 평전도 여러 버전이 나왔다. 연암이 그랬듯이 학문과 인생의 우회로를 거쳐 ≪열하일기≫와 만났던 고미숙은 2년 동안 ≪열하일기≫에 푹 빠져서 연암을 탐구하였다. 그 뒤 230년이 지난 열하의 여정을 밟았다. 드디어 그녀는 고전평론가로 거듭났다. ≪열하일기≫ 텍스트와 그의 평전을 비교하면서 읽는 동안 나도 그녀의 심정이 되었다. ≪열하일기≫를 탐구하기 위하여 그녀가 제안한 책 읽기가 많다.

뜨거운 한낮 배롱나무 꽃 숭어리 사이로 파란 하늘을 하염없이 바라본다. 화사한 꽃송이들 속에 피어나는 얼굴들이 있다. 연암이 썼던 〈난하에 배 띄우고〉의 현장인 아름답던 난하는 물이 흘렀던 희미한 옛 그림자만 있었다고 했다. 망연히 서서 세월이 덮고 지난 난하를 보았던 고미숙 일행. 그미가 난하에서 느꼈던 격세지감을 이곳에서도 느낀다. 배롱나무 아래서 옛 그림자 하나 없는 빈 운동장을 더듬는다. 운동장 끝에서 시원한 그늘을 드리우고 있는 느티나무만이 그 시절의 증인처럼 보였지만 말이 없다.

지난해 가을 어느 날 서울 가는 기차 속에서 갑자기 휴대전화가 울렸다. '인간과 역사는 그 자체로 모순을 감내하면서 극복해가는 과정 중에 있다. 우리는 영원히 그 길 위에 서 있는 존재이다. 오늘 아침 신문 칼럼을 읽다가 공감했어요. 개인의 사사로운 삶 또한 마찬가지지요? 샘, 그리워요. 샘에게서 쿨함을 보게 되는데 얼마나 매력적이라구요. 샘, 만나서 행복해요.*^^ (*^-^*) 네. 샘 생각이 가끔 들 때마다 행복해요. 우리가 살면서 만나게 되어 감사해요. 저는 요새 영어 공부해요. ○○○.'

이렇게 장문의 문자를 보내는 망년지우가 있다. 그리고 또 이런 편지도 보내왔다.

'샘, 잘 지내셨어요? 새벽녘, 벌레 소리가 문득 마음에 들기 시작하는 가을, 건강하신 샘의 모습을 사진으로 뵈니 정말 기뻐요. 저는 영어 공부에 재미가 붙어서 열심히 하고 있어요. 열심히 해서 말할 수 있게 하려구요. 그리고 가방 메고 다른 나라들도 걸어 다니며 떠돌아 볼 심산이에요. 샘, 있잖아요, 일상 속에서 가끔 샘과 함께 갔던 호로구로 성지의 저녁 무렵이 떠올라요. 임진강물이 고운 저녁 햇살에 금빛으로 빛나며, 웅웅 날고 있던 하루살이들 속에서 말없이 있던 그 순간이요. 행복한 순간들은 떠올리면 웃음이 번지지요. 샘과 함께 있어서 그랬다는 걸 알아요. 샘, 사랑해요. 근데 참 이상한 사랑이에요. 전혀 초조하지도 않고 맘 졸이거나 의무감도 없고 그저 만남만으로 감사히 여겨지니 이런 사랑도 있는지요?

전주에서 서울로 이사 간 뒤 오랜만에 서울에서 만나 철원지방을 같이 답사했던 사진과 함께 보낸 편지에 대한 답장이었다. 그가 전주에 있을 때 우리는 ≪열하일기≫를 각각 다른 버전으로 샀던 것이다. 연암 박지원의 ≪열하일기≫에 대하여 우리는 자주 이야기했다. 그리고 그날 버스에서 그미가 은근히 내게 말했다. 연암 같은 사람이 있으면 다시 연애도 할 수 있겠다고 말이다.

'샘, 저 지선이에요. 새 수필집 내셨다는 소식 보았어요. 아! 그립다. 보고 싶어요. 가을이 오면 어느 날 뵈어요.'

8월의 마지막 날 보내온 문자다. 답을 보냈더니, '늦은 밤까지 안 주무셨군요. 찬바람 부는 날 뵈러 갈게요.' 내게 이런 문자와 편지를 보내는 사람이니 현시대 연암을 만나면 같이 어울려 호모 루덴스의 일원이 되리라.

연암을 읽다 보면 점점 그의 매력에 빠져들게 되어 있다. 고미숙의 말을 빌리자면 그는 "장터의 스피노자이며 '호기심의 제왕'이다. 경직된 도덕의 수호자가 아니라, 일단 신기한 것은 보고 즐기는 '호모 루덴스'가 아닌가." 좀 주위가 의식될라 치면 명분을 만들어 정당성을 확보해두는 치밀함도 갖춘다. 연암을 읽을 때면 나도 연암 그룹의 일원이 되어서 역문명의 즐거움을 누린다.

늦은 나이에 한 고을의 현감으로 부임했으니 얼마나 하고 싶은 일이 많았을까. 마침내 그의 문명론을 실사구시實事求是할 기회가 왔던 것이다. 청나라에서 접했던 문명을 실현해보고자 열정을 쏟아부었을 것은 상상하고도 남을 일이다. 그 시대 소중화주의小中華主義에 찌든 사대부들이 오로지 오랑

캐의 야만을 발견한 곳에서 문명의 풍요로움을 발견할 수 있었던 연암이었다. '있는 그대로' 보는 것, 그것이야말로 인식의 출발이자 토대였다는 고미숙의 술회는 시대를 초월한 그 누구에게도 해당하는 구호였다. 그런 연암의 눈에 가장 눈부시게 다가온 것은 화려한 궁성이나 호화찬란한 기념비가 아니었다. 구체적인 일상을 끌어가는 벽돌과 수레, 가마 등이었다. 그의 벽돌 예찬이나 기와나 온돌 법에 대한 논변 등은 한 편의 운문이나 찬가였다. 현대의 휴대전화 종류나 각종 전자제품들도 더는 찬탄하지 않는 우리가 아닌가. 말 타고 다니면서 벼루에 어찌 먹을 갈아 붓으로 글을 쓸 수 있었던가, 먹물이 없을 때는 먹다 남은 막걸리를 먹물로 삼았다는 그였으니……. 어떤 상황에서도 거침이 없었던 그였다. 이 시대 우리는 볼펜이 있고 종이가 넘쳐나며 노트북도 있다. 메모할 필요도 없이 정보는 인터넷에서 찾고 실상들은 디카로 사진을 찍어오면 된다. 우리의 문명과 인공자연을 연암이라면 오늘날 어떤 글로 찬탄할까. 도무지 나는 연암 같은 글을 쓸 수가 없다. 오늘날 그가 인기 있는 인문학의 텍스트가 된 것을 보면 어떨까? 나도 글 쓰는 호모 루덴스 근처에라도 붙어 있어 볼까 한다.

이제 문자를 보냈던 나의 젊은 친구가 동감했다는 그 글귀, '우리는 영원한 길 위에서 길을 가는 존재'로서 옛날 사람들도 걸어갔던 영원의 길 위에서 오늘의 길, 여기에서 잠시 쉬자. 연암 같은 젊은 친구, 호모 루덴스를 기다리면서.

---

* 호모 루덴스 - 놀이하는 인간.
　호모 사피엔스 - 합리적으로 생각하는 인간.

전라예술제에서

최근에는 도시마다 최신식 문화예술회관이 훌륭하게 지어져서 예술인들의 활동 무대가 더욱 확장되었다. 이번 전라예술제도 모든 장르의 예술 분야가 참여하여 볼거리가 많았다. 김제예술회관 로비의 시화전과 사진 전시가 눈맛을 즐겁게 하였다. 문인의 행사로는 강당에서 열린 문학강연과 시낭송, 시극 공연이 있었다. 다음에는 수필과 소설도 참여하면 좋겠다는 생각이 들었다. 수필과 소설의 하이라이트가 될 수 있는 한 대목을 뽑아서 낭송하면 시적 효과나 낭독의 재발견이 될 수 있으리라.

이날 고려대학교 명예교수인 송하춘 교수가 '문학의 힘, 김제의 힘'이란 주제로 문학강연을 하였다. 송하춘 교수는 이 고장의 명필 강암 송성룡 서예가의 자제인데 형제 중 강암 선생을 가장 많이 닮은 용모였다. 김제에서 나서 자랐던 모든 체험이 문학의 바탕이 되었다고 하였다. 문학은 어쩌면 거미가 허공에 거미줄을 치는 일과도 같아서 허망하고도 위험한 일이 될 수도 있다고 하였다. 그러므로 문학의 힘이 되는 자신의 체험이란 받침대에 거미 실을 단단히 엮어야 한다고 했다. 문학 강연의 서두에서 문학이 걸어온 길을 이해하기 쉽도록 먼저 요약했다. 본래 문학이란 것이 농경사회에서는 혼자 골방에서 구현하는 데 만족할 뿐 문학인들은 경제활동과는 거리가 멀었다. 산업사회를 넘어서면서 문학이 학문의 한 분야로 대학에서 국문학으로 발전하여 인재를 배출하였고 나아가 문예창작반이 개설되고 프로작가가 탄생하기에 이르렀다. 현재는 전국의 대학 평생교육원에서 전 국민을 대상으로 하는 문예창작반이나 수필창작반이 생겨서 많은 아마추어 작가들이 나오고 있다.

문학의 효용성은 어디에 있는가. 작품에 나타나는 캐릭터의 효용. 호랑이를 키우지 않고 호랑이 그림을 그려서 붙이는 까닭은 무엇인가. 토끼나 여우가 아니라 왜 호랑이를 그리는 것인가. 호랑이를 보면서 절대적으로 필요한 것을 끄집어내야 하는 것. 지혜, 용맹, 슬기 등. 그것이 메타포이며 이미지라는 것이다.

근래에 들어서 모든 예술 장르가 문화콘텐츠 개발 사업에 열중하고 있다. 매체가 다른 예술이 과학기술과 합쳐서 집단예술이 되고 산업화를 하는 실정이다. 가장 앞장선 것이 영화산업이라고 할 수 있다. 영화 한 편을 수출하는 것이 자동차 몇만 대 수출하는 것과 비교도 안 될 만큼 경제적 효용성이 높다는 것이다. 영화 예술이 성공함으로써 예술의 정당성 확보를 얻은 셈이다. 이렇게 예술이 직접적 경제에 영향이 되어서 언뜻 문학의 위기를 맞고 있다고 볼 수도 있지만, 전통 예술 장르가 힘을 합쳐 현대 예술산업이 생산되는 것은 문학의 인식을 새롭게 하고 그 의미를 확장할 수 있다고 생각한다. 따라서 여전히 현대 예술의 뿌리와 핵은 문학이라는 결론이었다.

현대는 물질문명이 타락하여 값비싼 상품이 잘 팔린다. 상품에 대한 정보가 너무 많아서 정보의 무용화가 대두할 정도다. 각종 참살이 상품이나 모든 전자제품에 이야기를 도입하여 감성을 이끌어내야 한다. 세계에서 가장 영화를 많이 생산하고 있는 할리우드가 공해를 으뜸으로 생산하게 된 요인이기도 하다. 경제생산이 바로 공해생산과 맞물려 있기 때문에 할리우드는 녹색혁명의 새로운 시도를 벌이고 있는 시점에 와 있다.

　이야기의 시대, 스토리텔링의 시대, 문화콘텐츠의 시대라고 한다. 잘 만들어진 이야기 하나가 자동차 몇만 대 판매량만큼의 경제적 가치를 지녔다고들 하는 이유이다. 우리나라 전통 이야기 중에 가장 뛰어난 이야기의 캐릭터를 든다면 '춘향'이라고 했다. 사실 전라북도 남원 지방은 춘향이가 먹여 살린다고 하지 않는가. 그렇다고 하면 전라도는 스토리텔링이 될 수 있는 이야깃거리가 많다. 같은 이야기인데 왜 스토리텔링이어야 하는가. 전문적인 설명은 잘할 수 없지만 간략하게 말한다면 고전적인 의미의 이야기가 새로운 '이야기하기의 방식(storytelling)'을 만나는 일을 뜻한다.

　얼마 전에 우석대학교 김경중 교수가 〈콩쥐 팥쥐〉의 근원이 '완주군 이서 지방'이란 것의 정당성을 밝히고 공연한 바 있다. 이번 전라예술제에서 시극詩劇을 공연한 것은 시대성이 있는 뜻깊은 일이라 생각된다. 전북문인협회 회장이며 시인이자 문학박사인 이동희 교수의 작시와 구성으로 창작된 시극 〈임의 사랑 받으소서! ─오, 고매하신 희생, 단야아가씨!〉가 그것이다.

　벼 고을 김제는 지금으로부터 1천7백여 년 전, 백제 비류왕 330년에 만들어진 세계 최대 최고의 수리시설인 벽골제가 있는 곳이다. 우리나라 도작문화의 발생지이자 농경문화를 꽃피웠던 곳이다. 벽골제가 완성되기까지는 농민들의 숱한 애환이 가득하다. 그런 농민의 삶은 오랜 세월 풍화되어 전설이 되었다. 통일신라 원성왕(785~798) 때 왕명으로 벽골제를 쌓기 위하여 현지에 파견된 원덕랑과 그의 서라벌 약혼녀 월내, 김제 태수 유품의 딸 단야의 삼각관계의 사랑과 원덕랑을 딸의 배필로 삼으려는 태수의 음모, 연못에 사는 백룡·청룡의 방해를 극복하면서 농민들의 염원인 최대의 수리시설 '벽골제'는 완성된다.

　'단야丹若 아가씨의 전설'은 스토리텔링이 가지는 전제들을 충분히 안고 있는 이야기다. 주인공이 하고자 하는 것을 가로막는 세력이 있어 갈등 구조의 효과가 있고 사람들의 공통적인 욕망에 호소할 수 있는 구성이지 않은가. 김제의 대표적인 스토리텔링이 되어서 지평선 축제의 상설 공연으로 발전될 수도 있지 않을까. 어떤 형태로든 다른 매체와 합쳐지면 문화 상품으로 손색 없을 것 같다. 남원에 춘향이 있다면 김제에는 단야 아가씨가 있었다.

(2010. 9. 4. 김제문화예술회관에서)

쓰레기의 꿈

추가로 보낼 수필집을 20권씩 묶은 책 꾸러미 6개를 차에 싣고 우체국으로 갔다. 쓰레기통으로 가는 기분이 들었다. 나에게서 떠난 것이니 미래의 쓰레기가 될 것이 분명한 사실이기에.

지금은 책의 홍수 시대다. 온라인 오프라인에서 읽을거리들이 넘쳐난다. 사상과 철학도 많아서 길도 잃는 시대며 물자가 너무 풍부해서 공해가 되는 것은 책도 예외는 아니다. 그런데도 글을 쓰고자 하는 사람들은 많고, 자기 책을 한 권쯤 가져보는 것을 꿈으로 생각하는 이도 많다. 단순히 타이틀이 필요해서거나, 내세울 수 있는 명함 때문에, 혹은 자신의 선전수단으로 등단하려는 사람도 많다.

은퇴하고 할 일을 못 찾아 절망감을 이기지 못하여 자살 충동을 느끼는 사람도 있다는데, 뚜렷한 의식과 생각을 하고 글을 쓰면서 자기 이름으로 된 책을 출판하는 일은 의미 있는 일 중의 하나다. 그렇다고 작가정신마저 프로작가들만 못하란 법은 없다. 나름대로 내 의식을 가지고 문학을 하지만 언제나 모자라고 아쉬운 점은 많다. 그 많은 책의 공해에 나까지 합세하여 공해 일부분이 되지 말아야 한다고 등단 초기에 다짐하였지만, 언제나 두려움을 면치 못하고 있다.

나의 책을 받은 도서관장에게서 온 감사장을 받고 보람을 느꼈다. 얼굴도 모르는 독자들이 책을 잘 받았다는 소식을 보내주었다. 꼼꼼히 읽고 평을 해주는 독자들, 자필 편지까지 마음을 모아 보내준 선배 문인들이, 늘 좋은 수필을 읽게 해주어 고맙다는 후배 등. 후배와 동료의 격려 덕분에 다시 용기를 얻을 수 있다.

책이 되어 나오기까지의 과정도 무척 힘든 일이지만, 책을 배포하는 일은 그에 못지않게 중요한 일이다. 발송비도 무시 못 한다. 백 권이 넘으면 우편요금을 반절 절약할 수 있다기에 이번에는 출판사에서 바로 발송작업을 했다. 주소 라벨을 만들어 붙인 봉투에 책을 하나하나 넣고 테이프로 봉한 후, 우편번호를 같은 것끼리 선별하여 20여 권씩 묶는 작업은 중노동이었다. 자기가 생산한 농산물을 포장하여 시장에 내는 농부의 기분과 같을 것이다. 그런데 정성을 다하여 넣고 포장하고 분류하는 것이 꼭 쓰레기 분류하는 일과 같다. 쓰레기를 버리는 일도 정성이 필요하다. 봉투를 돈으로 사야 하는데 재활용품과 큰 것은 버리는 비용이 더 많다. 상대방이 보내달라고 하지 않았는데도 일방적으로 쓰레기를 보내는 일이 되지 않을까 하는 생각이 들었다. 내 책도 누군가의 책장 밑의 굄돌로 쓰일지도 모르는 일이기 때문이다.

음식을 먹으면서 늘 생각하는 일이다. 흙과 물, 햇살과 바람의 힘으로 태어나는 삼라만상들이다. 사람, 동물, 곡식과 식물들은 모두 태어나는 이유가 있고 때가 있으리라. 그들은 누군가의 손길에 의해서 자란 후 채집되고 배달되는 과정에서 운명을 바꾸기를 몇 번이나 거듭해야 한다. 여행하는 동안 머무르고 떠나는 여정에서 순일하고 맑은 손길과 만남이 이루어지면 얼마나 다행이랴. 불행하게도 자신의 이익만을 호시탐탐 노리는 사람의 손길 때문에 순수했던 생명체에 많은 상처를 만들고 병들게도 하고 전쟁까지도 불사하는 것이 세상살이다.

내게로 온 음식은 생명의 신비한 작용에 의하여 영양이 되어 나의 피와 살이 된다. 그리고 찌꺼기는 배설되어 그야말로 쓰레기가 되어 나간다. 그 쓰레기조차 정말 어딘가로 버려지는 것인가. 그것도 사대四大인 지수화풍地水火風으로 돌아가서 언젠가는 무엇의 일부분이 되어 환생할 수도 있다. 나라는 개체 덩어리도 그렇게 돌아갈 것이다. 먹이사슬의 어느 위치에 있든 생명은 그 자체의 운명대로 쓰이고 돌아간다. 만물이 다 그렇다.

얼마 전에 EBS에서 다큐멘터리 프로그램을 보았다. 그 제목이 〈쓰레기의 꿈〉이었다. 쓰레기를 수입한 지방의 쓰레기더미에서 일하는 사람들의 이야기다. 그 쓰레기는 그들 가족의 꿈이었다. 쓰레기들을 분류하여 다시 팔고, 분류한 쓰레기를 재활용하는 과정에서 생기는 수입으로 그들 가족이 먹고 살고 있다. 아직 어린 나이에 쓰레기더미에서 장래의 꿈을 키우고 있었다. 선진국에서 누군가에게 아름다운 상상의 세계를 주었던 전자제품들이 '쓰레기 기부'라는 형태로 개발도상국까지 여행을 가서 그 지방 빈곤자들에게 꿈과 병을 동시에 주고 있다. 아프리카 가나에서는 전자폐기물 기부에 반대하는 NGO 활동이 있다. 그 폐기물 속에는 우리의 삼성전자제품도 포함되어 있었다. 그러나 가나의 아보블로시의 아이작이란 아이는 병들어가면서도 당장 끼니를 위하여 전자제품 태우는 일을 그만둘 수가 없었다. 아마도 그 속에는 쓰레기가 된 모든 물자 개체의 꿈도 섞여 있었으리라.

여름날 쓰레기장에 못 가는 날은 음식 쓰레기도 잘 담아서 냉장고에 보관했다가 버린다. 냉장고나 우체통이나 다를 것이 없다. 미국은 땅이 넓어서 드넓은 대지에 대형 쓰레기 매립장을 만들고 그곳에 골프장을 만든다. 우리나라도 쓰레기 매립지에 공원을 만든 예는 있다. 그러나 그 많은 쓰레기가 땅속으로 깊이 들어가서 다른 원소로 될 때까지 땅이 잘 견뎌주기만 하면 좋으련만. 모든 경제 생산은 공해를 수반한다. 자연이 스스로 정화할 수 있는 정도를 넘지 않게 하려면 우리 의식과 실천은 더욱 투철해야 하지 않을까 싶다.

사람은 몸과 영혼으로 구성되기 때문에 영육 간에 영양을 고루 먹어야 한다. 영혼이나 정신의 영양을 반드시 책이 주는 것은 아니다. 단지 많은 부분이 매개체 역할을 하므로 동서고금을 통하여 책은 모든 예술과 학문의 기본이 되고 결과물이 되기도 했다. 그래서 문학의 힘은 어떤 형태로든 사람이 있는 곳에서 영원히 사람의 운명과 같이할 것이다. 그러니 나의 책도 누군가에게 쓰인 뒤 재활용되어 쓰레기다운 꿈을 이어갈 수 있지 않을까. 쓰레기더미에서 장미를 피워내고, 진흙에서 연꽃을 피우듯이.

연애편지

강가에서 벚나무는 강물과 날마다 서로 바라보고, 서로 비추어 주고, 그렇게 오래오래 마주 보고 쓰다듬으며 지내는 일이 사랑이란 것을 알았다. 어느 날 흰 눈이 휘날리는 것처럼 꽃비가 내려 강물에 녹아들어야만 하나가 되는 것이 완전한 사랑이란 것을 한참 뒤에 알았다.

9월 첫날이네요.
여름내 쑤지 못했던 청국장을 이제야 공급합니다.
오랫동안 기다리시게 했습니다.
날마다 한바탕씩 쏟아지는 소낙비 때문에 불을 땔 수 없었어요.
마당의 솥도 올여름 내내 많이 심심했을 거예요.
모처럼 별들이 초롱한 밤 화부는,
온 하늘 불 밝은 별나라 지도를 보며 하늘 곳곳을 지나
다이룬집 마당에 내려 불을 땠어요.
하늘의 기운이 밤새 포근히 내렸겠지요?
임들의 기다림을 죽죽 늘어나는 청국장들이 들었겠지요?

임들의 염원과 그리움도 다 알아들으셨으리라~~~
청국장과 임들과 온전히 하나로 범벅이 되어 건강하시고
의미 있는 삶의 행복을 누리셨으면…… 기도합니다.

가을, 선물상자와 편지가 청순했던 연애편지들을 떠올리게 한다. 여고 시절 책가방 속에 쪽지를 찌르고 도망가던 순진한 소년. 순수한 사랑의 열정을 참지 못하여 끝내 손가락 끝의 핏물로 그린 하트가 큐피드 화살을 맞고 뚝뚝 핏물 자국이 떨어진 편지. 바다 건너 먼 이국에서 동국의 처녀를 그리워 띄운 애틋했던 초청장. 그렇게 참을 수 없는 열정을 쏟았던 시절이 있었다. 누구에게나.

산에는 사철 꽃이 피고 진다. 철없는 사랑이 언제나 이루어지는 숲 속이다. 가을꽃이 여기저기, 저만치 혼자 피기도 하고 같이 무리지어 피기도 한다. 혼자 고요히 산책하노라면, 오늘같이 연애편지를 받은 날, 초가을 선들바람이 숲 속을 흔드는 날, 소나무, 느티나무 칡넝쿨, 홍싸리 그리고 풀꽃님들이 사랑의 노래를 전하고 있다. 혼절할 것 같았던 매미들의 절규를 기억하는 바람의 노래가 풀벌레 소리와 화음을 이루어 아기자기한 사랑 노래처럼 들린다. 청춘의 푸른 사랑은 오래오래 바라보고 쓰다듬어주다가 헤어지기도 한다. 가을이 깊어가는 숲 속은 사랑의 결실을 거두기도 하고 벌써 애틋한 이별을 준비한다. 애잔한 옛날을 추억하면서. 저 젊은 날의 연애편지들도 모두 바람이 되어 나뭇잎에 물들고 있다. 봄과 여름을 지낸 숲을 어루만지는 바람은 이 계절에 사랑의 편지를 쓴다.

저만치 혼자 핀 꽃처럼 홀로 걷는 숲 속의 길은 언제나 농익은 사랑의 길이다. 내가 걷는 것이 아니라 숲 속의 식구들이 하나하나 그들의 향기와 소리 안으로 나를 스며들게 한다. 성긴 채반을 엎어 놓은 것 같은 소나무가지 위로 날아오를 듯 양 날개를 펼쳐 본다. 추석을 지냈기에 묏등은 둥근

달같이 말끔하게 깎여졌고 풀이 깎인 산길은 온몸을 뻗어 눕는다. 저만치 쑥부쟁이 꽃과 구절초 꽃망울 사이에서 한 그루 마가렛꽃이 낯선 이를 향해 하얗게 웃는다. 자주 만나지 않아도 오랜 친구 같다.

가을에는 모든 나무가 보내는 사랑의 말을 찾아 읽어야 하리라. 자신이 맞닥뜨린 뜻하지 않았던 가뭄과 태풍, 혼란스런 날씨를 견디어내며 깊어진 영혼의 그림을 나뭇잎에 그릴 것이다. 수억 겹 임들이 주고받았던 사랑의 말을 읽으며 임들과 사랑을 나누고 싶다. 그리고 나무가 허공을 향해 말하듯 나도 그 공간에 고맙다고 말하련다. 연인에게 속삭이듯이.

절벽 바위에 앉아서 소음이 멀어질 때까지 호흡을 가다듬는다. 잘살고 있는지 의문이 들 때 숲 속이라면 새로운 정신을 챙길 수 있다. 무엇을 먹고 무엇을 입을 것인지, 들꽃보다 공중의 새들보다 더 귀중하게 먹이고 입히신다는 임의 말을 다시 챙긴다. 나무는 온전한 사랑을 위해 옷을 벗을 준비하는데 사람은 두꺼운 옷을 준비한다. 사람도 마음의 삿된 옷을 벗으면 육옷의 껍질이 얇아지는 만큼 영혼의 옷이 따뜻해지겠지.

집에 돌아오니 땅끝 마을에서 배달된 가을 편지, 우주의 사랑을 손끝 세포에 모으고 새긴 사랑의 편지가 또 기다리고 있다.

'이 산야초 효소는 유기농을 하는 우리 밭 근처의 풀님들에게 내리는 별의 초롱한 눈을 담았습니다.

키위와 키위 순, 쑥과 아까시나무꽃, 창출과 엉겅퀴, 우슬초, 도라지, 더덕, 수세미, 생강 솔순……. 여러 종류의 풀님들……. 효소를 마시면서 산새울음과 꿀벌들의 노래를 들으실 수 있다면 더 바랄 것이 없답니다. 고마움과 은혜로움을 느끼실 수 있다면 생의 모든 의미를 그곳에서 찾겠습니다.'

편지 끝에 마시는 방법까지 친절하게 첨부하였고, 아쉬워서 곁들인 또 하나의 편지가 있다. '안타깝고 아픈 사랑은 참사랑이 아니었어.' 라는 노랫말처럼 이제 풍성한 사랑을 아는 것 같다.

2011 된장 이야기(당신의 이야기처럼)
"한 알 콩은 삶의 여정 속에서 '된장'이라는
자신의 이름을 갖게 되었습니다.
당신이 세상에 깜짝 출현하셨듯…….
보이지 않는 손이 그물망의 관계 속으로
은밀한 사랑을 퍼부어 당신을 돌보시듯
매순간 당신의 선택 속에서 당신의 성장을 지켜보듯
보임과 보이지 않음의 신비로운 손을 통하여
지금의 당신이 은혜로움 속에 살고 계시듯

한 알 콩은 풀님과 별님과 태풍과 불볕더위 속에서
자신의 의지를 키워왔습니다.
어느 땐 메주가 되어 자신의 변화를 꿈꾸었으며
오심재의 차가운 약수에 온 영혼을 담근 채
변화의 시간을 기다리기도 했습니다.
두륜산의 물은 간장으로 자신을 변화시키며
메주를 잘 돌보았습니다.
그것이 삶의 방식이었습니다.
그 모든 것 속에 바로 당신이 함께하셨음을…….
농부를 잘 가꾸시는 더 큰 농부인 당신
그 큰 인연과 사랑에 손 모아 고마움을 전하고 싶습니다."

　구수한 된장 이야기처럼 나는 살면서 얼마나 변화했을까, 나는 여행길에
서 몇 번이나 허물을 입고 벗었는가, 단풍 드는 나무처럼 얼마나 비우고
자랐는지를 챙겨본다. 나도 누군가의 사랑이었는가를 생각하고, 변화와 진
화의 길을 내다보기도 하면서…….
　산야초 병과 된장 병에는 '연애하듯 설렘으로 / 나를 만나는 여행길에서
/ 별여행자 ㅇㅁㅅ' 라고 쓴 귀여운 라벨이 붙어 있다. 그래서 이 글의 작성

자는 '별여행자 ㅇㅁㅅ과 그 여행길에서 사랑하는 또 하나의 별여행자의 합작 글인 셈이다.

별여행자는 농사는 연애라고 했다. 그는 시를 쓰는 일이 재미없다고 행위예술가로 변신했다. 미국의 한국 이민 2세인 마리아 윤은 미국의 50주를 여행하면서 50번의 결혼식과 신혼여행 이벤트를 하고서 그때마다 자기의 남편이 되어준 남자를 소개했다. 그런 퍼포먼스를 하면서 정말 결혼이란 그리고 사랑이란 무엇인가라는 본질의 해답을 구하지 못한 것 같았다. 그녀도 아마 별여행자처럼 연애하는 농부가 되어 봐야 하지 않을까 싶었다. 나도 차밭에서만은 온종일 찻잎과 연애에 빠진다. 할 때마다 첫사랑 같은 기분이니까. 그리고 발효한 내 사랑을 보낸다.

오늘 숲 속에서도 많은 생명이 서로 사랑 안에 있다는 것을 함께 느낄수 있었다. 이제 좀 철이 들 때가 되니 인생의 저물녘이다. 혼의 열정이야누가 막을 것인가. '임께서는 연약한 이 그릇을 비우고 비우시어 항상 새로운 생명으로 채우시나이다.' 고단한 육체일수록 영혼에서 샘솟는 기운으로산다. 고덕산을 막 넘는 해가 산 위에서 황금을 깨트리며 마지막 열정을풀어놓아 내 얼굴도 붉게 물드는 것 같았다.

임의 사랑의 편지를 다 읽고 문자를 보냈다. '그대의 연애 이야기 소중하게 들으며 모실게 ~♥~ 아까워도 먹어야 사랑이지?' 바로 답장이 왔다. '흐흐, 그러네요.'

우리는 살면서 너무나 많은 사랑을 먹고 살고 있기에 그 은혜를 자주 잊고 있지 않은가.

'나는 바란다. 샘물이 벗나무와 하듯 너와 함께하기를.' 청년 때의 네루다의 연가처럼.

(2011. 9.)

4부

그림이 뭉클한 편지를 받고

유목 생활 열흘 만에 베이스캠프에 돌아왔다. 베란다의 천리향이 그리운 향기 내뿜는 가운데 춘란의 꽃대도 수북이 올라와 있었다. 매섭던 추위를 이겨낸 새싹에 가슴이 뭉클해진다. 우편물 중에 강원도의 눈사태를 헤치고 온 편지 한 장에도 그림이 담겨 있다. 그리움을 그리면 그림이 되고 글이 된다던가.

'책을 읽으면서 성님의 웃는 얼굴이 내내 어른거립니다. 걸릴 것 없이 터 트려지는, 꽃 순 터지는 소리가 들릴 법한 맑고 투명한 그 웃음 말이요. 어 여쁘신 언니~이! 남은 햇살 받으며 그 많은 생명활동, 그 눈부신 도약에 박 수를 보냅니다. / 우선 지가 그럭저럭 연명해온 인생을 소모해왔던 시절을 떠올리게 될 때마다 부끄럽고 면목이 없기도 합디다. 어쨌거나 올곧은 밧줄 보다 조금 더 굳센 의지와 신념으로 탐구 탐색해온 오랜 공부 재주에 감동 받았다오. 지난 시간 함께했던 마음수련들 떠밀어주셨고 이끌어 주셨던 우 의를 참으로 감사하옵니다. / 5분만 걸어 올라가면 등대가 보이는 수평선,

망망대해 바다를 보고 만나면 왜 그리 두근거리는지. 날마다 시도 때도 없이 걷고 걸어 바다가 따라오는 기인 산책을 합니다.

　돈이 되는 글을 써보려고 몇몇 번씩 앉아봅니다만, 사실이나 진실을 옮겨 적는, 그러니까 감성을 만드는 아주 강력한 에너지가 고갈되었나 싶기도 하고요. / 우리가 어느 날 육체를 벗으면 인연의 시간이 멎어질 텐데요. 양분이 넘치고 일상의 편리가 자유로운 성님께서, 혹은 차보다 발이 더 빠르다고 하셨던 저가 잠시 여행을 나서 볼까 하는 그리움이 뭉클 이 새벽의 여명을 눈물나게 합니다. 고맙습니다. All being very well!'

　서로의 얼굴을 본 지가 몇 년째. 언제 어디 있어도 늘 만나는 것 같은 사람. 후배지만 스승 같은 친구. 서로 이끌어주기도 하고 밀어주기도 하던 사람. 아름다운 생명활동을 아는 사람. 다음 세상에 몸 받지 않으려면 수행을 해야 한다고 강원도 양양에서 아득한 겨울 눈 속에 살고 있다는 소식이 더 아득하다. 우리에게 인연의 시간이 얼마 남지 않았음을 일깨우고 있다.

　여행 채비를 하는 일이 점점 힘들어진다. 집 안을 정리하고 짐을 챙겨서 오후 세 시가 되어서야 겨우 전주역에 도착했다. 2월 23일 4개월 만이었다. 서울에서 볼 일들과 만날 사람들이 떠올려졌다. 딱히 머물 날짜와 시간은 정하지 않았다. 아들딸의 생일을 같이 보낼 일과 손녀의 초등학교 입학식, 3월 중에 끝나는 미술관 전시회가 두 건, 그리고 중앙박물관 기획전시 관람 등이 있었다. 기차를 기다리는 동안 아련하게 보일 듯한 먼 행로까지 생각해봤다. 이 세상을 하직하고 저 세상으로 가는 여행도 그렇게 계획하고 볼 일 등을 기대하면서 떠날 수 있을까. 그때는 꾸려야 할 짐이 없어 참 편하겠다. 마음도 무거우면 육체를 벗기가 어려울 것이려니. 삶의 여행을 잘하는 일이 그 긴 여행을 하기 위한 짐 꾸리기가 될 것이다. 그 짐을 다 꾸려서 태우다가 재도 남지 않으면 어느 때인가 홀가분하게 떠날 차비가 되는 것 아닐까.

　서울에서 볼 일을 다 마치고, 우리 자매는 성묘도 할 겸 형부의 고향인 경남 거창으로 출발했다. 조카의 자동차로 갔다가 올라오면서 완주에 나를 내려놓고 가기로 했다. 남부로 내려간 지가 얼마였던지, 새 고속국도가 생겨서 빨랐다. 함양을 거쳐 거창에서 볼 일을 다 보니 3시 반이었다. 전주 근방에 오면 큰언니는 순창고추장 민속마을에 꼭 들른다. 친정집 같은 단골집 주인이 우리를 반기면서 즉석에서 끓인 청국장과 각종 장아찌와 막걸리까지 차려 준다. 구제역으로 여행객이 뜸한데 우리가 큰 손님이었다. 죽염고추장을 비롯해 필요한 제품들을 잔뜩 샀다. 덤으로 주는 갓김치와 무김치 등이 아주 특별한 맛이었다.

　온종일 길 구경이었다. 마침 새로 건설 중인 광양고속도로가 개통되었다. 우리 아파트 입구에 상관톨게이트가 생겼기 때문에 교통의 요지가 된 셈이다. 마치 천상의 길인 듯 슬치고개를 넘는데 일곱 개의 터널이 연속으로 나타난다. 순창에서 상관까지 한 시간이면 충분했다. 우리 집에서 쉬었다가 밤 9시에 출발한 일행은 분당의 동생네까지 두 시간 만에 도착할 수 있었단다. 고속도로 톨게이트까지 가기 위해서 시내를 통하지 않아도 되니까 한 시간이 절약되었다. 산도 강도 길도 막힘이 없으니 중간에서 숙박할 필요도 없었다. 삼천대천세계가 있다는 무변 무한대의 하늘에도 영혼의 길이 있을까. 세월의 한계나 속도를 느낄 수가 있기나 할까. 어제 내린 봄눈처럼 하늘을 나선형으로 빙글빙글 돌아다닐 수 있게 될까.

　육체를 벗을 때 영혼의 옷이 있다면 고려의 수월관음도처럼 연꽃이 수놓인 투명한 사라를 입고 눈송이처럼 하늘을 유영하면 좋겠다. 그리하여 하늘 수행 끝에 연화로 피고 연실을 맺어 한 천 년 푹 자다가 연화장 세상에 다시 태어나는 황홀한 연상을 해본다.

　봄이 오는 서울의 거리에는 많은 사람이 종종걸음으로 꽃샘바람을 가르고 있었다. 물러서지 않으려는 듯 앙탈 부리는 겨울바람도 만났고, 봄을 재촉하는 후줄근한 비도 종일 맞고, 춘삼월에 어김없이 내리던 함박눈도 보았다. 찬바람에 초등학생이 된 아이들 얼굴이 매화 꽃잎 같았다. 달리기만 하는 것 같은 대도시에도 봄기운은 달려오고 있었다.

할 일이 남은 내 캠프로 돌아왔으니 일상이 바쁘다. 사람은 세상 떠날 때를 알게 된다는데 그때쯤이면, 아직 많이 남은 것도 같지만, 나이대로 느끼는 시간이라면 하루가 여삼추다. 인연의 시간이 멎기 전에 가슴 뭉클한 편지를 보내온 임을 만나야 할 일. 태어나는 봄을 맞을 설렘으로 벅차다. 천리향의 희망에 어찌 생의 기쁨이 솟구치지 않으랴!

세상 여행하듯 먼 여행도 때가 오면 겨울을 건너듯이 그렇게 건너면 될 것임에 이 봄을 충만하게 맞을 일이다. 다시는 돌아올 수 없는 일회성인 인생이라지만 죽음이 결코 끝이 아니고 생명의 순환 고리 중에 큰 마디 하나를 통과하는 일일 터임에. 인생 순례길의 마지막 통과의례를 위하여 오늘에 몰입할 일이다.

(2011. 3.)

바람의 육화

오늘도 아침부터 비가 내린다. 창밖을 내다보니 회색 하늘 바탕에 그려진 나무들과 산이 잔뜩 먹물을 머금은 듯하다. 빗줄기는 어디서부터 저렇게 줄기차게 직선으로 내려올까. 짙푸른 나무 앞에서 빗금을 무겁게 긋고 있는 빗줄기. 굵은 빗줄기가 쏟아질 때는 바람도 없다. 본래 바람은 얼굴도 없고 소리도 없으니 혼자서는 어떤 형상을 나타낼 수도 없다. 뭔가 자신을 받아 줄 대상이 있어야 그를 통하여 그 모습을 나타낼 수가 있다. 현악기의 활이 현에 닿아야 소리를 내는 것처럼.

점점 세차게 빗줄기가 쏟아진다. 길을 잃은 바람들이 어디에선가 모두 모였다가 울고 싶어진 것일까. 뭉쳐서 비구름이 된 바람은 터질 듯 답답해 진다. 안개가 되어 산허리까지 내려오다가 울음보를 터트린 것일까. 투정부리고 싶은 아이들이 우는 것처럼, 울다가 보면 더 큰 울음이 되고 더욱 설움이 북받쳐서 통곡하고 싶어진다. 방향을 찾지 못한 바람의 몸부림인가.

본래 바람은 어디에 있었던가. 지상에 내려와 땅과 합일하고 싶고 물이 되어 바다로 내려가고 싶었던 걸까. 본래 하나였으니 본래의 모습을 되찾고

자 함인가. 지수地水 화풍火風으로 제각기 제 역할을 잘하면 될 일이건만 언제부터인가 그 조화가 깨어졌다.

때로는 천둥을 동반하기도 하고 그 화기를 드러내고 싶어 번개도 친다. 한꺼번에 북받쳐서 눈물조차 삼켜버린 채 소리와 빛을 발산하기도 한다. 드디어 바람은 허공을 쪼갤 듯 비수 같은 빛줄기를 휘두른다. 그렇게 터지고 나면 한 번 크게 숨을 돌린다. 뚝 그치지 못하는 바람의 몸체가 스르르 몸을 푸는 것 같다. 조용하게 다시 숨 고르며 빗줄기는 바람의 노래가 되어 잦아든다.

연일 비가 내려 축축한 날에는 차茶보다는 따끈한 커피가 어울릴 것 같다. 계곡의 물소리처럼 커피 물이 끓는다. 좀 강렬한 맛이 제격일 것 같아서 커피 가루에 약간의 단맛만 가미한다. 바람이 숨 돌리고 있는 사이 따뜻한 커피 한 잔에 내 안의 축축한 바람을 말린다. 이렇게 긴 장마 동안 바람이 육화하는 모습을 보며 나도 우주와 합일해봤던 저 시절의 번개 같았던 찰나의 빛을 꿈같이 떠올려본다. 언젠가 진짜 우주의 바람으로 되돌아가야 하는 어느 순간을 미리 짐작해보며 바람의 미로를 그린다.

20여 일째 장마가 이어지면서 한 해 내릴 비의 3분의 1이 넘는 '물 폭탄'이 쏟아졌다고 한다. 전북 전주와 충북 청주는 보름 이상 내내 비가 온 것 같다. 집중 호우가 계속될수록 타지방에서는 인명 피해와 주택, 농경지 침수, 산사태, 빗길 교통사고 등 안타까운 소식도 많았다. 산간도서지역에서 이재민이 속출하고 사망자도 많았다

나뭇잎이 흔들린다. 빗줄기가 가늘어지면서 바람의 얼굴이 건듯 스치는 것 같다. 바람이 콧속으로 스며들면 감기가 되기도 하고 이상한 질병도 만든다. 연약한 사람이 흔들거리는 틈을 타서 사람 속으로 들어올 수도 있다. 다정하게 팔짱을 끼고 있는 부부나 연인에게 바람이 들면 몸은 서로 붙어 있으나 얼굴은 서로의 반대편을 보게 된다. 바람은 제자리를 찾지 못하여

흔들리고 사람들은 산들바람에 신바람을 내다가도 바람을 맞아 허무해지기도 한다. 잠재울 수 없는 바람 병에 시달리기도 한다. 애절한 바람 때문이다.

바람의 격정을 종잡을 수 없는 우리는 그 격정이 어디로 쏟아질지를 모른다. 미리 바람이 눈치를 주었건만 자신만은 예외일 것으로 믿는 걸까. 재해를 막을 준비도 없이 자신의 가족도 집도 농경지도 한꺼번에 몰수당하기도 한다. 그리하여 비바람과 한 덩이로 통곡해야만 한다. 어떤 이는 안개 숨을 토해야 하고, 아예 회오리바람처럼 흔적 없이 사라져버리기도 한다. 훗날 언젠가 다시 그 영혼들이 모여 바람의 몸을 만들 것이다. 아직 거대한 몸집을 풀지 못하여 어딘가를 노려보고 있는 태풍의 눈이 있지 않은가. 이 여름이 가기 전에 바람은 그렇게 호시탐탐 또 다른 육화를 꿈꾸는 것일까.

호우의 도가니 속에서도 바람을 먹은 여름은 생명의 꽃을 피우고 있다. 무궁화가 피었고 수행하던 배롱나무도 붉은 바람을 피운다. 자귀나무는 연분홍 저고리를 나풀거리고 산기슭에서 큰 수염꼬리도 바람에 흔들린다. 이제 긴 장마의 끝인가. 연화장세계가 장엄한 연못에서 바람이 육화한 그림을 읽을 때이다.

(2011. 7.)

가을, 환상교향곡

가슴이 뛰었다.

타오르는 꽃불에 매료되고 말았다. 예정대로 가던 길을 접고 가슴이 뛰는 대로 달렸다. 웬만한 사진을 보고도 그렇게 가슴이 뛰지는 않았다. 꺼질 듯한 재에서 불꽃이 튀었다고나 할까. 언제 그리도 치열했던 여름이 있었던가 싶게 가을 문 앞에서 좀 쓸쓸하고 허전하였다. 해내야만 할 일이 아무것도 남지 않은 것 같은.

에스텔이란 여인은 방년 18세 베를리오즈의 가슴을 뛰게 했다. 순수했던 음악가는 오랫동안의 짝사랑으로 그 뛰던 가슴속이 사랑의 환상으로 가득 찼었다고 한다.

가을이 오고 있다. 가을은 분명히 수확과 결실이 주는 풍요로운 계절이다. 하지만 격렬했던 여름을 겪어낸 뒤의 서늘함은 가을의 길목을 주춤거리게 한다. 결실의 마무리가 끝나고 추위와 더불어 겨울이 오면 반드시 가야 한다는 사연이 절실한 철이기 때문일까. 흰 구름도 아름다운 무늬를 자아내면서 파란 하늘을 유영하며 사라진다. 그래서 오방색 중 흰색이 가을의 상징인가.

맑고 높은 하늘 아래 누런 들녘을 지나자니 잔잔한 감동이 밀려온다. 찬란하게 빛나는 영광 고을을 지나고 불갑산 입구부터 나를 당겼던 것 같은 꽃불의 전주곡이 울리고 있다. 추석이 지났지만 이제야 들녘은 본격적으로 무르익고, 불갑산으로 들어가는 길의 가로수 밑은 꽃불이 번지고 있다. 높은 둑이 먼저 하늘을 막아선다. 드넓은 호수가 펼쳐져 있고 호수 공원이 예쁘다. 이곳은 영광군민을 먹이는 저수지며, 불갑수변공원이다. 제방의 모양이 영어의 W자를 흘려서 쓴 듯한 곡선이어서 특이하다. 이곳부터 호수를 따라 상류는 불갑산에서 내려오는 불갑천의 물이 내를 이루고 주변 일대는 새로운 공원 사업이 진행 중이다. 가는 발길마다 가을 들꽃과 누런 들판에 새빨간 꽃무릇의 조화가 환상적이다.

불갑사 일주문에서부터 사찰 주변이 온통 꽃불이 활활 타오르는 듯하다. 불결에 데일까 싶어 우선 절 뒤편으로 올라간다. 불갑산으로 오르는 등산로 입구에도 불갑산을 에워싼 호수가 있다. 색색의 잉어들이 물속에서 놀고 물가에는 흰빛과 연분홍빛의 여뀌들이 자줏빛 물봉선화 무리와 서로 어깨를 짜고 꽃무릇과 어울려 있다. 풀벌레들의 사랑까지 합주할 수 있는 고즈넉한 숲 속이다.

예이츠의 〈이니스프리〉가 떠오른다. "나는 일어나 지금 갈 거야, 이니스프리로 갈 거야, 조그마한 오두막을 거기에 지을 거야 …… 벌 소리 잉잉대는 숲에서 홀로 살 거야 / 나는 일어나 지금 갈 거야, 왜냐면 항상 밤낮으로 호숫물이 나지막이 찰싹이는 소리가 들리니까 ……." 그런 숲이 쭉 이어져 있다.

성보박물관에 먼저 들러 불갑사의 면모를 살펴본다. 보물급 불교문화재가 많이 전시되어 참배하는 것만으로도 마음이 고요해진다. 불갑사는 인도 승 마라난타 존자가 백제에 최초로 불법을 전하고 지었다고 한다. 그래서 불갑佛甲이다. 여러 차례 중창을 거듭한 후 지금의 전각들은 조선 후기에 조성된 것이다.   대웅전과 목조삼세불좌상이 보물로 지정되었다. 내가 관심을 둔 것은 이 대웅전의 꽃살문이다. 내소사의 꽃살문은 퇴색한 대로 그냥 두어 더욱 진한 그리움의 색조를 나타내지만, 이곳의 꽃살문은 몇 년 전에 색을 입혀서 화려하다. 바람이 불면 꽃 사태가 날 듯하다. 연꽃과 국화꽃 문양도 있지만, 뭇 생명을 보호한다는 금강저 무늬가 특이한 아름다움을 자아낸다.

육각의 작은 테두리 안에 절제와 강건함까지 꽃문양으로 조각하였다. 불교에서는 부처님께 올리는 최고의 공양물 중의 하나가 꽃이다. 꽃은 부처의 보신불의 상을 나타내는 권화權化의 한 부분일 수도 있다. 또 중생들의 소원과 환희심을 담은 공양화일 수도 있다. 꽃살문에 손을 대면 꽃이 튀어나올 듯하고 등을 대면 부처의 꽃 덤불에 안기는 기분이다. 불갑사 대웅전의 삼존불도 전각의 방향으로 앉아 있지 않다. 측면 문으로 들어가야 정면으로 볼 수 있다. 이곳 불갑사의 정면은 서향이니, 부처님은 남향으로 돌아앉아 있다. 대웅전 용마루 가운데 작은 보탑이 있는 것도 의미심장하다. 대웅전 앞에 주로 있는 석탑이 없고 전각이 사면을 두른 ㅁ자 모양의 마당에 괘불 석주만 놓인 것이 이 절의 특징이다. 해서 현대에 세운 5층 탑과 석등이 높은 곳에 따로 서 있다. 고색이 짙은 건물 한 채가 절집의 역사를 대변하는 듯하다. 스님들 선방의 이끼 낀 담장 가에도 붉은 꽃무릇들이 줄을 서서 키발을 세우고 있으나 못 본 체 돌아서고 만다.

다시 가슴이 뛰기 시작한다.

선운산 숲은 언제나 깊게 다가온다. 그곳 푸른 숲 사이사이에도 꽃자리를 깔았다. 특히 푸르기만 한 차나무 밭을 배경으로 드문드문 서 있는 꽃무릇이 빼어나게 아름다워서 가까이 가본다. 차나무 가지에 탱글탱글 커지는 꽃방울의 뽀얀 살결을 보자니 무언가 몰래 훔친 듯 가슴이 두근거린다. 어린 차 순이 제법 많아서 한 움큼 따서 향기를 맡아보니 그 향기가 또한 가슴 깊게 파고든다.

불갑사로 내려갔다가 올라올 때 고창 선운사에 들렀다. 선운산축제 때 있었던 백파율사의 심포지엄에 참석하지 못하여 그 소식을 듣고자 했다. 대웅전 입구 극락교를 보수 중이어서 어수선했지만, 빼어난 추사의 글씨체로 쓴 '華嚴宗主白波大律師大機大用之碑'를 보면서 치열하게 학문과 종교를 교류했던 선인들의 흔적을 더듬어 볼 수 있었다. 선운사의 동백 숲과 차나무 숲 그리고 어느 곳보다도 고귀한 단풍 숲에는 인생과 학문과 불심의 향기가 배어 있었다.

가슴이 또 뛴다.

오후가 되자 빗방울이 듣기 때문이다. 어서 집에 가 드러눕고 싶어져서 마음이 바빠진다. 평생 짝사랑으로 가슴앓이를 했던 베를리오즈는 기어이 〈환상교향곡〉을 작곡하여 '처음 사랑한 여인에게 헌정'한다고 했다.

삶은 만남이고 만남은 사랑이니, 사랑의 장엄함이여, 그 황홀함과 고단함이여, 우리 사랑과 나태를 노래하자 했던가. 우리가 가질 만한 값진 것은 오로지 그것들뿐이라고. 언제나 첫사랑은 가슴 뛰게 한다. 시월 첫날, 사랑의 환상은 이렇게 고요한 내 가슴을 뛰게 하였다. 차 꽃이 조롱조롱 매달려 피고 있다고 생각하면 언제라도 달려가고 싶을 거다.

'나 일어나 갈 거야 그 숲 속으로' 왜냐면 꽃무릇이 속절없이 가고 난 그 차밭에서 지금 노란 꽃술을 담은 차 꽃의 하얀 살결이 터지고 또 터지고 있을 테니까.

하얀꽃, 꽃진 자리

초록 물이 봄 천지의 꽃불을 끌 때쯤이면 유난히 흰꽃들이 눈에 많이 띈다. 차밭 근처의 때죽나무꽃들이 벌써 마음에 들어와서 종을 울린다. 때죽나무꽃은 긴 꽃자루에 종처럼 옹기종기 매달려 땅바닥만 내려다보며 나무 밑에 누워 있는 나를 향해 웃곤 했다.

남녘의 차밭으로 가던 날, 산언덕과 들판마다 피던 찔레꽃. 전쟁이 쓸고 간 저 귀 아픈 벌판에 그날의 포연砲煙처럼 젊은 피의 생명 밭에 자유롭게 핀 들장미라고 황금찬 시인은 노래했지.

'찔레꽃 붉게 피는 남쪽 나라 내 고향'

찔레꽃은 하얗지 붉은 것이 아니다. 그러나 붉게 핀다고 역설적으로 말해야 한다. 찔레꽃에는 가을의 빨간 열매를 품고 있으니까. 차잎을 따는 내 손길이 잠시 쉴 때마다 코끝으로 들어오는 찔레꽃 향기.

'순박한, 별처럼 달처럼 서러운 찔레꽃, 찔레꽃 향기는 너무 슬퍼요. 그래서 목놓아 울었지.'

장사익은 이렇게 온몸으로 노래했다. 마치 찔레꽃은 우리 백의민족의 상징인 것처럼 흰 두루마기를 입고 노래한다. 그리고 흰 꽃이라면 조팝나무꽃과 이팝나무꽃을 말하지 않을 수 없다. 그리고 향긋한 아까시나무, 조팝나무는 조밥도 먹지 못했던 선인들을 생각나게 하고, 입하 무렵에 핀다고 해서 이팝나무는 '이밥에 고깃국'을 연상하게 한다지.

길가에서, 빈 들녘이나 나대지에서 흐드러지게 무리짓는 개망초는 작은 벌레들의 온상지가 된다. 모두가 처연한 흰 꽃들이다. 그래서 흰 꽃은 백의민족인 우리의 조상과 부모의 상징이 되어 피고 또 피는 것인가.

전주 중인리 배밭에서 운 좋게 아저씨를 만났다. 봄철에 배꽃을 솎아내는 아저씨의 사진을 찍어준 인연으로 봄마다 만나게 된다. 봄철의 꽃만 좋아하고 배 맛은 보러 오지 않느냐는 과수원 아저씨의 말이 생각나서 지나치다가 이번에는 제대로 배맛을 보았다. 나에게 의미가 되었던 배꽃이기에 그리도 큰 열매가 된 것이 신비로웠다. 야들야들하던 작은 꽃잎이 먹은 햇살, 바람과 비 그리고 달빛과 별빛의 결정체였던가.

좋아하고 그리워하면 반드시 만나게 되는 법이다. 흰 꽃들이 많아지는 6월이 되자 시내 나가는 길가에서 하얀 산딸나무꽃을 발견했다. 오래전에 서로 알아보았던 산딸나무다. 6월 19일 지리산 청학동 삼성궁을 찾았을 때 다시 만났다. 까만 버찌가 떨어진 산길에는 벌써 때죽나무꽃들이 쟁그렁거리면서 발끝을 멈추게 했다. 신록의 갖가지 나무들이 스크럼을 짜고 서로 어깨를 비비며 하늘을 향하는 가운데 풍광도 아름다운 산 숲, 곳곳에 희한한 하얀 나비들이 앉은 듯한 산딸나무 군이 있었다. 흰 꽃 중에서 산딸나무꽃은 단연 백미다.

산딸나무는 층층나무과에 속한다. 5~6월에 작년에 난 가지 끝에서 두상꽃차례로 꽃이 핀다. 흰색 턱잎이 넉 장인데 십자가 모양을 이루며 꽃잎처럼 보인다. 타원형의 네 잎 가운데 녹색 열매가 사실은 꽃이며 꼭 가시 붙은 딸기 모양이다. 나무 꼭대기에 하얗게 나비가 모여 앉은 모습이다. 나무가 하얀 너울을 쓴 것 같기도 하여 황홀하도록 거룩하고, 그 나무 밑에서는 저절로 고요해진다. 그래서 산딸나무꽃을 십자가 나무라고도 하는가. 기도하는 나무. 예수가 십자가에 못 박힐 때 쓰인 나무가 산딸나무였다 하여 산딸나무가 예수의 고통을 덜어드리고 싶어했다는 전설이 있단다. 그래서 승암산 자락의 순교자 성지 아래에 산딸나무를 심었을까. 사제관 올라가는 길에서 또 그 꽃을 보고 잠시 묵상에 잠겼다. 전쟁의 후유증이 평생의 십자가가 되었던 어머니의 기도하는 모습이 꼭 산딸나무꽃 같았다.

　나무는 모두 나무인데 같은 나무는 없다. 사람도 사람이지만 모두 다르다. 서로 잘 알 것 같지만 모른다. 동식물 모두 같은 생명을 지니고 있지만 그 생명의 신비를 어찌 알 수 있는가. 모른다. 배고팠던 백성의 한이 쌓여 조팝나무와 이팝나무꽃으로 왔는가. 때죽나무꽃은 왜 땅만 내려다보고 종소리를 내는지. 산딸나무꽃이 하늘을 향해서만 피는 이유를 알지 못한다. 그 사람 안부를 하늘을 향해 묻는 이유를. 무수히 내려앉은 사랑의 나비처럼 상여꽃 같은 이유를. 그 모든 생명의 신비를. 아무것도 모른 채 나도 보랏빛 재스민이 바래어 하얀 꽃이 되듯이 기도하는 나무가 되어 가는가.

　봄철에 만났던 저 하얀 꽃들이 어떤 열매를 남겼을까 궁금했다. 우리 동네 꽃밭의 꽃사과나무에도 빨간 열매가 조롱조롱 달려 있다. 꼭 재스민 향기 같았던 쥐똥나무는 까맣게 익어가고 있었고 구기자도 발갛게 익고 있었다. 한 번도 늦가을의 안부를 묻지 않았던 산딸나무 군락지도 찾았다. 자세히 찾아보지 않으면 열매가 있는 것을 알지 못한다. 나무 밑을 살피니까 풀 속에 빨간 열매들이 떨어져 있었다. 숲 위를 올려다보니 드문드문 빨간 딸기가 달려 있었다. 산딸나무는 이름 그대로 채리 같은 모양의 딸기나무다. 먹어도 된다고 했지만 깨물 수가 없었다.

　흰색은 모든 빛이 모인 신神의 색이다. 행복과 구원의 상징인 흰색은 동시에 평화요 자유가 아닌가. 환희의 색이기도 하고 그리움과 안타까움이 쌓여서 장사익처럼 너무나 아름다워 목 놓아 울고 싶은 색이기도 하다. 옛날 조선의 백자 달항아리를 구입하여 영국으로 돌아간 한 도예가는 그 흰 항아리를 안고 가면서 행복을 안고 간다고 말했다. 그처럼 흰색은 행복이기도 하다. 흰 꽃들은 안으로 정열을 감춘 거룩한 꽃이 아닐까. 밖으로 나타내지 못한 속내 깊은 사연을 가을에야 빨간 열매나 까만 열매로 말한다. 고결하기도 한 흰 꽃들은 과거 현재 미래가 이 순간에 담겨 있다는 진리의 열매를 키워냈다. 자신을 비워낸 자리에 모든 빛을 받아들이고 온갖 색을 농축하여 빨갛고 검은 열매를 탄생시켰다.

트라우마, 전쟁의 기억

올가을 나는 두 번이나 통곡하고 싶은 순간이 있었다. 한 번은 전북도립 미술관에서 '서양화의 이해'에 대한 강의를 들으면서다. 교수는 세계가 주목하고 있는 현대예술가들을 소개했다. 지난 세기의 모든 예술 장르들이 현대에 와서 어떤 양상으로 전개되고 있는 것인가. 유럽 전위 예술가의 퍼포먼스의 영상을 보았다. 우리는 예술을 접하고 평화와 행복 그리고 안식을 취하고자 한다. 보통은 미술을 접하면 즐거움을 체험하기 때문에 좋아하고 예술 행위를 하고자 한다. 예술이란 우리를 편안하고 즐겁게만 하는 게 아니란 것을 절감한 날이었다. 진·선·미가 예술의 발로라면 과연 무엇이 진선미란 말인가. 진리, 진실, 사실 등. 그날 진실의 적나라함이란 보기 좋은 것만은 아니라는 사실에 대하여 생각했다. 우리는 진실을 회피할 때가 잦다. 진실은 우리를 불편하게 하므로 직접적으로 나와 상관없는 일은 회피하고 모른 체하기 쉽다. 감추어 둔 진실 때문에 우리 사회는 맑지 못하고 혼란스러울 때가 많은 게 아닐까.

불편한 진실을 알고 가만있을 수 없는 예술가들은 참으로 용감하다. 유럽 전위예술가의 퍼포먼스는 전쟁 반대의 표현이었다. 마치 현대의 십자가형을 재현한 것 같았다. 전 세계에서 동참한 천여 명이 넘는 예술가들이 오스트리아에 운집하였다. 전쟁의 처참함이 어떤 것인가를 몸소 실현한 것이다. 동물이 죽어서 피를 흘리고 있는 장면과 행위자들이 실오라기 하나 걸치지 않은 나체로 십자가 형틀에 매달려 피를 흘리고 있었고, 행위자들 모두가 준엄한 의식을 치르며 전라裸로 호소했다. 무언의 반전운동이었다. 끔찍하고 놀라운 장면들은 전장을 최고조로 승화시킨 효과를 내었다. 난생처음으로 이런 퍼포먼스를 보았다. 그런데 실제 그 현장에 있었다면 어땠을까. 당시 독일에 있었던 교수는 이 퍼포먼스의 참가를 놓고 많이 고민했다고 한다. 한국인은 아무도 없었으니까. 오스트리아에서 이 퍼포먼스를 주최한 예술가는 그 행위 후에 오스트리아에서 추방당했지만, 독일에서는 받아들여졌다. 이 영상을 한국에 소개했던 우리나라 여자 교수님은 지탄받았다.

예술가들의 참을 수 없는 양심의 표현이었다. 무서운 진실 앞에 가슴이 몹시도 아팠다. 너무나 충격적인 영상이 많았기 때문에 다 열어 보일 수는 없다고 했다. 내가 말했다. "정말 통곡하고 싶네요!" 그러자 교수님은 "심정이 예술에 닿아 있어서 그래요." 실제로 행위의 현장에서는 많은 사람이 통곡했다고 한다. 지금 다시 흥분한 그때의 심사가 끓어오를 듯하다. 그날 강의가 끝나고 나는 충격을 잠재우려고 이층 전시실을 배회했다. '먹이 주는 미학'이 전시되고 있었기 때문에 우리의 먹으로 그린 산수화와 문인화 등을 보는 동안 마음을 잔잔하게 가라앉힐 수가 있었다. 그리고는 이상하게도 통쾌하게 속이 시원해지는 것을 느꼈다. 그것이 예술의 힘인가! 강력한 메시지를 담은 예술 행위가 준 카타르시스.

또 한 번 통곡하고 싶은 장면은 이번 가을 부산비엔날레에서다. 비엔날레는 원래 대중적인 예술이 아니다. 전위적이고 진취적인 예술가들이 인류의 진화를 위하여 모험적인 예술을 제시하는 장이다. 여러 가지를 들 수 있지만 전쟁의 트라우마를 지닌 예술가를 꼽지 않을 수 없다. 유럽의 한 사진작가의 작품. 그 어머니는 유대인으로서 독일의 아우슈비츠를 비롯해 여러 수용소를 거치면서 말할 수 없는 처참한 고통 속에서 살아남았다. 작가는 그의 어머니의 책을 통하여 알게 되고 수용소의 현장을 모두 답사하였다. 답사한 사진을 전시하고 있었다. 그보다 더 강력한 호소는 그의 영상 작품이었다. 그는 남자이기 때문에 여자인 어머니의 심정은 어땠을까를 짐작하기 어려웠다. 그는 어머니의 입장이 되어보고자 성전환수술까지 감행했으며 그 과정을 영상에 담았다. 영상실에 들어가면 그가 나체로 여자가 되었다가 남자가 되었다 하는 화면이 반복되어 공중에서 나타나기만 한다. 그의 예술을 전적으로 이해하기는 어려웠으나 얼마나 전쟁으로 말미암은 상처가 깊으면 이런 행위로 표현되는가를 뼈저리게 느꼈다. 평생을 지배하는 트라우마.

　한국계 미국인 어린이 환경운동가 조너던 리(12세)가 베이징 텐안먼 앞에서 중국의 지지를 호소하는 1인 시위를 벌였다. 비무장지대(DMZ)에 어린이 평화 숲을 만들자는 주장을 펴는 조너던 리는 22일 오전 10시(현지시각) 중국 안팎에서 물려온 관광객들로 가득 찬 텐안먼 앞에서 '남북 평화협정 체결', '한반도 비핵화', 'DMZ에 어린이 평화 숲을'이라는 문구가 쓰인 작은 플래카드를 펼쳤다. 리군은 중국이 평화 숲 조성을 지지해달라는 취지의 공개서한을 낭독하기 시작했으나 텐안먼 주변을 지키고 있던 공안들이 달려와 리군의 행동을 제지하면서 '깜짝 1인 시위'는 불과 수십 초 만에 끝나고 말았다. 리군은 1인 시위를 하기 전 "북한에 다녀온 뒤 중국이 한반도 평화 조성에 큰 영향력이 있다는 사실을 알게 됐다."며 "후진타오 국가주석으로부터 DMZ 어린이 평화숲 조성의 협조를 받고 싶어 이번 일을 하게 됐다."라고 말했다. 고 그린맨(Go Greenman)으로 유명한 리군의 갸륵한 행위에 내 마음 시울이 시큰해졌다.

'지구 위의 가장 목가적이기도 하고 수많은 지뢰 사이에 30종류 이상의 포유동물이 살고, 아름다운 동식물들이 살아가는 낙원이면서 가장 위험한 비무장지대를 둔 세계 유일의 분단국. 전쟁의 기억, 다시는 이러한 전쟁이 없어야 한다. 평화를 위한 노력은 이 땅에 사는 모든 사람의 의무다.'

봄에 일어난 천안함 사태와 연평도 폭격 사태는 여전히 우리의 안보와 평화에 위험이 존재한다는 사실을 일깨워준다.

나에게도 우리 민족에게도 전쟁의 상처 때문인 공통 트라우마가 있다. 아직도 우리의 근대 역사의 트라우마를 남북한이 공유하고 있으면서, 결코 잊어서도 안 되지만 잠시 잊을 만하면 남북의 문제는 불거지고 만다. 불씨가 남아있기 때문이다. 한몸통의 허리를 졸라매고 있으니 어쩔 것인가. 풀어야 할 숙제를 안고 있으니. 저 어린 열두 살의 리군은 얼마나 절실했을까. 나는 과연 무엇을 해야 할 것인가. 이 절실하고 간절한 그의 심정에 나는 무엇을 보탤 수 있는가. 저 양심의 소리 때문에 이렇게 글이라도 토해놓고 싶었다.

리군의 행동에 관한 기사를 보고 부끄러웠다. 우리 젊은이들은 안보의식이 없어서 잘 모른다고 한다. 그러나 모든 국민이 각자의 트라우마를 숨겨 둔 채 너무나 나태하게 살아가고 있는 것은 아닐까. 자기 앞의 이익만 따지기에 바쁘지 않은가. 다행히 젊은이들이 이번 연평도 사건으로 인하여 해병대 지원이 늘었다는 소식이다. 애국심일 수도 있고, 이왕 갈 군대라면 어렵고 위험한 곳에 갔다 와야겠다는 오기일 수도 있겠지만, 우리 젊은이들의 행동은 북한의 으름장에 대응하는 한 방편이 될 수도 있겠다. 그나마 아름답게 보전될 수 있었던 비무장지대가 다시 쑥대밭이 될 일은 절대로 일어나지 않기를 바라고 또 바란다. 고대로부터 거듭된 수많은 전쟁의 기억이 만든 인류의 트라우마. 그 위에 아직 통곡이 그치지 않은 연평도 주민 충격은 또 하나의 트마우마로 남을 것인가.

(2010. 12.)

* 트라우마(trauma) : 충격 후 스트레스 장애, 외상성신경증이란 정신의학 용어로 과거의
충격이 현재까지 미치는 것을 말함. 예술용어로도 자주 쓰인다.

손목이 가벼운 사람

　전라북도 새 청사의 정원이다. 고운 낙엽들이 깔린 잔디밭에서 차를 마신다. 날짜를 잘못 알고 허둥지둥 달려왔다가 허탕친 기분을 고르고 있다. 차 맛이 아주 달보드레하다. 분명히 연잎 차를 우려서 보온병에 담아왔는데, 재스민 차 맛이 나다니. 두 번째 잔을 채우고 신기해져서 휘돌아본다. 하늘 호수에 빨간 단풍잎이 떠 있다. 천지간에 단풍잎과 낙엽들만 잔치를 벌이고 있는 것 같다. 석별의 정을 나누자는 춤사위인가. 하나하나 눈을 맞추다가 더러는 손을 마주 잡고 왈츠를 흉내내며 담장 가까이 가자 감탄이 절로 터진다.

　구골목서 나무들이 담벼락을 이루고 있는데, 가지마다 하얀 꽃 숭어리가 이슬방울을 모아 놓은 것 같다. 눈물방울을 뚝뚝 떨어뜨릴 것 같은 모양새로 꽃망울들이 가시 돋은 잎 가운데서 글썽거린다. 아무도 보아주지 않으니 그렇게 향기를 멀리 보냈던가. 흔히 만리향이라고 불리기도 한단다. 예상하지 못한 행복감에 젖어 내가 왜 이곳에 있는지를 잊는다.

　이 가을 들어서 벌써 세 번이나 날짜를 잘못 알고 허탕친 일이 있었다. 매주

화요일 미술관에 가는 날인데 월요일에 가기를 두 번씩이나 하지 않나, 또 다른 일에서도 그랬다. 시간 손해를 본 대신, 기분 좋은 가을의 산길을 돌아볼 수 있는 즐거움을 누렸다. 건망증이 생겨서라기보다 너무 열중하다 보니 순간의 착각이 일어나는 것 같았다. 그날 하루 달콤한 향탕에 담겨 있었다.

마을에 시계가 생기면서 사람들은 바빠졌다. 시계가 없을 때는 자주 모여서 같이 일하고 같이 놀았다. 시계가 없어도 태양은 늘 그대로 뜨고 지건만 사람들은 왜 시계 안에 태양을 가둔 것일까. 달력을 보면서 날짜를 세고 시간을 따지다 보니 각자 바빠서 아무 때나 사람을 만나기도 어렵다. 때때로 시간과 공간이란 것이 별로 중요하지 않은 것 같을 때가 있다. 이제 그리 해도 행복한 나이가 되었다는 의미일까.

달력을 자주 쳐다보며 날짜를 세고 하루에도 손목시계를 몇 번이나 들여다보는지 모르는 사람들이 많아졌다. 태양도 시간도 망가질 리 없지만, 기계는 망가진다. 사람들은 망가진 기계를 고치기도 바쁘고 유행 따라 희한한 모양의 기계를 고르기에도 바쁘다.

부엉이 시계가 유행한 적이 있었다. 고장이 자주 났다. 산속에 살아야 할 부엉이를 시계 집에 가두었으니 온전할 리가 없었다. 시계의 모양 따라 시간도 달라지면 얼마나 좋을까. 그런 타임머신을 발명할 수는 없을까. 하긴 세상을 다 담은 듯, 시공간을 한 곳에 담은 듯한 손안의 네모난 요술쟁이가 있지 않은가? 순간의 터치가 엉뚱한 세상으로 데려가기도 한단다. 새로운 기계가 생길 때마다 그것을 익히기에 또 사람들은 바쁘다.

시계를 보지 않는 사람이 행복한 사람이라고 말한 사람이 있다. 나는 시계가 필요 없어 손목이 늘 가볍다. 그렇다면 나는 진정 행복한 사람인가 보다. 가끔 요일을 잘못 알고 실수할 때가 잦다. 이 가을 학기에는 공부할 과목이 세 가지나 되었으니 그럴 만하였다. 그래도 알고 결석한 날 외에는 잘 마칠 수가 있었다. 시계와 날짜를 세지 않아서 허탕친 것 같았지만, 대신에 다른 즐거운 일들을 볼 수 있는 소득이 뜻밖에 많았다. 허비한 것 같은 그 시간이 더 많은 시간이 되어서 돌아오기도 했다. 그런 때 행복하다는 말을 쓰는 것일까. 길도 시간도 잃는 것이 얻는 것이기도 했다. 의무에서 해방된 사람들의 보너스인가 보다.

시계를 보는 시간에 다른 것을 볼 수 있는 여유가 많아지니 행복한 사람이라고 한다. 현대 사회가 복잡하여 직업도 다양해지니 밤낮을 가리지 않고 일하는 사람이 많아졌다. 시계가 없어도 태양이 뜨면 일어나서 일하고 태양이 잠자러 갈 때 사람도 따라 잠을 자던 때와는 달라졌다. 사람들에게는 각기 다른 생체 시계를 몸에 지니게 되었기 때문에 고유의 생체 리듬이 생긴 것이다.

아침 일찍 노래하는 종달새 형이 있는가 하면 늦게까지 일하고 아침에 늦잠 자는 올빼미 형도 있다. 그 중간형이 대부분의 사람이다. 그러나 나는 글공부를 하다 보니 올빼미 형이 되었다. 그래서 시계를 들여다볼 시간이 없다. 시간에 얽매여 외부의 소리에 집중하다 보면 정작 알아야 할 자신의 몸의 흐름이나 자연의 흐름을 잃게 되는 수가 많다. 나의 생체 리듬을 잘 읽기 위해 바깥소리를 절제해야 할 때가 잦다. 내 생체 시계는 내 감각이 관리한다. 음식이 필요하다거나 운동이 필요하다거나 등등. 감각의 말을 잘 듣고 내 오장육부와 기氣의 흐름에 민감하게 반응해야 한다. 향 맑은 기운을 잃지 않기 위해서 차 마시는 시간이 나를 조율하는 때이기도 하다. 고요하게 나를 지켜보아야 하는 시간이야말로 중요한 일이다.

그전에는 집안에 시계가 많았는데 차례로 도망가고 이제는 벽시계 하나뿐이다. 시계가 아마 자주 쳐다봐 주지 않는다고 투정부릴까 걱정이다. 우주 공간 어디쯤 날아가면 시간이 끊어진 공간이 있다고 한다. 나에게 시간을 건너뛰는 착각이 일어나는 때는 꼭 그런 순간이지 싶다. 연말연시란 분주함도 없는 세상 너머 세상엔 경이로운 장면과 만나는 축복이 늘 존재하고 있는 것 같다. 나는 행복을 찾아다닐 시간이 없어 가지려고도 않는데 그렇게 사는 사람이 행복한 사람이라고 한다. "사람은 행복해지기 위하여 세상에 왔다. 행복해지는 것이 의무이다."라고 말한 헤르만 헤세를 떠올리지 않더라도 그것은 너무나 당연한 일이란 것을 이제야 알았나? 다른 생명과 더불어서 단지 행복해져야 한다는 의무를 실현하는 일이 세상 사는 일이었다.

(2010.)

2010년 성탄절의 인상

성탄절 전날은 매서운 날씨였다. 모임이 있어 나갔다가 한옥마을에서 저녁을 먹고 나니 어두워져 있었다. 전통의 거리는 크리스마스와는 어울리지 않아서인지 조용했다. 전동성당의 불빛과 청사초롱만 고요한 밤을 깜박였다.

내 청춘 한때의 성탄절이 생각났다. 그 시절은 문화의 콘텐츠가 모두 서울 명동에 집결되어 있었다. 예술의 전당인 국립극장도 명동 네거리에 있었다. 내가 다녔던 직장이 서울시청과 명동 입구 사이에 있었기 때문에 성탄절과 연말연시로 이어지는 문화행사의 분위기를 직접적으로 느낄 수 있었다. 자정이 가깝도록 명동성당으로 올라가는 상가 길은 사람들의 물결 따라 캐럴의 리듬도 넘실거렸다. 그 시절의 사람들의 파도는 어디로 밀려갔을까.

나이 들면서 크리스마스라는 말은 점점 빛바랜 사진처럼 퇴색했다. 평범한 날의 하루가 특별한 날보다 좋은 날임을 깨달았기 때문이다. 나날이 성탄이 될 수 있도록 기도했으니까. 그래도 범세계적인 축젯날로 정해진 날임에 전동성당의 빛 장식이 아름다워서 안으로 들어갔다.

성당 건물의 맨 꼭대기 돔 창문의 불빛과 커다란 인공 별이 환하게 빛나고 있었다. 마당에도 빛 탑이 서 있고, 성모상 주변에도 조배할 수 있도록 빛을 밝히고 있었다. 성당 안의 천장과 주변의 건축미를 새삼 살펴보았다. 고딕과 로마네스크 양식이 합쳐진 것 같은 모양의 건축조각들이 불빛에 드러나서 아름다웠다. 전동성당의 신도들, 어린이에서 노인들까지, 모든 신심단체들이 각각의 장기를 자랑하고 있었다. 자정미사를 올리기 전까지 식전의 공연행사였다. 레퍼토리는 주로 크리스마스 캐럴과 우리의 대중가요 한 곡을 선곡하여 율동을 곁들여 불렀는데 즐거운 분위기를 자아내었다. 전통적으로 불러온 캐럴들, 〈고요한 밤, 거룩한 밤〉, 〈기쁘다 구세주 오셨네〉, 〈울면 안 돼, 울면 안 돼〉 등이었다. 학생들의 재미있는 연극도 있었다. 50년 전, 중앙성당서 크리스마스 전야제 때 연극공연을 하였던 사진도 떠올랐다. 그때는 성당 안에서 그런 행사를 할 엄두를 내지 못했기에 마당에 무대를 마련했었다. 성탄절을 앞두고 중고등학생 회원들은 추운 것도 아랑곳없이 연극 연습을 열심히 했었다.

'울면 안 돼, 울면 안 돼, 우는 아이에게는 산타할아버지가 선물을 안 주신대요.' 산타할아버지는 이 무렵이면 엄마의 '빽'이 되어 우는 아이를 달래는 힘이 되었다. 나도 내 딸아이가 어렸을 때면 마루에 전깃불 트리를 만들고 무척이나 이 노래를 자주 불렀다. 투정부리는 아이를 달래는 데는 안성맞춤의 노래였다. 그 노래의 꿈을 먹고 자란 아이가 커서 다시 엄마 되어 자기도 아이에게 이 노래를 불렀고, 또 오늘 많은 사람이 역시 이 노래를 부른다.

6·25 전후 세대들에게는 미국의 산타할아버지가 보내는 구호물자가 있었다. 어린이들에게는 구호물자의 유혹은 절실했고 대신에 예배당에 가야 하고 성당에 가야 했다. 나는 전쟁으로 얻은 엄마의 병 때문에 약을 타러 부산 앞바다가 내려다보이는 언덕의 미국 메리놀병원에 언니와 함께 자주 드나들었다. 그리고 찔레꽃 같은 하얀 꽃 관을 쓰고 세례도 받고 엄마와

같이 성당에 다녔다. 그때 집 방문을 다니던 수녀님의 모습은 구원의 상징이었다. 우리 엄마는 내가 공부만 한다고 남자가 되었거나, 수녀나 되었으면 하고 바랐었다. 딸이 넷이나 되었으니 말이다. 일생을 살고 보니 어쩌면 부모님의 기대대로 살아온 것 같다. 수녀복은 입지 않았으나 성직자들의 생각을 좇았으니 말이다. 그래서 얻은 천주교 신자의 명분은 인생의 중년까지 많은 영향을 준 것 같다.

그 시대의 신자들을 구호물자 신앙이라고 일명 말하기도 했다. 어느 성탄절에 받았던 구호물자 선물은 환상적이었다. 차라리 그것이 초콜릿이기를 바라기도 했다. 그러나 먹는 것이 아닌 한 상자의 양초 세트였다. 상자의 뚜껑을 열면 산타할아버지 모형의 양초가 몇십 개나 가득 채워져 있었다. 그때는 신기하고 귀한 것이었다. 지금도 눈에 선한 그 선물을 소중히 간직하다가 실제로 태워 봤는지는 기억이 가물가물하다. 전깃불이 자주 나가도 그 양초가 아까워서 태울 수가 없었다. 순전히 장식용이었으니까. 구호물자 속에 스며든 미국정신에 물들여지는 것을 어른이 되도록 자각하지 못했다.

그런 양초가 서울시청 앞 광장에서 성탄절 트리 대신에 지금은 사회적 문제가 거론될 때마다 촛불 시위로 쓰이게까지 되었다. 더욱이 미국과의 FTA를 반대하는 시위에도 쓰였다니 참 아이러니하다. 미국 양초들의 환상적인 유혹이 북한을 매료시킬 수 있는 촛불이 될 수는 없었을까. 기독교의 참 정신을 밝힐 수 있는 진정한 촛불의 의미로 태워졌어야 했다.

미국 대통령은 취임식에서 성경책 위에 손을 얹고 선서를 한다. '이웃을 내 몸같이 사랑하겠다.'고. 예수님의 유언이 참 무색하다. 2천 년이 지났는데도 아직도 그리스도는 오지 않는다. 아직도 멀리서 오고 계신가. 2천 년 전의 예수님은 당신 덕분에 세계의 정신이 갈라지게 되고 종교전쟁까지 일어날 것을 알고 있었던가. 하긴 성서에 '내가 평화를 주려고 온 것이 아니라 칼을 주려 왔다.' 하였으니. 과연 그렇다. 그 칼의 싸움이 어떻게 끝이 나야 평화가 온단 말인가.

우리 안에 도사리고 있는 부와 권력에 아부하는 비굴함이 삶의 언저리를 맴도는 일, 그 불편한 진실을 우리는 덮고 있지 않은가. 권위와 힘을 앞세워서 사랑이란 이름으로 약자들을 자신의 틀에 맞추기 위한 노력을 자랑으로 여기는 사람들이 세계를 받치고 있는 힘의 한 축을 담당하고 있다. 모든 관계의 갈등이 그렇다. 정치나 경제 사회의 모든 분야의 운영자들, 세계를 주름잡는 자들, 개인의 내면을 변화시키지 않고는 사회도 나라도 세계도 달라지지 않을 것이다. 평화를 만들어주는 사람은 따로 있지 않다. 하느님조차도 아닌 것을.

전동성당뿐 아니라, 세계의 모든 교회나 성당에서 자정이 되기까지 크리스마스 전야의 캐럴이 울렸을 것이다. 예수를 믿는다는 것은 예수 자신이 그랬던 것처럼 자신의 끊임없는 혁명이 요구되는 일이었다. 혁명은 반드시 고정을 깨고 부서지는 아픈 과정을 겪어야 하는 것이 전제되어 있다. 아직도 세계의 평화는 그러한 고난의 긴 여정 위에 있는 것인가. 어느 특별한 축제기간 캐럴을 부르면서 언젠가는, 언젠가는 하다가 지구가 멸망할 징조, 폭풍 전야 같은 고요한 날을 맞는다면 어떨까. 그런 때가 새로 시작하는 날이 될까.

공연이 다 끝나기도 전에 바닥에서 올라오는 냉기에 추워져서 자정까지 있을 필요도 없었다. 이제 '고요함과 거룩함'이 내 안에 있음을 알았기에. 모든 생명이 삶을 영위하는 과정이 참 거룩하지 않은가. 캐럴에 이끌려서 거리를 서성이지 않아도, 미사 시간을 지키지 않아도 진정한 미사가 무엇인지 알아버렸으니 어느 순간에도 그리스도를 마음에 모시고 그 정신을 잃지 않을 수 있으면 성스러운 성탄이 될 것이다. 고요한 밤, 거룩한 밤이 감사하다.

변화하는 명절의 풍속도
― 토끼해의 설날에

신묘辛卯년 설날이다. 해가 바뀌면 그 해를 상징하는 동물의 특징을 부각하여, 한 해의 행운을 빈다. 토끼는 지혜롭고 슬기롭고 꾀가 많기로 유명하다. 빠르기로 한다면 그 어떤 동물과도 비교가 안 될지도 모른다. 토끼는 그 길고 뾰족한 귀에 오감이 모여 모든 주변의 상황을 감지한단다. 재빨리 도망쳐야 할 상황을 먼저 감지하여 줄행랑을 친다는 것이다. 묘는 새벽 5~7시. 동쪽을 수호하는 방위다. 나는 두 아이를 그 시각에 낳았고 토끼해 태생인 딸은 슬기롭다. 빠른 것은 잘 모르나 순수해서 직관력이 뛰어난 것만은 아버지와 닮았다.

토끼와 거북의 경주는 잘 알려진 우화이다. 빠르다고 꼭 이기는 것은 아니다. 토끼와 거북의 장점은 경우와 때에 따라서 좋은 덕목을 잘 살려야 하는 것이 지혜이지 싶다. 빨리 달려서 달나라까지 올라갈 수 있었던가. 토끼는 계수나무 밑에서 떡방아도 미리 찧고, 인간에게 필요한 영약을 빚기도 하였다. 수궁에서는 토끼의 간을 빼내어 영약으로 활용하려고 야단이다. 토끼가 재주가 많아서 영약을 지녔다고 믿었을까. 하지만 언제나 간지가 의미하는 상징성은 말뿐이다. 어느 한 해도 그 뜻하는 바 의미대로 된 적은 없는 것 같다. 뜻하고 기원한 바는 바로 이루어지지 않지만 언제 어느 때에 기원이 이루어질지는 아무도 모른다. 그러나 많은 사람이 모두를 위한 좋은 기원을 한다면 언젠가는 필요한 때에 이루어질 것이다. 그것이 믿음이다. 그리고 그 믿음과 희망이 우리를 이끌어가고 있다.

국가가 명절 전후를 공휴일로 정했기 때문에 전통적인 의미의 미풍양속의 설날문화가 아직은 계승되고 있다. 고대 국가가 형성되면서부터 지배자들은 나라를 경영하는 이데올로기를 내세우게 되었다. 그것이 국가주의다. 우리나라는 조선시대부터 유교적 성리학에 의한 정신을 내려받고 있다. 명절에 차례상을 차리고 윗대 조상과 흩어진 가족들이 모두 안부를 묻고, 좋은 정신을 계승하고 현재에 실현하려는 마음을 가다듬을 수 있는 시간이다. 그렇지만 시대가 변할수록 국민정신은 발전하고 있는지가 의문이다. 현대적 조건이 가정과 가족들의 해체를 부추기고 있기 때문이다. 공휴일로 정해주지 않으면 좋은 명절 양속들이 제멋대로 난무해질까. 민족의 대이동이 이루어지는 날, 명절 때마다 큰 뉴스는 귀성객 뉴스가 첫 번이고 사고도 잇단다.

차례상에 진설하는 음식은 전통적 형식에 따른 의미가 있었다. 주로 다산과 장수의 의미를 지녔다. 오랜 세월 장수음식과 기원의 효과 때문인지 현대에 와서 인구의 수명은 많이 느는 반면에 다산의 음식은 눈으로만 먹었는지 점점 단산이 심해진다. 평소에도 차례상에 진설되는 음식들을 골고루 먹는 습관이 들면 좋을 것이다. 요즈음 젊은이들은 다산에는 신경 쓰지 않아서 국가적으로 문제다. 전 지구적으로는 인구가 너무 많아져서 자연과의 조화를 깨트리는 곳도 많다.

차례는 말 그대로 조상께 헌차獻茶하는 예다. 김장생의 〈가례집람도설〉에 자세한 내력이 전해진다. 언젠가부터 차가 귀해져서 차 대신에 술과 물을 사용하였지만, 다시 현대에 와서 차가 성행해졌으니 차를 함께 진설한다. 차에는 인간이 꼭 지녀야 하는 덕목이 있기 때문에 예로부터 차례를 중히 여겼지 싶다. 내 손자들은 스스로 뭔가 마실 수 있게 되면서부터 차를 마셔왔다. 세 살 버릇 팔십까지라고, 세 살부터 찻그릇을 만지기 시작하였으니 이담에 내 제상에는 반드시 차가 놓일 것이다. 올해 손녀가 초등학교에 들어간다. 해서 차례상을 준비하여 스스로 차를 내는 연습을 하게 하였다. 종일 차 동자 역을 즐겁게 해낸다. 그리고 무엇보다 차 맛을 안다. 차가 맛있어 놀다가도 스스로 찻상에 와서 차를 우려내어 식구들에게도 주고 자신도 마시고 하는 것이 기특하고 예쁘다. 명절에는 아무래도 여러 가지 음식을 많이 먹게 되니까 차가 제격이다.

이번 세뱃돈에는 특별한 의미를 담았다. 봉투에 만 원짜리 지폐 한 장과 백 원짜리 동전 두 개를 담았다. 그 의미를 퀴즈로 내었다. 내가 새댁 때 시부님께서는 어른 아이 할 것 없이 세뱃돈으로 모두 동전 두 개씩만 주었기 때문에 내가 받은 대로 해보았다. 그 동전 두 개를 보전하였다가 그대로 준 셈이다. 그 동전이 이자가 붙어서 만 원 정도가 되었기에 그 초기의 동전 두 개의 뜻을 담았다. 뇌물 알기를 돌과 같이 여긴 조상의 뜻을 담았고, 그 돌은 현대에는 때때로 더 큰 황금이 될 수 있지 않은가 해서다. 결코, 돈으로는 행복을 살 수 없으니 그 행복의 의미를 찾도록 하자는 뜻이었다. 토끼띠 고모는 조카들에게 국제적 세배봉투를 내밀었다. 달러와 엔화까지 담아서 지금은 국제사회라는 의미도 담았다. 토끼띠다운 발상이었다.

지난 연말부터 계속 이어지는 구제역 재난 때문에 많은 도시민이 고향에 내려가지 못했다. 국제도시 같은 분당에 사는 내 동생네는 안동김씨 후예인데 제부가 외국에 오래 나가 있었다. 그 기간 동생은 혼자 명절 때마다 종가댁을 방문하여 국가 명절답게 보내었다. 그러나 형제들이 제각기 마음이 달라져서 몇 해 전부터는 형님댁에서 차례상을 차리지 않기로 했다. 형식상하는 일이 내용을 만들지 못한다는 것이 너무 여실하였기 때문이지 싶다. 모든 정신이 하나에서 발원한 것이었지만, 종교와 사상을 달리한다는 편견이 있다면 어쩔 수 없는 일이다. 그래서 따로 자기의 가정에 맞는 그리고 보편적인 전통을 마련해야 할 것 같다고 한다. 내 큰언니에게는 쌍둥이 형제가 있는데 어른이 되어서는 서로 잘 맞지 않는다. 문화 풍토가 다른 곳에 떨어져 생활한 기간이 많아서이지 싶다. 이번 설날은 쌍둥이 형제가 따로 지내기로 했단다. 어머니 집에서 차례를 지내면 올 사람만 오기로 한다. 이렇다면 옛말대로 상놈이라는 말을 듣게 되는 걸까. 조상을 위하는 마음과 형태도 따로따로다. 나라에 공헌이 많은 박사지만 전통문화를 고집하지는 않는다. 우주문화를 즐기는 시대이니 그런가.

우리 시댁도 종가댁이 아니었다. 내가 새댁 때는 명절이나 종가 제사가 있을 때 임실의 큰댁으로 다녔다. 백모님이 살아계실 때였으니 그랬다. 그때마다 큰어머님께서는 음식과 양념거리를 싸주셨는데, 그 정성이 나의 위안이 되었다. 농경사회의 해체가 빨리 이루어진 집안이기 때문에 백모님이 돌아가시자 서울의 큰아들댁으로 제사들이 다 옮겨졌다. 백부님은 지금 100세신데 서울의 막내아들이 명절 때마다 서울로 모셔간다. 그러니 나도 종갓집 방문은 하지 않게 되었다. 시부님 기제사만은 형제들이 모여서 지낸다. 그러나 시부님 기제사가 설날 전에 있기 때문에 모이는 일은 그때뿐이다. 일반 명절은 자기 가족들끼리 자유롭게 보낸다. 대가족제가 핵분열 하는 시대를 맞아 자기 가족만을 우선시했던 전통적인 좁은 생각에서 벗어나고 있는 셈이다. 자연 순리에 따른 세계의식으로 새로운 공동체 정신을 형성해야 하지 않을까 싶다. 그래도 역시 명절은 흩어졌던 가족들이 만날 수 있어서 좋은 날이다. 언제 누구하고든지 지금 잘 지내는 것이 가장 바람직하리라.

사란라프 하모니카
– 당신은 나를 사랑합니까

　　해바라기 밭이 전면을 장식했다. 무대 바닥을 한 장 한 장 뜯어내니 밑바닥엔 해바라기 꽃으로 장식한 관이 있었다. 그리고 영민으로 하여금 극적으로 죽게 된 두 여자는 그 해바라기 관에 담겼다. 영민이 여동생 영귀와 자신이 사랑한 여인 영옥의 시체를 옮기면서 계속 〈사란라프 하모니카〉를 절규했다. 음악의 멜로디가 연극의 마지막 장면을 아름답게 상승시키는데 나도 모르게 왈칵 가슴으로 치밀어 올라오는 감동이 눈시울을 뜨겁게 했다. 〈사란라프 하모니카〉가 귓전에 맴돈다.

　　연극 〈해바라기의 관〉은 모국어인 한국어를 잃어버린 채 살아가는 재일교포 청년과 한국인 여자 유학생, 재일교포 소녀와 일본인 청년의 이야기를 그리고 있다. 재일동포라는 정체성의 문제뿐만 아니라 보편적인 인간에 대한 고민이 담겨 있었다. 집 나간 어머니의 빈자리로 하여금 남은 세 가족의 갈등과 소외를 상징적으로 표출했는데, 배우들의 열연과 일본말이 연극적 요소를 더욱 긴장하게 하였다. 독특한 표현 방법과 스펙타클한 효과음도 연극이 아니고서는 감동을 줄 수 없을 것 같았다. 조용필의 〈사랑〉이란 노래도 효과를 내어 새롭게 들렸다.

일본어로 표현하기 때문에 무대 양면에 자막을 읽어가면서 보아야 하는 긴장감이 있었다. 처음 장면부터 '아메가 후루(비가 내린다)', 짙은 안개에 싸인 무대로 등장하는 물귀신 같은 하얀 옷 여자들의 노래는 벌써 죽음을 예고한다. '사란라프 하모니카'라는 말은 '사랑합니까'를 일본어로 발음하면 '사란라프 하모니카'가 되는 아이러니가 숨어 있으며 그 한 마디는 전 무대를 관통하는 화두가 된다. '사란라프 하모니카'는 일본의 어느 상품의 포장지 이름이란다.

무대장식은 철물창고를 표현한 것으로 부서진 자전거들이 붙여져 있고, 방안에는 화장대 하나가 있을 뿐이다. 한국학교에서 한국말을 배우는 영귀는 화장대 의자에 앉아 자신이 키우는 구관조에 호소하지만, 구관조는 '다다이마(다녀왔어요)'란 말만 되풀이할 뿐이다. 영민과 영귀는 자기들이 처음 이사 왔을 때 어머니와 함께 행복했던 해바라기 밭을 연상하면서 그때를 회상하지만 끝내 어머니는 돌아오지 않고 뭔가에 막혀 있던 벽을 넘지 못하고 가족의 재회는 붕괴되고 만다. 대지진으로 일본 전체가 흔들리는 가운데, 처참한 한 가족사가 한국의 무대에서 연출되었다.

일본 신주쿠 양산박 극단의 연극 〈해바라기의 관〉을 유치한 전주대학교 공연 엔터테인먼트학과의 의도는 별도로, 나는 요즈음에 일어난 일본의 재앙을 생각하고 있었다. 결코, 돌이킬 수 없는 가족의 해체는 개인을 정신적 장애인으로 만들고 사회를 멍들게 하는 한 요인으로 성장한다. 이질적인 사회에 들어가서 그 사회인들의 문화와 어울려 살아간다는 것이 얼마나 힘든 일인지를 생각했다. 서로의 다른 점을 어떻게 조화롭게 할 것인가.

지금 일본은 지난 3월 11일 일어난 대지진으로 참상을 겪고 있다. 이어서 일어나는 여진과 원전의 파괴로 말미암은 방사능의 유출 때문에 수돗물도 안심하고 먹을 수 없는 위기에 놓여 있다. 어떻게 이 위기를 극복할 수 있는

가는 가족과 사회 구성원들의 자세와 역할에 달려 있을 것이다. 다행히 놀라울 정도로 일본 국민은 서로 도우며 서로 배려하는 가운데 국민이 서로 혼란을 만들지 않고 버텨내고 있는 것 같다. 여전히 내 눈앞에 펼쳐지는 일본의 참상들은 영화 같기만 하다.

내가 마지막 일본을 방문했던 때는 2006년 1월이었다. 후쿠오카 오이타의 한 바닷가에서 보름간의 명상캠프에 참가했다. 매일 비췻빛 바다를 감상하며 때로는 은모래를 만지면서 '죽음' 명상을 하였다. 덤으로 얻은 새 생명같이 날마다 신비로웠다. 붉은 해당화로 다시 태어난 듯한 그 바닷가에는 물고기도 그대로 산 채 먹을 수 있을 만큼 깨끗했다. 그때 쓰나미가 덮쳤다면 나도 꼭 그렇게 쓸려갔으리라 생각해보니 내가 지금 이렇게 생명을 유지한다는 것은 기적이다.

일본 국민의 의연한 자세는 갑자기 생긴 것이 아니리라. 1992년에는 일본의 야마기시 마을을 여러 곳 방문했다. 1950년 무렵 야마기시 미오죠란 분은 전후의 일본을 구제하려고 자연순환식 양계법을 고안하여 일본 농촌을 부흥시킨 분이다. 야마기시 사상을 구현하는 마을이 전 일본에 40여 곳이나 된다. 마을을 구성하는 요소가 일체一體 생활이다. 흔히 말하는 공동체와 달리, 모든 사람이 한가족이 되도록 정신을 승화하는 생활을 한다. 지상에서 우리가 실현할 수 있는 천국이라면 그런 형태가 아닐까 하는 생각은 지금도 변함이 없다. 자기애自己愛에서 전인애全人愛로 전환하는 특별강습회를 열고 있다. 그 특강이 열린 지가 벌써 60여 년, 일본에서 1,800회 이상, 한국에서는 270여 차례나 된다. 그간에 그 사상을 접하고 그 마을의 생산물을 먹은 사람들이 얼마나 많은가. 국민정신의 한 요소가 되었을 만한 여지가 있다. 지금 이렇게 대단한 위기에도 한가족처럼 서로 배려하는 가운데 어려움을 이겨내고 있는 것은 오랜 시간 준비되어 온 자연스러운 태도이다.

'자연과 인위 즉 천지인天地人의 조화를 도모하여, 풍부한 물자와 건강과

친애의 정으로 가득한, 안정되고 쾌적한 사회를 인류에 가져오는 것을 취지로 한다.'

이런 마을이 미국과 스위스, 브라질, 호주, 한국 등에 있으며 일본 전역에는 40여 군데 이상이나 있다. 부디 이 위기를 잘 넘겨 전 인류에 본보기가 되는 마을을 실현해 가기 바란다.

대지진과 방사능 사고로 불안한 가운데 쓰나미보다 더 강한 것은 희망이었다.

"집도 배도 모두 사라졌지만, 그저 살아있다는 것만으로도 감사합니다."

울부짖는 사람들. 인명 사고가 쌓여가는 쓰레기더미 속에서도 새 생명은 태어나고 가족은 새 희망을 얻는다.

한국 국민의 태도 또한 새 희망의 한 부분이다. 한류스타를 비롯하여 많은 국민이 일본 돕기에 나서고 있다. 그런데 우리 국민의 태도는 좀 어색하리만치 담담하지 않다. 묘한 심정이 내포된 듯도 하고, 분에 넘치는 듯해서 보기에 조금은 민망한 면도 없지 않다. 해묵은 정치적 앙금은 남아있지만 대재앙 앞에서 서로 돕는 것은 지구인으로 당연한 일일 터. 이웃이 편해야 내가 편한 법이다.

〈해바라기 관〉의 가족은 결코 극복하지 못한 가족해체를 불러왔지만, 그 때문에 우리가 어떻게 지구의 한 가족원으로 살아갈 것인지를 다시 생각해 보았다. 영귀가 해바라기 밭이 아름다웠던 유년의 이상을 그리워했듯이 인류에게는 에덴의 동산을 회복해야 하는 꿈이 있다. 그토록 영민이 듣고 싶었던 말 '당신을 사랑합니다!' 이 말 한 마디가 희망이 아닐까.

(2011. 3.)

5부

'유쾌한 인문학'은 상쾌한 저녁 바람이었다

❖ 걷고 싶은 길, 돌아보는 문명

평생 공부할 수 있다는 것은 참으로 유쾌한 일이다. 상급학교에 가기 위하여 공부해야 한다거나 또는 직장을 얻기 위하여 공부해야 한다는 부담 없이, 공부하는 것 자체가 즐거워서 할 수 있다는 것이 늘그막에 가질 수 있는 최상의 행복인 것 같다.

유쾌한 인문학이라! 매주 화요일 저녁 시간이어서 마음이 놓였다. 전주시 평생학습센터로 향하는 발걸음도 유쾌하였다. 신록이 무르익어 갈 무렵에 시작한 '유쾌한 인문학' 강좌가 어느덧 마무리 단계에 접어들었다. 뜨거운 여름날의 열기로 익혔던 열매와 단풍들이 모두 제자리로 돌아가고 겨울 나목이 푸르른 지난날을 기억하듯 '유쾌한 인문학'이 지나온 길을 되돌아본다.

'걷고 싶은 길, 돌아보는 문명', 이 얼마나 우리에게 익숙한 말이며 잘 알고 있는 듯하면서도 잘 모르는 내용인가. 나 자신이 걸어온 인생의 행로만 해도 그랬다. 이번 강좌 내용은 모두 내가 걸어온 길의 반성이기도 했으며 돌아본 나의 인생의 길이 인문학적으로 어떤 길 위에 있었으며 어떻게 걸어

온 길이었는지를 복습하는 일이었다. 잘 모르고 지나쳤던 길과 지나왔으면서도 의미도 모르고 지나온 길을 다시 걸어보는 길이었으므로 참으로 흥미로웠고 다시 걷고 싶은 길이었다. 우리 앞에 여러 갈래의 길이 있었지만 내가 걸을 길은 한 길뿐이기 때문이다. 그래서 언제나 우리는 길을 걷고 있으면서도 그 길 위에서 또 다른 길을 찾고, 길을 가고 있는 중에도 산모롱이를 휘돌아 나있는 굽은 길을 보면 그 길을 걷고 싶은 것이다.

두 달의 공부를 답사로 마무리한다는 것은 더없는 매력이었다. 걷고 싶은 길, 그전에 걸어볼 수 없었던, 모르고 지나칠 뻔했던 길을 걸어 보고 지난 역사를 되돌아볼 수 있는 일은 다음에 펼쳐질 새 길을 내다볼 수 있는 준비를 위하여 얼마나 필요한 일인가.

내가 몸담은 지방, 전북지방을 중심으로 해 볼 수 있었던 진지한 답사는 그래서 큰 의미로 다가왔다. 물길 따라 걸어본 강경 포구와 춘포역 그리고 전주군산 간의 벚꽃 길의 의미를 뒤돌아보았다. 1923년, 우리나라 최초의 농업용 댐인 대아저수지와 고산에서 옥구 저수지까지 65킬로미터 대간선수가 만들어졌다. 뱃길이 운송 수단이었던 때 융성했던 강경 포구와 춘포역은 일제의 식량공급 전진기지로 농민 등이 휘었고, 대아저수지에서 옥구 불이농장까지 긴 수로를 흘러내려야 했던 강물은 온 힘을 다해 제 몸을 쥐어짰던 것이다. 물길 대신에 훤칠한 신작로가 곧게 뻗어나고 곡선으로 흘러야 할 물길은 흐르다가 말라가고 있었다.

시대가 일구어온 문명의 길이 진정 앞으로도 우리 민족에게, 우리 인류에게 영원한 행복의 길이 될 것인지를 생각하게 했다.

❖ 상징과 염원의 세계, 불교미술

'상징과 염원의 세계, 불교미술'은 내가 좋아하는 과목이었다. 평소 불교미술에 대한 관심으로 약간의 기본 상식을 가지고 있었던 터였으므로 체계적으로 정립할 기회였다. 불교미술의 심미안이나 건축미의 의미를 구체적으로 알지 못하였으므로 막연하게 그 아름다움에 매료되곤 했다. 이 강좌 덕분에 더욱 그 심미안을 열게 되어서 기뻤다. 마무리 답사로서 전북지방에 있는 부안의 개암사와 내소사 그리고 귀신사, 가본 곳이기는 하였지만 불교건축을 공부한 후여서 문화유적으로서 새로운 의미로 다가왔다.

답사하는 날 뜨거운 태양 아래 하늘은 유난히 푸르렀다. 답사의 묘미는 뜨거운 여름날이어야 한다. 땀을 뻘뻘 흘리면서 다가간 목적지가 절집이라면 더욱 그렇다. 오르막길을 오르기도 하고 산문을 지나 드디어 나타나는 본전 앞에 서는 기분은 이마에 흐르는 땀이 싹 가시면서 가슴이 열리는 맛을 한꺼번에 느끼는 것이다. 개암사 대웅보전 앞에 선 기분이 그랬다. 파란 하늘을 인 울금바위에서 뛰어내렸는지 아니면 큰 바위를 쩍 가르고 그 사이를 비집고 내려온 봉황이라 해야 할지. 개암사의 대웅보전은 막 날개를 펴는 전설의 붕새 같았다. 아침 햇살이 바로 처마 밑의 공포조각의 미감을 유감없이 드러냈기 때문이다. 한 마리 새가 활짝 열리는 내 가슴으로 들어오는 것 같았다.

이어진 내소사 전나무 숲길의 청량함과 그 길옆의 연못에서 만난 오롯한 수련. 수련의 청신함이 있기에 여름이 정겹다. 수많은 사람의 걸음이 수런거려도 수련 옆에 앉으면 마음은 벌써 염화시중의 부처의 마음속에 들지 않을 수 없다. 목을 길게 내민 연꽃보다도 물 위에 얼굴만 내민 수련은 청초하면서 요염하여 수줍어하면서도 대담한 향을 머금고 있다. 청정도량으로 들어가는 길목에 수련이 있다. 절집에서는 요사스런 모양이나 자극적인 색깔은 사용하지 않는다. 먹는 것 입는 것 보는 것도 청정하다. 그러나 산문으로 가는 길에는 수련이 피고 있다. 세속을 향한 마음에 빗장을 질러야 하는 수도승에게는 보고도 마음 뺏기지 않는 용단심을 기르는 기회가 되리라. 시작과 끝을 동시에 안고 있는 연심을 닮아야 하리라. 연못에서 부처님의 상징인 연심을 그려보았던 날이었다.

대웅보전 꽃창살 무늬는 수행자들의 미소였을지. 내소사 대웅보전의 불상 뒷벽의 백의관음은 뜻밖의 환희심을 품게 했다. 그리고 다음 도착한 귀신사에서는 믿음으로 귀의함으로써 마음을 정리할 수 있는 시간이었다. 김제 금산면 청도리에 있는 귀신사는 친정집 같은 절집이었다. 차茶 하시는 스님께서 주지로 계시는 동안 우리가 茶道를 공부하고 차를 만들고 했던 곳이어서 감회가 새로웠다. 그날은 문화유적 답사 목적으로 갔었기에 전에 몰랐던 건축에 대한 의미와 절집의 역사까지 알게 되었다. 歸信寺는 통일신라 때는 금산사보다 규모가 컸으며 금산사가 오히려 말사였다는 것. 그래서 진리의 상징인 비로자나불을 주불로 모신 대적광전을 세웠다. 통일신라 후에 고려 때가 되어서 다시 백제 사찰인 금산사가 융성해진 것이다.

❖ 동아시아 대중문화, 길을 묻다

길 위에서 우리는 늘 길을 묻는다. 어느덧 달려온 길. 어느 만큼 걷고 달리고 가늠하다가 또 하나의 길로 접어들게 되었다. 제4탄 '대중문화사, 동아시아 대중문화, 길을 묻다.' 종교의 길을 지나고 대중문화의 길에 섰다. 나이 들어서 대중문화에 접하는 일이 드물다. 현대의 대중문화를 이해한다는 것은 우리가 걸어온 길이 어떤 길인지 어디에 발을 딛고 있는지를 가깝게 느끼게 해주었다. 자주 영화를 보는 기회도 없는 때에, 강의를 통하여 동아시아 대중문화를 이해하게 되어서 현재의 의미를 살펴볼 수 있었다. 한국과 중국의 영화와 대중음악을 통하여 사회상을 이해하는 일은 생경했다. 중국의 영화와 대중음악을 이해하기 위하여 중국의 현대사의 줄거리를 따라잡는 일은 숨 가쁜 일이었다. 시간이 허락된다면 더 구체적으로 공부하고 싶은 분야라고 생각되었다. 중국이라면 나는 늘 고대 중국의 문화사를 생각하면서 고향처럼 그리워한다. 어쩌면 중국의 송나라가 조趙씨의 나라

여서인지도 모른다. 고대 중국 당, 송, 명, 청나라 등의 인물이나 유적을 생각하기 때문이다. 중국의 현대 영화와 음악을 통해서 알게 된 현대중국이 너무나 신기하였다. 우리가 조선을 넘어 일제를 겪어낸 후 현대에 도달한 것처럼 중국도 그러한 과정을 거쳐 왔기 때문이다. 더구나 중국과 북한은 철의 장막이었기 때문에 우리는 북쪽이 막힌 섬나라같이 살지 않았는가.

'대중문화, 길을 묻다'의 답사는 목포였다. 목포라면 누구나 〈목포의 눈물〉로 대표되는 가수 이난영을 떠올린다. 그만큼 〈목포의 눈물〉은 한 인기 있는 가수의 노래로 끝난 것이 아니라 민족의 노래가 되었기 때문이다. 이난영은 우리 민족이 겪은 식민지의 애달픈 사연을 노래했기 때문에 '목포의 눈물'은 한 여인의 정한情恨이자 민족의 삶이었다. 〈목포의 눈물〉과 이난영은 노래와 가수가 일체화하여 목포의 상징물이 되었다. 그가 목포의 가수로 공고하게 자리를 굳혔다는 것은 일제강점기에 발표된 대중가요 가운데 목포를 제목에 사용한 〈목포의 눈물〉과 〈목포의 추억〉, 그리고 〈목포는 항구〉 등 세 곡 모두 이난영이 불렀기 때문이다. 49년의 그녀의 인생은 한 편의 영화처럼 파란만장하게 펼쳐져서 그의 사후(1965년 사망) 영화화되기도 했다. 난영가요제도 개최되었고 일시 중단된 가요제는 1991년 목포문화방송이 주최하여 현재 20회에 이르고 있다. 목포시의 문화인들은 경기도 파주에 있던 그의 무덤을 목포의 삼학도로 이장하였다.

삼학도의 이난영의 나무는 배롱나무였다. 그 나무 아래 〈목포의 눈물〉과 〈목포는 항구〉의 가사가 새겨진 선돌이 두 개 서 있다. 그 자리에서 노래를 들을 수 있게 장치한 기기가 있어 단추를 누르면 노래가 흘러나온다. 삼학도에서 듣는 〈목포의 눈물〉은 그 시절의 애환을 느낄 수 있어 애틋한 마음을 누를 길이 없을 정도였다. 이난영의 삶은 영화와 방송, 소설 연극에서도 묘사되었다. 그뿐만 아니라 이난영의 모습을 정립하고 긍정적으로 묘사하는 작업과 함께, 보다 객관적이고 공적인 영역에서 이난영을 '목포의 눈물'로 상징화하고 기념하는 작업도 이루어졌다. 대표적인 것으로는 1969년 〈목포의 눈물〉 노래비碑 건립이었다. 1960년대에는 대중가요를 노래비로 세운다는 것은 생각하기 어려운 일이었다. 민간 차원에서 자발적으로 건립이 이루어졌다는 점에서 더욱 큰 의미가 있는 최초의 대중가요 노래비였다. 유달산 팔각정에 올라가서 다시 〈목포의 눈물〉을 들으면서 노래비에 새겨진 가사를 읽을 수 있었다. 노적봉을 바라보면서.

沙工의 뱃노래 가물거리며/ 三鶴島 파도 깊이 숨어드는 데/ 埠頭의 새악시 아롱져진 옷자락/ 離別은 눈물이냐 木浦의 설움

三栢淵 願安風은 露積峰 밋혜/ 任 자최 宛然하다 애닯흔 情調/ 儒達山 바람도 榮山江을 안으니/ 任 그려 우는 마음 목포의 노래

1950년대로 접어들면서 2연의 '삼백연 원안풍과 노적봉 밋헤'는 '삼백 년 원한 품은 노적봉 밑에'라는 가사로 불리게 된 사실은 의미 깊은 일로 회자하여 우리 민족의 한을 더욱 사무치게 했다.

목포는 항구였다. 1920년대 말 번성했던 목포항을 짐작할 수 있는 거리를 걸어 보았다. '구舊동양척식주식회사 목포지점'이었던 건물은 전라남도 기념물 제174호로서 중앙동 2가에 있다. 지금은 '목포근대역사관'으로 일제의 침략사에 대한 자료를 전시하여 민족의 수난사를 공부할 수 있는 장소가 되었다. 일제의 영사관으로 쓰였던 빨간 벽돌집은 근대건축미를 갖춘 유럽풍의 미감까지 풍겼다. 건물 뒤쪽의 방호 굴은 흘러간 역사의 자국으로 남아 우리 민족의 멍울처럼 보였다.

목포문화원을 뒤로하고 내려오자 바로 우리 앞의 길이 우리나라 국도 1호의 시발점이라고 했다. 길 가운데 둥그런 표시판이 박혀 있었다. 그 역사적인 시발 지점을 두 발로 짚어보는 감회를 맛볼 수 있었다.

❖ 밥상문화의 향연

이제 우리가 걸어본 인문학적 길을 거슬러서 되돌아본다. 그 길 위에서 혹은 머무르면서 우리가 일으켜온 삶을 지탱케 해준 양식은 어떤 것이었는지, 무엇을 기르면서 먹고 마시고 했는지 알아볼 차례가 된 것이다. 하여 다음 5탄의 강좌는 '밥상문화의 향연'으로 이어졌다. 끔찍했던 고대 식인종들의 이야기까지 들추어내어서 살펴본 밥상은 이 문명의 시대에까지 오는 동안 무수한 전쟁 향연과 무작위의 탈취 행위를 벌여온 것 같았다. 현대에 일어나는 자연의 재난은 지구촌의 위기로 이어지고 있다. 우리가 걸어온 문명의 길은 자연을 깎아 만든 물질의 풍요였다. 이대로는 안전하게 밥상의 향연을 벌일 수 없는지도 모른다. 인류 최대의 풍요를 누린다는 이 시점에서 이번 인문학 강좌는 우리가 걸어온 길에 대한 반성의 계기가 되었다. 이제 심도 있는 인문학을 공부하는 사람들이 많아져서 화폐 가치보다 삶의 질을 높여 인간다운 삶의 향연, 참삶의 길이 펼쳐지기를 바라마지 않는다.

'밥상문화의 향연' 강좌의 답사는 담양군 남면 지곡리에 있는 '남도의례 전통음식보존연구회'를 방문하고 전통다식 만들기 체험이 있었다. 최영자(무형문화재 제 17호)의 연구소였다.

담양으로 내려가는 길은 온통 은빛 물결이었다. 혼자라면 눈 구경길이 어려웠을 것이다.

무형문화재인 최영자 씨의 마중을 받은 우리는 어머니의 마음처럼 따뜻한 방에서 갖가지 전통 문양의 다식판에 우리 고유의 송홧가루와 콩가루 등으로 마련한 다식을 판에 찍어 보았다. 맛도 그만이었다. 각자 만든 것을 한 판씩 기념으로 가져오기도 하였다. 명인이 차려준 음식은 정말로 어머니의 밥상다운 밥상으로 포근한 정이었다. 옛날 음식 맛을 제대로 맛볼 수 있는 소박하고 평범한 밥상이 맛깔스러웠다. 직접 기른 유기농 배추와 무로 담은 김치와 동치미가 아주 맛있었다. 고등어찌개와 시래깃국은 영양 면에서도 손색이 없었다. 재료의 맛 그대로 본래의 맛이 살아있는 진미였다.

점심 후 인근에 있는 우리 전통 정원인 소쇄원을 눈바람에 산책할 수 있었다. 소쇄 처사도 먹었을 것 같은 그 시절의 음식을 방금 먹고 온 길이어서였는지 이웃 친구 집에 마실 온 것 같은 마음으로 정자의 곳곳을 둘러보았다.

2009년 6월에 불기 시작한 '유쾌한 인문학' 바람은 12월 눈바람으로 마감했다

전주시평생학습센터와 담당 교수진 그리고 진행 담당 선생님들께 감사의 말을 전하고 싶다.

(2009. 12.)

원서문학관 가는 길

장마 기간이어서 우리 자매는 미술관을 산책하며 하루를 보냈다. 다음 날도 만나서 박물관에 가기로 약속했다. 동생을 만난 자리에서 2009년 6월 전북문인협회대동제가 열렸을 때 전국시인협회장인 오탁번 시인의 문학 강연이 참 좋았다는 이야기를 했다. 그랬더니 당장 애련리에 있는 그의 문학관에 가자고 서둘렀다. 동생 친구가 시인의 부인이다. 제천시 백운면 애련리에 있는 그의 문학관에 친구 따라 갔다 온 적이 있다고 했다. 자신이 다녔던 폐교가 된 학교를 사들여 문학관을 만들었으니 얼마나 낭만적인 사연인가.

성남시 분당에서 출발한 시간이 오후 1시로 접어들고 있었다. 장맛비 사이 반짝 갠 틈이어서 좋은 여름의 풍광을 즐길 수 있을 것 같았다. 지도를 살펴보고 충주호를 끼고 가는 제천시로 향했다. 월악산 주변을 스쳐 청풍명월의 고장을 뚫고 지나는 길을 만났다. 초록이 짙은 시원한 벚나무 숲을 지나고 산과 산 사이를 굽이굽이 도는 길은 말 그대로 맑은 바람 속이요 밝은 달밤이 어울려야만 마땅할 곳이었다. 월악산을 어미로 삼고 그 어미가 낳은 새끼 산들이 파도 무늬를 그리며 가깝고 먼 산능선이 둘러쳐진 청풍호반을 돌았다. 이 지역은 조선시대에는 수운의 요충지로 도호부를 두었던 곳이기 때문에 선사 시대부터 근세에 이르기까지 문화유적이 많은 곳이었다. 1980년에 충주댐을 건설하기 위하여 수몰지구의 유적을 모두 조사하여 후에 청풍문화재단에 이주시켰다. 청풍문화재단은 청풍호반에 떠 있는 하나의 섬 같은 형태로 많은 문화유적을 배치하고 자연 숲을 형성하는 산책로가 잘 꾸며진 휴양지로 좋은 곳이었다. 각 방송사의 역사드라마 촬영지로도 유명한 곳이다. 우리는 시간이 없어 그 안으로 들어갈 수는 없었고 팔영루 앞에서 주변을 둘러보고 청풍호반의 하프현 같은 현수교를 바라보며 잠시 쉬었다. 분홍 꽃술이 수없이 달린 자귀나무가 흰 구름이 떠다니는 하늘에 그림처럼 떠 있었다.

어렵사리 백운면사무소에 찾아들었다. 시인의 이름을 대니 '원서문학관' 가는 길을 자세히 알려주었다. 첩첩 산골을 한참 내려갔다. 옛날을 그려보자니 얼마나 깊고 외진 곳이었을까 싶게 인적이 드문 산골이었다. 개천을 따라 훤칠한 느티나무가 나타날 때까지 한참 달려갔다. 청정한 외진 곳이 도시인들이 선호하는 곳이기도 한 요즈음이어서 제법 넓은 천을 따라 난 길 왼편 산자락에 현대식 펜션들이 옹기종기 지어진 곳이 있었다. 비로소 당도한 느티나무 앞. 잘생기고 건장한 나무의 굵은 등걸 하나에 튼튼한 빈 그네가 외롭게 누군가를 기다리고 있었다. 늦은 오후 벌써 서녘이 붉어 오는 시각이었다.

아직도 눈에 선한 빈 마을의 빈 그네. 작은 학교가 있었을 것 같은 흔적은 하나도 없었다. 느티나무 밑은 개미 그림자 하나 얼씬거리지도 않았다. 온 세상이 초록으로 물들어가는 뙤약볕 아래 정갈한 논에서 벼포기들이 한여름 열기를 품어내고 있었다. 우리는 그 옛날의 학동이 되어 그네를 번갈아 타 보았다. 노을을 남기며 서녘으로 넘어가는 햇살을 마주하고 마을의 전설을 주저리주저리 엮었다. 우리가 따라온 천川이 원서천遠西川이어서 예나 지금이나 변함없이 흐르는 물 이름을 따서 '원서문학관'이라 한 모양이었다. 철 대문 앞에 문학관 이름을 새긴 선돌이 떡 하니 우리를 맞았다. 대문은 잠겨 있고 동생 친구에게 전화를 걸어도 불통이었다.

정말 조용하고 애련한 산골 마을의 작은 학교. 시인이 다녔던 60여 년 전의 초등학교 건물이었다. 대문 밖에서 안을 살펴보자니 정원의 한쪽은 텃밭도 있고 오른편에는 작은 연못도 있고 갖가지 야생화로 꾸며진 제법 정성들인 정원이 사람의 발걸음 소리가 그리워 지쳐 있는 것 같았다. 시인이 이 정원을 꾸미면서 그 옛날의 추억을 얼마나 떠올렸을까. 시인 고향의 추억은 전래동화였다.

그냥 돌아설 수 없었다. 서울서 한달음에 달려온 우리가 아닌가. 철 대문 밑바닥을 거의 누워서 안으로 기어들어 갔다. 일제강점기 때의 분교였으니 요즈음의 방 두 개 정도였다. 빨간 벽돌 건물은 교실 두 개와 교무실 한 개인 것 같았다. 들어가는 복도 입구에 현관문을 달고 유리창에 '원서문학관'이라고 새겼다. 저녁 햇살 때문에 안이 잘 보이지 않았다. 가끔은 문학 행사도 했던 흔적도 있었다. 외지 사람들이 자주 다니기는 불편한 거리였다. 살림집 현관에 쪽지를 남기고 건물을 둘러보았다. 교실에서 그 조그만 걸상에 앉아보지 못한 아쉬움을 뒤로하고 고즈넉한 빈 뜰을 거닐다가 시인의 시비 앞에 섰다.

설날 차례 지내고 / 음복 한잔하면 / 보고 싶은 어머니 얼굴 / 내 볼 물들이며 / 떠오른다 /설날 아침 / 막내 손 시릴까 봐 / 아득한 저승의 숨결로 / 벙어리장갑을 / 뜨고 계신 / 나의 어머니 / (《설날》 전문)

시인의 어머니가 그에게는 시의 고향이었다. 그리고 그는 한 생을 도시에서 어머니와 고향을 그리면서 시작詩作에 매진했다. 밥도 제대로 먹기 어려워서 진외가에 자주 가서 허둥지둥 밥 먹는 모습을 '하둥지둥' 이란 어린 시어詩語를 사전에서 발견하고 쾌재를 불렀다는 시인이다. 마침내 어려웠던 그 시절의 그 땅의 모교 자리로 돌아온 것은 금의환향이었을까?

소나무 옆 반반한 돌 의자에 앉았다. 교실 앞 잔디 마당엔 삼층 돌탑 한 쌍이 적당한 거리를 두고 서 있다. 연못 가운데 작은 섬인 양 돌탑이 하나 놓여 있고 물에는 수련 꽃봉오리가 곧 열릴 듯 열리고 싶지 않은 듯 애련히 떠 있었다. 나뭇가지에 메어 둔 빈 새 둥지와 사람 발걸음 그리운 야생화들. 멀리서 개 짖는 소리만 간간이 들렸다.

무리 지은 하얀 들꽃이랑, 노랑, 분홍 하양 원추리꽃, 청초한 흰 도라지와 파랑 도라지꽃들이 여기저기서 한창 뽐낼 나이건만. 그 꽃들을 뒤에 두고 떠나가는 것이 못내 아쉬웠다. 대문 밑을 다시 기어 나왔다. 어디쯤 그 시인의 옛집이 있었을까. 그의 진외가는 또 어디에 있었을까. 동네를 둘러보며 원서천에서 송사리 떼와 놀았을 시인과 그의 친구들을 그려보기도 했다. 같은 시대를 살아왔음에도 그의 시적 고향의 옛일이 도저히 실감 나지 않았다. 너무나 시적인 그의 어린 시절의 원서천과 느티나무 옆의 작은 분교. 그 시절엔 그런 그네도 없었을 것이다. 그 작은 분교의 아이들은 몇 명이었을까. 종소리가 울리면 어딘가에서 숨바꼭질하던 아이들이 꽃밭 여기저기에서 막 튀어나올 것 같았다.

문학관 앞의 굽어진 길을 지나면 또 다른 마을이 나올 것이고 가보지 않은 그 길을 우리는 갈 수 없었다. 원서천이 멀리 서쪽 어디로 흐르는지 모르고 그때 흘러간 물이 어느 강에 닿아 돌아서 어떻게 바다에 이르렀는지도 알 수 없다. 시인만은 흐르다가 더 흐를 곳이 없어 연어처럼 회귀하여 이곳으로 되돌아온 것일까. 여전히 사람 소리 귀한 외딴 마을로.

문학관 현관 옆의 선돌에 새긴 시인 어머니의 흉상이 꿈속의 할머니처럼 그리웠다.

잣눈이 내린 겨울 아침/ 쌀을 안치려고 부엌에 들어간 어머니는 / 불을 지피기 전에 꼭 부지깽이로 아궁이 이맛돌을 톡톡 때린다. / 그러면 다스운 아궁이 속에서 단잠을 잔 생쥐들이 쪼르르 달려나와 살강 위로 달아난다.

                                                        ─〈두레반〉의 구절에서

노송천을 부탁해

'완전의 땅, 전주는 완산完山 더하기 전주全州라 해서 완전完全이다. 완산과 전주라는 명칭은 완完, 전全이란 표현에서 나타나듯이 가장 살기 좋고, 풍요로우며, 자연재해가 없는 안전하고 편안한 도시라고 한다. 전주는 한국의 대표적인 음식 도시, 전통문화도시, 예술의 도시, 학문의 도시, 건강의 도시 등으로 명성이 높다.'

그동안 전주에서 살아본 나의 경험으로는 잘 알 수 없었다. 30여 년을 넘기면서부터 서서히 전주를 대표하는 말의 뜻 일부가 다가오기 시작했다. 자연재해가 잦지 않았던 것은 사실이었다. 최근에 지구 전체의 온난화 영향으로 몇 년 전 여름에 전주천이 범람하는 경우를 처음 보게 된 사실뿐. 겨울에 눈이 많이 내렸으나 최근 몇 년은 그 눈도 줄어들었다. 우리 자매들은 전국을 오르락내리락하면서 전북 지방에 오면 먹거리가 안심이라고 한다. 내가 생각해봐도 전주 사람들같이 김치를 맛있게 담는 사람들이 없는 것 같다. 내가 처음 교동에서 신접살이할 때 동네 어느 한 집에서 김치를 담는 날이면 마을 잔칫날 같았다. 확독에 즉석에서 간 고추 양념에 버무린 김치를 한 그릇씩 돌리는 것이었다. 그때 고구마 줄기로 김치 담는 것도 처음 알았다. 그 정겨운 풍경은 지금은 맛볼 수가 없다.

전주시의 명칭이 전주부에서 전주시로 변경된 지 올해 60주년을 맞았다. 전주 역사박물관에서는 지난 9월과 10월 동안 전주시의 60년 사를 돌아볼 수 있는 사진 전시회가 열렸다. 친구와 같이 사진을 쭉 둘러보다가 우리의 고등학교 시절의 자화상들이 걸린 사진 앞에 섰다. 전주여중과 전주여고가 지금의 리베라호텔 자리였을 때의 사진들이었다. "야! 우리들 사진이 저기 있다!" 하며 그 시절로 돌아간 기분에 들떠서 그때의 이야기들로 잠시 즐거웠다. 지금은 문화주택 자리가 된 인봉리 저수지가 메워져 공설운동장이었던 때에 한복을 입고 또는 고깔모자를 쓰고 매스게임 연습할 때, 운동장에서 전국대회가 열려 연습하던 때, 졸업 사진으로 쓰기 위하여 전동성당과 다가산에서 하얀 모자에 가슴에 백선을 달고 나란히 찍은 사진들. 구舊도청 앞에서 전주여고 팻말을 들고 행진하는 사진들. 나는 그때 중대장으로 한 중대 앞에 서서 '우로 봣'을 외쳤다.

리베라호텔 자리에 학교가 있을 때, 정말 눈 깜짝할 사이에 지나간 50년 전, 학교 마당 위쪽은 철길 둑이었다. 운동장에서 뛰놀다 기차가 지나가면 올려다보면서 아이들이 부르던 노래가 있었다. '전주 사람 밥만 먹고 똥만 싼다. 북대도 대학이냐, 멸치도 생선이냐.' 왜 이런 가사가 생겼는지도 몰랐다. 그 시절의 세태를 나타낸 것일까. 그로부터 50년 뒤, 지금은 그 철길이 남원으로 내려가는 대로가 되고 전주와 남쪽을 통과하는 주요 도로가 되었다. 그때는 전주천의 물길이 서쪽으로 돌아가는 도중 오목대에서 북으로 흐르는 작은 물길이 하나 있었다. 그것을 노송천이라고 불렀다.

옛 사진을 보니 그 노송천을 따라 아침저녁으로 등하교를 하였던 것이다. 서노송동에서 중앙시장과 중앙성당 옆으로 와서 코아호텔 옆으로 리베라호텔까지 제법 큰 천이 흘렀다. 그 노송천의 좁은 길은 사람들이 딱 걸어 다니기 좋은 길이었다. 아침 햇살을 받으며 학교까지 갔다가 노을을 등지고 어스름 저녁에 그 길로 돌아왔다. 여고를 졸업하고 난 후에는 전주를 잊고 서울에 살면서 부산으로 다녔다. 다시 전주에 와서 살게 될 줄이야. 그때는 예상하지 못했다. 60년대 서울에서는 청계천이 복개되어 명동에서 청계천으로 이어지는 삼일고가 도로가 생겼다고 우리는 일부러 그 길을 구경하기 위하여 그쪽으로 다니기도 하였다. 그 무렵 전주에서도 노송천이 복개되었던 것 같다.

그 시절에는 고속도로와 각 지방에서도 도로 정비가 편리하게 이루어진 때였다. 두 세대를 지난 지금은 그 도로 밑으로 흐르는 천을 복구해야 도시의 숨결을 되살리게 된다는 자연의 이치를 깨닫게 되었다. 그렇게 시대 환경과 시대정신은 변화해 가고 있다. 지금 전주시는 노송천을 다시 살리기 위하여 공사를 시작하였다. 도시 미화나 환경 등의 깊은 속내까지 전문적으로 말하기는 쉽지 않다. 다만, 그렇게 중지를 모아서 진행하기로 했으니 해보고 살아보고 또 다음의 변화에 따라야 할 것인가 싶다. 생성과 소멸과 건설과 파괴를 되풀이하면서 우리가 나아가는 그곳은 어디이며 무엇일까. 단지 자연의 생명부양 능력이 고갈되지 않는 범위를 알아채면서 해 가면 좋겠다.

늦가을이면 전주시는 노란 은행나무 잎으로 뒤덮인다. 경기전을 중심으로 한옥마을과 향교까지 이어지는 노란 은행나무 잎 사이로 보이는 한옥 지붕이 천년 전주의 이야기를 들려주는 듯하다. 은행나무가 전주인들의 선비 정신을 상징하는 것 같은 인상도 준다. 하지만 더 깊이 생각해보면 전주 정신을 뭐라고 해야 할지 정말 어렵다. 사람은 자연과 떨어져서 살 수 없다. 자신이 사는 지역의 천지의 기운에 맞는 먹거리에 따라서 몸이 형성되고, 생각하고 마음먹고 행동하는 양식에 따라서 문화와 정신을 만들며 영혼의 성품을 만들어가는 것이 아닌가. 전주인들에게서 나타나는 정신은 무엇일까.

때를 맞추어 전주 역사박물관에서 10월 14일에 전주정신 대토론회가 있었다. 장명수 씨가 대발제를 한 후, 각 분야의 전문인들이 자신의 전공 분야를 핵심으로 전주정신에 대하여 발표하였다. 하지만 뭐라고 결론내리기 어려운 문제였다. 토론회가 끝나고도 석연치 않았다. 선비정신문화와 아전문화, 민중문화에 대하여 다 말할 수 없었다. 그렇다면 전통인가 예향인가 학문인가. 아니면 저항정신을 말할 것인가. 모든 것이 융합되는 비빔밥 정신인가.

문화해설사들은 관광객들에게 경기전에 가서는 왕조실록을 지켜낸 선비정신을 이야기할 것이며, 경기전 맞은편의 유럽식 건축물, 근대문화유산인 전동성당에 가서는 조선의 선비 정신에 박해받았던 천주학을 받아들인 사람들의 고통을 이야기해야 한다. 결국, 전주시는 큰 비용을 지출하지 않고도 문화미를 누릴 수 있는 도시라고 한마디로 마무리 발언을 한 이종민 교수의 발언에 손뼉을 치고 마무리하였다.

전주방송국에서는 전주시 60주년을 맞아 〈노송천을 부탁해〉라는 다큐멘터리를 제작하였다. 2009년 11월 21일 밤 11시 30분 JTV(전주방송국) 〈노송천을 부탁해〉 등. 본의 아니게 나는 노송천의 역사를 증언하기 위해 잠시 출연하게 되었다. 노송천은 다시 불러올 수 있건만 그때의 흘러간 물과 세월은 결코 되돌릴 수 없겠지.

(2009. 11.)

지구촌을 무대로

가을비에 씻긴 하늘이 눈부시다. 쌀쌀한 바람을 맞고 감나무는 앙상하게 굴곡진 각선미를 스스럼없이 드러내고 있다. 이파리를 떨군 감나무 가지의 곡선이 매력적이다. 감나무 가지에 매달린 농익은 열매가 붉은 물감을 찍어 놓은 듯 아름답다. 가을걷이가 끝난 들녘, 감나무에 완숙한 붉은 열매가 달려 깊어가는 가을이 아름답기만 하다.

육지 속의 섬이라던 완주군 동상면 깊은 오지의 산 중턱에 전주 한농예술학교가 자리하고 있다. 오늘은 이 학교 교사 준공식이 있는 날이다. 우리는 한농(돌나라 한국농촌복구회)의 우대회원이므로 이 행사에 초대를 받았다. 한농예술학교는 일명 한농마을이라 불리기도 하는 돌나라 한국농촌복구회의 교육기관인 셈이다. 몇 년 전에 한농예술학교가 TV에 소개된 적이 있었다. 한국에도 지구회복 운동을 하는 단체가 여럿 있는 것도 알게 되었다.

일본에서 시작된 낙원촌 운동이 세계로 뻗어 우리에게까지 전달되어, 40대 때 인간성 회복과 교육에 대한 사고思考의 일대 전환을 하게 되었다. 그를 계기로 아이들의 교육과 환경에 대한 생각을 나름대로 정립하게 되었던 것이다. 그런 후 거창한 운동을 한다기보다 회원이 되어 마음을 함께하는 정도로 참여해오고 있다. 가족과 자자손손까지 직결된 문제라는 생각을 하지 않을 수 없는 현실이기에.

피폐해지는 농촌을 복구하는 일이 바로 지구환경회복이고 그것이 곧 인간회복이라는 사상을 바탕으로 하는 사람들의 모임이 돌나라 한농복구회다. 한농 사람들의 목적은 병든 땅과 병든 몸, 병든 마음을 회복시키는 일이다. 식량증대를 위해 사용한 각종 농약이나 화학비료 등으로 오염된 땅을 살리고, 천연 농법을 꾸준히 개발해서 전 세계적으로 보급하는 것을 목표로 하고 있다. 오염된 음식물이나 공기 그리고 각종 공해로 가득한 도시생활로 현대인 대부분이 질병을 보유하고 있다는 것이다. 이들은 새 땅을 만들기 위해 우리나라 각 곳 오지를 십여 년이 되도록 갈아엎기를 되풀이해왔단다. 오염된 공해뿐 아니라 농약 공해 농산물을 먹고 병이 나든 말든 나만 돈 벌어서 잘 살면 된다는 이기심을 가장 큰 적으로 생각하고 있다. 따라서 한농의 교육은 이러한 이기심을 없애고자 집중적으로 가르친다.

문제아도 없고, 왕따도 없고, 집단폭력도 없으며, 무공해 유기농법을 통하여 농사의 즐거움과 인간의 도리를 함께 배우고 있는 아이들이다. 한 학생이 세 가지 이상의 악기연주와 한국의 전통예술도 익히고 있다. 돌나라 문화예술단은 KBS 열린음악회에서 초청 연주를 할 정도이다. 러시아와 중국, 일본의 아이들도 참여하고 있다. 지구는 하나, 인류는 국적과 인종과 종교를 초월한 한가족이란 것을 어렸을 때부터 땅을 통하여 배우고 있는 아이들을 보니 기특했다. 절로 가슴이 부풀어 올랐다. 사회 주류를 이루고 있는 지식 위주의 교육은 많은 사회적 병폐를 만들어왔다. 인성 위주 교육과 지구환경의 문제에 대한 말은 많으나 실천하는 이가 미미한 현실에서 근본적인 인간교육이 실현되는 사실을 한농의 현장에서 보게 된다.

이미 한농의 교육을 이수한 청년들이 세계로 뻗어나가고 있었다. 22세

원신이와 그의 친구들은 천연 농사법을 전 세계로 전하는 역군이 되어 중앙아시아로 나가 있다. 농사일은 누가 시켜서 하는 숙제가 아니라 즐거움으로 하는 생명산업이다. 원신이는 운전과 전기와 기계조작에 능숙하였다. 2,600여 년 전 동서문명의 교류를 위해 열렸던 실크로드처럼 지구를 살리기 위한 새로운 길을 만들어가고 있다.

지구촌 70억 지구가족의 식량위기를 대비하고 있는 돌나라 사람들이다. 북한을 포함하여 지구촌에서 8억이나 되는 식구들이 절대 기아선상에서 굶고 있다 한다. 이러한 식량문제, 즉 늘어나는 인구, 줄어드는 농토, 공해로 생산량이 떨어지고 있는 문제 등을 풀기 위해 근원에서부터 뜯어고치기 시작했다. 인구는 1년에 9천만 명씩 늘어나고 있는데 농토는 오히려 1년에 한국 농토의 3배씩이나 사막화되어가고 있는 실정에서, 한농복구회는 우리 농토뿐 아니라 지구촌을 아우르는 희망이 되고 있어 가슴 뿌듯하지 않을 수 없다.

한농의 아이들을 보자니 15년 전에 아이들과 함께 교류했던 낙원촌의 청년들이 떠오른다. 'We are dancing on the earth.'라는 말이 새겨진 모자를 쓰고, 등에 'Come and join us!'라고 써진 셔츠를 입고 폴카를 추듯 밭이랑을 누비던 그들의 모습에 얼마나 벅찬 감동을 하였던가! 아이를 키우는 부모라면, 누구나 마음놓고 놀 환경도 없고 먹거리도 안심할 수 없는 현실을 걱정한다. 옛날, 자신의 손을 잡고 낙원촌을 찾아다녔던 이 어머니의 심정을 이해하는 것 같은 내 딸은 어느새 환경을 생각하는 어머니가 되었다.

학생들의 예술 한 마당도 멋진 한판이었다. 여학생들의 부채춤 솜씨는 하늘을 나는 선녀들 같았다. 사물놀이를 신나게 하는 학생들의 모자 끝 꼬리가 빙글빙글 도는 것을 넋 잃고 쳐다보던 아기는 내 품안에서 스르르 잠이 들고 만다. 부드러운 살결과 평화스러운 얼굴이 그렇게 포근할 수가 없었다. 관현악단의 연주가 산을 넘고 하늘을 찌르건만 아기는 쌔근쌔근 깊은 잠에 빠져들고 있었다. 힘찬 자장가 속에서.

　이날 준공식에 온 손님들을 위한 식사는 자연식탁이었다. 완전 자급자족의 상차림이었다. 방금 밭에서 뽑아온 채소들은 싱그러운 옛날 고향의 맛에 한층 넓은 가족의 맛을 더한 것처럼 풍성했다. 학생들의 활기찬 팡파르와 예의 바른 인사를 뒤로하고 돌아 나오는 길가에는 하우스 안팎에서, 고지의 찬바람에도 채소들이 활짝 웃는 얼굴로 손을 흔들고 있었다. 차창 밖으로 스치는 단풍 든 산들은 산수화 병풍을 펼쳐놓은 듯하였다. 깊은 산골짜기를 몇 굽이 돌아오니 저수지로 내려가는 계곡의 물이 호수를 이루어 유럽의 피오르드를 연상하게 하였다. 바람이 잔잔한 저수지의 수면에 내려앉은 산 그림자에 희망과 안도의 물결이 건들거렸다. 아이들의 꿈을 실은 팡파르는 내 귓전을 맴돌고 퍼져나가 우리나라, 아니 전 지구촌을 흔들어 깨우리라.

고대 이집트인들의 행복

- 행복의 진화 1

바랑을 짊어지고 떠나는 선재동자처럼 행복의 근원을 찾아 떠나볼까? 선재동자는 깨달음을 얻기 위한 구도의 여정에서 많은 선지식을 만난 끝에 보타낙가산의 관세음보살을 만났다. 선재동자의 선험적인 구법의 원력 덕분에 현대는 마음먹기만 한다면 보타산은 우리 곁에 늘 존재하고 있지 않을까. 먼저 고대 이집트인들이 추구했던 행복의 길을 밝혀보자.

2009년 7월 10일, 서울에 도착하여 국립중앙박물관에 먼저 들렀다. 박물관의 하늘 계단은 파라오의 무덤인 피라미드로 장식되어 있다. 낙타가 줄지어 가는 모래사막 위의 피라미드의 실루엣은 언제 보아도 이국적 낭만을 불러일으키는 이미지가 아닌가. 드디어 노을의 색조로 채색된 피라미드 계단을 지나서 이집트의 문명전 〈파라오와 미라〉 속으로 들어선다.

고대 이집트 문명은 나일강의 선물이었다. 나일강이 삶을 일으켰고 나일강의 주기적인 범람을 바라보면서 삶과 죽음에 대한 그들만의 세계관을 지니게 되었을까. 우리가 알고 있는 이집트의 아이콘인 피라미드, 미라, 스핑크스, 이집트 신화 등은 나일강과 더불어 형성되었던 것이다.

한동안 시공을 잊고 파라오와 함께 순장당했던 영혼이 잠시 유물 속에서 부활하는 기분을 느낀다. 230여 점의 유물을 한자리에 모아 놓고 '이집트의 신', '신의 아들 파라오', '이집트인들의 삶', '영원으로 가는 길'을 이야기하고 있다.

제18조 왕인 호렘헤브 왕이 매의 머리를 하고 하늘과 태양의 신으로 추앙 되었던 호루스와 나란히 앉아 있다. 왕의 손이 호루스 신의 손과 겹쳐져 있는 것은 그들이 생각하는 파라오의 의미를 상징한다. 기원전 3000년에 통일국가로 발달하여 국왕인 파라오는 태양신의 아들로 국민에게 절대 군 주로서 군림하였다. 파라오는 죽어서도 화려한 왕릉인 피라미드에 묻혀 다 시 신이 되었다. 고대 이집트인들에게 죽음은 삶의 끝이 아니라 현실 세계 의 연장이었다. 육체는 영혼과 정령, 그들의 말로 카ka와 바ba가 즐길 수 있도록 무덤 내부에 일상용품을 풍요롭게 준비하였으며 언제라도 미라가 부활하였을 때 사용할 수 있도록 만반의 준비를 무덤 안에 장식하였다.

파피루스 나무는 물가에서 자라는 것이었다. 대나무처럼 생겼는데 그 나 무껍질에 그들의 사연을 꼼꼼히 적었다. 파피루스의 기록에 의하여 이집트 인들의 생활상을 후대인들이 알 수 있었다. 이집트인들은 밀의 생산으로 빵과 맥주를 즐겨 먹었다. 종교적인 의식과 청결함을 사랑하는 국민성 때문 에 머리털을 짧게 깎거나 아주 밀어버린 후 전체 가발을 썼다. 그림이나 도안에서 흔히 볼 수 있는 단발머리는 가발이었다. 두껍고 빳빳한 천으로 만든 머릿수건(커치프)을 썼던 것이다. 축전 때는 향유 병을 머리에 장식하 여 더운 기후 탓으로 향료가 녹아 온몸에 발라지도록 했다. 화장술도 발달 하여 청색 아이새도로 눈화장을 하여 시원하게 보일 뿐 아니라, 곤충의 접 근을 막고 가발과도 조화를 이루도록 꾸몄다. 신체 노출은 장식 욕을 일으 켜 상류층에서는 신분이나 권위를 과시하기 위하여 독수리 날개를 형상화 한 '파시움'이란 목걸이로써 넓은 옷깃 모양으로 목과 가슴을 장식하였다.

머리뿐만 아니라 여하의 털도 매일 밀었으나, 수염은 신성을 뜻해서 신의 아들인 왕은 가짜 수염을 달았다. 메소포타미아 지역에서와같이 고대 이집트인들에게도 남자의 수염은 힘의 상징이었기 때문에 지금도 그 풍습은 남아있다.

미라를 대하면서 그들도 나와 같은 사람이었다는 것을 잠시 잊는다. 몸 안에 심장만 남기고 다른 내장은 약품 처리하여 항아리에 담고 항아리 표면에는 장기의 수호신을 그린다. 시신은 아마포 붕대로 친친 감고 그 위에 회반죽을 바르기도 한다. 시신을 감는 붕대는 농구코트를 덮고도 남을 정도라니 그 일만으로도 상당한 인내심이 필요했으리라. 얼굴을 닮은 마스크를 만들어 붙여서 후에 영혼이 자신을 찾을 수 있게 한다. 미라 관을 장식한 온갖 주술이나 도안의 기술은 천재적인 수준으로 치밀하게 그려진다. 미라 관은 사람 모양으로 생긴 것과 네모난 석관 등이 있다. 이런 미라를 만드는 방법은 후에 그리스도교가 전파되기 전까지 여러 나라로 전파된다. 이집트인들은 성수聖獸숭배사상이 성하여 개, 고양이, 말, 뱀, 매, 학 등 그들이 신성시하는 조수나 물고기를 미라로 만들기도 했다. 왕관을 쓴 하얀 따오기의 생생한 눈초리가 나를 바라보는 것 같다.

초능력적이고 과학적인 사업을 어떻게 이룩할 수 있었던 걸까. '이집트인들은 세계에서 가장 종교적인 사람들이었기 때문이다.' 이 말이 대답이다. 그리스 학자들처럼 철학이나 과학을 오늘날과 같이 체계적으로 발전시킬 생각도, 그들의 예술품에 이름을 남기려고도 하지 않았다. 오직 굳건한 믿음이 엄청난 과업을 수행하는 원동력이었다고 해석할 뿐이다. 그들에게서 배울 점이 있다면 현대인들이 가져야만 하는 덕목인데도 가지지는 못하는 '하심', 즉 나를 낮추는 생활 속의 종교심이 아닐까. 그런 종교심이 대단한 문화유산을 남기게 되었다고 추측하기도 한다. 이집트 박물관의 이 층을 점유한다는 투탕카멘의 전시물과 람세스 2세 때의 유물이 별로 없었다는 것을 빼고는, 이집트의 문명의 숨결을 느끼기에는 현장을 주마간산으로 다녀온 것 이상으로 충분하다.

　문화 유적이 찬란한 나라일수록 그 당시의 일반 백성의 삶은 불행했다. 고대 문명의 폐허에 남은 예술적 가치에 왜 우리는 감동을 하는 것일까. 수많은 사람의 피땀과 희생이 녹아 점철된 삶의 궤적에서 느끼는 말할 수 없는 아련한 아픔과 그리움까지 예술의 원형이 되어서일까. 생명의 역사를 거듭하는 동안 사라져간 사람들의 마음에 쌓인 갈망의 주술이 현대인들에게 찬란한 예술품으로 남게 된 것인가.

차마고도茶馬古道의 삶과 예술
— 행복의 진화 2

티베트 고원의 행복은 어떤가. 중앙박물관의 하늘 광장을 사이에 두고 왼쪽 기획전시실은 이집트요 오른쪽의 본관에는 티베트 고원이 포장되어 있다. 이집트의 사막을 지나 나일강을 넘고 서아시아를 지나서 마침내 히말라야 산맥을 순식간에 넘고 티베트의 고원에 닿는다. 꿈길을 지나듯 차마고도茶馬古道의 도정에 오른다.

차마고도에서 살아갔던 사람들의 흔적을 따라가 본다. 전시장 입구에는 티베트의 종교적 도구인 마니차가 설치되어 있다. 그것을 한 번 돌릴 때마다 경전을 한 번 읽은 것과 같은 공덕이 쌓인다고 그들은 믿었다. 글을 모르는 사람들을 위하여 만들어진 것이다. 나도 마니차를 돌림으로써 경전을 다 읽지 못한 것을 대신한다. 룽다 체험도 해본다. 룽다는 불교의 경전이나 소망을 적어 걸어놓는 오색 천을 말한다. 이 천이 바람에 날리는 소리를 '바람이 경전을 읽고 가는 소리'라고 한다나. 다섯 가지 색은 우주의 원소를 나타내는데 빨간색은 불, 흰색은 구름, 초록색은 바다, 파란색은 하늘, 노란색은 땅을 상징한다. 차마고도를 넘는 고비마다 어김없이 룽다가 펄럭이는 것이다. 나도 다섯 가지 색종이에 소원을 쓰고 높은 곳에 매달았다. 나에게도 차茶는 나를 지켜주는 영약이자 정신이기 때문이다.

차마고도의 마방의 일원이 된다. 실크로드박물관에서 건너온 그들의 유물들도 하나같이 예술품이다. 마방을 꾸리고 원정을 떠나기 전에 그들은 독특한 예배의식으로 마음을 준비했다. 차마고도를 통하여 전해진 인도의 불교는 티베트에서도 독특한 문화를 형성했다. 특히 눈에 띄는 불상 '금동관음보살 입상'은 어찌나 관능적으로 표현했는지 금방이라도 엉덩이를 실룩거리며 춤이라도 출 것 같다. 반면에 부처의 모습은 말쑥하고도 엄숙한 자세다. 주술적인 문양이 새겨진 말머리 장식과 화각 말안장 그리고 부적들. 말 갖춤과 어울리는 복장으로 성장하고 부처 앞에서 의식을 치르고 길을 떠난다. 차 도구들을 챙기고 몇 날 몇 달이 걸릴지 모르는 길 떠날 채비를 한다.

나무로 된 찻잔과 잔 보관용기가 그들에게는 안성맞춤이다. 해마다 봄이면 차마고도를 떠나는 심정으로 차밭에 다니는 나도 갖고 싶은 도구다. 끈이 달린 나무잔과 보관용기는 옆구리에 늘 차고 다녔으리라. 독수리 발 모양의 손잡이로 된 뿔잔은 그들만이 형상화할 수 있는 찻잔이다. 차를 끓여서 버터와 차를 섞는 차 통. 손수 만들었을 발끝에서 모자까지의 의복, 먹을거리와 교역품을 담는 자루와 소금 주머니 등이 지금은 모두 생활 예술품으로 남았다.

티베트에서 중국의 윈난과 쓰촨으로 이어지는 길. 횡단산맥을 넘고 매리설산梅里雪山을 바라보며 묵묵히 길을 간다. 위험한 길목마다 펄럭이는 룽다는 그들의 기원을 하늘에 올린다. 바람이 경전을 읽고 구름에 전했을 그들의 기도를 하늘과 땅은 알았으리라.

차마고도, 윈난-티베트 길은 매우 험난하다. 산세가 험할 뿐만 아니라 우기에도 덥고 유행성 질병이 난무하여 사람과 말 모두가 쉽게 질병에 걸린다. 절벽을 자른 산허리 틈, 위험천만한 좁은 길, 한 발만 삐끗하면 낭떠러지다. 해발 4,800미터의 이에라산의 아흔아홉 굽잇길. 새와 쥐만이 다닐 수 있는 좁은 길, 조로 서로鳥路鼠路를 통과한다. 아! 드디어 싱그러운 초원을 만난다. 샹그릴라 북쪽에 있는 신비의 호수, 나파하이는 마방들에게 가장 이상적인 휴식처이다. 풀들이 자라는 넓은 초원은 겨울엔 늪지가 되어 말들이 한가롭게 풀을 뜯을 수 있는 곳이다. 우기가 되면 이곳은 호수가 된다. 지상에서 가장 높고 험하면서 아름다운 이 길을 세상 사람들은 차마고도라 하지만 이 길은 그들의 삶의 길이자 희망의 길이었다.

티베트인들의 격언 중에 '짜다러, 짜사러, 짜러!'라는 말이 있단다. '차는 피요, 고기요, 생명이다!'라는 뜻이다. 그만큼 티베트인들의 삶에서 차는 빼놓을 수 없는 필수품이다. 해발 3,000m가 넘어가면 차는 자랄 수 없다. 티베트인들이 마시는 차는 모두 중국에서 들여온 것이다. 과거에는 마방들에 의해 중국에서 티베트로 차가 공수됐지만, 지금은 트럭으로 운반된다. 그래도 여전히 위험한 길이다. 라싸의 뒷골목 시장에서도 중국의 대형업체가 상품화한 차를 팔고 있다. 끊임없이 전쟁했던 고대 중국은 전쟁에 필요한 강한 말이 절대적으로 필요했다. 대신 티베트인에겐 중국인의 말[馬]처럼 차[茶]가 필요했던 것이다. 티베트에서 중국 한나라(BC202~AD220) 이전부터 중국 내륙지역으로 팔려간 수많은 말이 세월이 흐른 후에 그들을 지배하는 무기가 될 줄을 그때 어찌 알 수 있었으랴!

유리관 속의 '인골 피리' 앞에 선다. '인골 염주'와 '인골 공양구'도 있다. 몇 년이 걸려도 아랑곳없이 오체투지의 수행으로 신이 계시는 라싸의 조캉 사원을 향하였던 사람들. 다다르지 못하고 중도에서 죽을 수도 있는 길을 오직 순수한 믿음 하나로 그들은 영혼의 고향으로 향한다. 50년 전까지만 해도 살림이 곤궁한 처녀가 시집가기를 포기하고 사찰에 몸을 팔았다. 좋은 환생을 위하여. 처녀 몸의 살은 독수리에게 주어지고 남은 뼈로 피리를 만들고 다른 공양구를 만들었다.

　인골 피리 앞에서 나는 오체투지로 울고 싶다. 순결한 처녀의 뼈에서 나는 영혼의 소리가 내 뼛속 어딘가로 전이되는 듯하다. 조캉사원에서 불교행사가 있을 때는 찬불가나 축전 음악을 인골 피리로 연주한단다. 티베트인들의 소원을 담은 영혼의 소리는 오색 룽다에 실려 바람을 타고 하늘을 울리고 땅을 적시겠지. 높은 고갯마루, 오색으로 휘날리는 깃발은 영혼들에게 하늘로 가는 길을 가리키는 아름답고 처연한 이정표이다. 문득 티베트의 음악가 나왕케촉의 명상음악의 가락이 들려온다. 몇 년 전 전주의 경기전에서 가졌던 그의 음악회에서 관중의 영혼을 사로잡았던 그 깊고도 고요한 울림. '바람이 경전을 읽고 가는 소리'였던가, 룽다가 펄럭이는 소리는 뼈 피리에서 나오는 흐느낌이었던가. 결코, 슬픔만이 아닌 간절함으로……. 티베트의 독립을 위한 소원을 피리와 나팔에 담아 전 세계에 알리고 있는 그의 음악은 바람의 경전이었다.

　이집트인들과는 얼마나 대조적인 내세관인가. 삶과 죽음은 수레바퀴처럼 영원히 되풀이되는 것으로 그들은 삶 앞에 겸허하고 죽음 앞에 의연하다. 티베트의 장례풍습은 천장天葬 또는 조장鳥葬이다. 육신은 껍데기일 뿐, 삶의 허물을 벗은 육신은 자연에 고스란히 돌려보낸다. 자연의 환경에 따른 그들다운 모습이다.

　세상 사람들이 볼 때는 황량하고 메마른 땅의 보잘것없는 공간일 수도 있는 안식처의 화롯불 가에서는 아침마다 버터 차와 보릿가루 냄새가 구수하게 풍겨 나온다. 소박하고 단순한 그들의 생활용구. 차를 끓일 수 있는 주전자와 차와 버터를 섞을 수 있는 긴 차 통(돔부)은 그들만의 고유한 그릇이다. 험하고 먼 길, 말과 노새와 함께했던 긴 마방의 길을 마다치 않는 것도 그 길 위에서 늘 그리워하는 그들의 따뜻한 행복을 지키기 위해서였다.

행복을 그리다
— 행복의 진화 3

2009년 7월 14일 비가 주룩주룩 오는 날이다. 서울시립미술관은 행복이 가득한 집이다. 19세기 인상주의 대가로 알려진 '피에르 오귀스트 르누아르(1841~1919) 회고전'이 전시 중이다.

19세기 후반기 미술사의 격변기를 살았던 뛰어난 대가들 가운데서 '비극적인 주제를 그리지 않은 유일한 화가'라고 일컬어지는 르누아르는 "그림은 즐겁고 유쾌하고 예쁜 것이어야 한다.", "그림은 사람의 영혼을 맑게 씻어주는 환희의 선물이어야 한다.", "그림은 눈을 즐겁게 하는 것이어야 한다."라고 평소에 늘 말했다.

르누아르라면 너무나 유명하게 알려진 그림 〈피아노 치는 소녀〉와 〈욕녀〉 등 누드화가 떠오를 것이다. 문예관에 가는 날은 은행의 뒷문을 통하여 일 층 사무실을 통과했다. 조용한 사무실 벽에 인상파 화가들의 작품이 걸려 있어 꼭 미술관 같았기 때문이다. 특히 르누아르의 〈피아노 치는 소녀들〉과 고흐의 〈별이 빛나는 밤〉, 모네의 〈인상 - 해돋이〉를 볼 수 있다. 물론 모사 작이었지만 요즈음은 기술이 좋아져서 진품을 보는 기분이 든다.

내가 전주박물관의 '터치 뮤지엄'실을 좋아하는 이유도 그런 맛을 즐길 수 있기 때문이다. 그 방은 시각장애인들을 위한 사국(삼국과 가야) 시대의 국보급 유물을 복제하여 전시하고 있다. 유물을 만지면서 입체적으로 감상하는 동안 옛 사람들의 생활을 상상하고 그들과 교감하는 것이다.

전시는 르누아르 예술의 진수로 여겨지는 인물화와 욕녀浴女시리즈 위주의 누드화에 초점을 맞추어 구성하였다. 최고의 걸작들 118점을 한자리에 모은 초대형 전시다. 이번 전시를 통해 국내 첫선을 보이는 작품들은 르누아르 예술의 걸작품으로 일반인들에게 널리 알려진 인상주의 시기의 대표 작품 〈시골 무도회〉(1883), 〈그네〉(1876), 〈햇살 속의 누드〉(1875~1876)를 비롯한 〈피아노 치는 소녀들〉(1892), 〈광대 복장을 한 코코〉(1909) 등 르누아르 작품의 시기별 대작들이다. 그림에 나타난 인물들이 모두 행복하고 편안하고 풍요롭게 보여서 보기에 넉넉한 기분이 들었다. 지금도 내 마우스는 〈뱃놀이 일행의 점심〉이 인쇄된 패드 위에서 화기애애한 사람들의 얼굴을 더듬고 있다. 모든 인물은 최상의 기분에 젖어 있는 듯하여 보는 사람도 행복의 느낌에 젖는다. 그의 〈욕녀도〉와 〈대수욕도〉는 누드화라기보다 고전의 신화를 재해석하여 자연과 하나로 어울린 태초의 행복을 현대에 옮겨 놓았다고 하면 좋을 듯싶다.

'가장 이상적인 빛과 육체의 조화'를 표현하여 현대에는 걸작이 된 작품, 〈습작, 토르소, 빛의 효과〉 그림 앞에서 많은 사람의 발길이 멈춘다. '빛을 머금은' 피부의 관능성과 생명력은 후대에 가서야 인정을 받을 수 있다고 한다. 자세히 관찰하면서 오랫동안 감상하지 않으면 잘 이해하기 어려운 작품이다. 실제로 르누와르는 아름다운 곡선미를 가진 여성을 사랑하고 존경했다. 여자들의 아름다운 유방 선과 허리의 선이랑 엉덩이가 없었다면 그는 후대에 기억에 남는 화가가 될 수 없었을지도 모른다. 〈시골 무도회〉는 전시는 되지 않았지만 〈도시의 무도회〉와 쌍을 이루는 작품이다. 행복한 남자와 풍만한 여자가 촌스러운 모습으로 애교 있는 웃음을 띠고 춤을 추고 있다. 〈피아노 치는 소녀들〉을 즐겨 그린 이유는 뭘까. 그 당시의 부르주아 신분의 가정에서는 피아노를 사치품의 하나로 여겨서 신분을 나타내는 도구로 여겼다고 한다. 우리나라에도 서구문화가 들어오기 시작할 때 그런 유행이 있었다. 너나없이 아이들에게 피아노를 가르치려 했다. 아마도 르누아르는 일상에서 가장 평화로운 때를 포착하여 표현하고 싶었던 것이리라.

르누아르의 행복한 그림의 원천은 가족이었다. 그는 아내 알린느의 충실한 남편이었고, 세 아들의 둘도 없는 아버지였다. 그의 집 곳곳에서도 그런 면모를 읽을 수 있다. 부엌의 테이블과 찬장, 벽난로 등 집에 놓인 가구들은 특이하게 모서리 부분이 모두 둥글단다. 당시에 7세였던 코코를 위하여 모서리를 깎은 의자가 아직도 그의 미술관에 남아있다.

작가들의 작품을 충분히 이해하려면 작가의 인생 역정을 아는 것이 도움이 된다. 르누아르미술관 큐레이터 주르니약의 이야기가 가장 가슴 아프게 감동을 주었다. 르누아르의 집, 병 치료 목적으로 지은 집이지만 말년의 12년을 살았던 현재의 미술관에는 그의 작품은 11점과 아들들의 도자기 작품만 있다고 한다. 그러나 세계 각국에서 화가의 체취를 느끼기 위하여 1년에 4만여 명의 사람들이 찾아온단다.

르누아르의 말년 그림은 멈춰 있지 않다. 1870년대 작품이 인상주의, 1880년대 작품이 윤곽선을 강조한 전통적 스타일이었다면, 말년에 그는 인상주의와 고전주의를 종합한 새로운 화풍을 보여준다는 해석이 그럴 듯했다. 주르니약은 '르누아르는 아주 현대적인 정신을 가진 작가였기 때문에 마티스나 피카소도 좋아했던 작가'라고 말한다. 르누아르는 말년에 예술적으로 큰 성취를 거뒀지만, 개인적으로는 시련이 많았다. 제1차 세계대전에 나간 두 아들이 큰 부상을 당한 채 돌아왔고, 1915년에는 아내가 세상을 떠났다. 그리고 병은 계속해서 그를 괴롭혔다. 그러나 그는 한순간도 그림을 멈추지 않았다. 주르니약은 그는 어쩌면 너무 고통스러웠기에 그림을 그릴 수밖에 없었을지도 모른다고 말했다. 르누아르는 아름다운 그림을 그림으로써 고통을 뛰어넘고자 했다. 그것이 우리가 그를 '행복의 화가'라고 부르는 진짜 이유일 거라는 말이 여운으로 남았다.

말년에 혼자 걸을 수도 없이 휠체어에 몸을 싣고, 스스로 붓을 번갈아 잡을 수도 없이 류마티즘으로 고생하면서도 마지막 순간까지 행복만을 그렸던 르누아르. 현실이 참담할수록 지상의 낙원을 그리고 싶었을 것이다. 긴 전시장을 걷기 어려워 나도 휠체어를 빌려서 편안히 감상할 수 있었다. 집에서도 컴퓨터 앞에 오래 앉아 있기도 어렵다. 조화로운 몸의 균형을 잡는 데 힘을 기울이면서 하루하루를 최고, 최선으로 산다. 미술작품을 해석할 능력은 없지만, 그의 말년 12년의 활동이 내게 큰 감동과 메시지를 안겨주었다. 르누아르의 작가정신은 이 전시회가 나에게 준 큰 선물이었다. 극한의 고통 속에서도 '그림 그리는 것이 즐겁지 않다면 그림 그릴 이유가 없다.'라는 평소의 생각을 생의 마지막까지 실천한 화가. 그는 철저한 예술철학으로 삶의 기쁨과 환희를 현란한 빛과 색채의 융합을 통해 무려 5,000여 점이 넘는 유화작품을 남겼다. 지상낙원을 꿈꾼 화가처럼 몇 년이 될지도 모르지만 르누와르와 같은 작가정신으로 지상 낙원을 꿈꾸면서 생의 끝날까지 수필을 쓰고 싶다.

화가들의 천국
— 행복의 진화 4

인류 탄생 이래 모든 인간이 보편적으로 꿈꾸고 갈망하는 행복. 시대에 따라 행복이란 개념은 변화와 진화를 거듭해 왔지만 변하지 않는 진리가 하나 있다면 여전히 인간의 삶이 추구하는 이상은 행복이란 것. 행복의 개념은 어디까지 진화해 왔는가.

프랑스 국립 퐁피두센터 특별전. 피카소, 마티스, 샤갈, 미로 등 20세기 최고 화가들의 작품이 한자리에 모였다. 현대 화가들이 구현하고 있는 천국이 모인 자리다. 2008년 11월에서 2009년 3월까지, 역시 서울시립미술관이다. 〈화가들의 천국〉, 천국의 이미지인 아르카디아Arcadie. 서양문화에 나타난 '아르카디아 – 천국'의 모든 개념을 총망라하는 자리라고 했다. 황금 시대·낙원·풍요·허무·쾌락·전령사·조화·암흑·되찾은 낙원·풀밭 위의 점심식사 등 총 10개의 소주제로 나누어 현대 작가들의 눈에 비친 서양의 낙원 이미지를 구체화했다. 20세기 이후 서양문화에 나타난 정신적 흐름의 변화를 살펴볼 좋은 기회였다. 내가 가끔 전시회장을 찾는 이유다. 오늘날 모든 문화가 혼재되어 가는 지구촌 마을을 생각해 볼 때 우리와 나의 자리를 다시 확인해보는 시간이기도 하다. 서양에서 황금 시대의 풍요로움을 상징하던 공간이었던 천국 즉 아르카디아는 동양의 '무릉도원'과 유사한 '천국' 또는 '낙원'을 가리키는 말로 실존하는 고대 그리스의 섬이었다. 그러나 20세기로 들어서면서 '현대성'이라는 시대정신과 연관을 맺게 되었고, 기계화된 노동의 시간 속에서 여가를 찾는 현대인들이 꿈꾸는 이상향으로 자리를 잡게 된다는 말이다.

아르카디아의 이미지에 대한 개념이 알려졌다는 니콜라 푸생의 〈아르카디아의 목자들〉1628~1629, 귀동냥으로만 알았던 작품이 그런 의미였구나! 하고 생각했다. 푸생은 '프랑스 고전주의 회화의 시조'로 여긴다. 그 작품의 부제인 〈아르카디아에도 내가 있다〉는 '비록 천국일지라도 바로 죽음이 존재한다.'라는 의미로서, 삶과 죽음의 경계가 모호한 곳이 바로 '천국'이라고 말한다. 즉, 황금 시대의 풍요로움을 상징하던 공간이었던 '천국'이 '인간 존재에 대한 성찰에 이르는 광범위한 근원적 장소'로 변모했다고 본다. 〈아르카디아의 목자들〉은 현대로 넘어오는 전령사였던 것으로 화가 에두아르 마네의 〈풀밭 위의 점심식사, 1863〉로 나타난다고 해야 할까.

다른 작품들은 모두 이해하기 어려웠다. 단지 두 작품 앞에서만 한참 머무르면서 여러 가지 생각을 하였다. 〈풀밭 위의 점심식사〉를 현대작가 세 사람이 패러디했다고 해야 하는지, 하여튼 현대적으로 재구성한 작품이 정말 재미있었고, 하나의 큰 의미를 준다고 생각했다.

알랭 자케(1939~2008), 프랑스 출신 작가. 이름도 생소하다. 현대작가를 내가 알 턱이 있나. '1963년, 알랭 자케는 미술사 속의 아이콘들과 대중문화의 이미지를 풍자적으로 겹쳐 놓는 방식으로 〈위장〉이라는 연작을 제작했다. 그는 지오르조네부터 마네에 이르기까지 목가적인 주제로 많이 사용되었던 〈풀밭 위의 점심식사〉를 기계적인 과정을 통해 제작했다.' 마네의 〈풀밭 위의 점심식사〉에서 두 남자는 정장을 한 신사인데 왜 여자는 그들 옆에서 나체의 몸으로 팔 하나를 턱에 괴고 있는 거야? 서치라이트를 환하게 받으면서 ……, 한 여자는 속옷 차림으로 물놀이를 하고 있고…….

자케는 이 작품을 '메카니컬 아트'라는 이름으로 처음 시도한 작품이라고 한다. 사진을 이용하여 캔버스 위에 실크스크린 방식으로 찍어냈다. 인쇄할 때 만들어진 망점으로 인하여, 보는 사람으로 하여금 이미지가 선명하게 보였다가 어느 지점에서는 원본의 이미지도 알아볼 수 없게 한다. 이를 통해 자케는 추상과 구상이라는 전통적인 형태 개념까지도 제거하려고 했다는 것이 참으로 현대적이다.

또 하나의 〈풀밭 위의 점심식사〉2002, 캔버스 유채 300x500cm.

러시아 출신의 두 화가의 합작품이다. 블라디미르 두보사르스키(1964~) & 알렉산더 비노그라도프(1963~), 이름도 적기 어렵다. 재미있게 이상향을 제시하고 있는 이 대형 그림 앞에서 나는 한참 머물렀다. 전체적으로 주황색 톤으로 약간 퇴색한 듯한 느낌이 든다. 풀밭에서 점심을 먹는 사람들은 모두 인상주의 화가들을 등장시킨 점이 흥미롭다. 클로드 모네, 카미유 피사로, 폴 고갱, 빈센트 반 고흐, 에두아르 마네, 에드가 드가, 툴루즈 로트렉, 오귀스트 르누아르 그리고 폴 세잔. 해수욕장을 배경으로 마치 바캉스 광고에 등장하는 사람들처럼 벌거벗은 채 빙 둘러앉아 있다. 막 점심을 끝내고 후식 시간인지 싱싱한 젊은 여자가 큰 수박을 자르고 있다. 일상에서는 절대로 볼 수 없을 듯한 불손한 광경이 두 화가의 꼼꼼한 표현으로 서슴없이 적나라하게 극단적으로 표현되어 있다. 숲 속의 큰 사자, 키 큰 기린, 사슴, 고양이 고슴도치와 새들. 지상의 생명이 다 어울려 있는 낙원의 모습이다.

성서에 나타난 낙원의 모습(이사야 서 11장)이 문득 떠올랐다. 일찍이 성서의 작가도 '장차 올 평화스러운 왕국'을 꿈에서 미리 보고 이렇게 예시하

지 않았을까. '가장 오래된 것이 가장 현대적이다.', '오래된 미래' 이것이
현대의 시대정신인가 싶다. 이 그림을 보면 미소가 절로 나온다. 우리들의
조상 석기 시대 사람이 갑자기 세련되게 부활하였다고나 할까.

어디에도 없다, 지금 여기뿐
― 행복의 진화 5

아직도 돌아다닐 힘이 남아있다면 내가 살아보고 싶은 땅은 중국의 윈난 지방이다. 중국의 고대 도시 리장이 그대로 숨쉬고 있는 곳, 샹그릴라와 라 파하이 호수를 이웃한 차마고도의 출발지, 茶의 고향인 윈난 성은 기후가 따뜻해서 차가 많이 생산될 뿐 아니라 연중 꽃이 많이 핀다고 한다. 꿈같이 마니차를 돌려보고 소원을 담은 룽다를 그 하늘에 담았으니 헛된 꿈일랑 꾸지 말 일이다.

더운 여름이라지만 집에 가만히 있으면 추울 정도로 서늘한 때가 잦다. 그러니 가만히 집에 있는 것이 피서이다. 젊은이와 아이들은 욕구를 찾아다 닐 힘이 있으니 어디든 가야 하고 무엇이든 성취해봐야 한다. 여름날 외출 에서 돌아오면 바로 땀을 씻을 수 있으니 얼마나 고마운가. 바깥을 속 시원 히 씻어내고 편히 누워서 잠시 심수한적心手閒寂을 만끽하는 일은 무엇에 비길 수 없는 행복한 순간이다. 이럴 때 함께하는 친구인 차茶가 옆에 있으 니…….

내가 자주 가는 콩나루 식당에는 가끔 한 할머니가 찾아온다. 지팡이를 들고 가방을 짊어지고 밥을 얻으러 오시는 할머니다. 주방 아주머니는 아무 말 없이 할머니의 비닐 주머니에 밥을 담아 드린다. 그런 광경을 보며 나는 중얼거린다. 그래, '밥을 얻어먹을 기운만 있어도 행복이다.'라고 꽃동네의 선돌에도 쓰여 있다 했지. 할머니의 인생을 생각한다. 알게 모르게 욕망의 굴레에 엮여서 인생을 소모했을까. 파거불행破車不行이니 노인불수老人不修, 더 바랄 꿈도 놓아버리고 한 끼 식사를 해결한 할머니는 행복할 수도 있다.

엄마의 젖을 물고 잠드는 아이의 모습은 얼마나 평화스러운가. 배부른 아기는 가장 행복하다. 행복이 무언지 알 필요도 없이 가장 행복하게 보이는 모습이다. 갓난아이는 자라면서 여자와 남자가 되고 잘 성장하여 인간이 된다. 자라면서 욕망도 자란다. 욕망은 다른 외계의 경계와 맞물려서 복잡하게 얽히게 된다. 따라서 욕망의 진화가 행복의 진화일 것이다. 과거 어느 시대보다 문명이 발달한 이 시대는 인간의 필요조건은 충분하다 못해 욕망의 시대를 살고 있다. 자본주의 시장 마케팅 전략은 인간 욕망의 성질을 살펴서 어떻게 욕망을 자극하는가에 그 중점이 맞춰져 있다. 정신 차리지 않으면 그 자극의 유혹에 전 삶을 소비할 수도 있게 된다. 욕망을 성취하는 것이 행복의 성취인 것으로 착각하고, 하나의 욕망이 성취되면 다음 것이 기다리고 있는 것처럼 작은 틈도 없이 유혹한다. 그래서 많은 사상가나 심리학자들이 욕망을 연구 대상으로 삼고 있지 않은가. 행복론을 강의할 때 자주 거론하는 라캉의 〈욕망의 5단계 이론〉을 자주 들었다. 또 사람은 본능적으로 종교적으로 태어났기 때문에 종교이론도 많다. 그러나 욕망은 이론으로 해결될 수 없다. 기본 욕망과 저급 욕망이 성취되어야 고급 욕망을 이룰 수 있는 것도 아니다. 많은 종교나 세상에서 성공한 사람처럼 보이는 사람도 실제로는 저급 욕망을 해결하지 못한 사람도 많다.

보통 문명과 생활과의 연계성을 말하곤 하는데 문명이 발달할수록 우리의 생활은 그만큼 편리해지고 풍요로워진다. 흔히 문명과 문화의 차이를 혼동하기도 하는데, 문화는 사람들의 살아가는 방식을 말하며 나라마다 다양한 모습으로 나타난다. 그 이유는 각자 처한 시대와 환경이 다르기 때문이다. 문명은 그 정도에 따라 우열을 가리지만 문화는 우열이 있을 수 없다. 일례로 서양의 포크와 나이프를 사용하는 식생활 습관에 견주어 맨손으로 식사하는 아랍의 습관을 비위생적이다 할 수 없으며 첨단과학문명의 생활에 비교해 원시문명의 생활을 얕잡아 볼 수 없다.

문명이 발달한 만큼 행복이 비례하는 것은 결코 아니다. 행복은, 어떠한 환경 속에서도 얼마나 보람을 느끼고 얼마만큼 만족하는가에 따라 달라진다. 피부색과 언어와 문명을 떠나 우리는 서로의 문화를 존중해야 하며 각자의 행복의 중요함을 배우고 깨닫는다.

방글라데시는 세계에서 삶의 조건이 열악하기로 손꼽지만, 상대적으로 행복지수는 최고 수준이라고 조사된 바 있다. 티베트의 고원지대 사람들은 일 년에 몇 번 씻지 않고도 행복감을 느끼며 살고 있다. 아주 옛날에 우리도 그랬던 것처럼. 아프리카 가나의 시골에는 화장실도 욕실도 없는 곳이 허다하다. 그래도 즐겁게 살고 있다. 행복이란 삶의 조건에서 오는 것이 아님을 알 수 있다. 여러 문화가 공존하는 지구는 얼마나 아름다운가. 같은 문화권 내에서도 개인의 차이에 따라 문화적 환경이 다를 수도 있다. 그렇더라도 한쪽에서는 행복감에 젖어 있는데 그렇지 못한 사람들이 있다면 아직 인류의 행복 그 자체가 구현되지 않은 것은 아닐까.

평소에 나는 '행복하다.'라는 낱말을 잘 쓰지 않는다. 자신이 원하는 조건이 되면 행복하고 그렇지 못하면 불행한 것이 아니기 때문이다. 우리가 흔히 행복하다고 말하는 순간은 언제나 조건에 따른 행복감幸福感을 말함이지 '행복' 그 자체는 아니다. '얼마나 행복한가'라고 말하는 순간은 어쩜 기분이 좋다는 말을 대신하는 것이 아닐까. 그 감感은 사람마다 환경마다 다른 개별적인 행복감이 아닐까. 행복감을 찾아다니는 것이 삶의 목적이라면 인간은 끝없는 갈애渴愛의 굴레에서 벗어날 수 없을 것이다.

아무리 어렵고 고통스러운 때라도 조건에 굴복하지 않고, 불행하다는 관념에 사로잡히지 않고 묵묵히 그냥 사는 동안이 말이 필요 없는 행복 그 자체였다. 태초부터 청정한 마음, 본래 면목에는 한 점 바람도 일지 않는다. 삶의 수행에서 뒤늦게 깨달은 것이 있다면 아무 조건 없이 내가 본래 행복한 존재였다는 것이다. 자신을 성찰할 수 있다는 것이 행복이다. 가장 사실적이고 실천적인 붓다의 가르침이 내 몸속으로 들어왔던 것이다. 그 중 금강경의 4구 게를 들 수 있다. '凡所有相이 皆是虛妄이니, 若見 諸相非相이면 卽見如來니라.' 젊어서는 그 말이 참 슬프게 들렸지만 살고 보니 이 얼마나 큰 희망이며 자유인가. 제행이 무상하고 제법이 무아이니 아무것에도 집착할 것이 없고 다만, 순간순간에 충실할 뿐이다.

인간의 욕망의 바람을 어찌 잠재울 수 있는가. 자아초월까지도 이루겠다는 욕망도 욕망일진대 놓아야 할 일, 일심 정진만이 있을 뿐이다. 일상의 작은 행복한 기분이나 기운 등은 조건에 흔들리지 않고 전진할 수 있는 원동력이어야 할 것 같다. 그리하여 정신적 자기 구현을 통해 두려움이 없는 마음의 평안을 확대하여 나가는 사람들이 많아지면, 그런 사람들이 만드는 이상향은 현대 '화가들의 천국'에 나타난 자유로운 세상이 될 것이다. 성서의 작가도 그린, 시대를 초월한 모두의 꿈이었기에 반드시 '장차 올 평화스러운 지구촌'을 그렸으리라.

충분히 행복한데도 내일이라면 더욱 행복할 것을 기대한다면 행복은 찾을 수 없을 것이다. 개인을 넘어 인간 전체의 자아실현에 이르면 진정한 행복이 아닐까. 행복이란 것을 생각할 겨를이 없이 그냥 사는 삶. '행복'이란 말을 사용하지 않아도 되는 세상, 말씀이 세상 자체가 된다면, 인류 행복의 진화는 더 높이 날 수 있을까.

이집트의 돛단배를 타고 나일강을 건너서 차마고도를 넘고, 예술의 고장, 남부 프랑스에까지 도달하여 만난 것은 행복의 화가 르누아르였다. 선재동자가 관음보살을 만난 듯이 그렇게 2009년 7월을 한 토막내었던 것이다. 깨어나야만 하는 꿈 같은 꿈이라면 아예 좋지 않는다. 더는 찾아다녀야 할 행복한 곳과 행복한 시간은 그 어디에도 없다. 지금 이 순간과 여기를 떠나서는……. No where를 붙이면 Nowhere, 띄어 쓰면 Now here이지 않은가.

행복을 안고 갑니다

'런던에 가면 그 사람 좀 찾아보렴.'

물론 농담이었지만 동생이 영국에 간다고 해서 내가 이렇게 문자를 보냈다. 벌써 40여 년 전인데, 아직 살아있을까? 지난 40여 년 동안 문득문득 영국 이야기만 나오면 생각나던 그 사람이었다. 콧수염을 기른 옥스포드맨이었던 키 큰 영국신사. 그 땅을 밟지는 않았지만, 서양을 별로 동경하지도 않았던 것은 20대 청춘 시절이 그 사람들의 문화에 훈습된 까닭이었을지도 모른다.

우리의 청자나 백자를 바라볼 때마다 영국신사가 나를 물끄러미 바라보던 그 시선이 떠오를 때가 있다. 도자기만큼 아름다워서가 아니라 내가 가진 동양적 인상이 서양에서는 느끼지 못했던 신비한 그 무엇을 느끼게 하지 않았을까. 유럽의 찬란한 문화와 미술품을 알고 취하다가 우리의 미술품을 보면 우아한 맛이 깃든 간결하고 소박한 아름다움이 그리도 청신할 수가 없다. 아마도 외국인들이 우리의 미술품을 보고 감탄하는 맛이 그렇지 않을까 싶다. 일제강점기 우리의 미술품에 반하여 탐구하고 수집했던 일본의 '야나기 무네요시'라던가, 영국의 도자기 전문가인 버나드 리치와 같이 말이다. 사무실에 들어올 때마다 나를 바라보던 Tim의 시선이 내가 요즈음 우리 미술품을 넋 놓고 바라보는 심정 같은 것이 아니었을까 싶다.

Tim은 내 직장 상사였다. 지금 생각하면 참 철없이 아름다운 청춘이었다. 가끔 사탕과자를 빨아 먹을 때도 그때 생각이 언뜻 스친다. 입안에서 사탕 알이 깨물어지는 오도독 소리에 놀라 이빨 다친다고 염려하던 푸른 눈동자의 섬세한 신사. 그 당시에는 지금 우리나라 청년들이 제3국에 봉사 목적으로 다니러 가는 일이 유행이듯, 유럽을 거쳐 아프리카를 탐험하고 한국에 오는 청년들이 있었다. Tim도 그런 사람 중의 한 사람이었는데 독실한 가톨릭 신자이기도 했다. 당시에 부산천주교 교구가 주관하는 단체인 '한국자선회'가 내 직장이었고, Tim은 초빙받은 상사였다. 미국의 전역에 퍼져 있는 후원자의 기금을 받아 한국전쟁 고아를 돕는 일이었다. 나는 후원자들께 보내는 주교님의 편지에 사인을 대리하는 일을 별도로 맡고 있었다. 자선회 활동의 하나로 부산송도천주교 알로이시오 신부님은 한국에 '소년의 집'을 창설하였고, 같이 일했던 월쉬 아저씨는 미국에 돌아가서도 늘 엽서를 보내주곤 했었다. 영미 인들이 나의 세례명인 'Anastasia(아나스테이시아)'를 부르는 발음은 명랑한 노래 한 소절 같았다. 지금 생각하면 얼마나 우리의 정서에 어울리지 않은 이름인지 모르겠다.

국립중앙박물관에는 내가 정한 나의 유물이 몇 점 있다. 사진도 가지고 있으면서 자주 본다. 국보 94호인 '청자과형병'과 국보 115호인 '청자상감넝쿨무늬완'이 그 중에 속한다. 이번에는 내가 보고자 한 주제인 서예와 회화 작품만 보기도 시간이 모자라지만 그의 안부만은 묻고 왔다. 과형 병은 민무늬로서 그야말로 우리의 가을 하늘을 담고 있다. 그 단순하고 깔끔하며 우아한 병 모양도 어찌나 아담한지, 잘록한 목을 잡으면 손안에 착 감겨올 것 같다. 주둥아리는 꽃잎 같고 받침은 아주 짧은 주름치마다. 그 병에 꽃가지 하나를 늘 꽂아 그려보곤 한다. 그리고 청자 완盌은 말차末茶 잔이다. 내가 차를 좋아하기 때문에 언제나 찻그릇에는 마음을 빼앗긴다. 청자 완에 가루차를 넣고 저어서 설록이 피어난 봉긋한 잔을 연상해 보곤 한다. 고려인들은 차를 얼마나 사랑했으면 그리도 아름다운 잔을 만들었을까.

지난해 전북대학교 박물관대학에서 '사람과 바다'란 주제로 공부했다. 가을에는 서해안에 접한 문화유적지를 답사하고 목포에 있는 국립해양문화재연구소를 방문하였다. 1976년도 신안 앞바다 신안선 발굴로 시작된 수중발굴 현황을 둘러보고 놀라움을 금할 길이 없었다. 마침 태안 앞바다의 마도 2호선에서 출토한 국보급 유물인 '청자음각매병'과 '청자상감매병'의 마지막 손질을 하고 있었다. 운 좋게도 우리는 그 현장을 관람할 수가 있었다. 유물은 유리관 안에 들어가기 전 끝마무리 화장을 하고 있었다. 탁자에 놓인 수려한 청자매병 두 점.

800년 동안 서해 바닷속에서 잠자던 청자 매병 / 하늘을 품에 안은 듯 / 바다를 품은 듯 / 하늘에 묻힌 듯 바닷물에 잠긴 듯 / 하늘이 되다 바다가 되다, 순간 / 긴긴 꿈속의 세상은 어땠을까 / 신음하듯 깊은 숨을 고른다.

상감매병은 세로의 굵은 골 여섯 개로 참외 모양처럼 몸통을 만들고, 마름 꽃 모양의 틀 안에 버드나무, 갈대, 대나무, 모란, 국화, 닥꽃으로 정교하게 상감했는데 꽃 위에는 나비를, 아래에는 오리를 새겼다. 음각 매병은 어깨에 구름 문양, 몸통에 연꽃 문양을 매우 세밀하게 장식했는데 유색이 맑고 짙다. 두 개 다 높이 39㎝이며 풍만한 어깨에서 굽까지 S자 형으로 유려하고 당당한 모습이다. 우리는 탁자 주위를 맴돌고 관장의 설명을 들으며 그 실체를 뚫어져라 바라보고 또 보았다. 순간 덥석 안아보고 싶은 심정을 어쩌랴! 아름다운 물상을 만나면 가까이 가서 만져보고 싶지 않은가. 갖고 싶은 욕망은 감히 일지도 않았다. 바로 눈앞의 한 뼘 거리 안에서 간절히 바라볼 뿐이었다. 그래도 유리장 안에 두고 가까이 볼 수 없는 것보다는 입체적으로 충분히 완상할 수 있어 흡족했다. 후에 들은 이야기지만 담당자는 가슴을 졸였다고 했다. 혹시나 건드려져서 넘어질까 염려가 대단했다는 것이다.

버나드 리치는 우리의 달항아리를 구매하여 돌아갈 때 '나는 행복을 안고 갑니다.' 라고 했다. Tim은 조선 여자 한 사람을 안고 돌아가지 못하여 안타까웠지만, 그때의 슬픔의 항아리에 다른 행복의 세월을 채울 수 있었을 것이다. 내가 그러했듯이. 행복의 안부가 궁금해지면 숨겨놓은 연인을 찾듯 나의 보물을 찾을 것이다. 영원히 달항아리와 고려청자매병을 안아볼 수도 없겠지만, 그 항아리를 품을 수 있다 해도 갈 곳이 어디란 말인가. 차라리 나를 빚고 또 빚어 아름다운 청자 항아리만큼 될 수 있으면 좋으련만……

(2011. 5.)

6부

백조 프로젝트

'오늘 뉴스 없음.'

〈행복〉이란 시詩의 전문이다. 특별한 뉴스가 없이 그냥 하루하루 평범하게 살 수 있다는 것이 얼마나 큰 행복인가를 새삼스럽게 생각하게 된다.

뉴스를 보고 있자면 온통 지구촌이 금방이라도 멸망할 것 같은 위기감마저 들지 않는가.

이웃 중국에서는 고속철도 추락으로 수백 명이 몰살당하는 사고가 발생했다. 저 건너편에 있는 노르웨이 오슬로에서는 총기 난사 사건으로 68명의 사람이 생죽음을 당했다. 대통령이 경호원 없이도 살 수 있다는 평화의 나라에서 테러가 일어나다니! 국왕과 왕비를 비롯한 온 국민이 희생자의 추모제에서 울음바다를 이루었다. 얼마 전에는 아프리카 북단 지중해 연안의 나라들에서 민주화 폭동이 일어나서 변화의 물결이 심했다.

산이 찢어진다. 언덕이 무너진다. 기슭을 할퀸 물살이 울부짖으며 마을을 덮쳤다.

27일 저녁 7시 뉴스특보는 26~29일까지 내린 서울을 중심으로 경기 지방과 강원지방의 수해 방송이었다. 서울 우면산 기슭이 무너져서 18명이 목숨을 잃었고 흙물에 침수당한 집은 어이없어 말문이 막혔다. 강원도 초등학교의 과학캠프를 지도하기 위하여 갔던 인하공대생들이 갑작스러운 산사태로 13명의 젊은 목숨을 잃었다. 장마 뒤의 기습 폭우로 말미암아 전국적으로 70여 명이 죽었고 수해 현장의 모습은 전쟁을 방불케 했다. 서울의 여러 지역에서 물난리로 교통이 마비되고 물에 잠긴 자동차들이 7천여 대나 되었다.

8월 4일까지 국지성 폭우, 6일부터 태풍······. 26~29일 서울을 비롯한 중부지방에 쏟아진 '104년 만의 폭우'로 산사태 등 피해가 채 수습되기도 전에 31일 오후부터 다시 시간당 30~50㎜ 장대비가 내린 데다, 오는 6일부터는 우리나라가 태풍 '무이파'의 영향권에 들면서 '엎친 데 덮친 상황이 벌어질 수 있다.'는 기상청 전문가들의 예측이다.

'돈을 백조 원쯤 벌어서 할 일이 있다. 도심지 땅을 사고 싶은 대로 사서 빌딩들을 다 허물어버리고 황무지로 만드는 거다. 완벽한 문명도시 한가운데를 황무지로 만든다. 날아오는 잡초 씨앗들을 그대로 길러서 원래 거기 살던 식물들에게 땅을 되돌려주는 거다. 그런 간단한 일을 하기 위해서는 죽을 듯이 열심히 돈을 벌어서 빌딩들을 산 후 그걸 부숴버려야 겨우 할 수 있을 것이다.

백조를 벌어야 한다. 그런데 내가 할 수 있는 일이라는 게 그림을 팔든지 책을 내든지 기껏해야 그림의 저작료를 받는 일일 뿐인데, 모르지 실험영화 만들던 짓을 되살려서 혹시 돈을 벌 수 있을지도. 누군가가 크게 웃을 짓이지. 실험영화로 돈을 번다? 우하하 개가 다 웃겠다. 어쨌든 나는 백조를 벌어야 한다. 잘 만들어진 공원을 만드는 게 아니라, 황무지를 만들기 위해서 그 황무지 속에서 귀틀집이나 천막집을 짓고 노숙자가 되어 사는 거다. 인공으로라도 냇물을 만들고 거기서 빨래를 해서 두 그루의 버드나무 사이에 맨 빨랫줄에다 빨래를 널어 말리고……. 나는 돈을 벌어야 한다. 그리고 황무지를 되찾아야 한다. 그래야 비로소 이 도시는 매력이 넘치는 존재로 변화할 것이다.'

화가 김점선이 죽기 전에 집필했던 ≪점선뎐≫ 중의 〈백조 프로젝트〉 전문을 기억한다. 돈을 벌어서 도시를 살 꿈을 꾸지는 않지만, 구석기 시대 사람같이 살고 싶은 꿈은 자주 꾼다. 지금 점선이 살아있다면 난 그녀를 찾아가서 한바탕 황무지를 되찾는 이야기로 신바람이 날 것 같다. 점선의 말처럼 냇물에서 빨래도 해보고 우물가에서 등물도 해보고, 햇볕 쫙 쏟아지는 마당의 철삿줄에 빨래를 너는 기분을 맛볼 수 있었던 신新고향체험 시절이 내게 없었다면 참 서글픈 세상살이였을 것 같다.

얼마 전에 다큐멘터리 〈구석기인처럼 살아라〉를 3부에 걸쳐서 방송했다. 인간의 건강과 지구촌의 환경을 살리고 싶으면 신개념의 구석기 식단으로 돌아가야 할 시점이란 것이 결론이다. 현대의 비만이 부른 각종 성인병 환자들을 대상으로 실험까지 하고 전 세계 선진국에서 실행되고 있는 신개념적인 구석기 시대의 방식으로 재연한 동물 사육과 식물 키우기 등을 소개했다. 나에게는 생소한 이야기는 아니지만, 평소의 내 생각이 과학적 공인을 얻은 것 같아 흡족했다. 흠, 내 주장이 틀린 것은 아니구먼 했다. 낙원촌캠프 때마다 실험해봤던 행복운동에서 배웠던 것과 같은 내용이었다.

오스트랄로피테쿠스에서 호모사피엔스사피엔스(신인류)까지 인류가 진화해 온 배경에는 호모코쿠엔스의 요리에 그 비결이 있었다. 인류의 진화는 요리의 진화라고 해도 과언이 아니란다. 애초에 인간은 요리하지 않았는데 호모에렉투스로 진화될 때 심한 기후 변화가 있었단다. 빙하기를 거듭하면서 한때 식물군이 모두 사라졌기 때문에 사냥한 고기를 먹게 되었고 불을 발견하여 요리하게 된 것이다. 그때부터 섬유질 때문에 장이 커서 배가 불룩한 인간은 허리가 반듯하여졌다고 한다.

　나는 요리하는 일에서는 손을 뗀 지 오래되었다. 요리는 잘할 힘도 시간도 모자란다. 자연 원시적인 나의 식단이다. '나는 원시인이야. 혹은 구석기 사람 같이 살아!' 이런 말을 할 때가 있다. 식전에는 야채수 한 컵과 아침 식사로 사과 반쪽, 오이 몇 쪽, 삶은 달걀 한 개, 파프리카 몇 쪽과 바나나 한 개 등등. 되도록 간단히 먹는 방법이다. 문명식단에서 신개념의 원시식단으로 전환하는 일이 그리 쉽지만은 않다. 오랜 연습이 필요하다. 습관적으로 하지 말아야 하기 때문이다. 최초의 요리가 발전을 거듭하여 결국에는 미각을 부추기어 각종 첨가물도 발달하게 되었다. 미각을 추구한 결과 현대 각종 성인병과 희귀병도 나타나고, 지구는 균형을 잃어가는 중이란다. 인간의 탐욕의 근원은 식욕으로부터 시작되는데, 미각의 발달이 가져온 욕망은 안락한 주거 형태와도 맞물려 있다. 20여 년 전부터는 지구 온난화의 징후가 뚜렷하게 나타난다. 인간이 눈앞의 편리와 이익을 취하는 일에 탐닉하다 보니 자연의 흐름에 역행하고 있는 것이다. 해마다 자연의 위험 경고는 받고 있건만 사람이 하는 일에는 자연의 말을 담지 못하는 것 같다.

　왜 유독 서울에 집중적으로 폭우가 쏟아져서 난리인가? 하는 사람들이 있다. 기상청은 '우연한 일치일 뿐'이라고 한다. 하지만 도시의 난개발 때문에 생긴 인재가 얼마나 많은가. 서울 전체의 지형을 보면 가운데가 약간 꺼져 있는 형상이라서 물이 고이는 일이 있게 되고 하수관의 용량이 충분치 않아 빗물이 쏟아지면 역류현상을 일으키게 된다.

　점선의 꿈처럼 이 도시를 부수지 않아도 언젠가는 다시 황무지가 되는 날이 올지도 모르겠다. 저 사막이 언제인가는 바다였듯이 말이다. 성서 예언자의 이야기처럼 '가라지는 다 뽑히고…….' 인간종자도 공룡처럼 멸종되고 진짜만 남을 것인지 아니면 새 인류가 도래할 날도 올 것인지. 지난 20년 간 다양한 인터넷 경험으로 길든 인류를 뜻하는 신조어, 호모 인터네티쿠스 (Homo interneticus)는 진정 새 인류라고 볼 수 있을까. 인류는 500만 년 전부터 진화를 거듭했다지만 사실상 요리를 발달시키고 아성을 쌓는 기술은 늘었지만, 정신적으로 별로 진화하지 못했다고 한다. 진화의 방향은 신개념의 깨달은 구석기 프로젝트라고 한다. 지구촌에 특별한 뉴스 없음이 뉴스가 되는 평화로운 날은 언제 올까.

(2011. 8.)

워낭은 경종警鐘이었다

영화 〈워낭소리〉는 시종 '늙은 소'와 '늙은 농부'의 40년 동거 끝 무렵의 모양에 초점을 맞추었다. 나지막한 산허리에 자리잡고 있으면서 그들만큼 이나 낡고 허름한 농가 속에서의 4계절 삶의 모습을 보여주고 있다. '늙은 할머니'의 투정어린 팔자타령이 해설자 역할로 이어져서 관객들을 웃게 하지만, 할머니의 외침은 바로 우리를 향해 외치는 메시지로 들렸다. 늙은 라디오와 닳아빠진 검정 고무신은 생의 험난한 여정을 드러내기도 한다. 소리가 나지 않는 라디오를 든 할아버지께 할머니가 소리친다. "두드려 보소! 라디오도 고물, 영감도 고물, 소도 고물." 모두 고물이 된 농가의 모습은 마치 도시의 고물상 같았다. 햇살 좋은 봄날 화사한 진달래 개나리가 핀 언덕 뒤에서 맑게 울리는 뻐꾹새 소리가 없다면.

할아버지는 이 시대의 마지막 자급 小 농업인이지 않을까. 할머니가 소에게 밥과 막걸리를 준다. 할아버지는 "너무 많이 주지 마. 너무 많이 주면 해로워, 소 죽이려고 그렇게 많이 줘?" 하며 핀잔을 준다. 옛날 농부들은 할아버지처럼 생물을 자연의 이치에 맞게 돌보고 자신을 기르면서 자식들을 돌보았다. 그러나 자연과 함께 더불어 산다는 것이 행복이라는 것을 몰랐다. 문명이 발달하자 자식들은 또 다른 행복을 찾아 도시로 나갔다. 휘황한 불빛 속에서 어떤 행복을 추구했던 걸까. 9남매 자식들은 병 주머니가 된 할아버지의 몸과 소의 일생을 대가로 출세했지만, 아버지를 편하게 해드리는 일이 겨우 소를 팔자는 주장이었다. 아무도 같이 농사를 짓고자 하는 자식은 없다. 할머니도 늘 영감 잘못 만나 고생이라는 푸념 속에 살았다. 소죽 끓여 먹이기 어렵다며 "우리도 사료를 먹이소!" 하지만 할아버지는 아랑곳없이 묵묵했다. 손수 꼴을 베어 져 나르고, 꽃진 민들레를 뿌리째 캐서 소에게 먹였다. 할머니는 16세에 시집와서 머리만 백발 되고 주름만 늘었다 하며 "내 청춘아, 내 청춘아 어딜 갔느냐?"라고 외쳤다.

영화는 영상미가 뛰어났다. 대비적인 장면과 클로즈업해야 하는 장면을 잘 드러냈다. 그런 장면들을 통하여 관객들에게 어떤 메시지를 던지고 있다. 밭을 갈아야 하는 봄날 불편한 다리를 끌며 소를 뒤따라 가면서 밭을 가는 할아버지. 이웃 밭에서는 밭 가는 기계 소리가 유난히 높다. 때맞추어 할머니는 "우리도 기계로 하소!" 외치지만 풀이 성해지면 손수 풀을 뽑는다. 그러나 이웃 밭에서는 기계로 농약을 친다. 할머니는, "우리도 농약 치소!"라고 외친다.

할머니는 할아버지에게 일 그만하고 쉬라고 하고 소는 그만 부려 먹으라고 해도 할아버지는 '죽을 때까지 꿈적거려야 해.' 했다. 할아버지는 단순한 고집뿐 아니라 나름대로 소와 함께 살아갈 수밖에 없는 자신만의 삶의 철학이 있었다. 사는 동안은 꿈적거려야 한다는 지론은 철학적이었다. 몸이 있는 한 움직여야 하고 움직일 수 없으면 죽음이다. 소와 할아버지는 서로 살리고 있었다. 그런 할아버지와 소로 인하여 할머니도 살아왔다.

할아버지가 아파서 병원에 가는 날. 소달구지는 할아버지를 태우고 자동차들이 즐비한 도로를 덜거덕거리며 병원엘 갔다. 까만 세단 자동차가 세워진 병원 주차장 옆 칸에 당당히 세워진 소달구지의 모습도 대비적이었다. 저녁 무렵 어스름을 안고 돌아오는 달구지와 빈 가지만 남은 겨울나무는 소의 끝 날을 예고한다.

달구지에 마른 나무를 가득 실었다. 할아버지도 나무 짐을 가득 실은 지게를 지고 뚜벅뚜벅 걷는다. 보폭도 소걸음과 똑같다. 마치 무거운 장송곡에 맞추어 걷는 것 같다. 겨울 땔감을 가득 그렇게 해놓고 다음 날 소는 신음했다. 늙은 소의 퀭한 눈동자를 영상은 놓치지 않았다. 소와의 이별을 직감한 할아버지는 워낭을 풀었다. 그러자 소는 숨을 거둔다.

우리가 돌아갈 곳은 고통스러운 희생을 되풀이하는 고향이 아니다. 이웃 농가처럼 자연에 맞지 않는 사료를 먹여서 소득을 올리고 농약을 쳐서 땅이 죽어 가는 농촌도 아니다. 9남매가 돌아오고 싶은 고향이어야 한다. 누가 그런 고향을 만들 것인가. 할아버지 부부도 소도 행복하지 않았다. 할머니의 신세타령은 행복하다는 말의 역설로 들렸다. 그러나 할머니 자신은 그것을 인식하지 못한 것이 불행이라면 불행이 아닐까 하는 생각이 들었다.

묵정밭을 갈기 시작한 것은 고향을 만드는 행복한 사람과 행복한 소를 만났기 때문이었다. 22년 전 일이다. 일본의 야마기시 마을은 자연 순환 농법을 하는 마을이다. 이런 마을이 삼각을 이루는 세 지점에 생기면 그 삼각 안의 땅이 모두 살아난다. 물론 소가 밭을 가는 것은 아니다. 현재까지 발명된 모든 문명은 자연을 회복하는 일에 쓰인다. 사람은 사람만이 할 수 있는 고유의 일을 하게 한다. 내가 만난 행복한 소는 프리스톨이란 침대에서 생활한다. 푹신한 침대의 소재는 소의 배설물이 합해져서 좋은 거름이 되어 땅으로 돌려진다. 거름을 퍼내면 다시 톱밥 같은 재료를 투입한다. 소는 잘생기고 표정도 밝다. 소를 돌보는 사람은 소와 한몸으로 소통하며 소를 행복하게 해주면 소는 자신을 선물로 바친다. 소나 돼지는 고기가 되는 것을 자청하여 잡으러 오는 사람에게 안겨온다. 소 등을 두드리며 "가서

고기가 되어 우리에게 돌아와다오." 하면 기꺼이 달려 나간다. 그러려면 불가의 '기우귀가'의 깨달음을 얻은 사육자의 심정이 되어야 했다. 야마기시 마을 사람들은 생활 속에서 최고의 진선미를 실현하는 수행자들이었다.

워낭은 사람이 소에게 달아준다. 움직이지 않으면 소리가 나지 않는다. '워낭'은 소나 말 염소 같은 가축들의 턱 아래 매달아 놓은 작은 풍경을 말하는 우리말이란 것을 이 영화 때문에 알게 되었다. 주로 소에게 매달기 때문에 '쇠방울'이라고도 한다. 그러나 워낭은 방울이 아니라 종이었다. 작은 종. 소와 오랫동안 같이 생활하는 농부는 워낭소리에 따라서 소가 원하는 뜻을 알고 서로 교감한다고 한다. 소의 맑고 어진 눈동자에서 눈물 한 줄기를 흘리게 했던 '워낭소리'. 그 작은 종은 우리에게 어떤 경종을 울리고 있는가.

(2009. 4.)

목숨의 교향시
─ 밤새 안녕하셨어요?

'차 빼요, 차 빼야 해요. 아줌마! 지하주차장에 물 찼어요.' 화급한 목소리. 잠결에 받은 전화통에서 쏟아진 작달비 한 줄기였다. 303호 아줌마의 목소리란 것을 이내 알아차렸다. 새벽에 깊은 잠을 자느라고 사람이 찾아와서 벨을 울린 것도 몰랐다. 주차장으로 내려가서 발목까지 차오르는 물속으로 덤벙덤벙 들어갈 수밖에 없었다. 차바퀴는 아직 물에 다 차지 않은 상태. 강물 속을 달리듯이 흙 물보라를 헤치고 나왔다. 차를 공터에 옮겨 놓고 우산을 받고 있는데 온통 비에 젖는다. 이미 다른 차들은 모두 대피해 있었다. 놀라서 미끄러질 듯 비틀대었더니 옆집 아줌마가 다친 줄 알고 걱정했다. 자동차가 아니라 힘없는 내가 자다가 그 지경이 되었다면 그대로 조용히 질식했을 것이다. 이 맥없음이라니! 6개월 전 쓰나미의 충격에서 아직도 벗어나지 못한 채 잠자리도 변변치 못한 사람들이 이웃 나라에 많이 있다는 소식을 어제 또 들었다. 어쩔 수 없는 자연의 변화에 고개가 떨구어진다.

비가 그친다. 삼 층에서 내려다보니 늪지대의 밭이 강이 되었다. 밖으로 나와서 동네 고샅을 빠져나가자니 아저씨 한 분이 온몸이 젖은 채 삽을 들고 지나신다. 민망해서 고생하신다는 인사를 겨우 하고, 태권도 학원에 다녀오는 이웃집 아이에게도 안도의 숨을 쉬며 무사히 잘 다녀오느냐는 인사를 건넨다. 마치 죽음에서 살아나온 사람을 만나는 듯 벅찬 마음으로.

신작로로 나오니 교통순경이 길 안내를 하고 있다. 박물관까지 십여 분 동안 시냇물을 가로지르듯 지나야 하는 곳이 두세 군데, 굴착기가 산에서 흘러내린 흙을 치우는 곳도 있다. 삼천 천이 황하 되어 다리 교각을 가득 메우고 자랑이나 하듯 넘실대는 급물살이 으르렁댄다.

박물관 일을 마치고 시내로 들려왔다. 구 KBS 건물 앞이 보이자, 친구가 거북바위를 봤느냐고 물으면서 그 바위를 가리켰다. 그 앞에 서서 잠시 지켜봤다. 옛날에는 그 거북바위 밑으로 강물이 흘렀고 그곳에 나루터가 있었다고 했다. 거북바위는 전주의 들목 높은 언덕에 앉아 수로에서 일어나는 온갖 풍상을 지켜본 온고을의 지킴이였으리라. 그런데 그 물줄기를 밀어내어 지금의 전주천이 되었다니, 더는 볼 일이 없어진 거북바위는 허울만 남았다.

천 년의 요새 전주. 삼천 너머로 전라북도청이 이전하고 무지개다리까지 놓여서 강변 풍경은 더욱 아름다워졌다. 천 년 동안 이름 한 번 바뀌지 않은 온고을의 신화도 지구 온난화의 영향에서 예외는 못 되는 것 같다. 해마다 전주는 대란大亂은 없었는데……. 비 내리는 천변을 바라보며 사치스런 감상에 젖는 따위는 인제 그만 걷어치워야 하겠다.

네 군데의 언더패스 도로가 모두 물에 잠겼다. 오후까지 차가 밀리고 있다. 으르렁대던 천둥과 번개 속에 엉겼던 무거운 덩어리들이 다 쏟아졌을까. 산천을 강타하고 집채를 질타하고 논밭을 뭉개버린 벼락 물이 황하를 이루어 무사들의 춤사위처럼 칼날 세운 물살을 만들고 다리를 삼킬 듯 급하다.

언제나 강가에 나가면 함께 호흡하고 위안을 받는 우리. 산그림자와 밤하늘의 달빛과 별빛처럼 강물에 젖어 함께 노닐려면 그 노도와 같이 흐를 수밖에 없는 흙탕물까지 사랑할 줄 알아야 하리라. 이왕이면 인간사 헝클어져 있던 갈등의 뭉치들이나 그 흙탕물처럼 쏟아져 급물살에 흘려버려라! 함께 떠내려가라! 흘러가는 급물살 밑으로 분명히 투명한 은결이 찰랑대는 소리가 있으리라.

잠시 천변에 앉아 황톳빛 급류를 물끄러미 내려다본다. 방금 들었던 아름다운 선율이 물살 위로 퍼져 나간다. 〈몰다우〉가 들린다. 프라하 시를 관통한다는 몰다우강을 노래한 스메타나의 〈나의 조국〉, 교향시 중의 두 번째인 〈몰다우〉. 클래식을 처음 듣는 사람도 누구나 좋아하는 곡 중의 하나인 아름다운 강의 흐름을 형상화한 음악. 처음 잔잔하게 시작하는 조용한 악기가 한 줄기의 수원水原을 나타내면 클라리넷이 또 한 줄기의 물줄기를 나타내며 시작된다. 풀숲 사이로 흐르던 작은 시내 둘이 강기슭에서 서로 만나고 아름다운 물요정들이 춤을 추다가, 급물살을 이루며 강은 넓어지고, 드디어 프라하 시로 흘러들어 가는 과정을 선율로 나타낸다. 전주천과 삼천천의 수원을 더듬어 본다. 두 천도 여러 다리 밑을 흘러서 합수하고 다시 더 큰 강으로 그리고 바다로 이어지겠지.

역시 한울임이시다. 밤사이 퍼붓고는 낮 동안에 할 일을 할 수 있도록 하신다. 그 위력이 어떠냐고 묻기도 하고, 어서 열심히 힘을 합해 보라고도 하는 등. 시험하시는가, 놀리시는가. 낮 동안 날이 개니 어느새 물살은 급히 도망쳐버린다. 해님에게 흙탕인 채로 보이고 싶지 않아서였겠지. 그리 급하게 흘러가다 피곤하면 강기슭이나 바위틈에 숨어들어 몰아쉰 숨 내쉬기도 하고 다시 여행할 힘을 추스르기도 하겠지.

태양이 빠끔히 눈치를 보다 나뭇잎 사이로 찬란한 빛살을 뽑아낸다. 높은 나뭇가지에 딱 붙어 있었을까, 매미도 살았다는 듯 온 힘을 다해서 목청을 뽑아낸다. 아직 뒤처진 개울물도 마지막 힘을 내어 소리내 흐른다. 금속악기 속을 뚫고 나온 음악이 아닌 이 사실적인 합주곡 속에는 나의 숨소리도 함께하고 있다. 서로 숨을 주고받으며. 벅찬 목숨의 교향시.

밤이 이슥해진다. 강물이 어둠을 삼키고 있으면 도시의 불빛이 강물에 환상의 생기를 준다. 강변에서 물 구경만 하던 사람들이 물 빠진 둔치에서 다시 걷기 시작한다. 어젯밤의 폭우가 어디로 사라졌는지 안부를 잊은 채.

(2005. 8.)

여수麗水에서 만난 여수旅愁

기승을 부리던 더위가 한풀 꺾였다. 네 자매는 변산 바닷가를 향해 달렸다. 피서객들이 한바탕 축전을 벌이고 빠져나간 뒷자리는 태풍이 지나간 것처럼 어수선하게 보였다. 구름 사이에 걸린 저녁놀이 어스름 달빛같이 바닷물을 적시고 있었다. 아직 후끈거리는 여름 막바지의 열기를 받은 바닷물은 적당히 시원했다. 파도를 맞아야만 우리들의 운전기사인 동생은 어깨의 피로가 풀린다. 높은 파도가 거세게 몰려올 때마다 몸을 뒤로하고 파도 안마를 즐겼다.

땅거미가 낙조를 물속으로 쓸어내리고 있는 서해를 뒤로하고 우리는 다시 달리기 시작했다. 앞이마에 지혜의 흰 머리칼이 한 가닥씩 나오기 시작할 때부터 우리 네 자매는 해마다 여름 끝을 따라 조각 그림 맞추는 휴가 여행을 한다. 큰언니와 둘째 언니의 그림은 늘 짝이 잘 맞는 것 같았다. 나와 동생의 그림은 이쪽으로 저쪽으로 여러 번 돌려 맞추기가 바빴다. 나와 동생은 언니들과 그림의 색조와 시절의 배경이 달랐다. 우리는 현대의 핵가족처럼, 어렸을 때부터 쉰 세대가 될 때까지 신세대처럼 도시를 전전하며 살았으니까.

선운사 앞에 도착했다. 밤이 이슥하여 저녁식사 시간이 넘어버렸다. 사방은 깜깜한데 풍천 장어집만 휘황찬란한 네온 빛을 반짝이며 처마다 '원조집'이라고 손짓하고 있었다. 식성의 취향이 같아서 우리는 구미에 맞는 음식점을 찾는데 장단이 잘 맞는다. 언제나 식사 시간은 우리들의 작은 잔치가 된다. 산딸기술 한 잔에 장어구이와 생채와 갖가지 숙채들이 흥겨운 잔치의 맛을 내기에 충분했다. 계곡에서 들리는 폭포수의 리듬 따라 추억의 그림 찾기는 이어졌다 끊어졌다 하며, 풀려나가는 테이프의 소리같이 더듬거리다, 스스로 여름밤의 늪에 잠겨버렸다.

여수까지 내려가 보기로 했다. 아름다운 물. 여수의 첫인상은 정리되지 않은 도시풍경 같았다. 오래전, 몇 년 만에 들렀던 부산의 거리와 비슷했다. 아직도 개발 중인 항구도시의 어수선함. 유명한 만성리해수욕장의 이정표 따라 찾아간 해수욕장은 이미 폐허의 그늘이 짙었다. 한때 영화를 누렸던 옛 잔영만 을씨년스럽게 우리를 쳐다보았다. 물가 한쪽에 어선 두 척 지친 듯이 서 있었다. 우리는 좀 더 먼 해안을 안내받고 그리로 갔다. 한 무리의 젊은이들이 모래바닥에서 공놀이를 하고 있었다. 호숫물 같은 잔잔한 바다는 수영하기에 알맞았다. 고무 날개를 타고 파란 하늘을 가르며 물 위를 낮게 나는 물새가 되어 보았다. 아! 그런데 피부가 가렵다고 이구동성이었다. 이끼 낀 듯한 바다의 녹조현상은 한가로운 물새들의 꿈을 앗아가 버렸다. 문득 동해가 생각났다. 모래가 깨끗한 강원도의 바닷가에서는 파도가 밀려 나가면 살아있는 멸치 치어를 주워 먹을 수도 있었다. 수돗물로 씻지 않아도 피부가 매끈거렸다. 아쉬움을 달래보려고 찾아본 여수 해변의 다른 해수욕장들, 세 곳은 모두 비린내 물씬 나는 스산한 풍경만이 하품하는 듯했다. 맑은 물은 어디서도 찾을 수 없었다.

해안의 오색 현란한 네온 빛에 비치는 돌산대교는 검은 밤하늘을 배경삼고 있기에 아름다울 수 있었던가. 낮의 어지러움을 삼켜버린 돌산대교의 밤 풍경이 차라리 이국의 정취를 안겨주었다. 언뜻 떠오르는 추억의 그림 한 장, 뉴질랜드의 오클랜드 항구에 상념의 닻이 내려졌다. 수많은 별이 보석을 뿌려놓은 듯한 밤하늘을 날듯, 오클랜드의 한복판, 에덴동산의 정상을 향하여 달렸었다. 동산의 꼭대기에서 내려다본 오클랜드 시, 항구의 밤 풍경이 돌산대교와 겹쳐 펼쳐졌다. 영롱한 별들이 수놓인 남국의 밤하늘에서는 우리들의 별자리를 찾을 수 없었다. 오클랜드는 낮에도 바다의 표정이 살아있는 한 폭의 수채화였다. 항구에 정박한 선박들과 요트들이 바다 위를 날고 있는 물새들과 잘 어울리는 정갈한 그림을 연출하고 있었다. 짙푸른 바다를 내려다보는 언덕 위의 집들은 단풍 빛 가을동화를 꾸미고 있었다. 오클랜드의 5월이었다.

향일암을 향하여 달리는 차창 밖으로, 구불구불한 해안을 끼고 있는 산모퉁이들과 바다에 점점이 떠 있는 섬들이 아스라이 아침 안개 속에 깨어나고 있었다. 그러나 보이는 그림에 감흥이 일지 않는 것은 우리 모두 그 물속을 알았기 때문이었을까?

여수란 도시는 그 이름의 빛을 잃어가고 있는 것 같다. 일본의 아키타현에는 청수淸水가 솟아나는 곳을 코스로 만들어 맑은 물을 이용한 관광상품을 개발한 곳도 있는데 말이다. 무분별한 어촌의 개발 때문에 아름다운 본래 모습을 잃은 여수가 안타까웠다. 5년 전에 보았던 여수의 돌산이 아니라고 동생은 애처로워하기까지 했다. "산자락의 밭 둘레에는 돌탑이 쌓여 있어 돌산다운 운치를 지니고 있었어."하며 못내 떨치지 않는 아쉬움을 삭이며 산 어귀를 돌아나왔다.

여수! 아름다울 '려' 물 '수'이니 아름다운 바다였어야 옳다. 여수麗水를 찾아 헤매다 돌아온 여수旅愁가 개운하지 않음을 어이하랴.

(2004. 여름)

불타버린 자존심

설연휴를 넉넉히 보내는 동안에 마魔가 도사리고 있었던 것을 아무도 몰랐습니다. 연휴 마지막 날 밤 TV에서 우리의 국보 제1호인 숭례문이 화마에 시달리고 있는 것을 안타깝게 바라보았습니다. 처음 불길이 시작됐을 때만 해도 얼마든지 진화할 수 있을 것 같았습니다. 그런데 그렇게 쳐다보고 우왕좌왕하다 끝내 현판이 떨어지는 참담함을 보아야 했습니다.

숭례문의 현판은 조선의 첫 세자였던 양녕대군의 글씨였습니다. 떠도는 말에 의하면 마주 보는 관악산의 화기를 누르기 위하여 세로로 세웠답니다. 그 때문인지는 모르겠습니다만 600여 년 동안 도성을 지켜주었는데 이제 그 기운이 다했다는 걸까요. 한국의 상징인 문화재. 국보 1호, 숭례문은 전소하고 말았습니다. 600여 년을 지켜온 한국의 자존심이 여지없이 무너져 내린 것 같습니다. 이토록 문화재와 그 보호에 대해 몰이해와 대책 없음이 한국인의 본 모습인지도 모른다는 끔찍함이 참괴慙愧하기 그지없습니다. 청계천 복원비에 몇백 억이 들었다는데, 소중한 한국의 자존심인 국보를 보호하는 비용이 단 1억 원이었다니요. 기가 막힙니다. 숭례문 현판이 떨어지던 순간 조선의 자존이 떨어지는 것 같았습니다.

2001년 9·11테러로 말미암아 미국을 대표하는 뉴욕의 쌍둥이 빌딩이 불타는 것도 꼭 저렇게 영화처럼 보였습니다. 당시 전 세계를 놀라게 했던 테러 탓인 방화였습니다. 미국은 자국의 자존심이 무너진 것에 대한 분노와 슬픔에 한동안 젖어 있었습니다. 그리고 아직도 세계는 테러가 끊길 희망은 보이지 않는 것 같습니다. 꼭 그렇게 우리의 국보도 영화처럼 불타버리고 화강암 축대 위는 잿더미만 쌓였습니다. 현대식 빌딩이란 더 좋게도 건축할 수 있다지만, 조상의 얼이 녹아 있는 문화재란 간단한 문제가 아닐 줄 압니다. 어처구니없게도 사회에 불만이 많은 사람의 반복적인 문화재 방화범이었다니, 이 또한 얼마나 우리 사회의 한 면을 부끄럽게 드러내는 일인가요. 우리의 문화재 소실이 있을 때마다 그 대책이 논의된 바 있었건만. 우리는 너무나 심한 안전 불감증에 몇 제곱의 불감증인 것 같습니다. 가까운 일본에서는 문화재 보호를 위하여 매년 소방 실습도 한다고 합니다. 엄청난 피해를 본 후, 3년에 걸려서 200억 원을 들여서 복구한다 해도 이제 그보단 좋을 수는 없겠지요. 국보 1호의 진정성은 사라진 후입니다. 조선의 마지막 자존을 지키던 숭례문의 소실 덕분에 정말 찾아야 할 것은 무엇인지 생각해 봐야 할 것 같습니다. 학생들 교과서도 내년분에는 수정해야 되겠군요.

사고 대부분에서 늘 생각되는 것이 있습니다. 소통의 결핍이라는 것입니다. 사람 생명을 담보하는 의료사고의 예를 보아도 그렇습니다. 오진을 연구하는 전문가들이 말한 바로는 대부분 의료과실은 기술적 실수가 아니라 의사의 사고 결함에서 비롯된다고 '닥터스 씽킹'에서 말한다고 합니다. 오진 사례의 80%는 의사가 자신의 고정관념대로 끼워 맞춰 진단하기 때문이라고 합니다. 부정확한 진단 사례 100건 중에서 의학지식 부족이 원인이 된 사례는 4건에 불과했다는 것입니다. '환자의 입에서 병력에 대한 첫 단어가 떨어지기 전에 이미 의사의 마음속에는 진단에 대한 가정이 형성되는 것이 현실이다. 환자에 대한 첫인상, 부족한 진료시간, 제약업계의 마케팅에 영향받은 부적절한 처방 등이 원인을 제공하기도 한다.'

대형 참사사건의 현장이나 사고처리 과정과 후의 조사 등에 대한 뉴스만 접해도 우리는 얼마든지 판단할 수 있게 됩니다. 관련된 사람들이 서로 소통이 되지 않는 점과 각자가 자신의 생각대로 일을 처리하는 등 생각과 마음이 통일되지 못하여 정확한 사실에 접근하기도 전에 사고의 발단이 터지는 소지를 만들게 됩니다.

사고의 원인이 우리 이웃 한 사람의 원한에서 비롯된 것이라면 그 또한 소통의 문제입니다. 어떻게 이런 원한을 가지게 되는 일이 일어나도록 해야 합니까. 또 그렇다고 그 원한을 풀어나가는 방법에 대하여 그토록 생각할 힘이 없는 사람으로 살아가도록 방치되어 있는지, 스스로 얼굴이 달아오릅니다. 우리 국민의 수준에 대한 치욕입니다. 나라 살림하는 사람 탓만 할 것도 없습니다. 그 모두가 나의 수준일 수밖에 없는 것 아니겠습니까.

'문화재청과 사설경비업체 등 허술한 관리가 낳은 인재人災, 관련자들에게 책임을 물어야 할 것'이란 보도입니다. 그러나 책임이 사건을 되돌릴 수는 없습니다. 그 대책을 세우고 또 세워도 담당하는 사람들의 사명과 사회의 지극한 애정이 어린 관심으로 보살피지 않으면 그런 일은 또 일어나게 되어 있습니다. 언제나 사람만이 문제이기도 하고 사람만이 희망이기도 합니다.

(2008. 2.)

대한민국을 참배하다
─ 반남면 고분군에 다녀와서

영산강의 지류인 삼포강을 지난다. 드디어 영산강 삼백 리 어머니 같은 젖줄이 있어 선사 인들이 등 붙일 수 있었구나 싶었다. 내려오는 도중, 차창으로 들어왔던 풍경은 드넓은 겨자 빛 들녘과 논둑에서 긴 줄을 서서 은빛을 반짝거리는 억새들만 인상에 남았다. 바람에 나부끼는 억새가 마치 이정표처럼 우리에게 손짓하는 것 같았다.

나주시 반남면 고분군은 반남면의 자미성을 둘러싼 대안리, 신촌리, 덕산리 일대에 산재한 40여 기의 고분군을 말한다. 반남면은 반남박씨의 시조 묘가 있는 반남박씨의 본관 지이기도 하다. 백제에 복속되기 이전 최후까지 마한의 세력이 남아있었던 영산강 유역이다.

거대한 고분 앞에 서니 그제야 출토되어 유물로 말하고 있는 박물관의 기록들이 시원한 호흡을 하며 다가와서, 나도 비로소 큰 숨을 내쉬었다. 마한馬韓이라면 삼한 중에서 가장 강력하고 크게 자리를 잡았던 54개국 연맹체였으며, 우리나라의 이름이 대한大韓에서 대한민국大韓民國으로 된 삼한의 한韓이 근원이었다는 것 외에 알 수 없었다. 이번에(2009년 9월 22~11월 29)

국립전주박물관에서는 국내 최초로 '마한의 숨쉬는 기록'을 전시하고 있다. 네 주제, 즉 1. 마한, 그 시작, 2. 삼한의 으뜸, 마한, 3. 마한 사람들의 삶과 신앙, 4. 백제 속의 마한 등을 통하여 마한과 백제와 주변 동아시아와의 관계에 대하여 알아볼 수 있다. 그 전시와 연계된 유적 답사로 반남면 고분군에 오게 되었다.

반남면 고분군의 특징은 고구려 장군총, 공주 송산리 고분군, 신라 경주 대릉원에 견주어 손색없는 대능원으로 군집을 이루고 있다. 그러면서도 역사에 기록을 남길 수 없었던 것은 국가가 형성되기 전의 부족국가가 통일국가로 발전하지 못해서였다고 보아야 할까. 백제에 흡수되어 가는 과도기의 삶의 형태를 나타내고 있었다는 것을 유물이 말해주었다. 마한의 기록은, 우리의 기록이 없을 때는 언제나 들먹이는 중국의 ≪삼국지≫, ≪위지 동이전≫과 ≪후한서≫이며 우리의 기록으로는 ≪삼국사기≫ 백제 본기 온조왕 대와 ≪삼국유사≫혁거세 조이다.

마한 묘제의 특징은 단연 옹관묘이다. 마한에는 왕관은 없지만 옹관은 있다고 했다. 경주의 왕릉이나 부여의 능이 한 왕을 위한 능이었다면 마한의 묘제는 한 분구에서 여러 기의 옹관이 누워 있다는 것이다. 한 분구를 같은 부족이 시대를 두고 계속 매장하였다는 것은 이 얼마나 애틋한 부족간의 끈끈한 가족애를 말하는 것인가. 까마득한 고대인들의 어떤 정이 내 속의 어딘가에 숨어서 숨쉬는 듯하였다. 그러기에 무덤의 형태도 커다란 원형에서 방대형, 사다리꼴, 장고형 등이다. 신촌리 고분들의 규모는 길이 10.5미터에서 35미터에 이르기까지 다양한데 내부시설이 대부분 여러 개의 옹관으로 구성되었다. 또 하나의 특징은 하나하나의 분구 밑 둘레에 도랑을 파고 물이 흐르게 했다. 띠를 두른 것이 분구의 장식 같다. 그 부족들의 주거지는 대체 어디쯤이었을까. 나주 읍성 땅속을 파보면 단서가 될 어떤 유물들이 나올까. 그 거대한 옹관은 어디에서 어떻게 구웠을까.

박물관 전시장도 거대한 옹관으로 들어가는 듯한 구성으로 되어서 흥미롭다. 지금까지 막연하였던 마한의 그 이전과 이후의 실체를 느낄 수 있다. 전시장 입구는 옹관의 입구처럼 좁게 들어가게 되어 넓은 영역으로 인도된다. 입구의 영상에서 만날 수 있는 '말모양허리띠' 장식은 그들에게 절대적이었던 말에서 마한의 으뜸이었음을 느낀다. 전시장 가운데 거대한 옹관이 있고 주변의 유물에서는 마한의 삶과 신앙을 알며 그 후로 백제 속의 마한을 알 수 있다. 그렇게 거대한 옹관을 제작할 수 있었다는 것이 그 당시의 강력했던 지배세력을 상상할 수 있게 한다. 지금도 그런 옹관을 만들기는 쉽지 않다고 한다.

　2년 전에 광주박물관에서 만났던 신기한 금동관이 신촌리 9호분에서 발굴되었다는 것을 알고 다시 보니 마한의 세력이 다시금 생각된다. 옹관은 있지만, 왕관은 없다는 기록은 이제 다시 쓰이게 된다. 마한의 역사 기록이. 이 금동관이 후에 국가 시대의 임금들 관모의 전형이 된 것을 보자니 감회가 새로웠다. 그뿐 아니라 금동 신발을 비롯하여 금반지 봉황문환두대도, 청동 팔찌 등 다양한 유물을 통해 마한인을 만난다. 1996년 신촌리 9호분을 재발굴한 결과 고분 정상부를 두르며 장식한 원통형 토기 28개가 출토되었다. 이 원통형 토기는 일본의 고분에서 출토된 '하나와'라는 유물과 같은 성격으로 한국과 일본의 역사 전쟁의 비밀의 실마리도 될 수 있다고 한다.

　복암리 고분인 방대형 고분의 정상에 오른다. 작은 야산을 오르는 기분이다. 평평한 정상에 서니 상쾌한 바람이 밀려와서 사위를 둘러본다. 주변의, 저 멀리 보일 듯 말 듯한 영산강의 지류가 보이는 곳까지, 사방이 황금 물결로 출렁인다. 어찌 이 평야를 사랑하지 않았으랴! 3호분이라는 이 거대한 분구는 96~97년 확인된 국내 유일의 다양한 묘제 32기가 모습을 드러내었다. 금동 신발, 관모, 삼두환두대도 등 많은 유물이 출토되어 마한과 백제와의 관계를 연구하는 단서들이 된다. 한 분구 안에 마한계의 옹관묘와 백제계 석실분의 융합된 묘가 매장되었다는 것이 정말 흥미롭지 않은가. 몇 세대에 걸쳐 완성된 분구였다. 4세기에서 7세기에 걸쳐 조성된 집단 묘적의 성격과 시기에 따른 옹관묘의 형태 그리고 석실분까지 그 변천 과정을 연구할 수 있는 결정적 자료를 제공한 유적이란다.

얼마 전 세상을 놀라게 했던 고창군 아산면 봉덕리 고분은 더욱 신기하다. 언젠가 나는 길을 잘못 들어 아산면에서 선운사에 가기 위하여 그 길을 통과한 것 같았다. 그러나 그 야트막한 야산이 고분이었다니! 주변의 야산을 눈여겨보시라! 혹시나 선사 시대의 고분인지 누가 알랴! 작은 구릉 옆을 돌아서니 길옆에 잡풀이 무성한 야산이 하나 있다. 아직 발굴하지 않은 분구가 옆에 발굴하고 있는 분구와 쌍을 이루고 있다. 조각이 찬란한 투조기법의 금동제 신발이 여기에서 나왔다. 대형 옹관 안에 시신을 누이고 금동관을 입고 금동 신발을 신고 곡옥을 포인트로 한 구슬 목걸이를 걸었던 사람. 대도大刀를 차고 손에 칼도 들고서 중국제 청자와 호와 은제 탁잔을 거느리고 옹관 안에 누워서 어떤 꿈을 꾸었을까? 그 사람은.

경주에 갔을 때 나는 진평왕이나 선덕여왕 무덤에 가고 싶었다. 주변 분위기를 느끼기 위해서. 일행이 왕릉에 가봐야 볼 것이 없다고 해서 그냥 돌아왔다. 오늘 답사는 종일 마한馬韓을 열었던 사람들의 무덤만 참배하는 성묘길이었다. 그 길 위에서 대한민국에 통으로 참배하는 기분이었다.

(2009. 10.)

1박 2일, 서울 G20 정상회의

　서울 G20 정상회의가 우리 국립중앙박물관에서 개최된 것은 뜻깊은 일이었다. 국립중앙박물관은 그동안 여러 번 이사를 한 뒤 경복궁 시절을 마감하고 대역사 끝에 용산으로 이전 개관한 지 5주년을 맞았다. 국립중앙박물관은 우리나라 문화재의 보고로서 대영박물관이나 루브르, 오르세와 캐나다 온타리오 박물관과 비교해도 손색이 없는 위용과 고품격을 지니고 있다.

　서울 G20 정상회의가 시작된 2010년 11월 11일 오후 6시, 세계 정상들이 들어서는 곳이 위대한 '역사의 길'로 이어지는 박물관 본관 광장이었다. 자주 드나드는 곳이라 눈에 익은 우리 집 마당 같아 자랑스러웠다. 본관 안은 리셉션 자리로 꾸며졌고 이명박 대통은 내빈 한 사람 한 사람을 환영하면서 기념사진도 찍었다. 국립중앙박물관은 정원을 포함한 전체 구성이 전통과 현대가 잘 조화된 건축물이기 때문에 정상회의 환영 장소로는 손색이 없었을 것이다. 환영식도 현대식에 전통이 어우러진 문화미를 드러냈다. 본관 역사의 길로 들어서면 우리의 대표 유물인 경천사지십층탑이 서 있는데,

외국의 정상들은 위용이 당당하고 아름다운 그 탑을 잘 보았을지 궁금했다.

솔직히 말하자면 G20 정상회의의 주제와 내용에 대하여서는 이해하기 어려웠다. 경제용어조차 알 수 없는 말이었다. 서울선언과 '경상수지 가이드라인'이 무엇인지도 알쏭달쏭했다. 다만, 세계 주요 20개국의 정상들이 한자리에 모여서 세계가 모두 잘 사는 방법을 모색하는 모임이라니 잘되기를 바랄 뿐이었다. 60년 전 한국전쟁 때는 몰랐지만 알고 보니 그 당시 세계 열강들의 힘으로 분단국이 될 수밖에 없었던 약소국의 운명을 감내했던 사실을 생각하면 원통하고 안타까운 일이다. 얼마 전까지만 해도 G7이나 8에 의하여 세계가 움직여졌다면 지금은 G20개국들이 참여하여 세계의 주요한 일들을 논의하기에 이르렀다는 사실이 고무적이라고 알 뿐이다. 그 20개국 속에 우리나라가 들어가서 의장국까지 되었다는 사실은 뿌듯한 일이다.

서울 주요 20개국 정상회의는 1박 2일의 세계정치 쇼처럼 보였다. 20개 나라의 정상들이 주연이요 그 부인들과 수행원들은 조연, 회의를 취재하기 위하여 63개국에서 4,288명의 등록 기자들과 관계자들은 엑스트라였다고나 할까. 전 세계 관객의 주목을 받을 만한 대이벤트였다. 그러므로 개최국이 된 우리나라의 국가 이미지와 국제 영향력은 그만큼 커진 셈이다. 그러나 유엔 172개 회원국의 관심과 주목도 받아야 한다. 60여 년 전의 우리나라같이 지금도 폐허에 처해 있는 나라들과 개발도상국들, 아직도 전란에 휩싸인 나라를 생각하면 G20개국이 앞으로 세계의 공동 이익을 위하여 얼마나 투명하고 분명하게 잘해 나갈지 관심이 가지 않을 수 없다.

이명박 대통령이 이번 회의에 참석차 방한한 주요국 정상들과 잇따라 가진 양자회담들이 돋보였다. 미국, 중국, 러시아 등 6자회담 참가국 정상들과의 회담은 앞으로의 6자회담 재개와 한반도 및 동북아 정세와 관련하여 중요한 의미가 있게 될 것이기 때문이다. 특히 중국과 미국의 껄끄러운 관계를 중재하는 것은 이명박 대통령의 중요한 일이었다.

현대사회가 안고 있는 제반 문제들은 개인과 개인, 조직과 사회, 국가 간의 경쟁에 이르기까지 대단한 복합성을 지니고 있다. 모든 관계가 본래 의미대로 잘 되기까지 얼마나 많은 세월 동안 암투를 해야 할지 고민하지 않을 수 없다. 넘어야 할 산이나 능선이 첩첩이겠지만, 'G20 정상인 우리는 공동의 노력을 통해 전 세계인들의 미래를 보장할 수 있을 것이라 확신한다.'라는 선언문의 내용을 굳건히 실행해 나가기 바란다.

정상회의에서 눈에 띄게 얻은 이익이 있다면 프랑스 사르코지 대통령과의 회담에서가 아닐까. 병인양요 때 탈취해간 우리의 문화재 외규장각 도서를 돌려받게 될 것이란 내용이다. 물론 대여형식이라지만 반환받게 될 계기가 마련된 것이라고 믿고 싶다. 이미 일본에서도 식민지 시대에 불법적으로 반출된 도서 1,205점을 돌려주기로 우리 정부와 상의한 바 있다. 앞으로의 세계는 문화가 나라의 위상을 대변할 것이기 때문이다.

정상회의 리셉션이 열린 중앙박물관 '역사의 길' 맞은편의 기획전시실에 전시된 고려불화대전의 작품들도 대부분이 다 국내외 44곳의 출품 및 협조를 받은 것이다. 국외의 박물관으로서는 독일, 미국, 러시아, 프랑스 그리고 대부분이 일본이 소유하고 있는 것들이다. 이렇게 고려불화佛畵들은 90퍼센트 정도가 우리의 것이지만 모두 세계 각국의 박물관에서 대여해 온 것이기 때문에, 자국 문화재의 반환문제와 맞물려 있는 시기에 전시하게 된 것은 어떤 상징적 의미가 있다고 생각했다. 흩어져 있던 고려불화들의 700년 만의 해후는 처연한 아름다움이 중첩되어 찬란한 빛이 고조되었던 것이다. 고려불화가 그동안 잘 알려지지 않은 것은 그 때문이었다. 전공한 학자들은 국외의 소장 처를 돌아다니면서 고려불화에 대해 공부를 해야 했다. 나는 내심으로 고려불화대전을 정상회의 참석자들이 관람할 수 있기를 바랐다.

강호동과 그의 그룹들이 출연하는 〈1박 2일〉이란 프로그램이 인기가 있다고 한다. 나도 몇 번 본 적이 있지만, 우리나라 전역의 문화유적지를 탐방

하는 프로그램이다. 거기에 선택된 지역은 그 뒤 많은 사람에게 알려져서 관광 효과를 누린다. 1박 2일의 세계정치 쇼가 끝났으니 세계인들이 우리나라에 더 많은 관심을 갖게 될 게 아닌가. 업계에서의 효과도 만만치 않다고 한다. 정상들이 탔던 자동차를 구매하기에 바쁘고 그들이 마신 와인, 또는 정상들 부인이 입었던 의상의 디자인까지 업계의 관심의 대상이라고 하니 말이다.

마침내 서울 G20 정상회의가 아무 탈 없이 성공적으로 끝났다. 아무것도 직접적인 성과나 효과는 알 수가 없다. 언제나 그렇듯 끝은 다른 시작에 불과한 것이니 계속하여 G20이 잘해 나가도록 관심을 둘 일이다. 쇼로서뿐 아니라 앞으로 그 내용도 잘 채워졌으면 한다. 1박 2일의 세계정상이벤트, 그 뒤를 주목한다. 세계의 평화가 이루어지는 그날까지.

아름다운 통일을 위하여

❖ 서울 1945 이후

삼족오三足鳥가 다시 비상하고 있다. 고구려의 역사와 삼족오에 대하여 무관심하였던 우리에게 갑자기 한꺼번에 고구려가 몰려오고 있다. 지상파 방송 세 채널에서 고구려의 상징인 삼족오 깃발이 휘날리고 있다. 〈주몽〉과 〈연개소문〉 그리고 고구려의 멸망과 발해의 시작을 알리는 〈대조영〉이 그것이다. 중국이 세계문화유산 신청을 위하여 대규모 고구려 왕성 정비에 집중했고, 고구려의 역사를 자기네 역사의 일부분으로 만드는 작업인 동북공정에 착수하여 대대적 홍보에 나서게 되자 우리나라도 다급해진 것이다. 뒷북치는 일 같지만, 아직 늦지 않을 것이다.

1950년 6월 25일 한국전쟁이 일어난 이후 55년 동안 우리는 고구려를 잊고 있었다. 남북 전쟁이 일어난 그해, 나는 초등학교 2학년이었다. 아버지는 경남 진주에서 막 부산으로 발령을 받으셨다. 나중에 안 일이었지만, 북에 진주성을 빼앗기기 직전에 부산으로 오시게 되어서 구사일생이 된 셈이었다. 남쪽 끝에 있으면서 어디로 피난을 가는가 하고 어린 나이에 의문스러웠다. 어찌 된 셈인지, 우리는 트럭에 짐을 싣고 개성으로 이사를 하게 되었다. 또다시 아버지는 개성으로 발령을 받으신 것이다. 그때가 소위 9·28 서울 수복 때였다. 그 난리 통에 가족을 다 데리고 가셔야 했던 아버지의 입장을 안 것은 내가 어른이 다 되고서였다. 아버지는 친척의 신세를 지고 싶지 않으셨다. 다시는 국군이 밀리지 않을 확신을 하셨을 것이다. 그것은 아버지의 의지였을 것이라고 짐작할 수 있었다. 일제강점기 때 진주 고보에 다니셨던 아버지는 수학여행을 금강산으로 가셨다. 그 금강산에 다시 가보고 싶었을 것이다. 두 달 후에 중공군이 개입하여 후퇴할 것을 어찌 미리 짐작할 수 있었을 것인가. 우리는 맨몸으로 1·4 후퇴의 행렬과 함께 부산으로 내려오게 되었다. 부모님의 그때 심정을 생각하면 지금도 눈물이 솟는다. 언니들 둘과 나, 어린것들을 줄줄이 데리고, 만삭의 어머니는 동생을 업었고 머리에 이고 있던 소중했던 그 라디오. 우리 형제들은 그 개성을 그리워한다. 단 두 달 머물다 온 그 도시를.

그 시대에 살았던 우리는 모두 전쟁의 피해자들이었다. 남쪽은 마치 섬처럼 대륙과 떨어져 북쪽을 외면하고 살았다. 북한 공산당들은 멸공해야 할 대상으로 교육을 받았던 것이 아니었던가. 멸공 포스터나 멸공 표어 짓기 등이 초등학교 때의 그림 그리기나 글짓기가 아니었던가. 초등학교를 기억한다면 내게는 전쟁 시 병원으로 쓰였던 본교 건물과 부산 구덕산 기슭의 천막교실만 생각날 정도이다.

반세기 동안 얼마나 많은 예술 장르에 그 전쟁이 소재가 되었던가. 그럼에도 우리 현대사의 출발이라고 할 수 있는 해방공간과 한국전쟁의 실체에 대하여 잘 몰랐다. 그 현대사를 관통하며 살아왔음에도 그 누구도 잘 알지 못하면서 누구나 다 잘 알고 있는 것 같은 오류 속에 살아오지 않았을까. 2006년에 KBS에서는 그 현대사를 조명할 수 있는 드라마를 방영했다. 〈서울 1945〉. 나는 그 드라마의 주인공이 된 처지에서 안타까워하며 재미있게 보았다. 우리 세대가 잘못 알고 있는 편견과 오류를 바로잡을 수 있는 계기가 되었고, 신세대에게는 올바르게 그 시대를 바라보고 평가할 수 있는 계기를 주었다고 생각했다. 무엇보다 따뜻한 인간애로 남북을 바라보는 관점이 좋았다. 서로 사랑하는 방법이 다르고 민족을 위하는 방법이 달랐던 것이다. 이념을 달리하는 것이 우리를 그렇게 바다 가운데 섬처럼 살게 했던 것이다.

남북의 화해 분위기가 조성되고 교류가 시작되었을 때 나는 적이 놀랐다. 북쪽의 사람들이 TV에 나올 때나 남북 친선 경기가 있을 때, 북쪽의 응원단이 왔을 때, 어머! 우리와 똑같구나! 어쩜 저럴 수가! 신기하기만 하였다. 우리가 서로 그렇게 적대시하고 타도해야만 하는 상대. 그쪽도 마찬가지였다는 것을 생각하면 어처구니가 없는 일이었다. 이념이 무엇인지도 모른 채 세뇌되었던 결과였을까. 그만큼 관심도 두지 않았다는 증거였다.

드디어 지난여름 사상 처음으로 평양에서 북한의 국보들이 내려오게 되었다. 국립중앙박물관은 그간 평양 조선 중앙력사박물관과의 교류를 꾸준히 희망해왔으며, 그 결실로써 북한이 자랑하는 중요 문화재 90점이 출품되어 '북녘의 문화유산' 특별기획전을 열었다. 남북 유물들이 통일된 한공간에서 뜨겁게 해후했다. 전시실로 들어서면서 나는 가슴이 뛰는 흥분을 느꼈다. 마치 55년 전 개성에 묻고 내려와야 했던 내 부모님의 유물이 돌아온 것같이 느껴졌다. 오랫동안 헤어져 그리웠던 사람들을 만나는 기분이었다. 그렇게 궁금해하던 평양에 온 것 같았다. 선사 시대부터 조선 시대까지 민족사 전 시기에 걸친 대표적인 유물은 북한에서도 외부로 나들이한 것은 이것이 처음이었다.

해방 이후 북한은 일제강점기 일본인들이 우리 고조선의 역사를 신화화한 작업을 극복하고 있었다. 북한에서 보존된 '고려 태조 왕건 상'이나 중국 원나라의 라마불상 양식의 영향을 받아 온몸을 장신구로 화려하게 꾸민 대리석 '관음사 관음보살'은 놀랍도록 아름다웠다. 발해의 웅비에 관한 유적 그리고 남한에서도 늘 가까이 볼 수 있었던 조선 작가들의 작품을 북한에서도 공유하고 있었다. 마지막으로 '평양성도平壤城圖' 앞에서 나는 배회하였다. 평양성 안팎을 그린 회화식 지도였다. 회화식 지도는 조선 후기에 걸쳐서 유행한 듯하다고 한다. 평양, 진주, 전주 등 유명한 명승지가 소재가 되었던 것이다. 특히 이 〈평양성도〉는 여러 본이 있다는데, 그 중 서울대학교 박물관에 소장된 것과 공통된 점이 많다고 한다. 고구려의 전성기 때를 연상하게 하는 평양성과 오늘의 평양 사진 사이를 왔다 갔다 하면서 시공을 잊고 대동강 변을 거닐고 있는 착각에 잠시 빠졌다.

너무도 여실한 하나의 민족, 하나의 문화였다. 분단된 남북이 같은 역사 문화를 공유하고 있다는 동질성을 눈으로 확인하였다. 금방이라도 이념의 벽이 무너질 듯한 통일의 당위성을 되새기지 않을 수 없었다.

❖ 평양성

오늘 평양성을 눈으로 밟았다.

고구려 역사유적의 세계문화유산 등재에 맞춰, 남북 역사학자의 고구려 유적 공동답사를 통해 고구려 역사, 문화의 역동성과 계승의 문제를 조명한 〈KBS 스페셜〉이다. 평양 일부는 보도를 통하여 단편적으로는 알 수 있었다. 고구려의 유적인 산성과 고분을 간접적으로나마 답사하며 전성기 때 고구려의 생활상을 상상하면서 그들의 문화를 영상으로 보는 것은 흥미로웠다. 고구려의 전성기였던 장수왕 때 천도하였다는 평양성. 왜 평양성이었던가.

"성의 북쪽은 금수산 최고봉인 모란봉과 만수대, 청류벽 등의 절벽을 끼고 있으며, 동, 서, 남에는 대동강과 그 지류인 보통강으로 둘러싸여 천혜의 요새를 이루고 있다. 평양성은 북쪽으로부터 북성·내성內城·중성中城·외성外城으로 이루어진 복곽식 산성으로, 성벽의 바깥 둘레가 약 16㎞, 각 성곽 사이의 성벽까지 합치면 무려 23㎞에 달한다. 고구려는 초기부터 평지성과 산성으로 이루어진 도성 방어 체계를 구축하여 평상시에도 평지성에 거주하다가 적군이 침입하면 산성으로 피신하였다. 평지성과 산성이 결합한 평양성은 전통적인 도성 방어체계를 창조적으로 계승한 새로운 형태의 성곽이라고 할 수 있다." 조선 시대 회화식 평양성도의 설명이다.

그림으로 평면만 보았을 때는 그 구석구석을 들여다볼 수 없어 안타까웠는데 직접 답사한 영상을 보게 되니 생생한 유적의 현장에 있는 것 같았다. 역사와 문화의 흐름을 조명한 설명까지 곁들여서 고구려의 발자취를 같이 걷는 듯했다. 고구려가 정말 우리 안에 다시 살아나는 것을 느낄 수 있었다. 1,500여 년 전 고구려의 전성기를 영상으로 복원해서 볼 수 있어 우리의 역사에 대하여 새로운 인식을 하게 된다. 평양에 가보고 싶다.

절반이 산성이고 절반이 무덤이라는 고구려. 평양성은 산성의 나라 고구려가 만든 철옹성으로, 북한의 국보유적 제 1호다. 한양의 관문인 남대문이 우리 국보 제1호인 것과 같은 맥락이다. 평양성은 고려, 조선을 거치면서 개보수를 했지만, 전성기 고구려의 면모를 가장 잘 보여준다. 서울의 남한 산성에서 내려다보는 한강이 아름답듯이 평양성의 대동문에서 내려다보이는 평양을 에워싸고 있는 대동강이 또한 아름다웠다. 평양시 자체가 하나의 성이었다. 언제 평양엘 가서 을밀대에 올라 사방이 확 트인 평양을 내려다볼 수 있을까. 그립기만 하다. 아직은, 아니 앞으로도 살아서는 결코 평양성을 둘러볼 수 없을 것 같다. 그동안 민간교류의 결과로 금강산은 관광할 수 있다. 그러나 너무 아쉽다. 나에게는 전설로만 남을 뻔했던 금강산보다는 개성과 평양에 더 가고 싶다.

❖ 고구려 고분벽화

1,500여 년 전 위대한 고구려인은 죽어서 땅속 돌무덤에 묻혔고 천장과 사방 벽에 그림을 남겼다. 기록은 왜곡될 수 있지만 그림은 거짓 없이 1,500년 전을 증언한다. 고구려 벽화가 중요하다는 것은 알았지만 왜 중요한지를

몰랐다. 고구려 벽화 모사본의 전시회를 본 적도 있으며 박물관에서 고분 모형 속 고구려의 벽화를 보았지만 그들의 문화와 정신을 이해할 수 없었다. 그런데 이번에 KBS 스페셜을 통하여 그 벽화의 의미와 정신을 얼마간 이해할 수 있었다. 그 벽화가 있었기 때문에 고구려 사람들의 정신과 문화를 이해할 수 있게 되었다. 일제강점기에 도굴되고 파손을 당하였지만, 벽화를 가지고 갈 수는 없었다. 고구려의 색채와 그들이 꿈꾸던 세상을, 삶과 죽음이 공존하는 영원한 정신성이 담긴 그 벽화를 가져갈 수는 없었다.

현재까지 발견된 벽화고분은 중국 집안권이 30기, 평양권은 73기로 중국이 다수일 것이라는 예측을 뒤집는다. 북한은 벽화 중심으로 세계문화유산에 등재되었다.

벽화 전시회에서도 내가 인상 깊게 보았던 것은 사신도四神圖에 나타난 상상의 동물이었다. 스페셜 방송의 고구려 벽화에서도 같은 인상을 받았다. 그림 앞에만 서도, 금방이라도 달려들 것같이 눈을 부릅뜬 백호는 꼬리에까지 힘이 넘친다. 남쪽을 지킨다는 날카로운 부리와 힘이 뻗어나는 벼슬을 가진 주작, 6세기에 그려진 소나무, 소나무 그림으로서는 우리나라 역사상 최초의 그림이 아닐까. 우리나라 사람의 소나무 사랑은 그때부터였을까. 두 그루의 소나무는 소나무 그림 중 최고의 것이라고 하지 않는가. 그만큼 산수화에서도 뛰어난 고구려인의 소질이 엿보인다. 북쪽은 현무 한 쌍, 거북은 음陰을 뱀은 양陽을 의미한다. 청룡은 동쪽을 지키며 나쁜 기운을 물리친다. 무덤을 쌓고 소나무와 잣나무를 심는 것은 그때부터였던가 싶다. 이렇게 강서대무덤 안은 벽화의 절정을 이룬다고 한다. 그것은 회칠한 벽에 그린 것이 아니라 판석 위에 직접 그림으로써 생동감이 넘치기 때문이다. 특히 눈과 입을 강조하여 무덤 입구로 향하여 돌진할 것 같아서 보는 사람이 압도될 수밖에 없다는 것이다. 돌 깎는 기술의 백미라고 하지 않을 수 없었다.

94년에 북한의 철령에서는 쇠말 54개와 4개의 청동 말의 모형을 발굴했다. 조선력사박물관에 전시된 기마군단은 3개 대열로 편성되어 남쪽 방향으로 진군하는 모습이었다. 일반에서도 사신은 방위신을 제시한다는데, 고구려에서는 군대를 지휘하는 실물로 등장시킴으로써 전투 부대가 사신의 돌봄을 받는다는 것을 나타내고 있다. 동쪽은 청룡을 서는 백호, 남은 주작을. 그래서 군대의 대열 앞쪽에 주작을 배치하는 것은 군대가 남쪽으로 진군한다는 것을 나타내는 것이다. 그것은 상상으로서가 아니라 실제로도 사신의 수호를 받는다는 믿음을 실물로 만든 첫 번째 사례라고 볼 수 있다는 것. 벽화에 그려진 사신은 실제로 그들 곁을 지켜주어 반만 년의 역사 한가운데에서 광활한 중원의 땅을 종횡무진縱橫無盡으로 활동할 수 있었던 것일까. 안악 3호의 벽화에도 철갑기병을 앞세운 다음 차례로 창수, 공수, 부월수로 이어지는 대행렬도를 볼 수 있다.

어떤 간절함이 있었기에 평양 곳곳 고분의 벽화에 그들만의 정신세계를 그려 넣었을까. 한 고분에는 감실이 있었다. 감실은 그곳에서 제사를 지냈다는 증거이기도 하다. 죽은 자를 새로운 세상으로 보내는 의식을 했다는 뜻이다. 예불도는 부부가 여래 앞에 절을 하는 모습이다. 천장에 그려진 수많은 연꽃은 환생을 기원하였다는 뜻이리라. 하늘 민족이라는 믿음을 가졌던 고구려인은 천장의 별자리에도 나타난다. 북두칠성은 죽음을 의미하고 남두칠성은 삶을 나타내어 삶과 죽음을 하나로 보았다. 하늘 세계는 신선이 산다는 세상으로 알고 그들도 죽으면 신선이 된다고 믿었다. 죽으면 또 하나의 이상 세계가 기다리고 있다는 믿음이었다. 죽은 자를 영혼의 세계로 인도하는 사신은 무덤을 지키고, 사신이 살아 움직이는 무덤 안은 그 자체가 하나의 우주였다. 무덤 안에서 또 다른 삶이 시작되는 것이다. 고구려인의 참모습이 살아 숨쉰다. 그들만의 독자적인 세계를 형성하여 1,500여 년이 지난 지금도 숭고한 의식으로 승화되고 있다. 그것이 세계인이 주목한 북한의 제1호 세계문화유산에 '고구려'라는 이름을 새긴 이유였다.

❖ 역사문화전쟁

중국이 '세계문화유산'에 등재한 고구려의 유적은 국내성을 포함하고 있어 앞으로 역사전쟁이 확대된다면 고구려의 미래는 어떻게 될 것인가. 하여 벽화에 남긴 고구려의 정신을 우리는 어떻게 계승하여야 할지 생각하여야 할 때이다.

기술이 발달하여 우리는 그 유적만으로도 1,500년 전의 고구려인을 오늘날 만날 수 있게 되고 그 정신을 알 수도 있게 되었다. 벽화에 나타난 말타기 대회를 보면 알 수 있듯, 143번의 전쟁을 치른 고구려는 언제나 전쟁에 대비하여야 했고 평화 시는 그 속에서 문화를 발전시켰다. 얼마나 많은 전사자가 있어 죽음을 애도했으며, 얼마나 많은 장군이 벌판에서 사라졌던가. 이름도 장군총의 돌무덤으로 남아 장군과 전사들의 넋이 중국의 높은 하늘에 서려 있으리라. 그 넋들이 땅에서와 같이 하늘에서도 강건하기를 기원하지 않을 수 없었다.

고구려인은 궁궐 짓기를 잘하였고 돌 쌓는 기술이 뛰어났다고 ≪삼국지≫의 기록이 말한다. 고구려의 역사는 궁궐 짓고 평지에서부터 겹겹이 산성을 쌓고, 돌무덤을 만들다가 끝난 역사 같기도 하다. 그런 가운데서도 전성기의 평화 시에 뛰어난 문화와 예술의 경지를 펼쳤다는 것은 얼마나 높은 기상이었던가. 주름치마를 입고 얼굴에 곤지를 바른 귀부인과 박쥐 모양의 우산을 들고 따라가는 시종들의 모습에는 고구려인의 표정, 복식 등이 그대로 살아 있다. 안악 3호분의 벽화에는 1,500년 전의 부엌 살림살이와 외양간 등을 볼 수 있다. 고구려 시조인 동명왕릉의 벽화에 나타나는 645개의 연꽃은 신격화된 위대한 시조 왕의 환생을 기원하였으리라. 오늘날까지 동명왕릉에는 백성이 개인적인 제사를 드리는 장소로도 끊임없이 찾아든다고 한다.

그래픽 영상기술이 지하 궁이었다는 안악 3호 고분을 복원하여 우리의 고구려에 대한 상상력을 일깨운다. 애니메이션으로 그때의 생활상도 생생히 나타낼 수 있어 고구려가 부활하여 우리 곁으로 가까이 오게 한다. 역사 공부시간에 외웠던 이름들. 그 전설의 이름들이 구체적 역사 속의 생활인으로서 어떻게 활약했는지를 보게 된다. 있음 직한 사실을 상상해서 그때 그 시절의 사람으로 돌아가서 같이 호흡하게 한다. 그 모든 것이 오늘날 남아 있는 유적과 기록을 통하여 상상할 수가 있다.

700년이라는 세월, 전성을 누렸던 고구려는 결코 사라진 역사가 아니다. 고구려를 이어받은 발해가 300년의 역사를 이어 왔으며 고구려와 발해의 역사를 흡수한 고려가 고스란히 그 문화를 이어 발전했고 조선을 거쳐 오늘의 바탕을 이루고 있지 않은가. 아직 밝혀지지 않은 고조선 이전의 역사까지 거슬러 유적을 발견한다면 그 유구한 역사 속의 남북이 갈라져 있었던 반세기는 우리의 역사문화를 갈라놓을 시간이라고까지 할 수도 없다.

한민족의 반만 년의 역사 중심에 있던 700년의 고구려 역사가 사라질 위기에 놓여 있다. 이런 시점에서 마땅히 남북이 중국의 역사 왜곡에 대응해야 한다. 한 하늘 아래 하나인 땅을 어찌 갈라놓을 수 있는가. 하나의 민족, 하나의 문화임이 틀림없음을 우리는 바로 인식하여 우리의 역사를 바로 알고 사랑함으로써 한 걸음 한 걸음, 아니 지금이야말로 '빨리빨리' 정신을 모아야 할 때가 아닐까. 전쟁으로 얼룩진 인류사에 역사와 문화까지 전쟁해야 하겠는가. 그 옛날의 고구려, 천손 민족의 상징이었던 삼족오의 깃발을 중국의 하늘에 날게 할 수는 없어도 한 사람 한 사람의 마음에 고구려인들이 벽화를 그렸듯이 통일의 기원을 새긴 삼족오를 새겼으면 좋겠다. 더 나아가서 평화의 물결이 넘실댈 때 고유한 개성個性이 빛나는 각 나라의 문화예술이 하나 된 인류의 미래가 되기를 기원해본다.

(2007. 1.)

---

* 제4회 KBS '아름다운 통일을 위하여(대학/일반 부문)작품 공모전 동상 수상작 ㅣ 〈KBS 스페셜 고구려의 부활〉을 보고

아직도 끝나지 않은 전쟁

그해 유월의 언덕에도 하얀 개망초는 흐드러지게 피었을까? 병사들이 숨었던 그 유월의 숲 속에서도 이른 봄꽃들이 남긴 풋열매가 커가고 있었을 게다. 다시 유월의 그날이 왔다. 아, 아! 잊으랴, 어찌 우리 이날을! 이번 6 · 25는 60주년이다. 한국전쟁으로 피멍 들었던 가슴 때문에 일찍 가신 어머니를 생각하면 다시 마음이 아프다. 그때, 초등학교 2학년이었으니 60년 세월 속을 참 무사하게 지냈던 것이 새삼스럽다. 60주년을 맞이하여 얘기로, 글로 들어오던 그 전쟁의 배경과 현상을 이제야 이해하는 부분도 많다. 직접 겪지 않았던 모든 숨겨진 이야기와 참상들을 영상물로 보게 되니 더 깊이 개인과 사회와 국가 간의 관계를 생각하게 된다.

지난 6월 24일, 부산 유엔 군경묘지에서 한 장례식이 거행됐다. 한국전쟁에 참전했던 한 · 미군 병사의 무덤 앞이었다. 그의 아내는 결혼 6일 만에 남편과 헤어졌고 그 남편은 전사했다. 한국전에서 전사한 남편을 가슴에 안고 60년을 살았다. 그간 남편의 무덤에 참배하기 위하여 한국을 몇 번 왕래하기도 했다. 평소 그녀는 자신이 죽으면 남편의 무덤에 합장해주기를 바랐다. 그동안 남편의 유해를 미국으로 옮겨갈 생각도 있었지만 여의치 않았다. 자신이 죽으면 남편의 무덤에 합장해 달라는 유지를 남겼던 터였다. 끝내 그녀는 한국전쟁 60주년이 된 이 유월에 주검이 되어 그의 남편 옆으로 돌아왔다. 한국전에 참전했던 남편의 전우들이 모여서 그녀의 유지를 받들기 위하여 한국에 온 것이다.

미국, 영국, 호주, 터키 등 21개국에서 한국전에 참전했던 병사들이, 그 초토화됐던 한국이 재생한 것을 보고 놀라고 기뻐하고 있다. 특히 터키란 나라는 형제애를 짙게 나누었던 나라다. 당시 터키 병사들은 한국 전쟁고아들의 대부였으며 의사이기도 했다. 그때 창설한 앙카라고아원이 학원으로 발전하여 교육까지 담당하게 되고, 그때 교육받은 아이가 한국의 큰 인물이 된 사람도 있다. 터키에서는 '칸카르데쉬'란 말이 있단다. 서로 피를 나눈 형제를 '칸카르데쉬'라고 부른다. 하여 한국과 터키는 칸카르데쉬라고 부른다. 한국이란 나라가 어디에 있는지도 몰랐던 나라들, 그 나라를 몰라도 아무렇지도 않게 잘살 수 있었던 아름다운 나라의 젊은이들이 유엔군의 이름으로 2년 혹은 3년의 지독하고 무섭고 참혹했던 기억을 회상하며 한국의 팬으로 살아왔다. 어떤 영국 병사는 모험하기 위하여 부모의 만류에도 참전했다. 어찌 그럴 수가 있었을까.

그때 유럽은 2차 세계대전이 막 마무리되었을 때였으며 세계는 좌우 이념으로 대립한 상태였다. 세계 강대국의 좌우 이념 대립이 한국전을 발발케 했던 중요한 원인이기도 하였으니 자칫 잘못하면 3차 대전으로 비약할 조짐도 배제할 수 없었던 상황이었다. 당시 유럽의 젊은이들은 자기 나라와 같은 이념을 가진 나라도 이웃처럼 지켜내야 한다는 생각이었다. 그래서 그 끔찍한 전장에서 싸울 수 있었고, 자기 나라로 돌아간 뒤에도 지독한 전쟁 증후군을 평생 앓으면서 고향처럼 한국을 생각한다. 중공군도 자기들의 이념을 위하여 한국전에 참전하였고, 우리와 마찬가지로 대만과 중공으로 갈라졌다. 우리 국토는 세계의 보이지 않는 이념 전장의 희생물이다. 그리고 아직도 완전한 독립은 되지 않았으며 끝나지 않은 전쟁으로 세계의 역사에 남아있다.

전쟁의 참상에 직면했던 전 세대들의 희생 위에 우리가 살아왔다는 것을 생각하면 다시 아픔이 솟구친다. 철없던 어린 시절에 겪었던 많은 일이 그때는 고통인 줄 실감하지 못하고 지냈다. 어머니가 되어서야 그때의 어머니들을 생각하곤 아이들 앞에서 그날을 이야기하면서 눈시울을 적시곤 했다. 낙동강 전투에서 진주까지 인민군이 쳐들어오기 직전 아버지는 부산으로 전근이 되셔서 위기를 모면했다. 바로 부산에서 다시 개성으로 발령을 받게 될 줄이야! 9·28 수복 직후였다. 멋모른 나는 진주에서 부산까지 피난 와서 다시 어디로 피난을 갈 것인가 의아했다. 10월 1일 연합군의 의견을 무시한 채 국군은 압록강까지 밀고 올라가게 되었다고 해서 국군의 날을 10월 1일로 정했다는 것의 의미를 이제야 알았다. 그때 아버지는 우리 가족을 모두 데리고 모든 살림을 꾸려서 개성으로 이사했다. 지금 생각하면 전시 중에 얼마나 무모한 행동이었나 싶다. 두고두고 통탄할 일이었으며 부모님과 언니들은 직접 그 후유증을 평생 앓았다. 얼마 후 다시 1·4 후퇴 때 맨손으로 부산으로 내려오게 된 우여곡절의 애통함을 후에 나도 몇 편의 글로 남겼다. 두 달여를 살았던 개성에서의 기억으로 언니들은 고향처럼 '야! 우리 개성 가자'란 말을 자주 한다. 지난 금강산 사건으로 그만 무산되고 말았다. 이제 더욱 가기 어렵게 되었으니 어찌한단 말인가. 우리도 개성이 먼 이국에 둔 고향처럼 그러한데 직접 싸웠던 한국의 전장에 대한 젊은 병사들의 기억도 떨쳐버릴 수 없을 것 같다. 8,000킬로 먼 거리에서도 말이다.

한국이 어디에 붙었는지도 모르면서 여름 복장을 한 채 한국의 부산항에 도착하고 보니 겨울이었다지 않은가. 그 짧았던 기억이지만 긴 터널 같았던, 일생에서 가장 힘들었던 시기였기 때문에 개성이 그리도 고향처럼 궁금하고 그립기까지 한 것처럼, 꽃다운 청춘을 보내기도 했던 그 참혹한 전장을 기억하는 노병들과 가족들도 그러하리라. 눈부신 청춘과 맞바꾸었던 한국전을 어찌 잊을 수 있을까. 남편이 묻힌 곳이란 이유만으로 한국이 그리도 아름답게 생각되어 한국전을 공부한 호주 병사의 아내는 마침내 책 한 권을 펴냈다. 그 책은 그 남편의 이야기이면서 한국전의 기록이 되었다.

아버지의 빈자리, 남편을 그리워하며 보낸 세월, 자식의 생사도 모르며 살아온 어머니들의 세월. 주검도 찾지 못한 병사들의 소식이 메아리 되어 이 유월의 언덕에는 개망초들이 그리도 떼지어 병사들의 영혼인 듯 피고 지는 것인가. 폐허였던 비무장지대의 산하가 60여 년의 세월 동안에 지구 위의 가장 목가적이기도 하고 아름다운 동식물들이 살아가는 지역이 되었다. 수많은 지뢰 사이에서 30여 종류 이상의 포유동물의 낙원이 된 비무장지대는 또한 세계에서 가장 위험한 지역이기도 하다. 비무장 지대의 낙원을 사이에 두고 분단된 남북. 전쟁의 기억 위에 세운 한국의 번영이 모래성이 되지 말아야 할 것이다. 그 처절한 기억이 우리에게 무엇을 남겼는가. 저 비무장 지대의 동식물처럼 우리에게도 평화를 위한 노력이 이 땅에 사는 모든 사람의 의무가 아니겠는가.

"신이여, 다시는 이런 일들을 겪지 않게 하십시오. 전쟁은 너무나 참혹합니다. 잘못된 인류의 판단을 나무라시더라도 다른 방법으로 채찍을 가해 주십시오. 미리 알려주었건만 하시면 우리가 너무도 우매하였다고 참회해야겠지요. 봄날의 꽃봉오리가 해를 거듭하여 잘 피도록 하시고 이 푸른 유월 숲 속의 어린 열매가 잘 크도록 끝까지 잘 지켜 주십시오."

(2010. 6.)

7부

자연을 지키는 사람들(National Trust)

'하늘의 무지개를
바라볼 때마다
내 가슴은 뛰노누나
나 어릴 때 그러하였고
어른 된 지금에도 그러하거늘
나 늙어서 그러지 못한다면
이제라도 내 목숨 거두어 가소서
어린이는 어른의 아버지
나의 하루하루가
자연에의 경건으로 이루어지기를'

연단에 오른 그분은 영국의 계관시인 윌리엄 워즈워스의 시詩 〈무지개〉
의 전문을 멋지게 낭송했다. 그날 전주 역사박물관에서 받은 강의는 '근대
문화유산의 보존과 활성화 방안'의 한 과목으로 영국의 'National Trust 운동
의 현장'이었다. 강사는 예수병원의 홍보실장이었다. 그는 워즈워스의 이

시 한 편에서 느낀 감동으로 영국 여행을 감행하였고 그로부터 유럽 여행의 전문가가 될 정도로 여러 차례 유럽을 찾게 되었다. 워즈워스가 어렸을 때부터 늙어서까지 동심을 잃지 않고 살 수 있었던 곳은 어떤 자연환경이었을까 하는 호기심이 일었던 것이다. 호기심이 동경으로 바뀌어 결국 워즈워스의 발자취를 따라가게 되었다.

가슴 두근거리며 공부했던 워즈워스의 대표적인 시 〈수선화〉와 〈초원의 빛〉 등을 멋모르고 외웠던 때를 떠올리며 그 강의를 재미있게 들었다. 그 시간은 오히려 내게는 문학 강좌처럼 들렸고, 문학기행문을 들려주는 것 같았다. 일찍이 문학 강의를 그렇게 생생하게 현장감을 느끼도록 들을 수 있었다면 나도 지금쯤 워즈워스 못지않은 시인이 될 수도 있었겠다 싶을 정도로 열정적인 강의였다.

N.T.의 정식 명칭은 'The National Trust for Places of Historic Interest or National Beauty'인데, 국민적 신뢰를 바탕으로 역사적 관심 지와 아름다운 자연을 지키고 보호하는 비영리 민간인 단체이다. 3인으로 시작된 운동의 회원은 2003년 말 현재, 3백만 명에 이른다. 워즈워스는 이 운동 단체가 창설되기 45년 전에 이미 세상을 떠났지만, 그의 정신이 이어져 결실을 본 것이다.

워즈워스는 귀족의 신분으로 유일하게 하층 계급의 사람들처럼 호수지역 곳곳을 걸어 다니며 자연의 아름다움을 노래하였고 영국인들에게 그 정신을 심어주었다. 당시 사회상으로는 어떤 곳으로 이동할 때 귀족들은 마차를 타고 다녔다. 10세기 중반 호수지역을 관통하는 철도 공사 계획이 발표되었을 때 그는 발 벗고 반대에 나섰다. 존경받는 한 시인의 반대에 부딪혀 공사 계획은 철회되었다. 워즈워스 사후에 또다시 철도 계획이 세워졌으나 이때 호수지역에 요양 목적으로 와 있던 옥스퍼드 대학의 교수이며 미술 평론가인 존 러스킨의 극렬한 반대 때문에 철도 계획은 다시 무산되어버리고 말았다. 그 후 워즈워스로부터 시작된 자연보호 정신이 이어짐으로써 호수지역이 지금껏 지켜졌고, 이의 연장 선상에서 1895년 NT가 태동하게 된 것이다.

강의하신 김 선생님은 NT 운동 110년의 역사와 운동에 얽힌 일화와 관련 인물에 대한 생생한 이야기를 영상자료와 함께 재미있게 알려주었다. 그는 NT 회원에 가입하여 영국에 가게 되면 NT 마크인 떡갈나뭇잎이 붙여진 문화재는 무료 통과하는 기분을 뿌듯하게 맛본다고 했다. 그는 우리나라 근대 문화유산에도 관심이 높아서 주말마다 조사와 보존에 관한 일을 연구하신다. 아마도 그는 한국의 NT 운동의 창시자가 될 것이다.

여름휴가 때마다 호수지역으로 부모님을 따라다닌 것이 계기가 되어 호수지역을 보존하는 데 주역이 된 사람은 여류 화가이자 동화 작가인 베아트릭스 포터(1866~1943)였다. NT는 영국 전역에서 모은 기부금으로 보존할 가치가 있는 건축물과 호수, 강, 자연 등을 사들이거나 기증받아 보존해 나간다. 이에 따라 워즈워스의 생가, 토마스 하디 생가와 같은 단일 건축물에서부터 왕족들의 성, 수도원과 같은 문화유산, 그리고 하천, 넓은 들판 등을 관리하에 두게 되었다. 심지어는 어떤 마을 전체가 'NT 마을'로 지칭되고 있으며 수 ㎞에 달하는 하향 절벽으로 된 해안도 이 단체의 소유물이다. 영국 대부분의 해안선이 이 운동의 영향과 정부의 도움으로 보존되었다.

이날 이후 난 지난날 다하지 못했던 워즈워스를 다시 읽고 시집을 사는 등 한동안 〈무지개〉와 〈수선화〉를 다시 읊으며 학창 시절의 추억에 빠지곤 했다. 나 또한 자연에의 경건으로 가슴 뛰지 않는다면 살아있을 가치가 없다고 생각하며 생의 기쁨을 맛본다.

우리의 자연운동은 아직도 원시적인 것 같다. 영국은 한 시인의 반대로 철도 계획이 무산되었다. 지금도 워즈워스 생가로 들어가는 길은 2차선의 고색창연한 시골 길이라고 한다. 관광자원만 된다면 도로를 넓히고 주차장을 넓히는 우리나라와는 반대다. 대부분 2차선으로 시골길 그대로가 보존된 곳이 많다고 한다. 우리는 좁은 땅에 평상시 빈 도로가 너무 많이 생기는 것이 아닌가 싶기도 하다. 오랜만에 가보면 도로가 좋아져서 나 같은 힘없는 사람이 다니기에는 편리하지만 길게 볼 때 자연을 너무 변형시키고 있지나 않은지 걱정도 없지 않다. 우리의 지율 스님을 생각하면 어느 쪽이 올바른 판단인지 잘 모르지만, 한 사람이 100여 일 동안 단식 농성기도로 죽음을 각오하고 천성산을 살리는 일에 목숨을 내놓았다. 어떤 면에서는 집착이라고도 할 수 있을지 모르지만 많은 사람이 중계 역할을 하여서 일단은 좋은 합의를 보게 된 것은 다행이었다. 나도 화면을 통해 지율 스님을 보니 눈물이 나왔다. 그날 눈이 많이 내려서 남원에서 해야 하는 차(茶) 강의를 쉴까 하다가, 뭔가 나도 할 수 있는 일을 해야겠다는 용기를 낼 수 있었다. 나의 하루하루가 자연에의 경건으로 이루어지기를……. (2005)

2009년 8월 29일 SBS 뉴스 :
'부끄러운 역사도 역사'……역사신탁 운동 추진

시민의 돈을 모아 역사적 보존가치가 높은 건물을 사들여 보존하는 운동의 목적으로 최근 경술국치의 현장과 옛 중앙정보부 건물이 매입 대상이 되고 있습니다. 뭘 그런 걸 보존하느냐 하면서 철거를 주장하는 서울시 측과 갈등을 빚고 있는데요. 여러분은 어떻게 생각하십니까?

4백 년 된 은행나무가 드리워진 남산 중턱, 1910년 매국노 이완용과 일본통감 데라우치가 한일병합조약을 체결한 조선통감 관저 터입니다.

내일(29일) 경술국치 99주년을 맞아 종교인과 역사학자 등이 참여한 한 시민 단체가 이 터를 보존하는 이른바 역사신탁운동을 시작했습니다. 역사신탁운동은 환경보호와 문화유산보전을 위해 모금을 거쳐 부동산을 사들이는 영국의

'내셔널트러스트' 운동처럼 시민의 성금으로 역사적 보존가치가 높은 곳을 보존, 복원하는 것입니다.

이 단체는 경술국치 100주년이 되는 내년 8월 29일에는 조선통감 건물을 이 자리에 다시 세우겠다고 밝혔습니다. [한홍구/성공회대 교수 : 우리 근현대사의 가장 아픈 상처가 응집된 곳입니다. 이 역사의 현장을 보존하고 복원해서 그것을 후대에 미래의 기억을 전해주는 일.]

이 단체는 역시 남산에 있는 옛 중앙정보부 건물도 사들여 보존하기로 했습니다.

잔인한 4월
— 숲이 사라진다 1

화분에 심었던 모란을 화단에 옮겼는데 새순이 돋아났다. 죽은 줄만 알고 잊고 있었는데, 너무나 기뻤다. 서둘러 잡풀을 뽑아주고 새 흙을 채워주었다. 모란꽃이 피기 전에는 진정 봄을 맞지 않았다 했던가. 호미를 들고 뒤란으로 가보았다. 화분에 있었던 구절초, 원추리와 국화를 화단으로 옮겨주니 왕성하게 뿌리를 뻗고 새순을 피워냈다. 함께 살아 숨쉰다는 기쁨이 옹달샘의 샘물처럼 올라오는 듯했다. 들꽃 한 포기도 이처럼 귀한 것이거늘…….

민들레가 피는 들길에서 노란 민들레는 냉이꽃, 제비꽃, 이름 모를 풀꽃들과 아기자기 올망졸망 모여서 지난겨울 이야기를 하고 있었을까, 봄 노래를 합창하고 있는 것일까? 따뜻한 봄날을 즐기고 있던 어느 날 노랑나비가 자기 민들레를 찾았지만, 민들레는 찢겨 있었다. 어느 손길이 그랬을까? 활짝 피어난 후 민들레 홀씨 되면 하늘을 날고 흩어져 자기 길을 찾아 나설 터인데……. 그때까지만이라도 기다려줄 수 없었을까. 온전한 하루의 봄날을 마음껏 누릴 수도 없었다.

봄철 이맘때 언제나 일어나는 산불은 임야를 태우고 숲을 앗아간다. 장수의 봉화산에서 어린이들이 어린 묘목을 심고 있었던 식목일에 다른 쪽에서는 산불이 여러 곳에서 났다. 술렁이는 사람들의 마음 때문이었을까? 우리들의 삶을 윤택하게 만드는 아름다운 숲은 깨끗한 공기, 맑은 물, 휴양 공간을 제공하며 많은 동식물의 안식처가 된다. 왜 사람들이 모여드는 곳은 언제나 말썽의 꼬리표가 붙어 다닐까. 산불도 인재로 일어나는 예가 더 많다고 한다. 산불이 나는 광경을 보자면 내 몸의 일부가 떨어져나가는 것 같은 아픔을 어찌할 수가 없다. 아이를 길러보고 화초 한 포기라도 길러본 사람이라면 숲이 타버리고 발가벗은 산이 다시 살아나는 데 얼마나 많은 시간과 노력이 필요하다는 것을 잘 알리라.

전주 근교 소양면 일대는 묘목 장사를 하는 집들이 많다. 벼농사보다 수익이 좋다 하여 논에다 각종 묘목을 재배하는 농원이 많아졌다. 봄이면 어린 철쭉밭에 나란히 줄을 지어 할머니들이 김을 매고 있는 광경을 자주 볼 수 있다. 소양면은 이제 철쭉 마을이 되었다. 소양에서 살던 시절 이웃집 철쭉 묘목을 심던 날, 나도 그 일을 도운 적이 있었다. 우리 집 텃밭에도 한 두렁 철쭉 묘목을 심었다. 한 뼘 정도 되는 어린 묘목이 어느 정도 커서 정원수 구실을 하기까지는 4, 5년 이상이 걸렸다. 하물며 산의 나무가 숲을 이루기까지이랴! 아이가 성년이 되는 것만큼 긴 시간이 필요하다. 나무는 천천히 자라기 때문에 아이들 키우는 일같이 풍진을 이겨내는 세월과 돌보는 노력이 필요하다.

인류사를 빛냈던 고대문명의 발상지는 모두 큰 강의 하류였고, 원래 숲이 울창하였으며, 물이 풍부하지 않았던가. 사람들은 숲을 무분별하게 파괴해왔다. 숲은 건축물이나 배를 만들고 필요한 목재로 사용되었으며 땔감을 얻는 곳이기도 했다. 문명이 발전함에 따라 숲의 파괴가 확대되었으며 이 때문에 홍수와 가뭄의 피해가 날로 심화하였다. 문명의 발상지가 되었던 숲이 그렇게 사라짐으로 해서 사막으로 변하고 사람들은 하나님의 선물인 낙원을 잃어가고 있다. 고대문명이 사라진 것은 전쟁이나 화산폭발 같은 이유보다도 숲이 사라짐에 따라 농토의 생산력이 떨어져서 사람이 살 수 없게 된 것이 더 큰 이유라 한다. 숲은 문명을 발전시키는 데 필수적인 요건이며, 이러한 숲을 잘 보호하고 계속 유지될 수 있도록 가꾸어가지 않으면 우리의 삶도 위기를 맞을 것이다.

　겨울의 안락한 잠에서 깨어나야 하는 봄. 4월의 꽃들과 새순이 자신의 껍질을 뚫고 깨어나는 순간은 숨죽여야 하는 아슬아슬한 시간인지도 모른다. 사랑을 틔우는 축복의 계절, 수없이 고통받는 생명의 아우성 속에서도 애절한 봄날의 푸름은 아직 희망이 있다고 타이르는 듯하다.

(2003. 4.)

신음하는 우리의 국토
― 숲이 사라진다 2

35년 전엔 작은 어촌이었다. 우리나라 남녘 끝 고요한 바닷가에 이순신 장군의 한산대첩을 기념하여 세운 충렬사가 외롭게 자리하고 있었다. 그런 충렬사가 시멘트 숲 속에 가리어져 눈여겨보지 않으면 지나치기 쉬운 곳으로 그 주변은 변모되어 있었다. 새 고속도로가 뚫려서 전주에서 통영까지는 4시간만 달리면 닿을 수 있게 되었다. 4시간을 달려가는 도중의 곳곳에서는 지금도 도로 확장하는 곳이 있었고 길가의 야산은 깎여지고 있었다.

꽃들이 떠난 자리는 무성한 잎이 채워져서 시원한 나무 그늘을 드리우고 있다. 신록을 예찬해야 하는 계절에 신음하는 우리 산들의 영상을 떠올려야 하는 안타까움이 있다. 우리나라 최대의 원시림을 자랑하는 설악산 진동계곡은 하늘이 보이지 않는 울창한 숲을 지녔다. 태고의 신비를 간직한 숲은 생명을 품고 있다. 원시림이 사라지면서 희귀종이 된 까막딱따구리가 이 산에 사는 이유는 집 지을 나무가 있기 때문이다. 토종벌도 나무에 집을 짓고 털두꺼비, 하늘소도 나무에 산다. 원초적 귀향 본능을 가진 생명은 산골에 모여들기 마련이다. 내설악 주변에는 도시생활에 물린 예술인들이 여기저기 새 둥지를 짓고 있다는 소식이다. 숲의 주인은 나무이다. 나무가 있는 곳 그곳에 산이 있다. 산은 이름 없는 생명에도 넉넉한 품을 주고 먹고 먹히는 그들 나름의 질서가 있는 곳이며 대자연의 영역이다. 그런 산이 위기를 맞지 않을까.

굽이굽이 산이 이어진 백두대간은 우리 민족을 하나로 잇는 자원이자 뼈대인 한반도의 등줄기이다. 국토의 70%가 산인 우리나라 땅과의 조화는 전 세계에서 유례가 없는 곳이란다. 봄비가 후줄근하게 내린 후 산뜻해진 초여름의 산야는 석간수를 마시는 듯 청량하기만 한데, 지금도 산자락을 자르는 공사는 우리의 국토 여기저기에서 계속되고 있다. 도시에서 외곽으로 조금만 나가다 보면 뭉텅뭉텅 잘려나간 산자락에 거대하게 서 있는 아파트 단지들을 볼 수 있다.

백두에서 지리산으로 이어진 허리 부분에 자병산이 있다. 하늘에서 본 그 산봉우리는 송두리째 산자락까지 허연 맨살을 드러냈다. 뼈가 드러난 곳. 산은 본래 모습을 잃어버렸다. 산세가 아름다운 추풍령의 금산도 산 반절이 사라졌다. 사람 눈에 보이지 않는 산 뒤쪽은 평지가 되어 있다. 마치 내 치부를 드러낸 것 같아 부끄럽고 아팠다. 삼척시 신기면 일대도 아예 산봉우리가 반으로 잘려나갔고 석회석 채취로 수난을 겪고 있었다. 거대한 도시를 방불케 하는 시멘트 공장을 세우고 돌을 채취하는 곳이었다. 인구증가와 세분화에 따른 개발을 앞세워 황금을 좇아 속수무책으로 앞만 보고 달려온 영광의 산업화. 도로와 도시건설, 수많은 아파트. 우리가 사는 도시의 시멘트와 산을 맞바꾼 셈이었다. 우리는 우리의 살을 깎아 만든 집에서 사는 거와 다름없지 않은가. 우리가 파놓은 함정에 스스로 갇히고 만 것은 아닌지. 다음 대의 아이들을 생각하면 마음놓고 봄을 노래하고만 있을 수가 없다.

기암괴석과 소나무가 절묘한 조화를 이루는 속리산 인근의 화양계곡은 넓은 돌과 아름다운 계곡으로 유명하다. 국립공원에서 한 계곡을 넘은 화양 계곡에 15년 전 채석장이 들어섰다. 상상을 초월하는 불법행위로 계곡을 막아버린 다음 돌을 가공하는 공장 사무실을 세웠다. 물길을 막아 생태가 파괴되고 계곡 주변 나무 풀은 모래에 덮었다. 산이 훼손되어 마을도 변했다. 마을 앞 계곡은 물고기가 살지 못하고 돌가루만 흘렀다. 마을 뒷산의 기암괴석은 사라지고 바위와 함께 있어야 할 소나무도 사라졌다. 주민이 반대 운동을 하여 특별감사를 한 결과 불법 진입도로 허가로 중징계를 받았지만, 해당 공무원은 여전히 그 자리를 지키고 있는 현실이라 한다.

산은 깎이면 복구가 어렵다. 시멘트가 황금으로 바뀐 뒷자리의 복구는 눈가림만으로 젖혀둔 채 지금도 여의도 27배나 되는 산이 해마다 사라지고 있단다. K랜드가 추진하는 골프장은 30만 평의 산을 깎아야 한다. 추진 중인 스키장을 위해 골프장의 2배가 깎여야 하는 백운산이 있다. 수령이 20년이 넘은 곳은 개발허가를 내지 않는 것이 원칙이다. 그런데 사업주는 그것을 눈가림하고 추진하려고 한다. 눈이 많고 추운 곳에 사는 천연 보호림인 주목이 백두대간 고산지대에 서생한다. 스키장이 들어서는 것은 주목이 자생하는 산이 사라진다는 것을 의미한다.

백두대간 허리인 대관령은 3월에도 눈이 온다. 10만 그루 나무로 인공 숲을 32헥타르 특수조림을 한 곳이다. 대관령을 넘는 바람은 몸을 가누기 어려울 정도다. 바람이 한 방향으로 심하게 불기 때문에 나뭇가지도 한 방향으로 쏠린다. 그런 점을 생각하여 묘목을 심을 때 바람막이를 설치하여 20여 년 만에 기적을 이루어냈다는 것은 훼손하기는 쉽지만 한 그루 나무를 키워내는 데는 얼마나 많은 시간이 걸리는지를 대관령은 말해줬다. 감동의 드라마를 본 것 같았다.

나무를 숲으로 키워내는 것은 산이다. 아이들처럼 희망이다. 단 몇 시간만 달리면 통영의 아름다운 한려수도뿐 아니라 전국 어디든 갈 수 있는 도로망이 설치되었다. 한곳에 붙박이 된 삶이 행복의 조건이었던 농경사회는 사람들의 향수에 묻힌다. 산업사회의 상징인 도로망 위로 정보화에 따른 레저 사회가 뒤따라오고 있다. 신新 노마드(遊牧Nomad) 시대를 우리는 살고 있다지 않은가. 길 위의 삶이 행복일까. 진정 무엇을 위한 레저이어야 할까.

　30여 년 동안 우리는 빠르고 편리함에 안주하여 산이 깎이는 아픔을 외면 하고 있었다. 온갖 나무들이 빽빽한 숲 사이로 보이는 바다는 얼마나 평화 롭고 아름다운 풍경인가. 도시의 빌딩 숲이 즐비해 갈수록 그만큼 울창한 숲이 사라진다. 우리 생명의 젖줄인 산이 사라진다.

(2003. 봄)

소나무 무덤
─ 숲이 사라진다 3

　전국이 일일 생활권에 진입한 지 오래다. 지구촌도 비행기만 타면 하루 만에 어디든 날아갈 수 있다. 지구의 반대편에 있는 칠레산 과일을 매일 먹을 수 있고, 보르네오 목재, 이탈리아 대리석과 가구, 유럽의 명품, 미 대륙의 공산품 등 모든 물류가 자유롭게 드나들고 있다. 이미 중국산 식품은 생활 깊숙이 들어와 있다. 질병과 해충까지 경계 없이 드나들어 혼란스럽기 짝이 없다. 미국의 루이지애나에서 발견되었다는 재선충이 수입 소나무와 함께 들어와서 우리 소나무가 죽어가고 있지 않은가.

　6년 전, 뉴질랜드 오클랜드 공항에서 입국절차를 기다리고 있을 때였다. 근사한 도포를 걸친 개 한 마리가 줄곧 내 뒤를 따랐다. 영문도 모르고 나는 개를 피해 자리를 옮겼지만, 그 개는 계속 내 뒤를 따라다녔다. 관리원이 나를 불렀다. 그는 내 등의 가방을 펴보라고 했다. 나는 가방 속에 들어 있었던 비상식품을 까맣게 잊고 있었던 것이다. 뉴질랜드는 알다시피 음식물 반입은 절대 금지다. 관광버스 내에서도 음식물은 먹지 않는다. 훈련된 개 한 마리가 수많은 양 떼를 몰고 다니는 역할을 할 뿐 아니라 환경 지킴이

역까지 해내고 있다. 오늘날 호주나 뉴질랜드 관광객의 7, 80%가 한국인이란 놀라운 관광 열풍에 비하면 우리 국민의 환경에 대한 의식 수준은 아름다운 국토를 보전하는 데까지는 아직 미치지 못한 것 같다. 이제 해충까지 세계화 시대를 맞고 있으며 동식물도 토종은 찾기가 어렵다 하지 않는가. 신토불이와 환경문제도 지구촌을 하나로 생각하지 않고서는 해결할 수가 없다.

얼마 전, 부산에 내려갔다가 올라올 때는 마산 앞바다에 들러 진주로 돌아왔다. 경남 진주 일대에서 겨울에도 짙푸르던 소나무가 죽어가고 있다는 소식에 신경이 쓰였다. 우리 자매가 태어나서 유년 시절을 보냈던 진주시 근교의 산, 소나무 군락지에는 많은 소나무 무덤이 비닐을 둘러쓰고 즐비하게 늘어져 있었다. 남아있는 무덤 주변의 소나무들이 안전하게 유지될지 걱정이 되었다.

울주군 녹지진흥과는 병든 소나무를 많이 베어냈다. 50년생 소나무가 그렇게 빨리 죽는 것은 처음이란다. 나무를 베어내면 가지와 흩어진 잎도 모아서 소각해야 한다. 50년 넘은 나이테를 지닌 소나무가 해송, 적송 등 한꺼번에 죽어나가도 속수무책이다. 산림청은 베어낸 소나무를 증기찜 작업을 해서 소나무 무덤을 쌓기 바빴다. 8개월 이상 비닐로 덮어주어야 균이 죽는다. 산이 소나무 무덤으로 변하고 있다. 피해 소나무는 목질 부분의 병충해 감염 여부를 확인해야 한다. 감염된 나무는 강도가 낮아 목재로 사용하지도 못한다. 재선충材蠽蟲은 나무에서만 사는 기생충이다. 영양분과 수분의 이동을 막는 소나무 에이즈로 불린다. 일단 감염되면 살아남을 수가 없다. 피해는 울주군 정촌면, 부산, 진주, 사천, 김해, 전남 목포 유달산까지 번졌다. 국제무역항을 통하여 전 세계로 재선충이 번지고 있는 것이다.

오키나와의 경우, 재선충 제로(0) 대작전에 들어간 결과 1년 만에 그 성과를 보았다. 연구기관은 연구에 몰두하고, 자원봉사자들에 의하여 5년 목표로 자기 고장의 소나무를 지키기 시작하였다. 그들은 깊은 산속이라도 피해 소나무를 베는 조직이 되어 있다. 나무를 조사하고 재선충 예방액을 투입하는 등 자원봉사자의 활동이 구체적으로 시행되고 있다. 주민이 직접 발로 뛰며 지켜내고 있다. 이 모든 것을 기부금으로 충당하고 있다 한다. 이들은 재선충에 감염되지 않는 종자와 저항성 소나무 개발을 연구한 결과 이미 묘목이 자라고 있다 한다. 부러운 일이다. 숲의 나라답다. 우리는 재선충의 심각성조차 인식하지 못하고 있으니 안타까운 노릇이 아닐 수 없다.

뒷동산을 산책하다 보면 소나무가 둘러싸고 있는 무덤들을 만난다. 주인도 모르는 무덤 앞에 묵연히 앉아 그리운 임들의 모습을 더듬는다. 어머니를 땅에 묻은 이후 나는 한 번도 그 무덤에 가지 못했다. 오랜 병상 생활을 하셨지만, 어머니가 돌아가신다는 생각을 한 번도 하지 않고 살았었다. 방학 때와 휴가 때나 어머니를 만나러 갔기 때문에 지금도 달려가면 어머니를 만날 수 있을 것 같은 기분이다. 언제나 마음속에 함께 살고 계신 어머니를 무덤에 가서 찾고 싶지 않았다.

무덤은 이승과 저승의 갈림길을 너무나도 뚜렷하게 상기시켜주는 상징이어서 무덤을 찾는 것은 오히려 내겐 단절을 되새겨주는 것 같았다. 생명은 영원하다는 관념적 희망이 아득한 뜬구름같이 사라지는 것이다. 만상이 생멸을 거듭하면서 달리하는 모습, 드러난 모양에 애착을 놓고 본다면, 제행이 무상하여서 아름다운 세상이다. 그리하여 물결처럼 수놓아지는 삶의 무늬가 처연해질수록 그저 망연하기만 하다. 밀려드는 그리움의 여울에 흠뻑 젖어서도 냉철한 이성으로 제행무상諸行無常의 끝없는 순환을 받아들이기만 하면 기쁨과 희망의 근원이 될 수 있다.

우리나라 국토는 무덤이 차지하는 비중이 너무 커졌다. 무덤공화국이 되어가고 있는 이 시점에 소나무 무덤까지 늘고 있다. 소나무들도 차라리 사라짐으로써 더욱 뚜렷하게 마음속에 새겨지는 소망이 되고 싶은 것인가.

소나무도 우리와 함께 호흡하며 삶을 누려야 하는데……. 제대로 성장하며 그 푸릇한 기개를 드높여 삶의 무게에 짓눌리는 우리의 희망이 되어주어야 하는 것을……. 생이 무르익으면 우리의 생활 속에 되살아나야 한다. 영원히 우리와 하나가 될 수 있게 하는 최후의 몫도 사람에 달렸지 않을까. 살아서 죽을 수 있다면 잘 산다 했다. 병들어 잘 죽지도 못하고 강제로 무덤이 되어버린 소나무들이여! 누구를 탓하리. 우리 모두 같은 운명인 자연의 일부로서, 그대들에게 한한 일만 아닌 것을 어찌하랴!

(2003. 6.)

훈풍인가 삭풍인가

때아닌 봄꽃이 피고 있다. 남녘에는 4월에 피고 진 벚꽃이 다시 피고 있 단다. 가로수 밑의 꽃잔디에서도 드문드문 작은 꽃이 핀다. 북녘에서는 단 풍바람이 불어오기 시작하는데 말이다. 하얀 뭉게구름 수놓인 쪽빛 하늘 밑의 코스모스의 맵시를 시샘하는 걸까? 긴 겨울 동안 잊히는 것이 싫어서 일까? 이상 기온이 가져다주는 꽃소식이 흔쾌하게 반갑지만은 않다.

유난히 길고 거세였던 지난여름의 폭우와 태풍에도 쓰러지지 않은 과수 와 곡식이 여물어 가는 들녘은 그래도 처절하게 아름답다. 어김없이 한가위 달은 차올랐다. 휘영청 밝은 달은 말없이 이 혼란스러운 세상의 밤을 고요 하게 잠재우고 있었다.

한반도의 끊어진 철로가 다시 이어진다는 쾌거는 분단 57년 동안 타향에 서 애끓는 심정을 안고 명절을 맞이해야 했던 실향민과 우리 민족에게 큰 추석 선물이었다. 경의선과 동해선 철도 복원 착공식이 남북 동시에 개최되 었다. 남북 경계령 통 문이 열리는 순간 빙하가 녹아 흐르는 것 같은 서늘함 이 가슴을 적시다가 눈가장자리로 빠져나오고 있었다. 60여 년간 우리의 땅은 허리가 묶인 채 혈액이 통하지 않는 신체처럼 얼마나 고통스럽고 한스러운 세월을 신음하였던가!

서울에서 문산을 통과하여 개성까지 육로가 열리게 되면, 한국전쟁의 후유증을 그토록 앓았던 우리 자매들도 한 맺힌 그 길을 다시 걸어볼 수 있을까? 전쟁의 소용돌이가 어떤 것인지도 모르고 정몽주의 피의 흔적을 찾기 위해 선죽교를 찾았던 그때가 아련하다.

철마가 달리지 못하고 녹슬어 가던 반세기의 고통의 대가로 온전히 살아남은 곳이 있다면 비무장지대와 민간통제지역인가 한다.

세계화추진위원회는 이 지역에 대한 개발논의 등 논란에 대해 이 지역을 개발하지 말라고 정부에 건의했고, 이곳은 마땅히 보존 복원되어야 한다고 했다. 통일원은 통일기반 조성을 이유로 비무장지대 안에는 남북공동 농업 경영사업, 평화시 건설, 설악산, 금강산 일대의 관광특구 지정 등 이들 지역에 대대적 개발구상을 연구하는 민간통제 지역 주민과 인근 지역 지주들을 중심으로 개발요구 운동을 벌이고 있다.

비무장지대는 세계적으로 보기 드문 천연 생태를 유지하고 있어 유엔환경계획과 유네스코가 국제 자연 환경공원과 생물권보전지역 설정을 제안한 곳이라고 한다. 남북 모두 잃어버린 세월을 보상받기 위해서도 이 지역의 무분별한 개발 때문에 그 순수성을 잃는 어리석음을 되풀이하지 않기를 두 손 모아 간절히 바란다.

'자연이 인간에게 주는 혜택은 매년 66조 달러라는 천문학적 계산이 나왔다. 우리 돈으로 계산하면 약 7경 원에 가까운 금액이다.(1경은 1조의 만 배) 전 세계와 국민 총생산액(GNP)이 36조 달러(약 3경)이고 보면 자연이 주는 경제적 혜택은 그 2배가 되는 셈이다.' 이 연구를 주도한 미국 메릴린대학 로버트 콘스탄자 박사는, '이 수치는 자연의 가치를 최소한 평가한 것이라 밝히고 각 나라는 이 연구 결과를 경제개발계획에 꼭 참고하기 바란다.'고 전 나라에 경고했다.

　얼었던 땅을 녹이는 훈풍이 때때로 꽃샘바람이 되어 혼란을 일으키는 예가 남북의 관계에서는 자주 있었다. 추석맞이 남북교향악단의 합동연주회의 3부에서 남북의 연주자들이 손에 손을 잡고 무대에 올라와 자리하고 〈아리랑〉을 연주하였다. 평양에서의 음악회와 아시안게임에 참가하는 북한의 선수들을 보며 이제 북한 사람들에 대한 그 '낯섧'이 '낯익음'으로 우리의 일상 안으로 들어와 있음을 느낀다.

　남북 간의 예술인들과 스포츠 교류 등을 기점으로 통일에의 희망이 산산한 가을바람에 나부낀다. 하지만 훈풍 속의 삭풍이 언제 소용돌이칠지도 조심스러운 점이 없지는 않을 것이다. 나라 안팎에서 술렁이는 기이한 바람도 예사롭지만은 않은 것이 가을에 피는 봄꽃을 기쁘게 맞이할 수 없는 기분 같은 것을 어찌하랴.

　꽃샘바람이 살 속을 후비기는 하지만 오고야 마는 계절 앞에서 결코 힘을 오래 쓰지 못하는 것이 또한 꽃샘바람이 아닌가! 고운 빛깔 앞세우고 불어올 삭풍을 맞을 준비도 해야 하리라.

(2004.)

새해의 태양은 찬란히 떠올랐지만

바닷가에서 사는 어떤 아이는 바다 쪽으로 난 창을 닫아둔다. 바다에서 생업을 하며 고난을 겪어온 사람이라면 쉴 새 없이 날뛰는 파도가 두렵기도 할 것이다. 산더미 같은 해일이 평온하고 아름다운 해변의 풍경을 순식간에 폐허로 만들어버릴 수 있으니 말이다.

2004년 12월 26일, 해일로 말미암은 아시아 지진 대참사. 아니, 지구 대참사였다. 인도네시아 주변국과 섬을 비롯한 인도, 스리랑카, 몰디브, 필리핀, 관광지로 유명한 태국의 피피 섬, 푸켓 등 아시아 여러 나라에 불어닥친 재난이다. 처음에 피해자 수가 몇천 명이나 된다고 하더니, 세계 각국으로 피해자가 파급될 뿐 아니라 현지에서는 매일 사망자와 수재민의 숫자가 산더미 같았던 해일만큼이나 높아가고 있다.

지구는 약 2억 년 전에는 모든 대륙이 붙어 있었다. 세월을 거듭하면서 지금의 오대양 육대주로 구성되어 있지만 해마다 3, 4㎝ 정도 이동하고 있다. 미국의 지질학자에 의하면 고속철도의 두 배나 빠른 이번 해일의 속도로 지구 표면이 무려 1,200㎞나 달라졌다고 한다. 수마트라 섬이 통째로

36m나 옮겨졌다지만, 어찌 과학이나 이치로 그 까닭을 알 수 있단 말인가.

이 세상에 아무것도 믿을 것 없고 아무것도 단정지을 수 있는 것이 없으나, 단 하나 단정할 수 있는 것이 있다면 모든 것은 변하고 있다는 진리이다. 변하지 않는 것이 있다면 단 하나, 우주 안의 모든 것은 변함없이 변하고 있다는 것. 언젠가 태양도, 지구도 사라지는 날이 있을 것이라면 지금 우리는 무엇을 어떻게 해야 할까. 그렇게 큰 변화를 실감할 수 없는 우리는 그저 흥청망청 살아도 될 것인가.

이런 다국적 동시 다발 피해는 다음에 일어날 여진과 2차적 전염병을 일으킬 우려가 있어 더욱 걱정이라고 한다. 바티칸과 국제기구들을 비롯한 전 세계가 구호해나갈 태세를 갖춘다. 우리나라에 나와 있는 스리랑카 근로자들이 크리스마스 선물로 받은 생활용품들을 고향으로 보내달라고 줄을 서는 모습이 안타깝다.

2005년도 달력을 걸었다. 절에서 받아온 것인데 불경에 있는 '부모은중경'으로 구성된 것이다. 첫 장을 자세히 보니 그림이 참으로 감동적이다. '여래如來 정례頂禮 부처님께서 여러 신과 보살들의 합장 배례를 받는 가운데에서 한 무더기의 뼈를 보시고 오체투지로 예배하시며 말씀하시기를 '이 뼈는 전생에 나의 부모였느니라.' 하신다. 이건 무엇을 뜻한 것일까. 그렇다면 우리는 진정 서로 누구에게 누구일까.

매일 닦지 못하여 한꺼번에 방구석을 닦자니 먼지가 굴러다닌다. 먼지를 닦아내며 이 먼지와 뼈가 또 무엇이 다르겠는가 하고 생각하게 된다. 그렇다고 먼지에 오체투지를 해야 한다는 것이 아니라, 먼지든 뭐든 제자리에 있어야 하지 않겠는가 해서이다. 오랫동안 종이를 물고 있었던 종이찍개 철심도 묶었던 종이를 놓아주고 제자리로 돌아간다. 청소할 때마다 '구석구석 닦아 빛내라.'는 선사의 말씀을 떠올린다. 먼지를 쓸어내니 개운하고 내 기분부터 좋아진다. 이 기분 좋음은 정신의 윤활유가 되어 다음 일을 하는

데도 도움이 될 것이다. 구석구석 닦아 빛내면 사람의 마음도 사물을 담고 있는 환경도, 모든 것이 제자리에서 제 개성과 역할이 드러날 것이다. 어두운 마음이 한 치 앞도 내다볼 수 없으니……

뼈에 오체투지를 하는 부처님 그림을 보고 문득 원각경의 구절이 떠올라 다시 펴들고 읽어본다. 대장경 중 '원각경보안보살장'에 이런 대목이 있다. 보안보살이 여러 보살과 말세 중생들을 위하여 수행할 차례를 부처님께 여쭈었다. "선남자여, 새로 공부하는 보살과 말세 중생이 여래의 청정한 원각심을 구하려면, 생각을 바르게 하여 모든 환을 멀리 여의어야 할 것이니라. 고요한 방에 잠자코 앉아 항상 이런 생각을 하라. 지금 이 몸뚱이는 사대四大가 화합하여 된 것이다. 터럭, 이, 손톱, 발톱, 살갗, 근육, 뼈, 골수, 때, 빛깔들은 다 흙으로 돌아갈 것이고, 콧물, 침, 고름, 피, 진액, 거품, 담, 눈물, 정기, 대소변은 다 물로 돌아갈 것이며, 더운 기운은 불로 돌아갈 것이고, 움직이는 것은 바람으로 돌아갈 것이다. 사대가 뿔뿔이 흩어지면 이제 이 허망한 몸뚱이는 어디에 있을 것인가!" 또 법구경에는 '육신은 물질이나 오래지 않아 모두 흙으로 돌아가리니 몸이 허물어지고 정신이 한 번 떠나면 해골만이 땅 위에 뒹굴 것이다.'

백 년, 이백 년도 살지 못하면서 무엇을 따라 살아갈 것인가. 저렇게 자연의 위력 앞에 소중한 생명이 어디로 가는지도 모른 채 무참하고 허망하게 나뒹굴게 되다니! 과학의 힘으로 미리 피해를 줄일 수도 있었던 일이다. 한두 시간 전에 알아차리는 방법도 있었다는데 말이다. 하느님은 이 일로 어떤 메시지를 주려는 것일까. 인류 전체가 마음을 모아 지구를 온전히 지키기 위해 노력해 보라고 새해의 숙제를 내주는 것 같다. 여느 철학자처럼 지구가 내일 망한다 해도 오늘 한 그루의 사과나무를 심을 마음만 있으면 될지 모르겠다.

결코, 심심한 지구가 아닐 텐데, 이제 더 참을 수 없다는 지구의 몸부림일까. 자연의 위력이 두렵다. 나라 안의 국회만 보아도 그렇고 지구에 몸 붙이고 있는 나도 그렇다. 너나 나나 모두 한통 속에 몸을 담고 있어도 정신이 따로따로이니 어찌한단 말인가. 아우성치며 죽어가는 희생자들의 명복을 빌기에도 무력한 심정이다.

그러하니 법구경의 말씀이라도 마음에 새겨본다. '무엇을 기뻐하고 무엇을 웃으랴! 목숨은 언제나 불타고 있나니, 캄캄한 어둠에 둘러싸여도 등불을 찾을 줄 모르는구나. 아무리 많은 경전을 외우더라도 뜻을 알지 못하면 무슨 소용 있으랴! 단 한 마디의 법을 들어도 그대로 행하면 깨달음 얻으리.'

(2005. 1.)

바이러스와의 투쟁
- 소 잃고 외양간 고치기

할아버지는 날마다 뒷동산에 올라가셔서 눈물을 짓는다. 몸소 기르던 25마리 소들의 무덤이 그곳에 있기 때문이다. 그저 한숨만 지을 뿐, 다시 소를 기를 생각조차 할 수가 없다. 이것은 이 할아버지 한 사람만의 일이 아니다. 지난해 11월 경북에서 발생한 구제역이 전국으로 확산되어 소와 돼지들이 떼죽음을 당했다. 우리의 하늘과 땅은 그들의 꿈틀거림으로 흔들리고 있다.

방역요건들은 신경안정제와 안락사 약물이 든 주사기로 소와 돼지를 죽인 뒤 비닐봉지에 싸서 파묻는다. 사흘 동안 주사를 놓은 어느 여성 방역요원은 아무래도 직업을 잘못 선택한 것 같다며 울면서 토했다. 어느 부부는 기르던 소 100여 마리가 죽는 것을 지켜보며 "보상금을 받는다 해도 다시 송아지를 기를 염치가 없다." 소의 눈망울에서 '소리 없는 비명'이 날카롭게 튀어나와 가슴을 후빈다고 했다. 나는 소와 가까이 생활한 적이 없지만, 소의 커다란 눈이 무언가 말을 하고 있다는 것은 알 수 있다. 그래서 영화 〈워낭소리〉의 할아버지는 일생을 동고동락한 소의 눈망울에서 모든 말을 알아들을 수 있었다. 할아버지의 소가 마지막 생명을 거두기 전에 흘렸던 눈물에는 소 일생의 의미가 다 담겨 있었다.

구제역口蹄疫이란 말을 한자로 표시하지 않았을 때는 이해할 수가 없었다. 발굽이 2개인 소와 돼지 등의 입과 발굽 주변에 물집이 생긴 뒤 치사율 5에서 55퍼센트에 달하는 가축의 제1종 바이러스성 법정전염병이다. 구제역(Foot-and-Mouth Disease) 한파. 말 그대로 바이러스 바람이다. 질병에 걸린 동물의 수포액, 침, 유즙, 정액, 분 등과의 접촉이나 감염 동물로 전파가 된다. 발생농장의 구제역 바이러스는 공기를 통해 인근 농장으로 이동될 수 있다. 농장을 출입하는 사람, 차량 등에 바이러스가 묻어서 다른 농장으로 전이된다. 경기도 이천시 2개 지역 매몰처리반과 발생농장 반경 500m, 1km 지점에서 공기를 포집하여 검사해 보았으나 구제역 바이러스는 검출되지 않았다. 그러므로 발생 초기에 방역을 철저히 했다면 충분히 방지할 수 있었지 싶다. 그러나 우리의 방역 시스템은 발생 26일이나 지나서야 가동되었으니 소 잃고도 외양간은 고쳐야 했다. 현재 우리나라의 상황은 바이러스와의 전쟁 중이다. 웃음과 행복 바이러스와의 전쟁이면 얼마나 좋을까. 좋은 것의 전파는 늦고 나쁜 바이러스의 전파는 왜 이렇게 빠른가.

사람이 너무 이기적이고 자신의 편이대로 행동하는 데 큰 이유가 있다. 전염 경로를 차단하는 데 소홀하였고 방역 체계도 늦었다. 안전 불감증은 당국이나 축산인이나 우리 모두 안이하였다. 축산 농가는 구제역이 발생한 국가를 여행하고 돌아올 경우 반드시 공항에서 검역 소독을 받게 돼 있다. 그런데 일부 축산 농가가 이 규정을 제대로 지키지 않는데다 함께 들어온 가족은 소독 의무 대상에서 아예 빠져 있단다. 축산인 국외여행자들의 65퍼센트가 구제역이 발생한 국가를 여행하고 돌아온 것으로 확인되었다고 한다. 이들이 찾은 곳은 주로 동남아 지역으로 현재 전 세계 구제역 발생지의 절반 가까이 몰려 있는 곳이란다. 그래서 현지 축산 농가를 방문하지 않았더라도 바이러스 오염 가능성이 크지만, 여전히 많은 축산 관계자들이 이 지역을 찾고 있다고 한다. 구제역이 창궐할 때는 자발적으로 귀국 때 신고하고 검역에 적극 협조해달라는 당국의 부탁도 있었다. 축산 종사자들의 안전 불감증과 한 발씩 늦은 방역대책이 맞물리면서 구제역으로 파묻히는 가축의 수는 최악의 수준인 300만 마리를 앞두고 있다.

눈에 보이지도 않고 잡기도 어려운 바이러스! 그들의 세계를 알기에는 인간은 너무도 무딘지도 모른다. 과학적 결과물이 아무리 뛰어나고 많이 알고 있다고 해도 개인 차이가 많은 사람들 사이에서 바이러스는 교묘하게 활동하고 있기 때문에 참으로 난감한 일이다. 어쩌면 사람의 마음에도 바이러스가 스며들지도 모른다.

위기가 호기일 수도 있다. 그러니 인간은 또 한 번 진화해야 할 위기를 맞고 있는 것 같다. 자연사박물관에 가면 여러 종류의 장비長鼻류의 동물 화석을 볼 수 있다. 거대한 공룡들과 매머드. 수세기 전에 이 땅을 풍미했던 장비류 동물의 화석을 통하여 학자들은 이 지구의 변화를 연구한다. 어찌하여 그런 생명이 사라졌는가. 화석을 통하여 추정된 가설만 있을 뿐 정확히는 아무도 모른다. 거대한 운석이 지구와 충돌하여 그 충격 때문에 지구 기온이 급격하게 변했다는 이유. 약 6,500만 년 전, 조그마한 포유류가 크게 번성하면서 공룡 알을 마구 훔쳐 먹어 공룡이 사라졌다는 가설. 공룡한테 아주 치명적인 해를 입히는, 독을 지닌 새로운 식물이 지구상에 나타나면서 공룡이 서서히 사라졌을 것이라는 추측인 식물의 변화설. 이 밖에도 해성 폭발설, 대화재설, 전염병설, 심지어는 공룡이 어떤 이유로 스트레스를 심하게 받아 사라졌을 것이라는 설까지 있다. 장비류의 마지막 동물, 코끼리도 멸종 위기로 치닫고 있다. 인간은 지구의 변화가 심할 때마다 진화해 왔다고 한다. 그렇다면 최근에 일어나고 있는 지구의 기온 변화에 따른 재앙들은 인간에게 기회인가. 지구 온난화 탓인 기후변화로

국지적인 호우와 태풍, 올겨울 우리나라도 폭설이 잦고 전통적인 삼한사온도 없이 1월 내내 한파 몰이였다. 거기에 구제역 한파가 함께 몰아닥쳤다. 말만 많은 전문가들은 구제역 파동이 '인재人災'라고 한다. 인간으로 해서 불러들인 재앙이라면 인간은 자신이 만든 함정에 주저앉을지도 모른다는 것도 모른다.

본래 소는 인간의 동반자였다. 문명이 발달하여 그들의 역할이 달라졌을 뿐이다. 소들은 언제부터인가 멍에 대신 황금의 가면을 쓰게 되었다. 금송아지를 기르다 보니 모두 소의 안심, 등심, 족발, 모든 뼈까지 황금 조각이 되어버린 것이다. 그래도 소들은 커다란 눈망울에 많은 말을 담고 아무 소리가 없다. 얼마 전 이웃 소 농장에 갔었는데 몇십 마리였는지는 몰라도 소먹이를 주는 사람을 고용하여 아침저녁으로 사료를 주고 있었다. 모두가 다 슬픈 눈빛에 처량하게 보였다. 황금으로 둔갑한 소들은 어떤 말을 눈에 담고 있을지 궁금했다. 황금 조각인 소고기를 특별한 날이 아니면 나는 많이 먹을 수도 없다. 소화가 잘 되도록 조심스럽게 먹어야 한다. 소들도 이 땅에서 사라져서 화석으로 남을 것인가? 그런 뒤 인간에게는 무엇이 올 것인가. 우리나라는 구제역 백신을 생산할 능력도 없다니, 앞으로가 문제다.

미국 동물학자 탬플은 "나 자신을 소의 입장에 놓는다는 것은, 소가죽을 쓴 사람이 아니라 정말 그 소가 돼야 하는 것."이라고 했다. 그는 전화벨이 울리면 소의 심장 박동이 분당 50~70번 뛴다는 것을 알았다. 어릴 때 자폐아로 성장한 그도 똑같은 반응을 했다는 것을 알았기 때문이다. 소의 도축은 인도仁道적이어야 한다. 동물이 죽는 곳은 신성한 장소가 돼야 한다고 했다.

오래전에 일본의 야마기시 마을에서 만난 소가 나에게는 유일하게 추억할 수 있는 행복한 소다. 소를 기르는 할아버지의 행동이 긴 여운을 남겼다.

소의 엉덩이를 툭툭 치면서 "가서 고기가 되어 우리에게 오너라." 미국의 동물학자 말대로 그 마을의 소는 도축할 때 아무 스트레스가 없이 편안하게 도축된다. 마을의 소는 사람들과 같이 신성하다. 그렇게 눈망울이 편안할 수가 없었다. 톱밥 같은 재료가 쌓인 프리스톨이란 침대에서 생활하는 소의 방은 정갈했다. 밑에 있는 소의 분뇨는 그대로 순환되어 채소를 통하여 다시 우리에게 돌아오게 되어 있었다. 돼지와 닭도 마찬가지였다. 아마도 그 마을에는 구제역 바이러스가 침투할 여지가 없지 않을까? 자타自他 일체一體 사상인 보편적인 전인애全人愛를 구현하는 실현지이기 때문이다. 사람과 동물과 식물이 모두 한마을에서 한통으로 자연의 순환에 맞추어 살아가는 마을이 많아지면 구제역이란 바이러스가 생기지 않을 것이다.

재난은 꼬리를 물고

　돼지 귀신 출몰이다. 강제로 죽임을 당한 분풀이도 할만하다. 동물 귀신들이 이젠 사람을 잡으려는가 보다. 예상했던 대로 구제역의 재난은 길어질 것 같다. 축산물들이 파묻힌 지역에서 도살처분된 돼지가 튀어나온다니! 내장을 꺼내지 않고 생매장하면 시간이 흘러감에 따라 풍선 같은 몸이 되어 6미터나 되는 땅속에서도 튀어오른다. 경악할 일이다. 끔찍하다. 소 잃고 고친 외양간은 하나 마나다. 매몰지역에서 새어나오는 침출수가 인근 지역의 수원에 스며들까 걱정이란다. 직접 그 일에 참여하지 않은 사람으로서 말할 수 있는 처지는 아니나 참 안타까운 일이다.

　소들이 그렇게 많이 사라지고 있으니 우유 공급에도 비상이다. 우유가 어린이 성장에 필수 식품이라고 여겨진 지는 오래다. 언제부터였던가. 육가공 식품이 산업화되면서부터이지 싶다. 그러나 우리가 어렸을 때는 우유를 먹고 자라지 않았다. 먹을 것 걱정 없이 자랄 수 있는 환경은 행운이지 싶다. 청정한 식물군들을 많이 먹을 수 있었지만, 그건 내가 철없던 시절이었다. 전쟁 후 먹을 것이 없어서 모두 어렵게 살았다는 것을 실감하지 못했다.

부모님의 고생이 이만저만이 아니었다. 우리 아버지도 직장이 폐쇄되었던 당시 미군 부대에서 일한 적이 있었다. 그때 미국의 캔 제품을 처음 접할 수 있었다. 그래도 우유는 먹지 않았다. 조선 시대 어려웠던 서민들은 젖이 잘 나오지 않으면 아이에게 먹일 동냥젖을 얻으려 동네를 돌아다녔다는 이야기만은 많이 들었다. 심봉사도 그렇게 동냥젖으로 심청이를 키웠다. 그러니 그때는 국민 수명이 짧을 수밖에 없었다.

나라 경제가 점점 발전하여 육가공제품도 발전을 거듭하여 직장 다니는 여성들은 모유 대신에 우유를 먹게 되었다. 그러나 모든 것이 지나치면 넘친다. 산업화가 너무 확대되다 보니 오늘 구제역 발발과 조류인플루엔자까지 일어 지구 병이 되고 있다.

당장에 우유에 매달리고 있는 사람이 많지만 우리는 좀 속도를 빨리 해서 자연식으로 돌아가야 한다. 자연순환 농법을 하는 야마기시 마을 사람들. 자연농법의 창시자인 마사노부. 한농마을 등의 역할모델 덕분에 자연 농업에 대한 생각의 폭이 넓혀지고 있다. 김치도 금치가 되었고 소고기도 황금 조각이 되었으니 우유도 금물이 될 것이다.

내가 아이들을 키울 때는 모유를 먹였고 이유식도 손수 만들어 먹였다. 그런데 요즈음은 이유식도 배달하고 있으며, 몸은 안락을 추구하며 돈의 숫자를 늘리기에 안간힘을 다하고 있다. 모든 것이 편리성 위주다. 과연 과학적 편리성과 예술성 등이 풍속을 좋게 하고 있는가 하는 질문에는 정답을 내지 못한다. 좋은 생각들과 말만 많을 뿐이다.

오래전부터 나는 야채수 요법을 시행하고 있다. 다섯 가지 채소, 즉 무, 무청, 우엉, 당근, 말린 표고버섯을 비율에 맞추어서 건더기 세 배의 물에 끓여서, 그 물을 공복에 마시는 일이다. 이것은 각각의 야채도 인체에 꼭 필요한 것이지만. 다섯 가지가 합쳐지면 인체에 반드시 필요한 경단백질을 구성하고 30가지 이상의 항균제가 생성된다. 이것은 일본의 의학박사가 발견하여 임상시험을 거쳐서 책으로도 발간한 지 오래된 것이다. 지병을 치료하는 데도 결정적 역할을 한다고 전해지고 있다. 그런데 이 요법의 책에 의하면 우유를 먹지 말라는 것이 주의 사항이다. 우유는 송아지가 먹는 것이지 사람이 먹는 것이 아니다. 그것이 지구오염을 일으키는 요인이 된다고 한다.

나의 생활방식을 전면적으로 전환할 수 있었던 계기는 내가 요가 사부를 만난 덕분이었다. 40대 중반의 위기를 그 요가 사부님의 정신으로 해서 넘길 수 있었다. 그리고 야마기시 마을식의 사고思考혁명을 만났기 때문이었다. 야마기시 마을은 나의 고향이다 싶게 하는 자연 순환농법을 실현하고 있다. 또한 요가 사부님이었던 J선생은 잡곡 위주의 채식주의자였다. 나도 요가 단식 수행 체험 덕분에 체질개선과 음식을 자연스럽게 먹을 수 있게 된 것이다. 채식주의자들에 의하면 지구의 오염을 막기 위해서는 자연과 인위가 조화되도록 육식을 해서는 안 된다고 강조한다. 대표적인 채식주의를 실천했던 인도의 아버지 간디. 그가 시성詩聖 타고르의 학교에 방문했을 때 타고르는 그를 존경하여 학교의 급식을 채식 위주로 하였으며, 그의 방문을 기념하기 위하여 해마다 그의 기념일에는 채식하였다고 한다. 채식만을 주장하여 집착하는 것은 아니지만, 육식에 대하여는 재고하여야 할 만한 이유가 많다. 요즘같이 모든 동물을 사육하게 됨으로써 야생 동물이 점점 사라지고 생태계가 파괴되고 있으니 위험 신호는 벌써 시효가 지났는지도 모른다.

인간이 생활방식을 고치지 않으면 절대로 이 지구는 환경오염에서 벗어나기 어려울 것이다. 생각만으로는 할 수 없는 일. 작은 일부터 내 생활에서 실천하면서 주변으로 점점 자연스럽게 확대해가야 하지 않을까. 물 한 방울, 쌀 한 톨이 나에게 오기까지 긴 여정을 생각하면 얼마나 소중한가. 버리는 물도 사실상 재활용해야 한다. 인간 생활구조의 전면적인 패러다임을 검토해가면서 조금씩 전환해야 할 때다. 요즘 자주 듣는 환경 광고 선전, '담지 말고 담으세요, 밟지 말고 밟으세요, 올리지 말고 올리세요, 잡지 말고 잡으세요. 우리 모두와 함께.' 귀로만 듣는 것이 아니라 매일 실천할 수 있는 것을 늘려가야 한다. 이 글을 쓰는 지금, 구제역 매몰지역 근처의 침출수에서 동물의 피가 흘러나오고 있다는 소식이다.

'고구마, 가지 같은 채소들도 애초에는 꽃이었다 한다
잎이나 줄기가 유독 인간의 입에 단 바람에
꽃에서 채소가 되었다 한다.
맛 없었으면 오늘날 호박이며 양파 꽃들도
장미꽃처럼 꽃 가게를 채우고 세레나데가 되고
검은 영정 앞 국화꽃 대신 감자 꽃 수북했겠다
사막도 애초에는 오아시스였다고 한다.
아니 오아시스가 원래 사막이었다던가
그게 아니라 낙타가 원래는 사람이었다고 한다.
사람이 원래 낙타였는데 팔다리가 워낙 맛있다 보니
사람이 되었다는 학설도 있다.
여하튼 당신도 애초에는 나였다.
내가 원래 당신에게서 갈라져 나왔든가.'

이명처럼 들리는 소리

커다란 민들레 한 송이가 소의 무덤 위에서 노랗게 반짝였다. 할아버지가 소에게 손수 뜯어 먹였던 민들레가 환생하였던가. 하늘 마을에도 다시 진달 래와 개나리는 피었을 것이다. 독립영화 다큐멘터리 〈워낭소리〉의 주인공 인 '소'는 죽었지만, 할아버지와 할머니는 안녕하신지. 영화로 인하여 스타 가 되셨으니 후일담도 궁금하다.

경북 봉화면 하늘 마을의 최원균 할아버지 집. 2006년 12월 어느 날, 늙은 소는 주저앉아버렸다. "아무리 해도 안 일어나, 아무리 해도 안 돼, 에이 씨!" 할아버지의 짜증 섞인 한탄. 늙은 소의 수명이 다 됐다는 것을 안 할아 버지는 멍에를 풀고 워낭도 풀어놓는다. 눈망울을 한 번 크게 뜬 채 소는 머리를 떨구어버린다. "고생하고 애먹었다! 좋은 데 가거래이—" 할아버지 가 말하자. 할머니도 한 마디, "우리 가거든 가지. 좀 더 살지." 애석한 심정 을 토로한다. 소를 묻어주고 두 노인이 무덤 양쪽에 오도카니 앉아 묵상에 잠긴 모습이 애틋했다. 영화 〈워낭소리〉의 하이라이트이자 클라이맥스라 고나 할까.

새해 벽두부터 〈워낭소리〉는 유난히도 딸랑거렸다. 올해가 기축년이기 때문이다. 아무리 둘러보아도 워낭 달린 소가 밭 가는 모습은 보이지 않았다. 기축년의 고고 소리는 마침내 〈워낭소리〉가 영화의 관객을 2백만 이상을 끌어들임으로써 절정에 달하였다. 4월이 되자, 이제 좀 잠잠해졌구나 싶었다. 웬걸, 조용한 가운데 계속 들려오는 워낭소리는 내 몸 어딘가로 전이된 것 같았다. 그 영화를 볼 생각은 처음부터 없었다. 텔레비전에서 감독의 이야기를 들어서 내용을 다 알 듯했다. 워낭소리가 한참 시끄러울 때 동료와 같이 볼 수 있었다.

기축년을 장식하는 '소' 관련 자료 전시회가 전주 역사박물관에서도 전시되고 있다. 한 해의 서두를 여는 덕담으로는 반드시 '우덕송'을 이야기했다. 소에 대한 추억담도 많았다. 〈워낭소리〉 이후 인터넷에 감상문도, 동영상도, 이미지들도 열렬했다.

소에 관한 이야기라면 내 아들과 큰언니가 소띠란 것 외에 개인적인 추억은 없다. 큰언니에게 물어보았다. 어렸을 때 고향 마을에 갔을 때 소를 본 적이 있느냐고 말이다. 큰집에 가면 아래채에 손님방과 마구간이 있었고 여물통이 있었다. 그리고 요즘 트랙터를 빌려 쓰는 것처럼 소가 없는 집에는 빌려주기도 했다. 철마다 아버지의 고향에 따라다녔던 언니의 말이다.

소에 대한 사자성어로 '우보천리牛步千里, 기우귀가騎牛歸家, 석전경우石田耕牛' 등이 소의 미덕을 말하는 대표적인 것이 아닐까. 그 중에서 내게 본보기가 된 말은 단연 기우귀가騎牛歸家여서 새삼 할 말이 많아진다. 오래전에 천주교 영성단체 모임에서 연 세미나가 부산에서 있었다. 하루 휴식으로 범어사 나들이를 갔다. 한 전각의 외벽에서 의미심장한 벽화를 보았다. 그 것이 불가에서 깨달음의 여정을 소를 찾는 과정으로 표현한 〈심우도尋牛圖〉 혹은 〈십우도十牛圖〉라 한다는 것을 알았다. 자기 본성을 찾아 나서는 심우尋牛이다. 견적見跡, 견우見牛, 득우得牛, 목우牧牛의 과정을 거쳐 소를 타고

집으로 돌아가는 것. 그것이 기우귀가이다. 수행에 따라서 자신의 마음자리가 그 과정 중 어느 곳인지도 알 수 있다. 왜 소를 마음에 비유했을까. 예부터 소는 길들이면 사람과 가장 친한 동물이어서일까. 소를 우상시했던 고대 국가들이 많았다. 특히 인도에서는 지금도 소를 숭배하며 사람들과 함께 거리를 활보한다. 암소는 젖을 주고 수소는 농사를 돕는다. 자이나교 사원의 소를 타고 있는 찬란한 여신상女神象은 소의 신神적인 자리를 의미하는 것일까.

드디어 나도 45세 때에 처음 호미를 들고 묵정밭을 일구기 시작했다. 신귀거래사를 읊으며 내 마음의 소를 길들였다. 어느 농부가 석가모니의 제자들이 숲에서 앉아 명상만 하는 것을 보고 답답했다. "불타여, 어찌하여 이 바쁜 농사철에 불타의 사람들은 앉아 있기만 합니까." 하자 석가는 "그들은 더 급하고 중요한 마음 밭을 갈고 있다오." 하고 대답했다. 현대는 수행 방법이 너무도 많아져 닦여진 길 위에 또 다른 길이 생겨서 길을 잃을 지경이라고 한다. 아무튼, 나는 할 수 있는 만큼 밭을 갈아먹기도 하며 한껏 신나고 즐거운 삶의 의미를 캤다. 그것은 동시에 마음밭을 가는 일이기도 했다. 묵정밭의 잔돌이 없어질 무렵, 나도 힘이 없어졌다. 이제는 밭을 만들어줄 사람도 없고. 묵정밭을 갈아본 실력으로 수필 밭을 갈아서 묘목을 심고 있는 셈이다. 나를 글밭으로 이끄는 것이 인제 보니 수필 밭의 워낭소리였다. 내 수필 밭 주변도 〈워낭소리〉의 할아버지 집 주위처럼 너저분하고 정갈하지 못하다. 여러 가지 농기구들까지 즐비하다. 워낭은 수필이 꿈틀거리는 내 머릿속에서 달랑대는 것 같다. 때로 워낭은 컴퓨터에 달린 것 같기도 하고 혹은 책에도 달린 것 같다. 길 가다가도 밥 먹다가도 들리는 소리, 그것이 내게는 워낭소리였던 것이다.

할아버지는 불편한 다리를 이끌며 하루도 빠짐없이 소와 함께 밭으로 가야 한다. 병 주머니가 된 부모님의 몸과 소의 일생을 바친 대가로 도시에서 출세한 자식들은 소를 팔기를 권했다. 하지만 자식들이 모르는 것이 있다. 할아버지는 소가 살렸고 할아버지는 일생이 15년 정도인 소를 40년 살도록 했으며 할머니 또한 팔자 타령하면서도 그들이 있었기에 오래 살 수 있었다. 수필 밭을 가는 나도 그렇다. 나도 기어 다니며 힘들게 밭으로 간다. 살아있는 한 꿈적거려야 한다. 내일 죽는 한이 있어도 오늘 수필나무를 심어야 한다. 살아있는 한 죽지 않는다. 영화의 주인공들도 힘들었다. 자식들이 다시 그 삶을 살고 싶지 않은 것은 그들이 행복해 보이지 않았기 때문이다. 숙명처럼 받아들였을 뿐. 고단한 삶이었다. 인생은 고해苦海를 건너는 일이라고 했지만, 고苦이기에 낙樂으로 전환하는 지혜가 필요하다. 심우도가 말하는 것이 그것이다. 고를 낙으로 만드는 일. 수필 밭에서 일하는 것도 참으로 힘든 여정이다. 아는 자는 좋아하는 자만 못하며, 좋아하는 자는 즐겨하는 자만 못하다 하지 않는가. 육체의 힘이 아직 있다면 민들레 핀 들녘의 흙밭으로 가고 싶다.

(2009. 4.)

나의 문학수업
─ 마음 밭을 갈 듯이

　새 글을 쓸 때마다 망망대해에 돛대 없는 배에 올라타는 기분은 여전하다. 내가 언제 문학수업을 제대로 받은 적이 있었던가. 학창 시절에는 영어 실력이 좋았기 때문에 영어영문학과로 진학했지만, 꼭 문학에 뜻을 둔 것도 아니었다. 날마다 영어사전과 씨름했던 기억과 졸업논문은 어찌 작성하고 학위를 취득했는지도 기억이 어슴푸레하다. 그 시절은 영어 하는 사람이 귀했던지 그런 실력으로도 좋은 직장에 들어갔지만 공부할 것은 갈수록 많아졌다. 그래도 시집갈 밑천을 톡톡히 마련했으니 공부 값은 건진 셈이었다. 지금은 언제 그런 시절이 있었던가 싶게 잊어서 모른다는 것이 위안이 된다. 다만 문화의 기억만이 희미하다.

　모든 걸 다 잊고 공부도 잊고 싶었다. 어느 때쯤이면 음악이나 실컷 들으면서 책도 많이 읽을 수 있을까 했던 젊은 날의 갈망을 채우기도 전에 말만 번지르르한 허구적인 공부에 회의懷疑가 왔다. 신문을 3일 안 보면 바보가 되지만 3년 안 보면 도인이 된다는 말이 차라리 가슴에 와 닿았다. 그 삼 년 동안 무엇을 하는가에 달려 있었던 것이다. 승려들이 무문관 수련에 몰입하는 이유를 알게 되었다. 일단은 자신의 과거에서 죽어야 한다는 것. 조상 대대의 흔적에서도 죽을 수 있어야 겨우 참다운 오늘의 나와 만날 수 있다는 것을.

　그 뒤로 나는 나의 유리창을 안팎으로 닦기 시작했다. 발밑과 평면만 바라보던 내가 천장과 사방 벽, 보이지 않던 구석구석이 입체적으로 보이기 시작했다. 나 자신과 직면할 수 있었다. 삽과 호미를 들고 땅에 자연의 글자를 심기 시작했다. 정신과 몸이 하나로 움직이는 진정한 의미의 공부 길에 들었다. 45세에야 처음 들어본 호미가 정다운 동반자요, 흙이 생명의 바탕이라는 것을 깨달았던 때부터였던가. 비워서 내가 새로워져야 세상이 새롭게 보인다는 뒤늦은 깨달음. 나를 안 만큼 남도 알고 세상을 알게 된다는 것. 학교에서 배울 수 없었던 실물에 접하는 실학의 과정이었다. 결코 만만치 않은 일이었다. 스스로 자처한 고통의 기간을 겪어내야 했다. 훈련 없이 자유를 얻은 자 어디 있던가. 일단은 내가 아는 것으로부터의 해방이었다. 정말로 아는 것이 없음에도 불구하고 아는 것으로부터의 자유로움. 존재론적 차원에서 통으로 온 생명은 하나의 유기체란 것에 눈을 뜨는 것 같았다. 세상이 신비롭게 다가왔다. 문학이 바로 인간학이고 삶의 여정이라면, 이렇게 십수 년 자연과 인위를 조화롭게 하는 일련의 실험을 통하여 체득했던 것들이 진정한 내 문학수업이 아니었을까.

전통 차(茶)를 알게 되고 차(茶) 수련을 익히는 동안 차의 진수를 알아가는 것도 내 글의 바탕이 된 것 같다. 관념적인 공부가 구체적인 일상에서 정신과 몸이 하나로 움직이는 일에 있다는 것이 새삼스러웠다. 오랜 세월 차(茶) 생활에 젖다 보니 이제는 차의 정신에 가까이 와 있는 것을 느낀다. 지금이야말로 생명의 본질에서 벗어나지 않도록 깨어 있는 정진이 필요한 시기이다. 좋아하는 것이나 싫어하는 것에 치우치지 않는, 집착이나 어떤 구속도 없이 무심으로 할 일이었다. 글 쓰는 일도 그렇게 되기를 바란다.

사회에서 맡은 바를 매듭짓고 집안에서 살림만 하는 생활도 새로 시작하는 맛이 있었다. 그럴 즈음 만난 것이 수필이다. 필연처럼 글밭으로 수련 장소가 옮겨졌다. 나에게 글을 쓴다는 것은 한글을 처음 대하는 일 같았다. 이방인처럼 생소한 어휘들과 문법이 그리도 낯설 수가 없었다. 그것은 우리나라의 역사와 문화에 대한 인식을 되찾는 일이었다. 구체적인 역사 속의 내 정체성을 찾는 일이기도 했다.

수필을 한다는 것이 공부할수록 어렵다는 것을 알게 되자 많은 갈등을 겪기도 했다. 인생 후반에 와서 딴 글쓰기 면허증은 운전면허 초보딱지와 함께 부담스럽기도 했다. 망설이다 등단 5년 만에 펴낸 수필집 ≪바람의 커튼≫과 2010년 두 번째 수필집 ≪나도 샤갈처럼 미친及 글을 쓰고 싶다≫ 를 펴냈다. 스스로 그 용기를 기특하게 생각했다. 그렇지만 완성된 수필이 되기가 어찌 쉬운 일인가. 모자란 대로 세 번째 수필집을 꾸미지 않을 수 없었다. 잘 쓰기 위한 욕심을 내거나 잘살기 위해서가 아니라 어느 시인의 말처럼 나도 잘 죽기 위하여 생각을 비워야 하기 때문이다. 운전도 10년쯤 이면 더욱 조심할 때라고 한다. 방심하면 큰 사고를 일으키고 당하기 쉬운 때가 이때라고들 하지 않는가. 마음만은 초심으로 돌아가서 치밀하게 공부 하는 자세로 글을 쓰고 싶다. 글을 쓴다는 것은 좋은 작품을 많이 읽고 계속 쓰는 일밖에 없는 것을, 조금 철이 들 만하니 체력이 모자라서 공부하는 일이 힘에 부친다.

하버드 대학 코플랜드(C.T. Copelandd) 교수는 "수필가는 구경꾼이며, 방 랑자요, 빈들거리는 게으름뱅이요, 가장 좋은 의미에서의 '세계시민'이어야 한다."라고 말했다. 대상을 잘 관찰하는 습관과 경험이 풍부하고 여유작작 한 멋을 지니고 풍류도 알아야 하며, 풍부한 교양을 갖는 지식인이야 함을 뜻한다. 한마디로 건강한 평민의식을 지니고 있어야 한다는 말이다. 거기에 걸맞은 사람은 아닐지라도, 나도 다분히 그런 소질쯤은 지닌 것으로 착각도 했다. 밤늦도록 세계의 창을 통하여 세계시민의식을 키운다. 해서 늦잠 자 는 게으름뱅이로 전락했으며, 때때로 방랑자처럼 홀로 고요한 산책과 여행 을 즐긴다. 평생 공부하는 습관만은 버리지도 못하여 폭넓은 인문학 강의를 자주 찾는다. 언제까지 소질을 계발하는 일을 할 수 있으랴. 공부랄 것도 없이 이제는 놀며 즐기는 문학 작업이면 넉넉하리라.

수필이 붓 가는 대로 쓰는 글이란 말의 진정한 뜻은 반드시 붓이 가야 하는 '데'로 써야 한다는 것을 이제 알 것도 같다. 또한, 무형식의 글이란 말은 준엄한 채찍같이 생각해야 하는 말이기도 했다. '글쟁이'는 정보를 전달하는 글을 쓰지만 '작가'는 작문을 하지 않고 잡문을 쓰지 말아야 하며 작품을 써야 한다는 말을 기억할 것이다. 앞으로는 좋은 수필을 쓰고 싶다는 욕구보다도 본래의 목적이었던 나의 테마 에세이에 전념해야 하지 않을까 싶다. 시간이 무한대로 기다려주지 않을 것이기에.

조윤수 수필집

명창정궤를 ⊛ 위하여

인　　쇄	2013년 4월 5일
발　　행	2013년 4월 10일

지 은 이	조 윤 수
발 행 인	서 정 환
발 행 처	수필과비평사

출판등록	1984년 8월 17일 제28호
주　　소	서울시 종로구 삼일대로 32길 36
	(익선동 30-6 운현신화타워 빌딩) 301호
전　　화	(02) 3675-5633
팩　　스	(02) 3675-5633
메　　일	essay321@hanmail.net

값 12,000원

ISBN 978-89-98524-37-1　　03810

「이 도서의 국립중앙도서관 출판시도서목록(CIP)은 서지정보유통지원
시스템 홈페이지(http://seoji.nl.go.kr)와 국가자료공동목록시스템(http:
//www.nl.go.kr/kolisnet)에서 이용하실 수 있습니다.
(CIP제어번호: CIP2013002294)」